Marliese Arold

MAGIC GIRLS

Das Rätsel des Dornenbaums

Gefangen in der Unterwelt

arsEdition

Bibliografische Information der Deutschen Nationalbibliothek
Die Deutsche Nationalbibliothek verzeichnet diese Publikation in der Deutschen Nationalbibliografie; detaillierte bibliografische Daten sind im Internet über http://dnb.d-nb.de abrufbar.

MIX
Papier aus verantwortungsvollen Quellen
FSC® C014496
FSC www.fsc.org

Text: Marliese Arold
In diesem Sammelband enthalten: Das Rätsel des Dornenbaums/Gefangen in der Unterwelt
Umschlaggestaltung, Layout und Illustration: elektrolyten, Petra Schmidt, München

ISBN 978-3-8458-1122-2
www.arsedition.de

Das Rätsel des Dornenbaums

Gefangen in der Unterwelt

Schwarzer Zauber kommt oft wie ein Bumerang zurück

Leer!«

Elena betrachtete entsetzt das Terrarium. Der Grüne Leguan war verschwunden. Sie öffnete den Deckel, schob die Blätter beiseite und vergewisserte sich, dass das Tier sich nicht doch irgendwo versteckt hatte. Aber sie hatte sich nicht getäuscht.

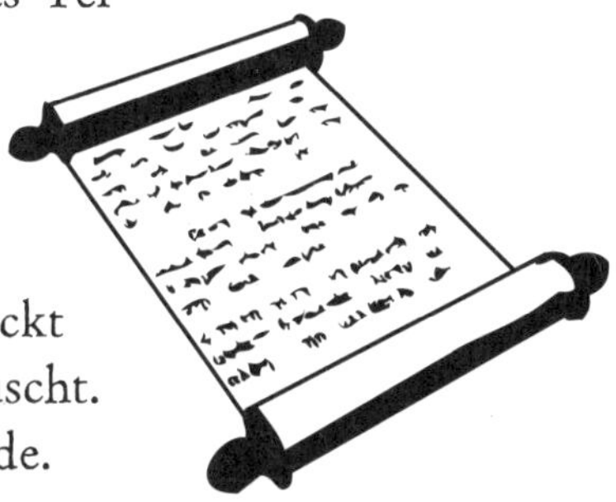

Sie spürte, wie ihre Kehle eng wurde. Tränen drängten sich in ihre Augen. Papa war weg!

Vor einigen Monaten war Leon Bredov von den Zauberrichtern dazu verurteilt worden, sein Leben fortan als Grüner Leguan zu fristen. Elena hatte ihren Vater immer mit saftigen Löwenzahnblättern gefüttert und nie die Hoffnung aufgegeben, dass er sich eines Tages zurückverwandeln würde.

Und jetzt das!

Elena tastete im Terrarium herum. Plötzlich schlossen sich ihre Finger um einen Zettel. Nanu?

Es war eine Schriftrolle. Elena hatte keine Ahnung, wie diese ins Terrarium gekommen war. Ihre Hand zitterte, als sie die Schriftrolle herausnahm und auseinanderrollte. Die Buchstaben darauf waren rot.

Elena las:

WIR HABEN DEINEN
VATER ENTFÜHRT!
DU WIRST IHN NIEMALS
LEBEND WIEDERSEHEN!
DIE SCHWARZEN ZAUBERKUTTEN

An dieser Stelle wachte Elena auf. Sie saß aufrecht in ihrem Bett und war schweißgebadet. Ihr Herz pochte schnell.

Nur ein Traum! Zum Glück …

Elena seufzte. Sie blickte auf den kleinen Wecker, der auf dem Nachttisch stand. Es war halb fünf. Stöhnend ließ sie sich wieder zurückfallen. Sie konnte noch gut zwei Stunden schlafen, bis sie aufstehen und sich für die Schule fertig machen musste …

Mit geöffneten Augen starrte sie auf den Baldachin über ihrem Bett. Als sie mit den Fingern schnippte, fingen die Sterne auf dem Stoff an zu leuchten. Es war beruhigend. Man konnte sich einbilden, auf einer Wiese zu liegen und den Nachthimmel zu betrachten.

Langsam kam die Erinnerung an den gestrigen Abend zurück. Papa! Elena konnte es noch immer nicht fassen, was geschehen war. Papa hatte sich vor ihren Augen in seine menschliche Gestalt zurückverwandelt. Und dann hatte er der überraschten Familie erklärt, dass seine angebliche Verurteilung ein abgekartetes Spiel gewesen war, um die *Schwarzen Zauberkutten*, eine verbotene Vereinigung von Schwarzmagiern, an der Nase herumzuführen. In Wirklichkeit war Papa ein Geheimagent und in wichtiger Mission unterwegs. Er sollte herausfinden, wo sich Mafaldus Horus, ein mächtiger Zauberer, verborgen hielt.

Mafaldus Horus

Einer der größten Schwarzmagier. Er soll über dreihundert Jahre lang gelebt haben. Seine Vorfahren stammen aus dem alten Ägypten, einer seiner Urururururgroßväter soll angeblich der Mörder Seth gewesen sein, der seinen Bruder Osiris getötet hat.

Mafaldus Horus entwickelte eine spezielle Magie und verfügte über einzigartige Zaubersprüche. Er besaß außerdem ein wertvolles Amulett, in dessen Mitte sich ein roter Stein befindet. Es heißt, dass dieses Amulett seinem Träger ungeahnte Kräfte verleiht, außerdem soll es den Zugang zum Totenreich öffnen können.

Elena und ihre Familie hatten die Überraschung kaum verdaut, da machte sich Papa schon wieder auf den Weg. Elena hatte ihm das Amulett geben müssen, das sie in seinem Käfig gefunden und seitdem sorgfältig versteckt hatte. Das Amulett musste sehr starke magische Kräfte besitzen. Papa hatte es an sich genommen und war dann gleich darauf verschwunden. Er musste wieder zurück in die Hexenwelt, um dort die *Schwarzen Zauberkutten* zu verfolgen.

Elena und ihre Familie aber waren noch immer im HEXIL. Sie hatten freiwillig einen Aufenthalt in der Menschenwelt auf sich genommen, um die Ehre der Familie wiederherzustellen. Denn durch Leons Verurteilung hatten sie in der

Hexenwelt nicht nur ihr Vermögen, sondern auch ihr Ansehen und ihren guten Ruf verloren.

Großmutter Mona war auf die Idee mit dem HEXIL gekommen. Es war nämlich dringend nötig, die Erkenntnisse über die Menschen auf den neuesten Stand zu bringen. Das Buch von Adrian Freitag Zwigge *Vom Umgang mit Menschen* – ein Standardwerk über die Menschen und ihr Verhalten – war inzwischen veraltet und entsprach nicht mehr ganz den heutigen Tatsachen.

Elena zuckte zusammen, als plötzlich ihre Zimmertür aufging und Miranda hereinkam. Miranda Leuwen war ihre beste Freundin. Die offizielle Version in der Menschwelt war allerdings, dass Miranda sich als Elenas Cousine ausgab, die bei den Bredovs lebte, weil ihre Eltern umgekommen waren. In Wirklichkeit waren Mirandas Eltern in der Hexenwelt wohlauf und putzmunter. Miranda teilte freiwillig das HEXIL mit den Bredovs, weil sie sich so sehr für die Menschen interessierte und überlegte, ob sie später vielleicht einmal Diplomatin werden sollte.

»Hallo, Elena, bist du wach?« Ohne eine Antwort abzuwarten, setzte sich Miranda auf Elenas Bettkante. Sie wirkte genervt. »Also – ich finde es total unfair, dass du mir nichts gesagt hast!«

Elena stützte sich auf ihre Ellbogen. »Ich bin ja auch völlig überrascht, dass Papa als Geheimagent arbeitet. Das hab ich echt nicht gewusst, Ehrenwort!«

Miranda winkte ab. »Das meine ich nicht.« Sie sah Elena streng an. »Du bist verliebt, gib es zu!«

»Verliebt – ich?« Elena war verdutzt. »Wie kommst du denn darauf? Und in wen denn?«

Der Beruf des Hexendiplomaten

Wegen der grausamen Hexenverfolgungen, die in der Vergangenheit stattgefunden haben, sind die Beziehungen zwischen Menschen und Hexen sehr angespannt. Die Hexen ziehen es vor, in ihrer eigenen Welt zu leben. Kontakte zu Menschen finden nur selten und in Ausnahmefällen statt, und selbst dann kommt es leicht zu Konflikten.
Auf beiden Seiten gibt es inzwischen sehr viel Unkenntnis und eine Menge Vorurteile. Es ist daher äußerst wichtig und für die Zukunft wünschenswert, dass endlich vernünftige Gespräche zwischen den Menschen und den Hexen geführt werden und dass die gegenseitige Verachtung und Verunglimpfung aufhört.
Ein Hexendiplomat könnte zunächst vermittelnd eingreifen und Aufklärung betreiben, um erste Gesprächsgrundlagen zu schaffen. Wünschenswert wären langfristig eine funktionierende Kommunikation, Handelsbeziehungen und gegenseitiger Tourismus.

Voraussetzung für den Beruf des Hexendiplomaten:

- hervorragende magische Fähigkeiten
- Aufgeschlossenheit
- Verhandlungsgeschick und Einfühlungsvermögen
- gute Menschenkenntnis
- Vertrautheit mit menschlichen Sitten und Gebräuchen
- möglichst ein mehrjähriger Aufenthalt bei den Menschen

Miranda holte tief Luft und setzte zu einer Gardinenpredigt an. »Du brauchst dich vor mir nicht mehr zu verstellen! Bin ich nicht deine beste Freundin? Haben wir uns nicht immer alles erzählt? Warum hast du jetzt Geheimnisse vor mir?« Sie hielt beleidigt ihre Nase in die Luft.

»Ich weiß überhaupt nicht, wovon du redest«, beschwerte sich Elena.

»Na, von *Amormagie*!«, antwortete Miranda und sah Elena in die Augen. »Heute Nacht war der Teufel los! Auf meiner Bettkante saßen gleich vierzehn Rebhühner – vierzehn Stück! Und unter meinem Schreibtisch steckte ein Ziegenbock seinen Kopf hervor und meckerte. Ich habe mich fast zu Tode erschrocken! Zuerst dachte ich, es sei eine Rache der *Schwarzen Zauberkutten* oder so und sie hätten uns böse Geister geschickt. Aber dann platzten die Rebhühner – eins nach dem anderen –, und ich wusste, dass es sich um *Amormagie* handelt. Erzähl mir bloß nicht wieder, dass Daphne schuld ist! Daphnes *Amormagie* sieht anders aus. Das war deine *Amormagie*, Elena, hundertpro!«

Wenn eine verliebte Hexe schlief und heftig träumte, produzierte sie manchmal unwissentlich Geistererscheinungen, die durchs ganze Haus wanderten. Diese Geister waren an sich völlig harmlos, reichten aber durchaus aus, andere Leute zu erschrecken.

»Aber ich hab überhaupt nicht von Jungs geträumt«, sagte Elena genervt.

»Denk nach!«

»Mach ich ja schon.« Elena versuchte sich zu erinnern, aber das Einzige, was ihr einfiel, war der Traum von dem leeren Terrarium. »Ich habe geträumt, dass der Leguan entführt worden ist …«

»Du verdrängst die Erinnerung«, behauptete Miranda. »Ich wette, da steckt Kevin dahinter!«

»Kevin?«

Kevin war der Bruder von Elenas und Mirandas Menschenfreundin Nele Hermann. Er war fünfzehn und hatte sich in letzter Zeit stark für Elena interessiert, das war selbst für Außenstehende nicht zu übersehen gewesen. Elena fand seine Annäherungsversuche aber eher lästig. Aber noch schlimmer war, dass Kevin zusammen mit seinem Freund Oliver versucht hatte, hinter das Geheimnis der Familie Bredov zu kommen. Gestern Abend, jener Abend, an dem Leon Bredov wieder Mensch geworden war, hatten die beiden Jungs Dinge gesehen, die sie auf keinen Fall hätten sehen dürfen – und deswegen hatte Oma Mona einen Teil ihrer Erinnerung gelöscht.

»Kann sein, dass ich auch was von Kevin geträumt habe«, räumte Elena zögernd ein. »Wegen gestern Abend. Ja – jetzt weiß ich es wieder!« Ihr Gesicht verdüsterte sich. »Er hat herausgefunden, dass wir Hexen sind, und dann –«

»Und dann?«, fragte Miranda gespannt.

Elena überlegte. Die Erinnerung an den Traum war sehr verschwommen.

»... und dann habt ihr euch geküsst!« Miranda grinste breit bei dem Gedanken.

»Quatsch!« Elena wurde rot. »Ich habe mich so geärgert, weil Kevin herausgefunden hat, dass wir Hexen sind, dass ich ihn in einen Ziegenbock verwandeln wollte. Ich weiß nicht, wie es weitergegangen ist. Ich bin nämlich aufgewacht, weil ich aufs Klo musste.«

»Aha.« Miranda sah Elena triumphierend an. »Kevin ist dir nicht gleichgültig, gib es endlich zu.«

Elena schielte zum Wecker. Viertel vor fünf. Entschieden zu früh für so ein Verhör.

Mirandas Fragerei nervte sie allmählich. Elena gähnte demonstrativ.

»Hör mal, können wir ein andermal weiterreden? Ich hab nämlich total schlecht geschlafen …«

»Und ich erst!« Miranda stand mit einem Ruck auf. Sie strich ihr hellblondes Haar zurück und funkelte Elena an. »Glaubst du, es ist schön, wenn auf einmal vierzehn Rebhühner auf deinem Bett sitzen? Und erst der Ziegenbock! Er hat sogar gestunken! Gratuliere, Elena, du musst ziemlich starke Hexenkräfte haben, wenn deine *Amormagie* auch Gerüche produziert.«

Sie rauschte aus dem Zimmer. Elena verdrehte die Augen und kuschelte sich wieder unter ihre Bettdecke. Doch an Schlaf war nicht mehr zu denken. Zu viel ging ihr im Kopf herum.

Hoffentlich hatte Oma Monas Magie tatsächlich funktioniert, sodass Kevin und Oliver nicht mehr wussten, was sie am gestrigen Abend gesehen hatten. Elena rief sich Kevins Aussehen ins Gedächtnis zurück. Er war groß und kräftig, hatte rote Haare und blaue Augen und eine ganze Menge Sommersprossen. Elena horchte in sich hinein und versuchte herauszufinden, ob ihr Herz beim Gedanken an Kevin schneller schlug. Miranda behauptete, Herzklopfen und weiche Knie seien untrügliche Anzeichen von Verliebtheit. Dazu komme oft noch ein merkwürdiges Gefühl im Bauch, das sich wie ein leichtes Kribbeln anfühle, sich aber auch zu richtigen Magenschmerzen ausweiten könne …

Kevin! Ja – Elenas Herz schlug tatsächlich etwas schneller, aber nur, weil sie Angst hatte, dass er ihr und ihrer Familie eines Tages doch noch auf die Schliche kommen könnte. Wenn bekannt wurde, dass die Bredovs Hexen waren, konnten sie große Schwierigkeiten bekommen …

»Von wegen verliebt!«, murmelte Elena ärgerlich und drehte sich auf die andere Seite. »Da bildet sich Miranda echt was ein!«

An der *Amormagie* in der letzten Nacht war garantiert doch wieder ihre fünfzehnjährige Schwester Daphne schuld, unter deren Dauerverliebtheit die ganze Familie litt. Elena hatte den Verdacht, dass Daphne manchmal auch mehrgleisig fuhr, denn eigentlich war sie fest befreundet mit Gregor van Luren, einem jungen Hexer, der aber leider in der Hexenwelt lebte. Daphne war jedoch nicht der Typ für Fernbeziehungen. Selbst wenn sie Gregor fast täglich per *Transglobkom* ewige Treue schwor (nachdem sie sich erst einmal heftig gezankt hatten!), so hinderte der Schwur sie keineswegs daran, abends mit einem Klassenkameraden auszugehen und sich zu amüsieren. Daphnes Stimmungsschwankungen und Wutanfälle aufgrund ihrer Verliebtheit waren schwer zu ertragen. Am schlimmsten jedoch fand Elena die Tatsache, dass sich eine verliebte Hexe nicht mehr auf ihre Zauberkräfte verlassen konnte. Die Hormone brachten einfach alles durcheinander. Ein schwacher Zauber konnte viel kräftiger ausfallen und ein starker vollkommen ohne Wirkung bleiben. Wer verliebt war, hatte einfach keine Kontrolle mehr – und das wollte Elena um jeden Preis vermeiden.

Über diesen Gedanken schlummerte sie nun doch ein und schlief tief und traumlos, bis sich der Wecker neben ihrem Bett lautstark meldete.

Beim Frühstück gab es für die Bredovs natürlich nur ein Thema: Leons Arbeit als Geheimagent.

»Ich finde, er hätte uns einweihen müssen«, sagte Mona. »Seinetwegen haben wir eine Menge aushalten müssen. Wenn ich an diesen schrecklichen *Outsider-Hill* denke! Grässlich. Es war maßlos egoistisch von Leon, dass er uns nichts gesagt hat.« Sie konzentrierte sich. Das Messer neben ihrem Teller erhob sich und köpfte mit einem einzigen Schlag das weich gekochte Ei. Mona lächelte stolz. Es war ein glatter Schnitt, einfach perfekt.

»Eier köpft man nicht mit dem Messer«, wandte Miranda ein, die sich mit den menschlichen Benimm-Regeln inzwischen am besten auskannte.

»Wie denn sonst?«, fragte Mona.

»Man klopft mit dem Kaffeelöffel die Schale weich und pult sie dann vorsichtig mit den Fingern ab«, sagte Miranda.

»Pah, wie umständlich«, murmelte Mona. »Da ziehe ich meine eigene Methode vor.«

»Leon konnte uns nichts sagen, weil alles *geheim* war«, nahm Jolanda ihren Mann in Schutz. »Wir hätten uns vielleicht anders verhalten, und das hätte seinen Auftrag gefährden können.«

»Ist Papa jetzt ein Held?«, wollte Rufus, Elenas vierjähriger Bruder, wissen. »Genau wie James Bond?«

»Woher kennst du denn James Bond?«, fragte Elena überrascht. Sie selbst kannte sich erst ein bisschen mit den menschlichen Fernsehhelden aus. In der Hexenwelt gab es kein Fernsehen, und Elenas Freundinnen Nele und Jana lachten manchmal, weil Elena meistens überhaupt keine Ahnung hatte, wenn über bekannte Filme oder Serien geredet wurde. Diesen Film hatte sie aber vor Kurzem mit ihren

Freundinnen im Kino gesehen. »Von Lukas«, antwortete Rufus.

Rufus kannte Lukas aus dem Kindergarten, und in der letzten Zeit spielten sie oft nachmittags miteinander. Jolanda war sehr froh, dass auch Rufus endlich Anschluss gefunden hatte. Nun runzelte sie allerdings die Stirn.

»Wenn du bei Lukas bist – guckt ihr da Fernsehen?«

»Na klar, was sonst?«

»Aber James Bond ist doch noch gar nichts für euch«, mischte sich Elena ein.

»Wieso nicht?« Rufus machte ein unschuldiges Gesicht. »Es kracht da so schön … und Autos brennen …«

Jolanda seufzte. »Ich werde mal ein Wörtchen mit Lukas' Mutter reden müssen, fürchte ich.«

»Darf ich im Kindergarten erzählen, dass mein Papa Geheimagent ist, so wie James Bond?«, fragte Rufus.

»Bist du des Teufels?«, fauchte Mona. »Zu niemandem ein Wort, nicht mal zu Lukas! Kapierst du das oder muss ich dich verhexen?«

»Sei nicht so grob zu deinem Enkel«, sagte Jolanda. »Rufus ist sehr klug für seine vier Jahre, und natürlich wird er nichts ausplaudern, nicht wahr?« Sie wandte sich an Rufus. »Du verstehst doch, dass wir keine Schwierigkeiten bekommen wollen.«

Rufus nickte ernsthaft. »Ja, Mama.« Er schnippte mit den Fingern. Das Toastbrot sprang aus dem Toaster und machte einen Salto.

»Ob Papa viel Geld bekommt, wenn er seinen Auftrag erfüllt hat?«, überlegte Daphne. »Dann könnten wir uns vielleicht eine tolle Villa leisten.«

»Aber Kind, wir *haben* eine tolle Villa«, sagte Jolanda.

»Ja, hier«, entgegnete Daphne. Der Hexilbeauftragte, ihr »Betreuer« sozusagen, hatte ihnen in der Menschenwelt ein Zuhause besorgt, das keine Wünsche offen ließ. »Ich meine in der Hexenwelt. Oder habt ihr etwa vor, für immer hierzubleiben?« Sie tippte sich an die Stirn. »Dann bitte ohne mich! Ich werde mit Gregor zusammenziehen!«

»Daphne, du bist erst fünfzehn!«, sagte Jolanda streng. »Und du wirst mit *niemandem* zusammenziehen, jedenfalls jetzt noch nicht.«

Daphne äffte sie nach. *»Du wirst mit niemandem zusammenziehen, jedenfalls jetzt noch nicht!* – Beim Orkus, seid ihr spießig!«

Elena war die Einzige, die einen Blick auf die Uhr warf. »Oje, schon Viertel vor acht! Wir müssen los.« Sie stellte ihre Tasse, die halb ausgetrunken war, auf die Untertasse zurück und sprang auf. »Bestimmt kommen wir heute zu spät!«

»Ts, ts, ts, immer diese Tyrannei mit der Zeit«, sagte Mona. »Das nervt mich hier in der Menschenwelt am meisten.« Sie streckte ihren Zeigefinger aus, und der Zeiger auf der Uhr wanderte um zehn Minuten zurück.

»Mutter, was tust du da?«, fragte Jolanda entsetzt.

»Das siehst du doch. Ich habe die Zeit ein wenig zurückgedreht.«

»Aber das kannst du doch nicht einfach machen. Die Züge, die Fahrpläne – das gibt bestimmt ein Riesendurcheinander.« Jolanda war ganz blass geworden.

»Du machst dir immer viel zu viele Sorgen, meine Liebe.« Mona ließ sich nicht aus der Ruhe bringen. »Jetzt können wir zu Ende frühstücken und dann fahre ich die Mädchen in die Schule.«

»Mich nicht.« Daphne war aufgestanden. »Ich werde zum Glück abgeholt und muss nicht mitfahren.«

»Zum Glück?«, fragte Mona mit hochgezogenen Augenbrauen. »Warum zum Glück?«

»Hat dir noch niemand gesagt, wie grottenschlecht du Auto fährst?« Daphne schüttelte den Kopf. »Du solltest endlich mal ein paar Fahrstunden nehmen, Oma!«

Bevor Mona etwas erwidern konnte, fiel die Küchentür hinter Daphne zu.

Einmaleins der Zeitmagie (nur für erfahrene Hexen und Zauberer!)

Die Zeitzauberei ist ein spezielles Kapitel der höheren Magie. Sie kann sehr praktisch sein, aber auch fatale Folgen haben. Deswegen sei jede Zeitmagie gut überlegt!

Es gibt verschiedene Möglichkeiten:

- die Zeit vorstellen
- die Zeit zurückstellen
- die Zeit wiederholen, sodass immer wieder derselbe Tag abläuft
- Zeitlupe: Die Zeit verläuft insgesamt langsamer, alle Personen scheinen zu schleichen und sich nur im Schneckentempo zu bewegen. Nur die Hexe ist davon nicht betroffen. So kann sie viele zusätzliche Dinge erledigen und ist ihrer Umgebung immer eine Nasenlänge voraus.
- Zeitraffer: Die Zeit verläuft schneller, alle scheinen zu rennen. Lediglich die Hexe bewegt sich im normalen Tempo. Zeitraffer ist gut, um beispielsweise langweilige Wartezeiten oder lange Reisen zu überbrücken.
- durch die Zeit reisen – in die Vergangenheit oder in die Zukunft (höchste Stufe der Zeitmagie)

Mit Zeitmagie lässt sich ein unglaubliches Chaos anrichten, wenn man sie nicht bis ins Detail beherrscht. Deswegen sei vor gedankenloser Anwendung nachdrücklich gewarnt!

Dreimal täglich Zauberei macht die Hexe stark und frei!

Daphne hatte recht: Monas Fahrkünste waren grauenhaft. Elena und Miranda erlebten es jeden Morgen, wenn sie zur Schule mussten – außer wenn Jolanda sie hinfuhr. Mona stand mit der Technik nun einmal auf Kriegsfuß. Vom Hexilbeauftragten hatten beide Frauen einen Führerschein bekommen und durften deswegen Auto fahren, ohne je eine einzige Fahrstunde genommen zu haben. Und entsprechend war ihr Fahrstil, genau genommen Monas Fahrstil!

Auch heute schwitzte Elena auf der Rückbank wieder Blut und Wasser, während Mona seelenruhig rote Ampeln überfuhr und anderen Autos die Vorfahrt nahm. Ein Radfahrer konnte gerade noch auf den Gehsteig ausweichen.

»Oma!« Elena schüttelte den Kopf. Sie hatte einen Heidenschreck bekommen. »Machst du beim Fahren eigentlich die Augen zu?«

»Bisher nicht, aber das ist eine gute Idee«, meinte Mona, schloss die Augen und lächelte. »Dann kann ich mich viel besser auf meine Gedanken konzentrieren. Dieser Verkehr ringsum lenkt bloß ab.«

Elena sah, wie das Blut aus Mirandas Gesicht wich.

»Nein, bitte nicht!«, rief sie. »Nicht blind fahren!«

»Keine Angst, Schätzchen, Leute wie ich fahren mit Instinkt!«, antwortete Mona.

»Mit Instinkt?«, fragte Miranda verwirrt.

Im selben Moment krachte es. Elena wurde nach vorne geschleudert, aber der Sicherheitsgurt hielt sie fest. Auf der Fahrer- und der Beifahrerseite gingen die Airbags auf.

»Was soll das denn?«, schimpfte Mona, befreite sich von ihrem Airbag und kurbelte die Fensterscheibe herunter.

Sie war frontal gegen einen grünen Ford gefahren. Die Kühler der beiden Autos klebten aneinander. Das Blech war grässlich eingedrückt, aber zum Glück war kein Insasse verletzt worden. Nach ein paar Schrecksekunden stemmte der Fahrer des Fords mühsam seine Tür auf, die sich verzogen hatte, stieg aus und kam mit hochrotem Kopf auf Mona zu.

»Haben Sie denn keine Augen im Kopf?«, brüllte er sie an.

»Doch.« Mona lächelte listig. »Sogar vier Stück.«

Elena sah, wie sie eine unauffällige Handbewegung machte. Sofort verdoppelten sich die Augen in Monas Gesicht. Sie hatte ein zweites Augenpaar auf der Stirn. Der Fahrer des Fords starrte sie ungläubig an.

»Oh Gott, das muss der Schock sein. Das gibt es nicht wirklich.«

»Vier Augen«, wiederholte Mona. »Und eines schärfer als das andere. Wer von uns hat nun Sehprobleme? Außerdem hatte ich Vorfahrt, sehen Sie.«

Eine zweite Handbewegung, und die Verkehrsschilder waren ausgetauscht – zu Monas Gunsten.

»Oma«, zischte Elena, »das geht doch nicht!«

»Und ob das geht, meine Liebe«, zischte Mona zurück. »Willst du etwa, dass man mir den Führerschein abnimmt?«

Das wäre Elena gar nicht so unrecht gewesen, denn dann müssten sie wenigstens morgens keine so halsbrecherischen Fahrten mehr erleben. Sie und Miranda könnten morgens gemütlich den Bus nehmen, und das wäre allemal nervenschonender als Monas Spritztouren.

Schon näherten sich zwei Polizisten, die gerade auf Streife waren, um den Unfall aufzunehmen. Sie kamen über die Straße und fragten Mona und den anderen Fahrer nach dem Namen und nach den Papieren.

Mona ließ rasch ihr überflüssiges Augenpaar verschwinden und lächelte die Polizisten freundlich an, während sie ihnen den Führerschein und den Fahrzeugschein überreichte.

»Hm«, brummte der Polizist, »wie ist es denn zu dem Unfall gekommen?«

»Die Dame ist einfach drauflosgefahren«, behauptete der Fahrer des Fords. »Frontal gegen meinen Wagen.«

»Ach was«, widersprach Mona. »Es war genau umgekehrt.«

Sie schnippte wieder mit den Fingern, und schon hatte der Fahrer eine gewaltige Alkoholfahne, die sogar Elena auf dem Rücksitz riechen konnte.

Die Polizisten rochen es natürlich auch und der Fahrer musste in ein Röhrchen blasen.

Ungläubig las der Polizeibeamte den Wert ab. »6,3 Promille«, hauchte er.

»Mit so viel Alkohol im Blut müsste er ja tot sein«, sagte der andere Polizist.

Skeptisch betrachteten sie den Fahrer.

»Das verstehe ich überhaupt nicht, ich habe keinen einzigen Tropfen getrunken«, lallte der Fahrer mit schwerer Zunge.

»Sie sehen, meine Herren, ich habe nicht die geringste Schuld«, sagte Mona ruhig und steckte die Papiere wieder ein. »Und nun lassen Sie uns das Ganze wie erwachsene Leute regeln. Ich muss die Mädchen zur Schule bringen, sie kommen noch zu spät!«

Sie legte den Rückwärtsgang ein. Die Airbags schrumpften und verschwanden wieder im Armaturenbrett. Als Mona den Wagen zurückstieß, beulte sich das Blech aus, und die Kühlerhaube ihres schwarzen Wagens war völlig unbeschädigt. Kein Kratzer, keine Beule – nichts.

»Oma, das kannst du doch nicht machen!«, protestierte Elena. »Du zauberst in aller Öffentlichkeit! Das ist verboten!«

Doch Mona reagierte überhaupt nicht auf ihre Bemerkung und fuhr los.

Die Polizisten starrten mit offenem Mund auf den Wagen. Mona winkte ihnen huldvoll zu, setzte noch weiter zurück und bog dann mit quietschenden Reifen nach rechts ab.

»Halt, und was ist mit meinem Wagen?«, rief ihr der Fahrer hinterher und deutete verzweifelt auf seinen zerbeulten Ford.

Mona gab Vollgas und ließ die Kreuzung hinter sich.

Elena war nass geschwitzt, als sie und Miranda vor der Schule ausstiegen. Die beiden Mädchen winkten Mona zu, dann schoss der Wagen davon.

»Ich finde, sie übertreibt es«, sagte Miranda. »Diesmal werden wir Ärger bekommen, jede Wette.«

Elena nickte. Davon war sie auch überzeugt.

Sie schlenderten über den Hof zum Schulgebäude. Vor dem Klassenzimmer warteten Nele und Jana.

»Mensch, ihr kommt spät«, empfing Nele die beiden Hexenmädchen. »Wir müssen unbedingt mit euch reden.«

»Wir wären noch später dran, wenn meine Oma nicht die Zeit um zehn Minuten zurückgedreht hätte«, antwortete Elena.

Sie wollte noch erzählen, dass Mona einen Unfall verursacht hatte, doch Jana fiel ihr ins Wort.

»Ehrlich – das war deine Oma? Im Radio haben sie vorhin durchgegeben, dass auf den Bahnhöfen völliges Chaos herrscht, weil sich kein Zug mehr an die Abfahrtszeiten hält. Die Bahn redet von einer massiven Störung in ihrem elektronischen Stellwerksystem.«

Nele grinste. »Deine Oma hätte lieber hexen sollen, dass die ersten beiden Stunden ausfallen.«

»Ja, das hätte vermutlich weniger Probleme gemacht.« Miranda krauste die Stirn.

»Könnt ihr das nicht?«, fragte Nele. »Ich meine, die beiden ersten Stunden ausfallen lassen?« Sie sah Miranda gespannt an.

»Gleich zwei Stunden?«, fragte Miranda. Sie war sehr pflichtbewusst. »Das ist ein bisschen viel. Aber ich könnte dafür sorgen, dass sich Frau Treller um eine halbe Stunde verspätet, in Ordnung?«

»Okay«, sagte Nele sofort.

»Was willst du machen?«, fragte Jana neugierig. »Frau Treller ist bestimmt schon im Lehrerzimmer. Sie kommt doch immer superpünktlich.«

»Sie wird einen Anruf bekommen.« Miranda zeichnete mit dem Zeigefinger Runen in die Luft. »Von ihrem Nachbarn. Er wird ihr sagen, dass er gerade gesehen hat, wie ein Einbrecher über ihre Terrasse gestiegen ist …«

Wie man einen Doppelgänger erschafft

Manchmal ist es nötig, an zwei Plätzen gleichzeitig zu sein, beispielsweise, um sich ein Alibi zu verschaffen.
Der Doppelgänger-Zauber ist Teil der höheren Zauberei, und zwar der Sparte »Grauer Zauber«. Hier sei eine Warnung angebracht:
Hexen, die noch kein Hexendiplom haben, sollten sich auf keinen Fall daran versuchen. Es ist viel zu gefährlich. Der Doppelgänger könnte sie erwürgen und dann ihren Platz im Leben einnehmen!
Überhaupt muss bei diesem Zauber bedacht werden, dass der Doppelgänger unter Umständen eigene Rechte beanspruchen kann. Dies vor allem dann, wenn man einen dauerhaften Doppelgänger zu erschaffen gedenkt. Unkomplizierter wird die Sache, wenn man von Anfang an festlegt, dass der Doppelgänger nur für eine kurze Zeit existieren soll, etwa für eine Viertelstunde. Die Instabilitäts-Konstante, die so ein Zauber beinhaltet, sorgt für ein rasches, spurenfreies Verschwinden, bevor der Doppelgänger etwaige Ansprüche anmeldet.

BEGINNEN WIR ALSO MIT EINEM FÜNF-MINUTEN-DOUBLE,
DIE LEICHTESTE ÜBUNG:

Hilfreich ist es, ein Foto der zu verdoppelnden Person zu haben. Es geht auch mit einem Spiegelbild. Geübte Hexen brauchen überhaupt keine Vorlage.
Man konzentriere sich auf die betreffende Person und zeichne dann die Runen für die Begriffe »Leben«, »kurz« und »Wille« in die Luft. Dazu spreche man folgenden Spruch:

INVENIO HOMINEM (ICH ERSCHAFFE EINEN MANN.)
Oder:
INVENIO FEMINAM (ICH ERSCHAFFE EINE FRAU.)

Auf keinen Fall darf man vergessen, einen Schutzzauber um sich zu errichten!
Sobald der Doppelgänger auftaucht, kann man ihm Befehle geben. Wenn der Doppelgänger an einem entfernten Ort erscheint, reicht es, ihm per Gedankenkraft die Befehle zuzusenden. Er wird sie umgehend ausführen – vorausgesetzt, man hat alles richtig gemacht!

Jana presste die Hand auf den Mund. »Gleich ein Einbruch? Ist das nicht ein bisschen heftig?«

Miranda hielt mit dem Zeichnen inne. »Hast du eine bessere Idee?«

Jana zögerte kurz, dann schüttelte sie den Kopf. »Eigentlich nicht.«

»Der Einbrecher ist natürlich nur eine Art Fata Morgana«, erklärte Miranda. »Ein Phantom, das sich nach wenigen Minuten auflöst. Ich benutze dazu den praktischen Doppelgänger-Zauber. Der Nachbar sieht sich eigentlich selbst, erkennt sich aber nicht, weil sein Doppelgänger eine Gesichtsmaske trägt.«

Sie murmelte vor sich hin. Elena verstand nur *»Invenio hominem«*. Sie wurde ein bisschen neidisch auf Miranda, weil sie diesen Zauber mit leichter Hand und ohne Nervosität ausführte. Dabei war es ziemlich schwierig, einen Doppelgänger zu erschaffen. Man musste dazu in *höherer Zauberei* schon etwas erfahren sein. Wieder einmal wurde Elena bewusst, dass Miranda viel besser hexen konnte als sie. Miranda hatte ja schon in der Hexenwelt mit der *höheren Zauberei* beginnen dürfen – im Gegensatz zu ihr. Elena würde diesen Vorsprung wohl nie aufholen können!

»So, fertig!«, sagte Miranda und sah die anderen an. »In ein, zwei Minuten wird der Nachbar Frau Treller auf ihrem Handy anrufen, und bis die Sache geklärt ist, haben wir mindestens eine halbe Stunde Ruhe. – Was gibt's denn so Wichtiges, was ihr loswerden müsst?«

»Na ja …« Nele warf Jana einen unsicheren Blick zu. »Wir wollten euch fragen, was aus euch wird … ich meine, nachdem euer Vater … hm … die Umstände sind doch jetzt ganz anders. Werdet ihr im HEXIL bleiben oder zurückgehen?«

Elena sah, wie Janas Lippen leicht zitterten. Das rührte sie sehr. Ihre Menschenfreundinnen hatten sie offenbar wirklich ins Herz geschlossen! Aber ihr ging es ja genauso. Bei dem Gedanken, die beiden Mädchen nicht mehr zu sehen, wurde ihr ganz flau im Magen.

»Vorläufig wird sich gar nichts ändern«, antwortete Elena. »Wir müssen warten, bis Papa seinen Auftrag erledigt hat und zurückkommt.«

»Ihr seid also nicht in zwei Tagen oder so weg?« Nele wirkte erleichtert. Auch Jana lächelte.

In diesem Moment läutete es zum Unterrichtsbeginn. Elena blickte den Gang entlang, aber Frau Treller war nicht zu sehen – genau, wie Miranda es vorausgesagt hatte.

»Bingo!«, sagte Nele. »Es ist doch ungemein praktisch, wenn man Hexen als Freundinnen hat! Ihr solltet uns öfter eine Freistunde verschaffen!«

Jetzt steckte auch ihre Klassenkameradin Anna den Kopf aus dem Klassenzimmer, schaute zu den vier Mädchen und fragte verwundert: »Ist Frau Treller noch nicht da?«

»Nö, vermisst du sie denn?«, gab Nele zurück.

Anna schüttelte den Kopf. »Bestimmt nicht. Da kann ich wenigstens noch Mathe abschreiben.« Sie ging wieder ins Klassenzimmer.

Die vier Freundinnen hockten sich auf die breite Fensterbank im Gang.

»Habt ihr schon irgendwelche Pläne fürs Wochenende?«, erkundigte sich Miranda.

Jana verzog das Gesicht. »Erinnere mich bloß nicht daran! Ich muss am Samstag im Gemeindehaus vorspielen. Meine Mutter besteht darauf. Ich kriege Bauchweh, wenn ich nur daran denke!«

»Aber du spielst doch so toll Klavier«, meinte Nele. »Manchmal beneide ich dich. Ich kann nicht mal den *Flohwalzer* spielen.«

»Ach.« Jana zuckte die Achseln. »Das Schlimme ist, dass meine Mutter mir immer so einen Stress macht. Wenn das Vorspielen klappt, dann soll ich ab und zu beim Gottesdienst die Orgel spielen. Und ich werde auch richtigen Orgelunterricht bekommen. Meine Mutter sieht mich schon als zukünftige Kirchenmusikerin!«

»Ich weiß gar nicht, warum du dich beschwerst«, meinte Nele. »Musik hat dir doch sonst immer so viel Spaß gemacht.«

»Ach ja, aber ich hab echt keine Lust mehr, jeden Tag stundenlang zu üben, damit meine Mutter angeben kann, was für eine super Vorzeigetochter sie hat.« Jana strich genervt ihre Haare nach hinten.

Janas Leidenschaft fürs Klavierspielen hatte in der letzten Zeit deutlich nachgelassen – genau genommen, seit Elena und Miranda in ihr Leben getreten waren. Frau Kleist, Janas Mutter, hatte allerdings überhaupt kein Verständnis für diese Veränderung und hielt es für eine pubertäre Laune, dass ihre Tochter keine Lust mehr aufs Musizieren hatte.

»Jedenfalls brauchst du keine Angst vor dem Samstag zu haben«, sagte Nele. »Das bisschen Vorspielen schaffst du doch mit links!«

»Du hast ja keine Ahnung«, brauste Jana auf, die sonst sehr sanftmütig war.

»Ich werde vor Lampenfieber sterben! Es sind lauter Leute da, die sich mit Musik auskennen. Die hören jeden falschen Ton.« Sie sah Elena verzweifelt an. »Und Pastor Meier hat angeblich sogar das absolute Gehör.«

»Das absolute Gehör?« Miranda beugte sich nach vorne. »Gibt es das auch bei den Menschen? Ich dachte, ihr könnt normalerweise nicht Gedanken lesen!«

»Gedanken lesen?« Jana war irritiert. »Was hat das mit dem absoluten Gehör zu tun?«

»Eine Hexe, die das absolute Gehör hat, hört die Gedanken anderer Leute«, erklärte Miranda. »Und nicht nur die Gedanken, die ihr Gegenüber gerade im Augenblick denkt, sondern auch alle vergangenen und zukünftigen Gedanken. Sie kann in dem anderen lesen wie in einem Buch und kennt sein Schicksal von der Geburt bis zum Tod.«

Nele zog schaudernd die Schultern hoch. »Hört sich gruselig an!«

»Ein absolutes Gehör ist sehr selten«, fuhr Miranda fort. »Diese Begabung ist angeboren und kommt vielleicht einmal unter einer Million vor.«

Elena nickte bestätigend. »Normales Gedankenlesen dagegen kann eine Hexe lernen. Meine Oma hat früher auch mal geglaubt, sie hätte vielleicht das absolute Gehör. Sie hat sich sogar testen lassen, aber das Ergebnis war absolut negativ.«

Nele lachte. »Da war deine Oma bestimmt schrecklich enttäuscht.«

»Das war sie wirklich«, sagte Elena. »Sie hat sich vier Wochen in einen alten Sessel verwandelt.«

Jana hatte interessiert zugehört. Dann schüttelte sie den Kopf. »Bei Pastor Meier ist es anders. Ein absolutes Gehör bei Menschen bedeutet, dass man hören kann, um welchen Ton es sich handelt, beispielsweise, ob es ein C ist oder ein A.«

»Ach so«, meinte Miranda. »Das ist ja geschenkt! Und ich dachte schon, dieser Pastor Meier könnte dir wirklich gefährlich werden. Denn wenn er beim Vorspielen deine Gedanken gelesen hätte, hätte er erfahren, dass du mit uns befreundet bist und was gestern Abend passiert ist und … und überhaupt alles! Wir hätten schleunigst unsere Sachen packen und verschwinden müssen, bevor eine Hexenjagd auf uns losgeht!« Sie klopfte Jana auf die Schulter. »Mach dir mal keine Sorgen wegen Samstag. Notfalls kann ich ein bisschen nachhelfen, dass deine Finger auch immer die richtigen Tasten finden.«

»Das würdest du für mich tun?« Jana blickte Miranda dankbar an.

»Klar, du bist doch meine Freundin.« Miranda lächelte.

Jetzt sahen die Mädchen, dass jemand den Gang entlangkam und dabei das Bein etwas nachzog. Es war Herr Seifert, der Direktor der Schule. Er war Mitte sechzig, und es hieß, dass er wahrscheinlich Ende des Schuljahrs in Pension gehen wollte. Dass er humpelte, war die Folge einer alten Sportverletzung. Früher hatte er begeistert Fußball gespielt, aber jetzt war sein linkes Knie völlig steif.

Die vier Mädchen rutschten von der Fensterbank.

»Guten Morgen, Herr Direktor«, sagte Jana höflich.

»Guten Morgen, Mädels«, entgegnete Herr Seifert. »Ich werde heute eine Zeit lang Frau Treller vertreten, die leider überraschend wegmusste. Allerdings machen wir kein Englisch, sondern etwas Erdkunde. Ich bin sicher, ihr werdet mir eine Menge über die größten Flüsse der USA erzählen können.«

Nele verdrehte die Augen und unterdrückte ein Stöhnen.

»Hopp, hopp, ihr Mädels«, sagte Herr Seifert freundlich. »Ins Klassenzimmer mit euch!«

Herr Seifert war über die Unwissenheit der 8a entsetzt. Auf seine schwierigen Fragen konnte niemand außer Miranda antworten, und selbst sie wusste nicht alles.

»Meine Güte, ich glaube wirklich, keiner von euch hat je in einen Atlas geschaut!«, klagte Herr Seifert. »Der *Mississippi* ist keine Automarke und der *Delaware* keine Computerfirma.«

Nachdem er dreimal die Hände über dem Kopf zusammengeschlagen hatte und sich lauthals beklagte, wie es die Schülerinnen und Schüler bei so viel Dummheit je zu etwas bringen sollten, hatte selbst Elena genug. Sie musste nur kurz ihren Zeigefinger biegen, und schon fing Herr Seiferts Stimme an, leiser und leiser zu werden.

Herr Seifert griff sich an die Kehle, lockerte seinen Kragen und bemühte sich, lauter zu sprechen – vergebens. Er konnte nur noch flüstern. Schließlich schrieb er »Beschäftigt euch bitte selbst!« an die Tafel, holte eine Zeitung aus seiner Aktentasche und begann zu lesen.

Nele, die vor Elena saß, drehte sich um und schob Elena einen kleinen Zettel zu. Elena faltete ihn auseinander.

Was hast du gemacht?

Elena griff nach einem Stift und schrieb darunter:

Schneckenschleim auf Stimmritze!

Sie formte den Zettel zu einem Kügelchen und warf es Nele zu.

Nele las die Nachricht und grinste. Jana beugte sich ebenfalls über den Zettel und machte ein angewidertes Gesicht.

Eine Viertelstunde vor Ende der zweiten Stunde tauchte Frau Treller wieder auf. Herr Seifert erhob sich von seinem Stuhl und deutete mit einer Handbewegung an, dass ihm die Stimme abhandengekommen war.

»Vielen Dank, dass Sie mich vertreten haben«, sagte Frau Treller. »Wenn ich gewusst hätte, dass alles nur falscher Alarm war, wäre ich hiergeblieben! Mein Nachbar muss Halluzinationen gehabt haben! Von wegen Einbrecher! Die Polizei hat nicht die geringste Spur gefunden, keinen Fußabdruck, keine fremden Fingerabdrücke, nichts. Und gestohlen worden ist auch nichts. Also viel Lärm um nichts. Mein Nachbar ist völlig verwirrt und lässt sich jetzt ärztlich untersuchen, der Arme.«

Nachdem Herr Seifert das Klassenzimmer verlassen hatte, setzte sich Frau Treller ans Pult. »Bitte schlagt eure Bücher auf, Seite 34!«

»Och nö«, protestierte Mark, der neben Elena saß. »Das lohnt sich doch jetzt nicht mehr. Erzählen Sie uns lieber, was passiert ist!«

Frau Treller seufzte. »Na gut, es ist wirklich schon spät. But I'll tell you the story in English ...«

»Ehrlich, Schneckenschleim?«, fragte Jana, als es zur Pause geklingelt hatte und die vier Mädchen auf dem Weg in den Schulhof waren. »Igitt!«

»Geruchs- und geschmacksneutraler Schleim«, sagte Elena schnell. »Der Zauber hält nicht lange an. Spätestens heute Mittag wird der Direx wieder reden können wie ein Wasserfall!«

»Es war echt ätzend«, beschwerte sich Nele. »Er hat uns hingestellt, als wären wir alle total dämlich. Was interessieren mich die Flüsse in Amerika?«

»Vor allem, wenn das Wasser keine magische Kraft hat«, stimmte Miranda ihr zu. »Bei uns in der Hexenwelt ist es nämlich etwas anders. Da sollte man über Flüsse und die

Wasserzusammensetzung Bescheid wissen. Im *Rotfelsenfluss* zum Beispiel darf man niemals baden, weil man sich sonst sofort in einen Kojoten verwandelt. Meine Mutter hat einmal erzählt, dass eine entfernte Tante von einem Freund eine Flasche Badeöl bekommen hat. Leider war dem Öl etwas Wasser aus dem *Rotfelsenfluss* beigemischt, und ihr könnt euch bestimmt vorstellen, was passiert ist. Das Schlimme war, dass meine Tante niemals *Metamorphose* gelernt hat, und es dauerte drei Tage, bis sich jemand fand, der die Arme endlich zurückverwandelt hat ...«

»Oje«, sagte Nele und stieß Jana an. »Stell dir vor, du wärst plötzlich ein Kojote, weil du dieses Badeöl verwendet hast. Deine Mutter würde in Ohnmacht fallen!«

Jana kicherte.

»Ihr entschuldigt mich«, sagte Elena. »Ich muss dringend aufs Klo. Geht schon mal vor, ich komme gleich nach.«

Sie bog in Richtung Mädchentoilette ab. Da sich vor der Tür aber eine lange Schlange gebildet hatte, beschloss Elena, die Toilette im Keller zu benutzen. Dort war meistens niemand. Auf der Kellertreppe kamen ihr einige Zehntklässler entgegen. Sie hatten Werken gehabt, denn sie trugen verschiedene Holzarbeiten in den Händen. Weil Elena damit beschäftigt war, einem Vogelhäuschen hinterherzuschauen, prallte sie mit einem Jungen zusammen.

»Oh – Entschuldigung!«, sagte sie. Ihr Herz setzte einen Schlag aus, als sie erkannte, mit wem sie zusammengestoßen war. Es war Kevin.

Doch er schob Elena nur zur Seite und ging einfach weiter. Nicht einmal »Hallo!« hatte er gesagt.

Damit hatte Elena überhaupt nicht gerechnet. Sie war völlig verdutzt. Kevin hatte sich nicht anmerken lassen, dass er sie kannte. Und noch weniger hatte er gezeigt, dass er unsterblich in sie verliebt war.

Das musste Elena erst einmal verdauen. Als sie auf der Toilette saß, dachte sie darüber nach. Hatte Großmutter Mona gestern Abend vielleicht zu viele Teile aus Kevins Erinnerungsvermögen gelöscht? Konnte es sein, dass er Elena jetzt wirklich nicht mehr kannte? Und auch nicht mehr liebte?

Elena merkte nicht, dass sie vor lauter Grübeln die halbe Rolle Toilettenpapier zerpflückte.

Aber Mona hatte doch ausdrücklich gesagt, dass es keinen Zauber gab, mit dem man Verliebtheit beseitigen konnte! Also konnte sie Kevins Liebe auch nicht gelöscht haben …

Doch warum hatte Kevin dann nicht reagiert? Wollte er es Elena heimzahlen, dass sie seine Gefühle bisher nicht erwidert hatte? Oder war ihm in der letzten Nacht vielleicht die Erleuchtung gekommen, dass er gar nicht in Elena verliebt war, sondern vielleicht … vielleicht in Miranda?

Wütend rupfte Elena ein weiteres Stück Toilettenpapier ab.

Sie hatte sich so sehr gewünscht, dass Kevin endlich aufhörte, in sie verliebt zu sein und sie zu belästigen.

Warum, zum Orkus, war sie jetzt nicht glücklich darüber, dass sich das Problem Kevin offenbar von allein gelöst hatte?

Schlecht gelaunt betätigte Elena die Klospülung und ging zurück zu den anderen.

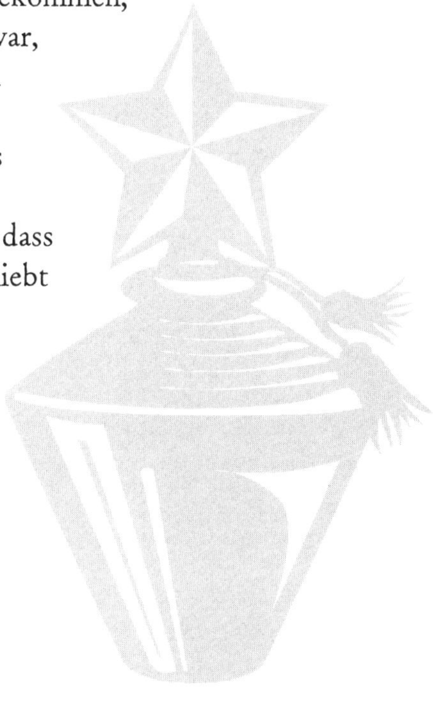

Frisch verliebt verhext sich gern

Das, was man nicht kriegen kann, ist immer am verlockendsten«, behauptete Miranda, als sie zu Hause in der Eingangshalle ihre Schultaschen abstellten. Elena hatte ihr kurz den Vorfall geschildert. »Obwohl du immer noch behauptest, dass du dir nichts aus Kevin machst, kannst du es nicht ertragen, wenn er dich nicht beachtet.« Sie grinste vielsagend.

»Ja, und?« Diese Erklärung war Elena zu dürftig.

»Guck dir Daphne an«, meinte Miranda. »Wie oft streitet sie sich mit ihrem Gregor, wenn sie mit ihm per *Transglobkom* redet. Sie hat ihn schon so oft zum Teufel geschickt, aber wenn er sich mit dieser Lucinda trifft, weint sie sich die Augen aus.«

»Ich bin nicht wie Daphne«, empörte sich Elena.

»Du bist immerhin ihre Schwester!«, sagte Miranda. »Und ihr habt vielleicht auch die gleichen Liebes-Gene.«

Elena streckte Miranda die Zunge raus. In diesem Moment kam Mona in die Halle. Sie hatte eben den Wagen abgestellt. Ihr folgte ein grauhaariger Herr mit einem Aktenkoffer. Es war Aaron Abraxas Holzin, der Hexilbeauftragte, der die Familie Bredov betreute und ihr auch dieses schöne Haus besorgt hatte. Er wirkte aufgeregt.

»Hallo, Herr Holzin!«, begrüßten ihn Miranda und Elena.

»Hallo, ihr beiden«, erwiderte Aaron Holzin geistesabwesend und beeilte sich, Mona einzuholen, die die Treppe hinaufgehen wollte.

»Hören Sie, Frau Bredov, Sie haben heute wirklich den Bogen überspannt. Wenn Sie wollen, kann ich Ihnen einen Chauffeur besorgen. Aber so etwas wie heute Morgen darf nicht wieder vorkommen.«

Jolanda kam in die Eingangshalle und schaute besorgt zu Mona und Aaron Holzin, die auf der Treppe standen.

»Was ist denn passiert?«

»Er behauptet, ich kann nicht Auto fahren«, entrüstete sich Mona laut. »So ein ausgemachter Unsinn!«

»Aber Sie haben diesen Unfall verursacht«, beharrte Holzin. »Verstehen Sie, ich muss der Sache nachgehen, das hat zu viele Folgen …«

Mona ging einfach weiter die Treppe hinauf. Doch Holzin klebte ihr fast am Rücken und redete unablässig weiter auf sie ein. Elena und Miranda verstanden nur Bruchstücke.

»… mehrere Male öffentlich gehext … die beiden Polizisten brauchen psychologische Betreuung … Gegen die Regeln verstoßen …«

Anweisungen für Hexen im HEXIL:

Verhalten Sie sich unauffällig! Die Menschen dürfen nicht herausfinden, wer Sie wirklich sind. Studieren Sie ihre Regeln und Gebräuche und ahmen Sie ihre Sitten nach! Passen Sie sich an!

Hexen Sie möglichst nicht in der Öffentlichkeit!

Verwenden Sie zur Fortbewegung keinen Besen!

Verraten Sie keinem Menschen, wer Sie in Wirklichkeit sind und woher Sie kommen!

Experimentieren Sie bei Problemen nicht auf eigene Faust, denn unbedachtes Handeln kann fatale Folgen haben!

Wenden Sie sich bei Schwierigkeiten und Fragen an Ihren zuständigen Hexilbeauftragten!

»Herr Holzin!« Mona war oben angelangt und drehte sich abrupt um. »Würden Sie bitte gestatten, dass ich mich jetzt umziehe, oder wollen Sie auch noch in mein Schlafzimmer mitkommen?«

Aaron Holzin bekam einen roten Kopf und geriet ins Stottern. »Na gut, dann ziehen Sie sich um. Aber ich warte hier! Ich rühre mich nicht vom Fleck, bis wir über den Vorfall gesprochen haben.«

»Pffff!«, machte Mona nur, bevor die Schlafzimmertür hinter ihr ins Schloss fiel.

»Auweia«, flüsterte Miranda Elena ins Ohr. »Das klingt ja, als würde Mona jetzt *richtig* Ärger bekommen!«

Jolanda sah etwas genervt zu Aaron Holzin hoch, der sich auf die Treppe gesetzt und seinen Aktenkoffer geöffnet hatte. »Sie können gerne zu mir ins Wohnzimmer kommen, Herr Holzin.«

»Danke für das Angebot, aber ich bleibe lieber hier«, murmelte Holzin. »Sonst verschwindet Ihre Mutter wieder heimlich durch die Haustür, ohne die Sache mit mir auszudiskutieren.«

Miranda und Elena wechselten einen einvernehmlichen Blick. Wenn Mona wollte, dann konnte sie sich ohnehin an einen anderen Ort hexen, ohne dass verschlossene Türen oder feste Wände sie daran hinderten. Aaron Holzin kannte sich offenbar in Zauberdingen nicht sonderlich gut aus. Er war der Abkömmling eines Hexilanten, der in der Menschenwelt geblieben war, arbeitete im normalen Leben als Anwalt und besaß nur schwache magische Kräfte.

»Dann kommt wenigstens ihr rein«, sagte Jolanda zu Miranda und Elena. »Ich habe das Wohnzimmer ein wenig umgeräumt und möchte gerne wissen, wie es euch gefällt.«

Die beiden Mädchen folgten Frau Bredov ins Wohnzimmer. Elena sah auf den ersten Blick, dass das Terrarium nicht mehr da war. An seinem Platz im Erker stand nun ein marmorner Zimmerspringbrunnen, der leise vor sich hin plätscherte. Die kleine Wasserfontäne leuchtete erst rosa, dann blau, dann grün.

»Hübsch, nicht wahr?« Jolanda strahlte. »Die Menschen bemühen sich wirklich, unsere Magie nachzuahmen.«

Elena schluckte. Obwohl das Terrarium jetzt nicht mehr benötigt wurde und auch zwei Glasscheiben zerbrochen waren, hatte sie das Gefühl, dass etwas fehlte. Ihr Vater schien weiter weg zu sein als je zuvor. Jetzt gab es gar keine Spur mehr von ihm ... Plötzlich hatte Elena schreckliche Angst. Panik stieg in ihr auf. Es war, als hätte sie auf einmal den Kopf voller böser Vorahnungen. Was wäre, wenn sein Auftrag scheiterte? Wenn er nie mehr lebend zurückkäme? Elena spürte, wie das Blut aus ihrem Gesicht wich.

»Was ist los mit dir, Elena?«, fragte Jolanda besorgt. »Du bist so blass. Gefällt dir der Springbrunnen nicht? Wenn du ihn gar nicht magst, kann ich ihn notfalls auch noch umtauschen.«

Elena schüttelte den Kopf. »Es liegt nicht an dem Brunnen«, flüsterte sie und strich sich das rote Haar aus der Stirn. »Ich musste nur gerade an Papa denken. Ich habe Angst um ihn, Mama. Ich glaube, das, was er tut, ist schrecklich gefährlich.«

»Ich muss auch oft an ihn denken«, gab Jolanda zu. »Mir wäre es viel lieber, er wäre bei uns geblieben. Aber ich bin sicher, dass er seine Mission erfüllen wird. Und dann kommt er sofort zu uns zurück. Mach dir keine Sorgen, Elena.« Es klang ein bisschen so, als müsste Jolanda sich selbst davon überzeugen, was sie da sagte. Sie drückte ihre Tochter an sich. »Ich weiß, es ist alles ein bisschen viel für dich. Mir geht es genauso.«

»Dein Vater schafft es bestimmt, Elena«, meinte Miranda.

Elena machte sich von Jolanda los und lächelte tapfer, während sie versonnen an ihren Vater dachte.

»Übrigens werde ich am Wochenende verreisen«, sagte Jolanda. »Mein Chef bei der Zeitung hat mich zu einem Seminar in Hannover angemeldet: *Das Wesentliche auf den Punkt bringen – Kurz und knapp texten.* Ich muss und ich *möchte* auch hinfahren. Mein Chef sagt, dieses Seminar würde mir bestimmt viel bringen.«

Jolanda arbeitete als freie Mitarbeiterin beim *Blankenfurter Kurier.* Auch in der Hexenwelt war sie Journalistin gewesen. Jolanda liebte ihren Beruf und war sehr froh, dass sie diesen Job in der Menschenwelt bekommen hatte.

»Ich werde am Freitagnachmittag fahren«, fuhr Jolanda fort. »Ein Wochenende lang werdet ihr schon ohne mich auskommen. Außerdem ist Mona ja da.«

Elena verdrehte die Augen. Die Aussicht, dass ihre Großmutter alle ungehindert herumkommandieren konnte, war nicht gerade verlockend.

»Ich weiß, was du sagen willst«, kam Jolanda möglichen Einwänden zuvor. »Du fragst dich bestimmt, warum ich meine Karriere unbedingt vorantreiben will, wenn doch keiner von uns weiß, wie lange wir noch im HEXIL bleiben werden.«

»Es ist immer wichtig, etwas dazuzulernen«, erwiderte Miranda.

Elena seufzte und zog die Schultern hoch. »In Ordnung, Mama«, murmelte sie. »Ich habe nichts dagegen, wenn du fährst. Das Wochenende werden wir schon ohne dich überstehen.«

Jetzt wurden draußen in der Eingangshalle wieder Stimmen laut und kurz darauf kamen Mona und Aaron Holzin ins Wohnzimmer. Mona fegte durch den Raum und holte sich vom Kaminsims die Schachtel mit ihren Zigarillos, während Aaron Holzin vor der Couch stehen blieb und darauf wartete, dass ihn jemand aufforderte, sich hinzusetzen. Mona fummelte einen Zigarillo aus der Schachtel, steckte ihn zwischen die Lippen und schnippte mit den Fingern. In der Luft erschien ein Flämmchen und entzündete den Zigarillo. Gleich darauf erfüllte würziger Pfefferminzduft den Raum.

Jolanda blickte vorwurfsvoll zu ihrer Mutter. Im Wohnzimmer sollte eigentlich nicht geraucht werden. Aber Mona ignorierte den Blick ihrer Tochter.

»Nun setzen Sie sich endlich hin und packen Ihre verdammten Formulare aus, wenn Sie das unbedingt tun müssen.« Monas Stimme klang schneidend. »Ich habe nicht die geringste Lust, dass Sie mir bis heute Abend nachlaufen. Schreiben Sie mein Sündenregister ruhig auf, wenn es Ihnen Spaß macht.« Sie blies den Rauch in die Luft. Er formte sich zu einer durchsichtigen Pistole, die langsam durchs Zimmer schwebte.

»Sehr witzig«, murmelte Holzin, setzte sich steif auf die Couch und ließ die Verschlüsse seines Aktenkoffers aufschnappen. Er nahm einen Papierstapel heraus, griff nach einem silbernen Stift und fing an, ein Formular auszufüllen.

»Erstens: Zurückdrehen der Zeit. Keine lokale Begrenzung. Die Folge: landesweites Durcheinander der Fahrpläne. Störungen des Zug- und Flugverkehrs.«

»Nur landesweit?«, fragte Mona ironisch. »Warum nicht gleich international? Oder universell? Vielleicht bin ich ja auch schuld, dass sich die nächste Mondfinsternis um zehn Minuten verschiebt.« Holzin räusperte sich und ging nicht darauf ein. »Zweitens: Hemmungsloses Zaubern in der Öffentlichkeit und Erregung von Aufsehen.«

Mona trat zum Fenster und starrte in den Garten.

»Drittens«, sagte Holzin, aber weiter kam er nicht.

»Falls Sie es darauf anlegen, uns vorzeitig aus dem HEXIL in die Hexenwelt zurückzuschicken, dann kann ich Ihnen nur mitteilen, dass Sie zu spät kommen«, sagte Mona und drehte sich abrupt um.

»Mutter!«, sagte Jolanda warnend.

Auch Elena hatte Angst, dass Mona die Sache mit Papa ausplauderte.

»Außergewöhnliche Umstände sind eingetreten«, sagte Mona kalt. »Unser HEXIL wird voraussichtlich keine fünf Jahre dauern, wie es geplant war. Wir werden früher in die Hexenwelt zurückkehren, aber falls Sie glauben, dass wir das mit Schimpf und Schande tun, dann bitte ich Sie, sich bei den Obersten Zauberrichtern nach den näheren Einzelheiten zu erkundigen. Sie werden sich wundern, mein lieber Herr Holzin! Sie haben nämlich keine Ahnung, mit welch wichtigen Leuten Sie es zu tun haben, und eigentlich könnten Sie sich glücklich schätzen, dass Sie uns überhaupt betreuen dürfen. Bei nächster Gelegenheit werde ich mich über Ihr Benehmen beschweren, denn wir genießen Immunität. Das heißt, Sie dürfen uns weder strafrechtlich noch zivilrechtlich verfolgen.«

Holzin fiel der Stift aus der Hand. »Was … wie soll ich das denn verstehen?« Seine Stimme hatte jegliche Kraft verloren. »Sind Sie … sind Sie in Wahrheit Diplomaten?«

»Keine Diplomaten.« Mona nahm einen tiefen Lungenzug und blies den Rauch aus der Nase. Er formte sich zu mehreren Fragezeichen, die zu Aaron Holzin schwebten und über seinem Kopf stehen blieben.

»Aber so etwas Ähnliches. Ich kann Ihnen nur raten: Stören Sie mit Ihrer kleinlichen Beamtenseele nicht die höchstrichterlichen Anweisungen! Sie könnten das Landeszauberamt nämlich sehr verärgern. Habe ich mich klar genug ausgedrückt?«

»Na ja. J-ja. Ich weiß zwar nicht, worum es geht, aber ich muss ihnen wohl glauben«, antwortete Aaron Holzin kleinlaut und wurde knallrot im Gesicht. Verlegen blickte er auf die Bögen, die er bereits ausgefüllt hatte. »Und ... und was machen wir jetzt damit?«

»DAS machen wir damit!« Mona streckte den Finger aus. Ein feuriger Pfeil zischte daraus hervor, stürzte sich auf Holzins Papiere und verbrannte sie in Sekundenschnelle sauber zu Asche.

Holzin schluckte. »Danke«, sagte er dann, steckte umständlich seinen Stift in den Aktenkoffer zurück und klappte ihn zu. Er stand auf. »Sie nehmen es mir hoffentlich nicht übel, dass ich ...«

»Doch, ich nehme es Ihnen übel«, entgegnete Mona. »Sehr. Wir alle nehmen es Ihnen übel.« Sie nickte Elena und Miranda zu.

»Ich wollte doch nur meine Pflicht ... Sie müssen verstehen ... meine Anweisungen ...« Holzin zog sich immer mehr in Richtung Tür zurück. Mona machte eine lässige Handbewegung. Ein unsichtbarer Sog erfasste Aaron Holzin und zog ihn rücklings zur Tür hinaus. Kurz darauf hörten alle, wie die Haustür ins Schloss fiel.

»Mutter«, sagte Jolanda und atmete hörbar durch, »meinst du nicht, dass das eben ein bisschen übertrieben war?«

»*Das eben* war genau richtig, Schätzchen«, entgegnete Mona. »Manche Leute müssen ab und zu in die Schranken gewiesen werden. Und ich bin sicher, dass uns Aaron Abraxas Holzin nie wieder mit so einem Kleinkram belästigen wird. Seine Formulare kann er sich in ...«

»Mutter!«

»... in Zukunft übers Bett hängen!«

Am Nachmittag saßen Miranda und Elena auf ihrem Balkon und machten Hausaufgaben. Es war ein schöner Herbsttag und die beiden Mädchen genossen die Sonne. Es fiel Elena schwer, sich auf die Arbeit zu konzentrieren. Mathematik war nach wie vor für sie ein Buch mit sieben Siegeln. Wahrscheinlich würde sie nie hinter ihre Geheimnisse kommen. Nachdenklich starrte sie die Zahlen an und kaute auf ihrem Stift herum.

Miranda dagegen löste zügig eine Aufgabe nach der anderen. Elena beneidete sie. Ihre Freundin lernte einfach viel leichter als sie, egal, ob es sich um Sprachen oder Naturwissenschaften handelte. Auch in der Hexenkunst war Miranda schon viel weiter als Elena. Bald würden die Mädchen ihr Hexendiplom ablegen müssen. Sie bekamen ihre Lektionen regelmäßig mit der *transglobalen Post.* Im Keller der Villa, hinter der Heizungsklappe, befand sich der Briefkasten, der eine Art Portal zur Hexenwelt war. So konnten Nachrichten und Pakete hin- und hergeschickt werden.

Erst heute waren wieder drei neue Lektionen gekommen. Elena hatte ihre Hefte noch gar nicht ausgepackt. Sie war noch mit den beiden letzten Lektionen im Rückstand. Manchmal fragte sie sich, ob sie das alles schaffen würde. Sie musste den Schulstoff der Menschen lernen und gleichzeitig für ihr Hexendiplom büffeln … Elena seufzte.

Miranda sah von ihrem Buch auf. »Was ist?«

»Ach, ich glaube, ich packe das alles nicht«, sagte Elena niedergeschlagen. »Es ist einfach zu viel Stoff. Ich kann mir weder Zaubersprüche merken noch Englischvokabeln. Wahrscheinlich werde ich beim Hexendiplom durchfallen und in Englisch kriege ich im Zeugnis bestimmt auch eine Fünf.«

»Unsinn.« Miranda schüttelte den Kopf. »Es ist doch noch genügend Zeit. Du musst dich nicht verrückt machen!«

»Das sagst du. Wenn mir das Lernen auch so leichtfiele ...«

Miranda legte den Stift weg. »Du musst an dich glauben, Elena. Und natürlich auch fleißig lernen. Ohne Büffeln geht es eben nicht.«

»Ach.« Elena stieß die Luft aus. »Mein Kopf ist so voll. Ich kann mich einfach nicht konzentrieren. Dauernd muss ich an andere Sachen denken! Wenn ich nur wüsste, wie alles werden wird. Ob Papa zurückkommt. Und ob wir dann in die Hexenwelt zurückkehren. Stell dir vor, ich habe endlich all diese blöden Vokabeln im Kopf, und dann gehen wir weg von hier. Dann habe ich die ganzen Wörter umsonst gelernt.«

»Tja, es wäre schon praktisch, wenn wir die Zukunft kennen würden«, meinte Miranda. »Ich wüsste wirklich auch zu gerne, ob ich wirklich mal Diplomatin werde.« Ihr Blick wurde verträumt. »Dann könnte ich hier leben und dürfte trotzdem Hexe sein. Und Jana und Nele könnten mich vielleicht bei meiner Arbeit unterstützen.«

Elena spürte einen leichten Stich Eifersucht, weil sie in Mirandas Plan keine Rolle spielte.

»Aber Jana will ja wahrscheinlich Musik studieren«, wandte sie ein.

»Das will hauptsächlich ihre Mutter«, stellte Miranda richtig. Plötzlich leuchtete ihr Gesicht auf. »Wir könnten ja versuchen herauszufinden, was die Zukunft bringt.«

Elena blickte skeptisch drein. »So weit sind wir doch noch gar nicht mit unserer Magie. Und außerdem ...« Sie verstummte. Wollte sie überhaupt wissen, was passieren würde? Wenn der Blick in die Zukunft nun zeigte, dass Papa umkam? Oder dass sie eines Tages mit Kevin verheiratet sein und drei Kinder mit ihm haben würde. Elena schüttelte sich innerlich.

Doch Miranda war ganz Feuer und Flamme. »Ich habe neulich ein Buch bei deiner Oma entdeckt«, flüsterte sie geheimnisvoll. »Darin sind genaue Anleitungen, wie man es machen muss.«

Elena fühlte sich immer unbehaglicher. »Du weißt, wenn meine Großmutter dich dabei erwischt, dass du in ihren Regalen herumschnüffelst, dann ist der Teufel los.«

»Ich lasse mich schon nicht erwischen.« Miranda lächelte. »Mona hat jede Menge hochinteressante Bücher …«

Das konnte sich Elena vorstellen. Ihre Großmutter bekam ständig Buchpakete aus der Hexenwelt – und Elena war sicher, dass sich Mona ab und zu auch *verbotene Bücher* bestellte.

»Sei nicht feige.« Mirandas Augen funkelten. »Das wäre doch toll, wenn wir einen Blick in die Zukunft werfen könnten!«

»Es … es ist aber gefährlich«, sagte Elena vorsichtig. Sie wollte nicht, dass Miranda sie für einen Feigling hielt. Das war sie bestimmt nicht. »Es ist viel leichter, anderen Leuten die Zukunft vorauszusagen als sich selbst. Das weißt du doch.«

Miranda winkte ab. »Mit dem Buch, das ich entdeckt habe, wird es funktionieren.« Sie dämpfte ihre Stimme. »Lass es uns tun, Elena. Heute Nacht. Hier auf dem Balkon. Ich besorge das Buch und die Zutaten und wir vollziehen das Ritual um Mitternacht. Das Wetter ist günstig, es wird bestimmt nicht regnen.«

»Na gut.« Elena wollte keine Spielverderberin sein, wenn Miranda so viel an der Sache lag. Es kribbelte in ihrem Bauch vor lauter Aufregung. Ein bisschen neugierig war sie natürlich auch – und die Aussicht, einmal etwas *Unerlaubtes* zu tun, erschien ihr so viel spannender als die Hausaufgaben, die sie für die Schule machen mussten.

In diesem Moment wurden unten auf der Terrasse Stimmen laut – Jolanda und Mona. Elena lehnte sich über die Balkonbrüstung, um zu sehen, warum sich die beiden schon wieder stritten.

»Sie sind beschäftigt«, flüsterte Miranda. »Der Zeitpunkt ist günstig. Am besten gehe ich jetzt gleich in Monas Zimmer und hole das Buch. Drück mir die Daumen, Elena.«

»Mach ich«, versicherte Elena ihr.

Miranda stand auf und verschwand.

»Nein, ich werde meine Pläne auf keinen Fall ändern«, erklärte Jolanda. »Wie würde ich sonst vor meinem Chef dastehen? *Tut mir leid, ich kann leider nicht an diesem Seminar teilnehmen, weil meine Mutter ausgerechnet an diesem Wochenende zu einem Hexen-Workshop fährt?* – Wie sieht denn das aus?«

»Ich werde aber auch nicht absagen«, entgegnete Mona heftig. »Ich muss dringend etwas für meine Hexenkräfte tun. Seit ich hier in der Menschenwelt lebe, bin ich völlig aus der Übung. Wann habe ich das letzte Unwetter gehext? Die letzte Überschwemmung? Ich komme mir vor, als würde ich nur noch den einfachsten Suppenzauber beherrschen! Eine Hexe ist nur dann wirklich gut, wenn sie ihre Kräfte ständig trainiert und sich auch fortbildet!«

Suppenzauber

Abfälliger Sammelausdruck für einfache Hexereien innerhalb des Haushalts. Es handelt sich um Dinge, die jede Hexe normalerweise im Schlaf erledigen kann.

- Wasser zum Kochen bringen
- Flecken aus der Wäsche entfernen
- Fenster reinigen
- den Boden fegen oder Staub saugen
- Staub wischen
- Knöpfe annähen und Löcher stopfen
- Geschirr spülen

»Dann fahren wir eben beide«, schlug Jolanda vor. »Ich zu meinem Seminar und du zu deinem Workshop: *Wie man seine Hexenkräfte durch mentales Training stärkt.*«

»Und was ist mit deinen Kindern?«, fragte Mona. »Willst du sie etwa allein lassen?«

»Ich bitte dich – so klein sind sie ja wirklich nicht mehr«, meinte Jolanda. »Ich bin sicher, dass sie einmal zwei Tage ohne uns auskommen werden. Elena und Miranda sind für ihr Alter sehr vernünftig ...«

»Was man von Daphne ganz und gar nicht behaupten kann«, konterte Mona.

»Daphne ist eben in einem schwierigen Alter, das muss man akzeptieren«, sagte Jolanda. »Aber sie wird ja nicht gleich das Haus abfackeln. Und Rufus könnte das Wochenende vielleicht bei Lukas verbringen. Er liegt mir schon die ganze Zeit in den Ohren, dass er einmal bei seinem Kindergartenfreund übernachten will.«

»Also – ich hätte da kein gutes Gefühl«, sagte Mona vorwurfsvoll. »Als Mutter. Als Großmutter halte ich mich da heraus. Du bist alt genug, um zu wissen, was du tust. Es sind *deine* Kinder!«

»*Beim Orkus*, jetzt mach doch kein solches Drama daraus!« Jolandas Stimme klang ärgerlich. »Daphne und Elena können mich anrufen, wenn etwas nicht in Ordnung ist. Per Handy bin ich jederzeit erreichbar.«

Mona rümpfte die Nase. »Ach ja, du hast ja jetzt auch eines von diesen scheußlichen Dingern! Wie furchtbar. Kein Wunder, dass du so oft Migräne hast.«

»Meinen *Transglobkom* kann ich ja schlecht während des Seminars verwenden«, gab Jolanda zurück. »Und meine Migräne hatte ich schon, *bevor* ich mir das Handy angeschafft habe. Gib dir keine Mühe, Mutter. Ich lasse mir das Seminar nicht von dir vermiesen.«

»Du denkst immer nur das Schlechteste von mir«, grollte Mona und ging beleidigt ins Haus zurück.

Verbotener Zauber verlangt eine dunkle Nacht

Spürst du die Kraft?«, wisperte Miranda und legte Elenas Hand auf das Buch, das sie aus Monas Regal entwendet hatte.

Elena fühlte, wie der Ledereinband unter ihren Fingern sachte vibrierte.

»Wirkt irgendwie lebendig«, murmelte Elena. Ihr Mund war trocken. Sie musste an das geheimnisvolle Amulett denken, das ihr Vater in die Hexenwelt mitgenommen hatte. Elena und Miranda hatten bei dem Schmuckstück eine sehr fremde Magie gespürt.

Wie auch jetzt.

»Das Buch macht mir Angst«, flüsterte Elena. »Ich glaube, wir sollten es nicht tun. Wir haben noch zu wenig Erfahrung, was das Hexen angeht. Vielleicht beschwören wir Unheil herauf. Bring das Buch lieber zurück, Miranda!«

Miranda schüttelte den Kopf. »Geht nicht«, antwortete sie. »Deine Oma ist in ihrem Zimmer. Ich kann das Buch jetzt nicht zurückstellen. Und ich will es auch gar nicht.« Miranda wirkte angespannt. Ihre Augen glitzerten. »Ich muss einfach wissen, was die Zukunft für mich bereithält.«

Elena sah sie prüfend an. Miranda war sehr ehrgeizig, aber Elena befürchtete, dass sich ihre Freundin besonders von starker, unkontrollierbarer Magie angezogen fühlte. Schon jetzt beschäftigte sich Miranda gerne mit einfachen Formeln der *grauen Magie*, obwohl überall zu lesen war, dass man dazu auf alle Fälle das Hexendiplom und ein oder zwei Jahre Praxiserfahrung in *höherer Zauberei* haben sollte. Aber Miranda reizte es nun mal, zu experimentieren und Dinge auszuprobieren. Elena musste zugeben, dass es meistens auch gut klappte, und ihre eigenen Bedenken kamen ihr dann dumm vor.

Gefährliche und verbotene Bücher

Zauberbücher sind für den Leser manchmal lebensgefährlich. Dabei geht es nicht nur um gefährliche Inhalte, sondern das Buch an sich ist schon ein Risikofaktor.

Manche Bücher sind mit einem Fluch belegt, um zu verhindern, dass der Inhalt von den falschen Leuten gelesen wird.

Eine kundige Hexe merkt die Gefährlichkeit eines Buches daran, dass es sich von außen lebendig anfühlt. Einige Bücher sind tatsächlich lebendig, und man muss sie täglich mit rohem Fleisch, Insekten oder Spinnen oder mexikanischen Würmern füttern. So ein gefräßiges Buch kann den Leser vor lauter Gier auch mal in die Finger beißen, deshalb sollte man es nie ohne feste Lederhandschuhe berühren. Manche Bücher verschlingen ihre Mahlzeit laut schmatzend und rülpsen sogar!

Manchmal wohnt auch ein böser Geist in einem Zauberbuch. Sobald der Leser das Buch aufschlägt, ergreift der

Geist Besitz von seinem Körper und übernimmt die Steuerung. Erst kurz vor dem Tod seines Wirts verlässt der böse Geist sein Zuhause und sucht sich ein anderes geeignetes Buch. Dort versteckt er sich und wartet, bis das Buch aufgeschlagen wird und er einen neuen Körper besetzen kann. Nur ganz erfahrene Zauberer und Hexen schaffen es, sich gegen einen solchen bösen Geist zu wehren und das Buch trotzdem zu lesen.

Andere gefährliche Bücher ziehen den Leser beim Aufschlagen in eine ferne Welt, in der er sich unter Umständen ganz verlieren kann. Manche Leute gehen auf diese Weise völlig verloren, weil sie niemals in ihre eigene Welt zurückfinden.

»Versprich mir, dass du vorsichtig bist«, sagte Elena.

»Bin ich jemals unvorsichtig gewesen?«, gab Miranda zurück. »Außerdem – wenn das Buch wirklich richtig gefährlich wäre, dann würde deine Oma es doch besser unter Verschluss halten und es nicht einfach ins Regal stellen, oder?«

Elena zuckte die Achseln. Bei Mona wusste man nie!

Die beiden Mädchen standen auf dem Balkon. Es war dunkle Nacht. Nur unten im Garten leuchteten ein paar Lampen auf dem Rasen. Ein kühler Wind wehte, aber der war sicher nicht allein daran schuld, dass Elena fröstelte. Am liebsten wäre sie in ihr warmes Bett zurückgekehrt.

Skeptisch sah sie zu, wie Miranda ihre Sachen auf dem Boden ausbreitete: drei schwarze Wachskerzen, eine Ingwerwurzel, eine Schale mit Kräutern und verschiedene Fläschchen mit Zaubertinkturen, die garantiert aus Monas Vorrat stammten. Elena biss sich auf die Lippe. Nein, sie würde jetzt nichts sagen, obwohl es ihr nicht behagte, dass Miranda einfach an Omas Sachen ging. Sie selbst hatte ja auch schon mal ein Fläschchen mit Waselnussöl geklaut und es Jana geschenkt.

Jetzt legte Miranda das komplette Skelett eines Fischs, einschließlich des Kopfes und der Schwanzflosse, auf die Fliesen.

»Woher hast du das?«, fragte Elena. Sie musste sofort an die Koi-Karpfen im Gartenteich denken, obwohl sie sich nicht viel aus ihnen machte. Miranda dagegen redete mit ihnen und die Kois versammelten sich dann immer vor ihr im Wasser.

»Ich hab das Skelett letzte Woche im Garten gefunden«, sagte Miranda. »Es lag in der Sonne und war ganz trocken. Wahrscheinlich hat eine Katze einen von unseren Kois gefischt, obwohl ich keinen vermisse. Ein Fischskelett kann man immer brauchen und ich konnte den Fisch ohnehin nicht mehr retten.«

Elena nickte. »In Ordnung.«

Miranda malte mit Kreide einen Drudenfuß auf die Fliesen. »Ich brauche Schutz«, erklärte sie. »Am besten wäre es, wir würden unsere magischen Kräfte bündeln und du würdest deine Kräfte auf mich übertragen.«

Es wurde Elena eiskalt. »Du meinst … ich soll … einen Handstand machen?« Der Gedanke jagte ihr Angst ein. Keine Hexe machte freiwillig einen Handstand, und bisher hatten sie und Miranda sich beim Schulsport auch immer davor gedrückt. Wenn sich Hexen auf den Kopf stellten oder einen

Handstand machten, waren sie völlig wehrlos. Jeder andere konnte dann über ihre Zauberkraft verfügen. Auf diese Weise konnte man aber auch Kräfte bündeln oder einem anderen zur Verfügung stellen.

»Ich weiß, dass dir der Gedanke Angst macht«, sagte Miranda. »Aber ich wäre doppelt so stark und mein Versuch würde garantiert klappen.«

»Aber wenn etwas schiefgeht und eine böse Macht … eine böse Macht sich an uns rächen will, dann bin ich doch zuerst betroffen.«

»Du machst den Handstand natürlich in der Mitte des Drudenfußes.« Miranda zeichnete ein zweites Pentagramm auf den Balkon. »Das Pentagramm wird dich schützen. Es ist ein starkes magisches Zeichen.«

Elena kämpfte mit sich. Was sollte sie tun?

»Vertraust du mir nicht?«, fragte Miranda. »Hast du Angst, dass ich deine Kräfte für immer an mich reiße?«

»Unsinn, es ist nur …« Elena holte tief Luft. »Na gut, ich mach's.«

Miranda umarmte Elena. »Ich habe doch gewusst, dass du mich nicht im Stich lässt! Du bist eine echte Freundin, Elena, wirklich.«

»Du auch«, murmelte Elena gerührt. »Du hast mich ins HEXIL begleitet, damit ich mich hier nicht so verloren fühle. Ich kann mir gar nicht vorstellen, was ich ohne dich gemacht hätte.«

»Wir werden immer füreinander da sein«, sagte Miranda feierlich. »Egal, was passiert. Weißt du noch, wie wir das Amulett gefunden haben?«

»Klar.« Elena konnte sich genau daran erinnern. Ihr Vater Leon war erst kurze Zeit ein Leguan gewesen und sie und

Miranda hatten das Terrarium sauber gemacht. Im Sand hatte dann das rätselhafte Amulett gelegen. Den beiden Mädchen war sofort klar gewesen, dass Leon das Amulett verschluckt hatte, um es vor den Zauberrichtern zu verbergen. Elena und Miranda hatten das Schmuckstück gesäubert und es versteckt. Die Familie Bredov hatte erst davon erfahren, als Leon am Abend seiner Rückverwandlung das Amulett von Elena eingefordert hatte.

Miranda löste sich von Elena und trat einen kleinen Schritt zurück.

»Also los«, sagte sie. »Lass uns anfangen.« Mit einer Bewegung ihres Zeigefingers entzündete sie die schwarzen Kerzen auf dem Boden.

Elena starrte auf den Drudenfuß, dann trat sie einen Schritt zurück, streckte die Hände aus und machte einen Handstand. Die Beine in die Höhe zu bringen war keine Kunst; das Schwierige war, danach stehen zu bleiben. Miranda hielt Elenas Knöchel fest, bis sie sicher das Gleichgewicht gefunden hatte.

»Meine Kraft sei deine Kraft«, keuchte Elena und spürte im selben Moment, wie etwas von ihr ihren Körper verließ. Sie musste sich jetzt völlig darauf konzentrieren, nicht umzufallen. Daher nahm sie nur aus den Augenwinkeln wahr, was Miranda tat.

Miranda entzündete die Schale mit den Kräutern. Der Duft nach verbranntem Heu stieg in Elenas Nase und reizte ihre Atemwege. Miranda hockte sich in den zweiten Drudenfuß, vor sich das Buch. Auf ihren Oberschenkeln lag das Fischskelett. Die Kerzen flackerten, während Miranda einen leisen Singsang begann. Elena verstand kein einziges Wort;

Wichtige Zutaten für große Zaubereien

- Kerzen sind unerlässlich. Am besten sind diejenigen aus Bienenwachs. Für weiße Magie verwendet man in der Regel weiße oder helle Kerzen. Bei grauem Zauber oder schwarzer Magie werden schwarze Kerzen eingesetzt.
- Stark duftende Kräuter oder Räucherstäbchen sorgen dafür, dass die Hexe in die richtige »Zauber-Stimmung« kommt.
- Bei gefährlichen Zaubereien oder Beschwörungen ist es unbedingt notwendig, sich zu schützen. Ein auf den Boden gezeichneter Drudenfuß, auch Pentagramm genannt, kann die Hexe vor Angriffen aus der Dunkelwelt schützen, vorausgesetzt, sie hält sich im Innern des Zeichens auf.
- Es gibt unzählige Mittel und Zutaten, die Zaubersprüche verstärken können. Beispielsweise Knochen von toten Tieren (auch in Pulverform), seltene Steine, Edelmetalle, Schlangenhaut, gesammelte Spinnenbeine, getrocknete Kröten, giftige Pilze, Schneckenhäuser oder leere Schildkrötenpanzer, Affenpfoten, Totenschädel, Rabenfedern, das Geweih eines Elchs und vieles mehr. Manche Zutaten sind schwer zu beschaffen oder auch verboten. Einige Mittel sind nur für erfahrene Hexen gedacht und können großen Schaden anrichten, wenn sie falsch angewendet werden.

die Sprache war ihr völlig fremd. Dann hörte sie, wie Miranda den schweren Lederband aufschlug. Das Buch zischte wie eine gefährliche Schlange. Der Kräuterqualm wurde dichter. Dann vernahm Elena eine raunende Männerstimme. Die Stimme kam aus dem Buch. Es war dieselbe fremde, rau klingende Sprache, die Miranda zuvor benutzt hatte.

»*Saw tsi nied Rhegeb?*«, fragte das Buch.

»Ich möchte erfahren, was die Zukunft für mich bereithält«, antwortete Miranda. »Lichte den Schleier und zeige mir Bilder. Ich will wissen, was passiert.«

»Tsib ud rehcis, ssad ud eid Redlib negartre tsnnak?«

»Ganz sicher!«

»Nnad eßeilhcs enied Negua dnu etraw ba!«

Miranda saß ganz still. Es roch auf einmal durchdringend nach Fisch. Silberner Nebel stieg von dem Skelett auf. Er formte sich zu einem durchscheinenden Fisch, der Miranda dreimal umkreiste und dann in der Luft in Elenas Richtung davonschwebte.

»Ud tsriw ni red Tlewretnu negnafeg nies, negnafeg nov med netshcilkcerhcs Reigam rella Netiez …«

Elena spürte einen eisigen Lufthauch. Die drei Kerzen erloschen gleichzeitig. Miranda schrie auf. Elena erschrak so, dass sie aus dem Gleichgewicht geriet und umkippte. Sie kam auf die Füße, war mit einem Satz bei Miranda und schlug das große Buch zu. Es zischte, als hätte sie Wasser auf heißes Öl gegossen. Das Buch dampfte. Elena stieß es mit dem Fuß aus dem Pentagramm. Am liebsten hätte sie es über den Balkon in den Garten geworfen, aber sie traute sich nicht, es mit den Händen anzufassen.

Miranda saß mit weit aufgerissenen Augen da. Tränen liefen ihr über die Wangen. Elena registrierte, dass das Fischskelett spurlos verschwunden war.

»Miranda! Was ist los? Was hast du gesehen?«

Miranda reagierte nicht. Elena griff nach ihren Händen. Sie waren eiskalt. Elena drückte sie. Es vergingen endlose Sekunden. Endlich nahm sie einen schwachen Gegendruck wahr.

»Oh Elena, es war furchtbar!«, flüsterte Miranda. Sie lehnte sich gegen Elenas Schulter und fing an zu schluchzen. »Ganz entsetzlich!«

Elena drückte die Freundin an sich. Sie spürte, wie Miranda zitterte. Behutsam streichelte sie ihr den Rücken. Dabei hatte sie selbst Angst. Was war passiert? Und war es vorbei? Oder hing die Bedrohung noch immer in der Luft? Waren ihre Hexenkräfte zurückgekehrt oder besaß Miranda sie noch?

Elena horchte in sich hinein, konnte aber nichts feststellen. Sie wurde immer nervöser.

»Komm, steh auf. Atme tief durch, dann geht es dir bestimmt besser.« Sie zerrte Miranda hoch. Miranda war sehr wackelig auf den Beinen. Sie klammerte sich am Balkongeländer fest und starrte in den Garten. In Gedanken schien sie weit, weit weg zu sein.

Elena atmete tief durch, um gegen das Panikgefühl anzukämpfen. Der Fischgeruch war verflogen. Sie hoffte, dass auch das Böse weg war, das sich aus dem Buch erhoben hatte. Versuchsweise kreuzte sie die Finger und flüsterte: »Licht!«

Vor ihr in der Luft erschien sofort eine kleine leuchtende Kugel, die einen matten Schein verbreitete. Elena spürte, dass die Hexenkraft in sie zurückgekehrt war. Ihr Körper war warm und prickelte überall.

Im Schein der Lichtkugel erkannte Elena, wie blass Miranda war. Sie hatte dunkle Schatten unter den Augen. Noch immer starrte sie wie leblos in den Garten, dann beugte sie sich über das Geländer, fing an zu würgen und erbrach sich.

»Oh Miranda«, flüsterte Elena. Ihre Freundin tat ihr so leid. »Wir hätten es nicht tun sollen. Es war ein riesiger Fehler, das Buch aufzuschlagen.«

Miranda wandte sich ihr zu. »Ich war gefangen«, krächzte sie. »In vollkommener Dunkelheit ... Aber da waren noch andere Wesen – Tote ... Sie berührten mich ...« Ihre Stimme drohte zu versagen. »Es war das Totenreich, Elena – und ich mittendrin.« Sie krümmte sich, als hätte sie Bauchschmerzen.

Elena hörte mit klopfendem Herzen zu. Eiskaltes Grauen packte sie.

Mach, dass es nicht wahr ist, was Miranda da gesehen hat!, dachte sie inbrünstig.

Miranda fasste nach Elenas Arm. Ihr Blick schien sie zu durchbohren. »Und dann ... da waren Augen ... leuchtend rot ... Sie glühten ... Es war furchtbar. Vor mir ... war ein Magier ... Er wollte etwas von mir, aber ich weiß nicht, was ...« Sie schluchzte auf und fiel Elena um den Hals. »Ich wollte doch nur wissen, ob ich mal Diplomatin werde. Ich wollte nicht meinen Tod sehen, Elena ...«

»Vielleicht hast du ja ganz falsche Bilder gesehen«, murmelte Elena. Sie wusste nicht, ob sie mit diesen Worten Miranda nur trösten wollte oder ob sie selbst daran glaubte. »Kann doch sein, dass du gar nicht in die Zukunft geschaut hast. Es ist doch das erste Mal, dass du es versucht hast. Möglicherweise wollte dich das Buch einfach abwehren ... dir einen Schrecken einjagen ...«

»Das ist ihm gelungen«, sagte Miranda mit schwacher Stimme. Sie fing plötzlich an, hysterisch zu lachen. Elena hatte Angst, dass sie das ganze Haus wecken würde. Aber vielleicht wäre es gar nicht so schlecht, wenn Mona erscheinen würde. Sie könnte die Situation entschärfen und erklären, was Miranda gesehen hatte. Und der Rüffel, den es wegen des entwendeten Buches geben würde, wäre bestimmt nicht so schlimm wie Mirandas Panik.

»Es war Mafaldus Horus«, stieß Miranda unvermittelt aus. »Es waren *seine* roten Augen, die ich gesehen habe. Und er wollte … das Amulett …« Sie atmete schwer.

»Aber das Amulett haben wir doch gar nicht mehr«, erwiderte Elena. »Und mit Mafaldus hast du auch nichts zu tun. Das ist Papas Sache. Bestimmt hat dir deine Fantasie einen Streich gespielt, und du hast einfach alles durcheinandergebracht, was in der letzten Zeit passiert ist. Es war nicht deine Zukunft, Miranda, ganz bestimmt nicht! Es waren Erinnerungen … Ängste … Befürchtungen …«

»Meinst du wirklich?«, fragte Miranda hoffnungsvoll. Sie strich sich die Haare aus der schweißnassen Stirn. »Vielleicht hast du ja recht … Ich kann mit dem Buch noch nicht umgehen und es muss etwas schiefgelaufen sein …«

»Lass uns wieder reingehen«, schlug Elena vor. »Du wirst sonst noch krank. Du bist ganz nass geschwitzt und es ist kühl.«

Miranda lächelte. Mit einem Fingerschnippen versuchte sie, Elenas Leuchtkugel zu löschen. Die Kugel zerplatzte mit einem deutlich vernehmbaren Knall.

»Du bist nervös«, meinte Elena.

»Kein Wunder, oder?« Miranda blickte auf den Boden, wo das Buch lag. »Und was sollen wir mit dem Buch machen?«

»Auf keinen Fall mit bloßen Händen anfassen«, warnte Elena. »Die böse Macht könnte weiter in dich eindringen.«

»Wir bräuchten etwas Isolierendes«, murmelte Miranda. »Beispielsweise einen Stoff mit eingewebten Fäden aus echtem Silber. Oder Katzenfell.«

»So was haben wir nicht«, sagte Elena niedergeschlagen.

Miranda dachte einen Moment lang nach. »Dann nehme ich eben meinen Bademantel«, entschied sie dann. Sie ging in ihr Zimmer und kam gleich darauf mit ihrem rosafarbenen Frotteemantel zurück. »Frottee isoliert notfalls auch. Wichtig ist, dass das Buch nicht mit unserer Haut in Kontakt kommt.« Behutsam wickelte sie das Buch in den Mantel und trug das dicke Bündel in ihr Zimmer zurück, während Elena inzwischen die anderen Sachen wegräumte. Zum Schluss beseitigten die Mädchen die beiden Pentagramme aus Kreidestrichen. Nun war nichts mehr von ihrem nächtlichen Experiment zu sehen.

»Macht es dir was aus, wenn ich heute Nacht bei dir schlafe?«, fragte Miranda. »Ich würde mich sicherer fühlen.«

Elena hatte nichts dagegen. Sie konnte sich vorstellen, dass Miranda nach ihrem Erlebnis nicht allein in ihrem Bett liegen wollte.

»Das ist lieb von dir«, sagte Miranda dankbar. »Und wenn du merkst, dass ich schlecht träume, dann weckst du mich sofort, ja?«

Wider Erwarten schlief Miranda jedoch tief und fest, und als am nächsten Morgen die Vögel zwitscherten, war es fast so, als hätte es den Vorfall in der Nacht gar nicht gegeben. Diesmal fuhr Jolanda Daphne, Elena und Miranda zur Schule, während Oma Mona Rufus zu Fuß zum Kindergarten brachte, der nur zwei Straßen entfernt war. Die Fahrt zur Schule verlief viel ruhiger als sonst. Jolanda war einfach die bessere Autofahrerin.

Vor der Schule war es jedoch sofort mit der Ruhe vorbei, denn Daphne begegnete Alexander, mit dem sie in der letzten Zeit öfter ausgegangen war. Sofort fing sie an, mit ihm zu streiten und ihn lauthals zu beschimpfen.

☆

»Warum hast du mich gestern Abend versetzt? Du hättest mir wenigstens eine SMS schreiben können!«

»Ich dachte, du hast kein Handy«, murmelte Alexander.

Daphnes Stimme wurde noch lauter. »Das ist die blödeste Ausrede, die ich je gehört habe. Natürlich habe ich ein Handy, und du hast mich auch schon darauf angerufen, du Idiot!« Sie warf ihre Haare zurück und sah entschlossen aus. »Du musst dich entscheiden, Alex! Wenn du Lisa lieber magst, dann sag mir das gefälligst! Ich lasse mich jedenfalls nicht mehr länger hinhalten!«

Miranda und Elena wechselten einen bedeutungsvollen Blick. Ausgerechnet Daphne musste das sagen! Erst gestern Nachmittag hatte sie wieder heiße Liebesschwüre in ihren *Transglobkom* gesülzt, als sie mit Gregor gesprochen hatte. Elena hatte es zufällig mit angehört und Miranda davon erzählt.

»Wir können ja am Wochenende mal zusammen ins Kino gehen«, schlug Alexander vor und fasste Daphne am Arm.

Sie riss sich los. »Am Wochenende habe ich schon was Besseres vor«, entgegnete sie schnippisch. »Ich habe nämlich einige Leute aus … aus meiner alten Heimat eingeladen und ich werde das ganze Wochenende über beschäftigt sein. *Sehr* beschäftigt!«

Damit ließ sie Alexander einfach auf dem Schulhof stehen und ging zum Eingang.

»Was hat sie vor?«, fragte Miranda.

»Mir hat sie nichts gesagt«, antwortete Elena. »Aber ich kann mir vorstellen, dass sie eine Party macht und dazu Gregor und ein paar andere Freunde aus der Hexenwelt eingeladen hat. Meine Mutter und meine Oma sollen bestimmt nichts davon erfahren; sie mögen Gregor ja nicht.«

»Ja, die würden bestimmt einen Aufstand machen, wenn sie wüssten, dass Gregor hier übernachtet.« Miranda grinste.

»Dann würden Mama und Oma wahrscheinlich gar nicht wegfahren. Oma würde garantiert ihren Workshop sausen lassen und Gregor gehörig zusammenpfeifen«, meinte Elena.

»Du verrätst ihnen also nichts?«, fragte Miranda.

Elena tippte sich an die Stirn. »Bin ich eine Petze oder was? Dann hätte ich heute Nacht ja auch nicht mitgemacht.«

Miranda nickte. »Ich finde, jeder hat ein Recht auf ein paar Geheimnisse. Die machen das Leben erst spannend.« Sie berührte Elenas Arm. »Ich glaube, wir sollten Nele und Jana nichts davon erzählen, was heute Nacht passiert ist. Diese Sache geht nur uns beide an.«

Elena zögerte, dann nickte sie. »Ist vielleicht besser. Ich glaube zwar noch immer, dass dir das Buch nur Angst eingejagt hat und du *nicht* deine Zukunft gesehen hast. Aber Nele und Jana könnten trotzdem erschrecken.«

Je weiter die Woche fortschritt, desto mehr Anzeichen gab es dafür, dass Daphne tatsächlich heimlich eine Party plante. Jolanda und Mona merkten allerdings nichts davon, sie waren mit ihren eigenen Reisevorbereitungen beschäftigt. Jolanda kaufte sich einen gut geschnittenen Hosenanzug, der verbarg, dass sie ein bisschen zu mollig war. Sie sah darin sehr geschäftstüchtig und karrierebewusst aus. Diesen Eindruck wollte sie auch bei ihrem Chef erwecken, damit er ihr in Zukunft verantwortungsvollere Aufgaben übertrug.

Auch Mona überlegte lange, was sie zu ihrem Hexen-Workshop anziehen sollte. Am Abend vor der Abreise erschien sie stolz in einem Dreiteiler aus grünem Stoff: bodenlanger Rock, Bluse und gesteppte Weste. Der Rock bestand aus mehreren Lagen und schimmerte geheimnisvoll metallisch. Passend dazu trug Mona einen ihrer selbst gestalteten Hüte, und diesmal saß darauf als Dekoration ein Grüner Leguan.

Elena zuckte zusammen, als sie den Hut sah. Der Leguan sah aus, wie ihr Vater in seiner Verwandlung ausgesehen hatte, nur etwas kleiner. »Oma, das geht nicht! Das kannst du nicht machen!«

»Warum nicht?«, fragte Mona.

»Weil es einfach geschmacklos ist!«, regte sich Elena auf.

»Ich finde meinen Hut sehr geschmack*voll*«, widersprach Mona. »Außerdem passt die Farbe genau zu meinem Rock und zu meinen Ohrringen.«

Elena schüttelte den Kopf. »Es ist ein abscheulicher Hut! Du hast immer gesagt, dass du Leguane nicht leiden kannst. Und jetzt auf einmal trägst du einen auf dem Kopf!«

»Stopp«, sagte Mona und lächelte. »Ich habe immer gesagt, dass ich Leon nicht leiden kann. Leguane an sich sind sehr hübsche Echsen. Vor allem dekorativ.« Sie zauberte sich einen Handspiegel und betrachtete sich. »Ich sehe fantastisch aus!« Sie blickte Elena an. »Ich verstehe ja, wenn ich mich mit diesem Hut nicht in der *Menschenwelt* zeigen kann. Aber der Workshop ist etwas anderes. Ich wette, alle

Hexen werden mich um diesen wunderbaren Hut beneiden.« Sie zupfte sich eine Locke zurecht.

Elena gab es auf, ihre Großmutter umzustimmen. So ein Versuch war ohnehin sinnlos. Mona hatte den größten Dickschädel, den man sich vorstellen konnte. Und originelle Hüte waren nun mal ihre große Leidenschaft – neben dem Zaubern.

Auch Jolanda schien von Monas Leguan-Hut nicht begeistert zu sein. Elena bemerkte nur, wie sie ihre Lippen zusammenpresste, aber sie sagte nichts. Wahrscheinlich war sie die ewigen Diskussionen mit Mona leid. Die meisten brachten ohnehin nichts oder gingen zu Jolandas Ungunsten aus.

Der Leguan auf Omas Hut erinnerte Elena wieder an ihren Vater, und die Sehnsucht nach ihm wurde so groß, dass sie ein Ziehen im Bauch spürte. Wo war er jetzt? Ging es ihm gut? Wie lange würde es noch dauern, bis er zu Ihnen zurückkam?

Elena musste an Mirandas unheilvolle Vision denken, aber sie verdrängte schnell den Gedanken. Die Bilder, die Miranda gesehen hatte, hatten sicher überhaupt nichts mit den *Schwarzen Zauberkutten* oder dem unheimlichen Magier Mafaldus Horus zu tun. Würde Leon Bredov herausfinden, an welchem Platz die *Schwarzen Zauberkutten* den Magier verehrten? Eigentlich war der Magier schon lange tot, aber seine Anhänger suchten nach einer Möglichkeit, ihn ins Leben zurückzuholen. Elena überlief ein kalter Schauder. Sie ballte die Hände. Ihr Vater war jetzt stark, ein richtiger Held, sie musste keine Angst um ihn haben. Immerhin war er ein Spitzenagent der Zauberregierung! Als er ein Leguan gewesen war, hatte Elena ihn beschützen müssen, aber das war jetzt garantiert nicht mehr nötig …

Wie man einen modischen Hut gestaltet

Anleitung von Mona Bredov

Grundlage jeder Arbeit ist zunächst ein gewöhnlicher Strohhut, den man in verschiedenen Formen und Größen kaufen kann. Ich bevorzuge Hüte mit breiten Krempen, da sie mehr Platz für die Dekoration bieten.

Man kann verschiedene Materialien verwenden, um den Hut zu schmücken. Der Fantasie sind keine Grenzen gesetzt, aber man bedenke, dass der Hut zur Trägerin passen sollte.

Eine Wurzel oder ein Geweih weist auf Naturverbundenheit hin. Eine solche Dekoration ist vor allem für Waldhexen angebracht. Man kann die Wurzel oder das Geweih mit Moos oder Flechten behängen; es gibt viele sehr schöne Arten von Dunkelgrün bis Silbergrau. Ein roter Fliegenpilz auf der Krempe hat zweifellos Signalwirkung. Pilze in gedeckten Erdtönen sind unauffälliger. Sehr hübsch sieht auch eine Ansammlung von gelben Stockschwämmchen aus, die bei jeder Bewegung anmutig schwabbeln.

Eine oder mehrere Federn auf dem Hut (wie Menschen sie manchmal tragen) sind für Hexen weniger originell. Viel besser ist es, einen lebendigen Raben auf die Schulter zu setzen; aber man bedenke, dass die Kleidung strapazierfähig sein sollte, weil es Flecken geben kann. Schöner als Federn: ein Hut, der komplett mit Schmetterlingen dekoriert ist. Es sieht sehr interessant aus, wenn sich ab und zu ein Schmetterling erhebt und um den Kopf der Hutträgerin kreist – sozusagen als Symbol für die kreisenden Gedanken und die geistige Aktivität. Man kann sein Image damit enorm aufwerten.

Alles, was das Meer bietet, ist bestens als Hutschmuck geeignet:

Muscheln, Korallen, Anemonen. Echte Fische werden auf dem Hut sehr leicht schlecht und fangen an zu stinken. Man kann das Oberteil des Hutes abmontieren und durch ein Glasgefäß ersetzen. Dadurch ist es möglich, beispielsweise einen Goldfisch durch die Gegend zu tragen. Von der Verwendung eines Haifischkopfes als Dekoration rate ich dringend ab: Das Maul sieht wirklich zu fies aus.

Sehr chic ist ein Faultier als Hutschmuck. Allerdings muss man eine Querstange auf dem Hut befestigen, damit es genügend Halt hat. Mit einem kleinen Zauber kann man das Faultier dazu bringen, der Trägerin praktische Dinge zu reichen, zum Beispiel die Lesebrille oder ein Erfrischungstuch.

Kleine Anmerkung:

Es müssen nicht immer lebendige Tiere sein. Eine hervorragende Nachbildung aus Kunststoff erfüllt denselben Zweck: nämlich Aufsehen zu erregen und für seinen exquisiten Geschmack in Sachen Hutmode gelobt zu werden.

Unterschätze nie eine wütende Hexe!

»Du schaffst es bestimmt!« Nele klopfte Jana auf die Schulter. »Mach dir mal nicht in die Hose. Ich würde jedenfalls viel lieber im Gemeindehaus eine halbe Stunde lang Klavier spielen, als unser Wohnzimmer zu streichen. Wir müssen alles ausräumen – Fernseher, Couch, Schrank und so weiter. Bestimmt sind wir mit dieser blöden Streicherei das ganze Wochenende beschäftigt.«

»Es geht alles gut«, sagte auch Miranda und lächelte Jana an. »Gib mir deine Hände.«

Jana hob die Augenbrauen, dann gehorchte sie zögernd. Miranda strich über ihre Finger und murmelte:

»*Keine Angst, du machst das schon!*
Sicher triffst du jeden Ton!
Wirst nicht zaudern, wirst nicht patzen.
Deine Neider werden platzen!«

»Sie werden doch nicht wirklich platzen?«, fragte Jana erschrocken nach und zog ihre Hände zurück. »Ich weiß, dass mich die Frau des Pastors nicht leiden kann! Bestimmt wünscht sie sich insgeheim, dass ich mich schrecklich blamiere. Aber deswegen passiert ihr doch jetzt nichts, oder?«

Nele lachte. »Skandal im Gemeindehaus!«

»Keine Sorge!«, beruhigte Miranda Jana. »Ich habe nur einen kleinen Hilfszauber ausgesprochen, keinen Fluch. Deine Finger werden einfach von ganz allein die richtigen Tasten finden, wie sonst auch. Mein kleiner Schutzzauber hält nur die Nervosität von dir fern.«

»Und der Zauber wird funktionieren, obwohl ich im Gemeindehaus spiele?«, vergewisserte sich Jana.

Miranda runzelte die Stirn. »Ja, sicher. Warum fragst du das?«

»Ich meine«, Jana wurde rot, »ihr seid doch Hexen ... und ich muss ausgerechnet vor dem Pastor spielen ...«

Elena schüttelte den Kopf. »Wir verbünden uns nicht mit dem Teufel, Jana, falls du das gemeint hast.«

Jana wurde noch röter. »Entschuldigung.«

Miranda und Elena wechselten einen Blick.

»Ich fürchte, es stimmt noch immer, was Adrian Freitag Zwigge in seinem Buch *Vom Umgang mit Menschen* über den Hexenglauben geschrieben hat«, sagte Miranda.

Menschen und Zauberei

von Adrian Freitag Zwigge

Der Homo sapiens sapiens (Mensch) hat normalerweise ein sehr negatives Verhältnis zum Homo sapiens magus (Hexe, Zauberer). Jegliche Art von Zauberei erscheint dem Menschen sehr verdächtig. Die Gründe dafür liegen in der Vergangenheit. Es gab eine Zeit, in der die Menschen Hexen und Zauberer erbittert verfolgt haben. Die Menschen begreifen nicht, dass es sich beim Homo sapiens magus um eine andere Menschenart handelt und dass die Magie Teil ihres Naturells ist. Stattdessen meinen die Menschen, der Homo sapiens magus wäre ein Mensch wie sie und hätte die Magie mithilfe des Teufels erworben.

Anstatt sich zu freuen, dass man sich mit einem kleinen Zauber den Alltag erleichtern oder auch Krankheiten heilen kann, haben die Menschen die Magie mit allen Mitteln bekämpft. Es gab eine sehr dunkle Zeit, in der weise, heilkundige Frauen auf dem Scheiterhaufen verbrannt worden sind. Die Menschen ersannen absurde Tests, mit denen man feststellen konnte, ob es sich um eine Hexe handelte oder nicht. Bei der Hexenprobe beispielsweise wurden einer Frau die Arme und Beine zusammengeschnürt. Dann wurde sie ins Wasser geworfen. Versank sie und ertrank, war bewiesen, dass sie keine Hexe war. Trieb sie auf dem Wasser und ging nicht unter, war der Beweis erbracht, dass die Frau mit dem Teufel im Bunde sein musste. Dann fischte man sie heraus und verbrannte sie. – Egal, wie die Hexenprobe ausging, die betreffende Frau musste auf jeden Fall sterben. Die Hexenprobe war also ein beliebtes Mittel, sich unerwünschte und lästige Frauen vom Hals zu schaffen.

Zum Glück haben die Hexenverbrennungen im Laufe des 18. Jahrhunderts in Europa aufgehört. In manchen Teilen der Welt werden aber bis heute noch Personen wegen Hexerei hingerichtet, weil man sie für Krankheiten und Unglücke verantwortlich macht.

»Die Zeit der Hexenverfolgungen muss unvorstellbar grausam gewesen sein«, meinte Elena. »Kein Wunder, dass es eine Grenze zwischen der Hexen- und der Menschenwelt gibt.«

»Ich wünsche mir so sehr, dass ich mit den alten Vorurteilen aufräumen kann, wenn ich erst einmal Diplomatin bin«, sagte Miranda.

»Ich wollte euch nicht beleidigen«, sagte Jana zerknirscht. »Ich weiß doch, dass ihr es gut meint und dass ihr niemandem schaden wollt. Und ich weiß auch, wie viel Mühe es euch kostet, Hexerei zu lernen.«

»Allerdings.« Elena nickte. »Das Hexendiplom ist eine ziemlich schwierige Prüfung und viele fallen beim ersten Mal durch.«

»Danke, dass du mir wegen des Vorspielens hilfst, Miranda«, sagte Jana. Sie lächelte unsicher. »Ich habe ein bisschen ein schlechtes Gewissen deswegen. Ist das jetzt nicht geschummelt?«

»Ich habe nicht gezaubert, dass du *besser* spielst als sonst«, stellte Miranda richtig. »Du wirst genauso spielen wie sonst. Also auch nicht *schlechter*. Was soll daran geschummelt sein?«

»Okay.« Jana sah erleichtert aus. »Ihr beide, ihr seid wirklich tolle Freundinnen. Ich werde euch natürlich gleich anrufen, wenn alles vorbei ist. Oder noch besser, wir treffen uns am Sonntag. Wir haben uns länger nicht außerhalb der Schule gesehen. Wie wär's, wenn wir zusammen kochen? Ich habe neulich ein neues Rezept ausprobiert: gefüllte Blätterteigtaschen mit Spinat. Die schmecken einfach köstlich!«

»Sonntag«, wiederholte Nele. »Mist, ich muss doch das Wohnzimmer streichen!«

»Und ich weiß nicht, ob es bei uns geht«, sagte Elena und warf Miranda einen Blick zu. »Daphne macht am Samstag eine Party und wir werden vermutlich eine Menge Gäste haben. Wahrscheinlich bleiben die meisten bis zum Sonntag.«

»Hexen?«, fragte Nele sofort.

Elena nickte.

»Die würde ich zu gerne mal sehen.« Neles Augen funkelten. »Ich möchte wissen, ob sie so sind wie ihr oder ... oder anders ...«

»Es sind ziemlich schräge Typen dabei und es könnte nicht ganz ungefährlich für euch sein«, sagte Elena vorsichtig. »Gregor van Luren kommt bestimmt, und von dem heißt es, dass er Kontakt zu Vampiren hat.«

»Dann kommt doch am Sonntagmittag einfach zu mir«, schlug Jana vor. »Nele, du kannst dich doch sicher mal für eine Stunde abseilen. Wir kochen und essen zusammen, und ich erzähle euch, wie es mit meinem Vorspielen geklappt hat.«

»Und deine Mutter hat nichts dagegen?«, fragte Elena, denn Frau Kleist, Janas Mutter, war manchmal ein bisschen heikel.

»Bestimmt nicht«, erwiderte Jana. »Natürlich werde ich versprechen müssen, dass wir die Küche wieder aufräumen, aber das ist ja kein Problem.«

»Vor allem nicht mit dem *Hex-Fix-Blitz-Blank-Zauber.*« Miranda grinste.

»Also – dann kommt ihr am Sonntag um elf Uhr zu mir, abgemacht?«, fragte Jana.

Die anderen nickten. Gleich darauf läutete es und die Pause war zu Ende.

Jolanda verabschiedete sich kurz nach dem Mittagessen. Sie war sehr aufgeregt und gab Elena und Daphne noch etliche gute Ratschläge.

»Denkt dran, dass ihr Rufus noch einmal ausdrücklich sagt, er soll auf keinen Fall zaubern, wenn er bei Lukas ist. Und schaut nach, ob er seinen Schlafanzug und seine Zahnbürste eingepackt hat.«

»Mama, das kriegen wir schon hin«, sagte Elena beruhigend, denn die Hektikflecken, die Jolanda im Gesicht hatte, gefielen ihr gar nicht. »Und außerdem fährst du nicht für zwei Monate weg, sondern nur für zwei Tage.«

»Trotzdem ... Ich habe kein gutes Gefühl«, meinte Jolanda. »Mir wäre wohler, wenn wenigstens Mona dabliebe.«

»Mama, wir sind keine Hexenbabys mehr«, fauchte Daphne. »Ich bin fünfzehn und Elena ist dreizehn. Denkst du nicht, dass wir in der Lage sind, mal 48 Stunden lang ohne Babysitter auszukommen?«

Jolanda wollte etwas erwidern, aber dann überlegte sie es sich anders. Sie lächelte etwas gequält. »Na gut, ihr habt ja recht. Ich muss wohl langsam akzeptieren, dass meine Kinder allmählich größer werden und mich nicht mehr ständig brauchen.«

»Du musst wirklich lernen, dass du dich nicht nur über deine Mutterrolle definierst«, bekräftigte Daphne.

Jolanda wirkte irritiert. »Ich definiere mich über was?«

»Ach, lass, vergiss es einfach.« Daphne schien jetzt keine Lust auf lange Diskussionen zu haben. Sie schielte unauffällig zur Uhr, und Elena fragte sich, wann wohl die ersten

Gäste eintrudeln würden. Hoffentlich nicht, bevor auch Oma weg war!

Da das Küchenfenster gekippt war, hörten sie, wie draußen vor dem Haus ein Auto hupte.

Jolanda wurde noch aufgeregter. »Das ist mein Chef. Er holt mich ab, damit ich meinen Wagen zu Hause lassen kann.« Sie umarmte Elena und wollte auch Daphne auf die Wange küssen, aber diese drehte genervt den Kopf weg. »Muss das sein, Mama?«

Jolanda reagierte nicht. Sie beugte sich zu Rufus hinab, der auf dem Küchenfußboden mit Bausteinen spielte, und fuhr ihm durchs Haar. »Tschüs, mein Schatz. Ich bin bald wieder da. Und vertrage dich mit Lukas!«

Rufus nickte geistesabwesend.

Jolanda verabschiedete sich auch von Mona und Miranda, dann hatte sie es plötzlich so eilig, zur Haustür zu kommen, dass sie beinahe ihren Trolley vergessen hätte. Elena lief ihr hinterher.

»Halt, Mama!«

Jolanda drehte sich um. »Ach so, natürlich, mein Koffer. Danke.«

»Hoffentlich hast *du* deine Zahnbürste und dein Nachthemd dabei.« Daphne feixte.

»Und nutze deine Chancen, Kindchen«, sagte Mona mit einem hinterhältigen Lächeln.

»Wie meinst du das?«, fragte Jolanda irritiert. »Welche Chancen?«

»Zum Flirten, Liebes«, antwortete Mona. »Bei dem Seminar sind doch bestimmt auch eine Menge Männer.«

Jolanda wurde rot. »Mutter! Darf ich dich daran erinnern, dass ich glücklich verheiratet bin?«

»Aber dein Ehemann ist entweder ein Leguan oder unterwegs«, erklärte Mona. »Beides ist nicht gerade dazu geeignet, eine Frau glücklich zu machen.«

»Du bist wirklich unmöglich!« Jolanda schoss einen wütenden Blick in die Richtung ihrer Mutter und eilte zur Haustür hinaus.

»Ich sage nur die Wahrheit«, rief Mona ihr hinterher. Aber da war die Tür schon ins Schloss gefallen. Als Mona sich umdrehte, merkte sie, dass alle sie anstarrten.

»Ich glaube, es wird Zeit, dass ich mich auch auf den Weg mache«, murmelte Mona, schnippte mit den Fingern und war gleich darauf in perfekter Reisekluft. »Ich möchte wissen, warum das *transglobale Portal* noch nicht aufgetaucht ist. Ich habe meinen Übergang in die Hexenwelt für vierzehn Uhr beantragt, und jetzt ist es schon eine Viertelstunde danach. Nun, dann gehe ich eben noch einmal auf die Terrasse, einen Zigarillo rauchen.«

Sie rauschte an den Mädchen vorbei. Elena und Miranda blickten sich an und zuckten die Achseln. Dann gingen die beiden in die Küche und begannen mit dem Aufräumzauber, während Rufus noch immer mit seinen Bausteinen spielte. Elena schaute genau hin und stellte fest, dass er einen Turm gebaut hatte, der über dem Boden schwebte. Elena kniete sich neben ihn.

»Ganz wunderbar, Rufus. Du wirst bestimmt mal ein großer Zauberer. Aber mach so was nicht bei Lukas, ja?«

»Nein, dann merkt er doch, wer wir sind.« Rufus sah Elena entrüstet an. Seine großen blauen Augen leuchteten. »Das muss doch geheim bleiben!«

»Ganz genau.« Elena lächelte. Ihr kleiner Bruder war für seine vier Jahre wirklich ganz schön schlau.

Sie richtete sich auf und konnte gerade noch einigen Tellern ausweichen, die durch die Luft flogen und sich auf dem Küchenbord sauber stapelten. Miranda stand mit zufriedener Miene da, den Zeigefinger ausgestreckt, und passte auf, dass sich das Geschirr wieder ordentlich einräumte.

»Die Menschen haben zwar die Geschirrspülmaschine erfunden, aber sie müssen sie noch immer selber ausräumen. So ist es viel praktischer! Und mein Reinigungszauber ist bestimmt genauso wirksam wie ein Waschvorgang. Außerdem energiesparender …«

Als die Küche wieder ordentlich aussah, kam Mona hereingestürmt. Sie duftete nach ihrem Minztabak und sah sehr wütend aus.

»Hölle und Schwefel! Wo bleibt denn dieses verflixte *Portal*? Ich werde noch meinen Workshop versäumen.« Sie atmete heftig. »Wenn man sich mal auf die Behörden verlässt! Ich werde *illegal* über die Grenze gehen müssen, wenn ich pünktlich sein will!«

Bevor Elena nachfragen konnte, auf welche Weise man illegal in die Hexenwelt gelangen konnte, begann Mona sich schon aufzulösen. Zuerst verschwanden ihre Füße, dann ihr Rocksaum, ihr Unterleib, ihre Taille, ihre Brust, ihr Hals … Zuletzt war nur noch ihr Kopf mit dem Hut übrig.

»Macht keine Dummheiten, ihr Lieben!«

Mona küsste die Luft. Dann war auch ihr Kopf nicht mehr zu sehen. Der Leguan auf dem Hut hielt sich am längsten, er schwebte noch mindestens zwei Sekunden in der Luft, während die restliche Mona bereits komplett aus ihrem Blick verschwunden war.

»Ich wette, das macht sie mit Absicht, weil sie uns ärgern will«, sagte Elena.

In diesem Moment polterte es laut im Wohnzimmer. Die beiden Mädchen wechselten einen Blick, dann rannten sie los, um nachzusehen, was passiert war.

Mitten im Wohnzimmer war ein schwarzes Viereck entstanden. Daraus purzelten und hüpften lauter Gestalten, die alle durcheinanderredeten.

»Musst du so drängeln?« – »Mann, hör auf zu schubsen!« – »Wir sind ja schon da!« – »Hoppla!«

»Gregor!«, rief Daphne freudig, die gerade zur Tür hereingekommen war. Sie warf sich einem jungen Mann in die Arme. Als sie sich küssten, entstand ein heftiger Blitz, der die beiden auseinanderschleuderte. Daphne landete auf dem Sofa und berührte mit den Fingern entsetzt ihre Lippen.

»Was war das denn?« Sie runzelte die Stirn und blickte sich suchend um. »Oma Mona?!«

»Sorry.« Gregor stand lächelnd vom Fußboden auf. »Das liegt bestimmt an diesem verdammten Portal. Wir mussten einen Schleichweg nehmen. Vielleicht waren es einfach zu viele Leute auf einmal … Hallo, Kumpels, seid vorsichtig! Wir sind noch energetisch aufgeladen!«

Trotz seiner Warnung zischten weitere Blitze durch den Raum und es gab mehrere kleine Explosionen. Ein gerahmtes Foto fiel von der Wand und das Glas zerbrach. Sonst passierte zum Glück nichts. Dann waren die überschüssigen Energien endlich verpufft und Elena konnte die Gäste betrachten.

Sie kannte Gregor von früher, und er sah noch abenteuerlicher aus, als sie ihn in Erinnerung hatte. Er war ganz in Schwarz gekleidet und trug einen Umhang. Sein schwarzes Haar war schulterlang und glänzte, als sei es geölt. Die violetten Augen leuchteten eigentümlich. Man munkelte schon längere Zeit, dass Gregor Kontakt zu Vampiren hatte, und es gab sogar Gerüchte, die behaupteten, er sei selbst einer. Doch dann hätte seine Haut bleich sein müssen ... Elena fand, dass Gregor eher wie ein Mensch aussah, der gerade aus einem dreiwöchigen Mallorca-Urlaub zurückgekommen war, braun gebrannt und erholt. Sein verwegener Dreitagebart passte auch nicht zum Erscheinungsbild eines üblicherweise gut aussehendenVampirs.

»Bekommt man hier nichts zu trinken?«, rief jemand.

»Ja, ich dachte, hier steigt eine Party!«, ertönte eine andere Stimme.

Daphne kicherte nervös.

»Ja, die steigt auch ... Ihr seid nur ein bisschen zu früh! – Hilfst du mir, Gregor?«

Rufus war in der Küchentür erschienen. Stumm und fasziniert starrte er auf die bizarren Gestalten, die das Wohnzimmer bevölkerten. Das Portal war inzwischen wieder verschwunden. Die Gäste betrachteten alles neugierig. Wahrscheinlich war es für die meisten der erste Ausflug in die Menschenwelt.

Ein Albino in einem weißen Seidenanzug beugte sich über den Zimmerspringbrunnen. Elena hatte noch nie eine so farblose Person gesehen. Sein Teint und die langen Haare schienen fast denselben Ton zu haben; nur die Augen schimmerten blassblau und waren rot gerändert. Er tauchte seine Hände ins Wasser, schöpfte etwas davon und trank.

»Das ist destilliertes Wasser! Nicht sehr gesund!«, warnte Elena.

»Wasser?« Der Albino lächelte. Er schnippte mit den Fingern. »Oh nein, das ist allerbester Wodka!«

Wodka?

Elena schwirrte auf einmal der Kopf von all den vielen Leuten, die sich im Wohnzimmer befanden. Sie trugen ausgefallene Kleider – Kreationen, die Mona sicher gefallen hätten. Eine junge, offenbar schwangere Hexe hatte eine regenbogenfarbige Latzhose an. Neben ihr stand ein Zauberer in hautengen violetten Lederhosen, der Oberkörper war nackt und mit schwarzen Runenzeichen tätowiert. Ein Zwerg mit feuerroten Rastazöpfen zog eine Flöte aus seinem grünrot gestreiften Anzug hervor und fing an, eine wilde Melodie zu spielen.

»Ja, Musik«, rief der Albino. »Wir brauchen Musik!« Er zeichnete etwas in die Luft, worauf ein unsichtbares Orchester zu spielen begann.

Elena hatte große Lust, sich die Ohren zuzuhalten, doch da packte der Albino sie am Arm und lächelte sie an.

»Du musst Elena sein. Daphne hat mir schon viel von dir erzählt. Ich bin übrigens Ludwig.«

Elena konnte sich nicht daran erinnern, dass Daphne den Namen Ludwig schon einmal erwähnt hatte, aber sie erzählte innerhalb der Familie sowieso wenig von ihren Bekanntschaften. Ludwig schien sich Elena als Gesprächspartnerin ausgesucht zu haben, denn er fing an, auf sie einzureden.

»Wie gefällt es dir in der Menschenwelt? Stört es dich nicht, dass die Menschen so primitiv sind? Hast du schon einen Freund? Meinst du nicht, dass Zauberer besser küssen als Menschen?«

Die Berührung war Elena unangenehm. Ludwigs Hand lag feucht und schlaff auf ihrem Arm. Sie machte sich los.

»Entschuldige mich … Ich muss mal nach Miranda sehen …« Sie flüchtete aus dem Wohnzimmer in die Eingangshalle, wo Miranda auf den Treppenstufen saß und Rufus gerade die Schuhe zuband.

»Hilfe!« Elena setzte sich erschöpft neben sie. »Ich wusste nicht, dass Daphne sooo viele Leute eingeladen hat!«

»Ich habe damit gerechnet«, murmelte Miranda. »Für die meisten ist es eine einmalige Chance, die Menschenwelt zu sehen. Ich glaube, ich wäre auch mitgegangen, wenn ich damals so eine Einladung bekommen hätte.«

Die Musik, die aus dem Wohnzimmer kam, war so laut, dass die beiden Mädchen das Klingeln an der Haustür fast nicht gehört hätten. Elena sprang auf und öffnete die Tür.

Draußen stand eine rundliche Frau.

»Hallo, ich bin Tina Hagen, Lukas' Mutter«, stellte sie sich vor. »Ist Rufus fertig? Lukas ist schon ganz aufgeregt. Es ist das erste Mal, dass er einen Freund übers Wochenende einlädt.«

Elena konnte sich dunkel an Frau Hagen erinnern. Sie hatte sie schon einmal gesehen, als sie Rufus vom Kindergarten abgeholt hatte.

»Rufus freut sich auch schon«, sagte Elena. Sie drehte sich um, um nach ihrem kleinen Bruder zu sehen. »Wo sind deine Sachen, Rufus?«

»Noch oben in meinem Zimmer«, antwortete ihr kleiner Bruder.

»Ich hole sie«, bot sich Miranda an und lief die Treppe hoch.

Frau Hagen betrat inzwischen die Eingangshalle, und Elena merkte, wie sie sich verstohlen umsah. Die Halle war sehr luxuriös ausgestattet, überall weißer Marmor und an den Wänden hingen große Spiegel mit Goldrahmen. Jeder, der das Haus sah, musste denken, dass die Bredovs sehr viel Geld hatten oder sogar Millionäre waren.

Plötzlich ging die Tür zum Wohnzimmer auf und Ludwig kam mit dem rothaarigen Zwerg heraus. Ohrenbetäubende Musik erklang. Der Zwerg schwenkte eine Flasche mit Spaßzaubertrank – der Gag jeder echten Hexenparty.

Bunte Wölkchen kamen aus dem Flaschenhals und formten eine Traube großer Seifenblasen. In jeder Blase saß eine kleine Figur, die Musik machte, entweder auf einer winzigen Trompete oder auf einem Xylofon oder mit einer Harfe. Frau Hagen fielen fast die Augen aus dem Kopf, als sie die beiden Zauberer sah.

»Oh, ihr habt Besuch?«, fragte sie mit schriller Stimme.

»Ja, wir … äh … machen ein Kostümfest«, erklärte Elena, dankbar dafür, dass ihr so schnell eine Ausrede eingefallen war. Sie verknotete ihre Hände auf dem Rücken und sprach in Gedanken inbrünstig einen *Zauber-Unterdrückungs-Zauber*, der verhindern sollte, dass Ludwig oder der Zwerg in ihrer Gegenwart Magie einsetzten.

»Hallo!« Ludwig trat auf Frau Hagen zu. »Bist du eine von uns oder ein Mensch? Hab dich noch nie gesehen. Hat dich Daphne auch eingeladen?«

Elena ging rasch dazwischen und schob Ludwig rückwärts in Richtung Wohnzimmer. »Frau Hagen will nur meinen kleinen Bruder abholen, er darf auswärts schlafen!«

Ludwig nutzte den Moment, um Elena fest an sich zu drücken.

»He, du bist ja eine ganz Süße! Ich glaube, diese Party wird sich lohnen! Es wäre ein Jammer gewesen, wenn ich nicht gekommen wäre ...«

Elena fing an zu schwitzen. Ludwig roch stark nach Lavendelöl, richtig widerlich, und er hielt sie entschieden zu eng umschlungen. Was bildete sich dieser Kerl überhaupt ein? Sie war doch nicht sein Eigentum! Verzweifelt versuchte sie, sich zu befreien.

»Lass mich los!« Mit einer Hand hämmerte sie gegen seine Brust.

Ludwig lachte. »Schrei doch ein bisschen!«

Der Kerl war ein Albtraum! Normalerweise hätte Elena versucht, sich freizuzaubern, aber sie traute sich nicht, weil sie wusste, dass Frau Hagen hinter ihr stand.

Plötzlich taumelte Ludwig, ließ Elena los und fiel rücklings auf den Boden. Elena war überzeugt, dass er über die Teppichkante gestolpert war. Doch als sie sich umdrehte, sah sie Miranda und erkannte an ihrem Blick, dass die Freundin unauffällig gehext und Ludwig zum Stolpern gebracht hatte.

Miranda lächelte und deutete auf ein kleines blaues Köfferchen. »Hier sind Rufus' Sachen.«

Elena umarmte ihren kleinen Bruder. »Viel Spaß bei Lukas! Und seid nicht die ganze Nacht wach, hörst du?«

Rufus nickte und gab Elena einen Kuss auf die Wange. »Tschüs, Elena!«

»Vielen Dank, dass Rufus bei Ihnen übernachten darf«, sagte Elena höflich zu Frau Hagen. »Und wenn es zu schlimm werden sollte mit den beiden, dann rufen Sie einfach an und ich werde Rufus abholen.«

»Ach, wir werden die zwei Nächte schon überstehen«, meinte Frau Hagen und warf noch einmal einen misstrauischen Blick in Richtung Wohnzimmer. Dann nahm sie Rufus, der seinen kleinen Koffer trug, an die Hand und marschierte mit ihm zur Haustür hinaus. Elena winkte und wartete, bis sie ins Auto eingestiegen und losgefahren waren. Dann erst schloss sie die Haustür und lehnte sich erleichtert dagegen.

»Uff! – Danke, Miranda! Dieser Ludwig hätte fast alles verdorben!«

Unkonzentriertheit beim Zaubern ist ein großer Fehler

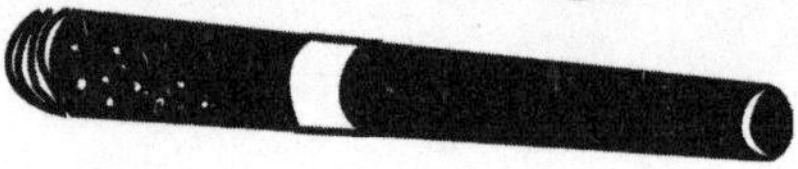

Daphnes Party war eine Katastrophe. So empfand es zumindest Elena. Ihre Schwester sorgte dafür, dass überall im Haus schreckliche Dekorationen auftauchten. Blinkende Masken, eine Art Wasserspeier, schenkten höllische Cocktails aus. Künstliche Schlangen ringelten sich um Lampen und unter den Sesseln und spuckten jedem, der es verlangte, scharfes Knabberzeug in die Hand.

Es wurde auch jede Menge geraucht, und keineswegs nur würzige Kräuter-Zigarillos, die Mona sonst bevorzugte. Dick und schwer schwebte der Qualm im Raum und formte sich zu grässlichen Fratzen. Die Gäste machten sich einen Spaß daraus, aus dem Rauch die seltsamsten Ungetüme entstehen zu lassen, die im Rhythmus der Musik ihre großen Mäuler aufrissen.

Elena hatte bald genug, vor allem auch, weil sich Ludwig ständig an ihre Fersen heftete.

»Jetzt lass mich doch endlich mal ein paar Minuten in Ruhe!«, fauchte sie ihn schließlich an und zog sich auf die Terrasse zurück. Dort konnte sie wenigstens durchatmen. Es war schon ein wenig kühl, die Herbstsonne hatte nicht mehr die Kraft wie im Sommer. Die Bäume im Garten begannen bereits, sich zu verfärben. Nur der Rasen war noch saftig und dunkelgrün – die Folge von Oma Monas grünem Daumen. In ihrer Gegenwart wucherten alle Pflanzen äußerst üppig. Elena sog tief die Luft ein, die ein bisschen nach Erde, fauligen Blättern und reifem Obst roch. Die Sonne stand tief am Himmel und die Bäume warfen lange Schatten. Elena genoss diesen Augenblick. Es war hier draußen so schön. Sie erinnerte sich an den *Outsider-Hill* in der Hexenwelt, jene Gegend, in der die Bredovs zuletzt hatten wohnen müssen, bevor sie ins HEXIL gegangen waren. Dort war die Erde niemals richtig trocken geworden, weil es achtzehn Stunden am Tag regnete.

Elena dachte nach, ob es ihr in der Menschenwelt oder in der Hexenwelt besser gefiel. Sie kam zu keinem Ergebnis. Außer Miranda hatte sie nie eine richtige Freundin gehabt. Ihre anderen Freundinnen hatten sie verlassen, nachdem Leon Bredov vom Zaubergericht verurteilt und in einen Leguan verwandelt worden war. Wenn diese Mädchen jetzt wüssten, dass alles anders gekommen war und Elenas Vater in Wirklichkeit als Geheimagent arbeitete!

Ich wäre vermutlich das beliebteste Mädchen in der Klasse, dachte Elena. Aber solche Schleimer brauche ich nicht!

Sie würde nie vergessen, wie sie gemobbt worden war!

Da waren Nele und Jana ganz anders! Elena lächelte und fasste im selben Moment den Entschluss, dass der Kontakt zwischen ihnen nie abreißen würde, selbst wenn die Bredovs eines Tages in die Hexenwelt zurückkehren würden.

Jemand trat auf die Terrasse. Elena drehte sich herum. Oh nein, dieser Ludwig! Würde er denn das ganze Wochenende an ihr kleben wie eine Klette?

»Na, einsam?«, fragte er und lächelte.

»Überhaupt nicht«, sagte Elena. »Ich habe gerade mit den Naturgeistern geplaudert und mich dabei bestens unterhalten.«

Ludwig lachte leise. »Stimmt es, was man sich erzählt? Dein Vater ist ein Geheimagent?«

Hatte Daphne gequatscht? Elena wusste nicht, wie sie sich verhalten sollte.

Für Papas Aufgabe war es sicher besser, wenn nicht allzu viele Leute die Wahrheit kannten.

»Wie kommst du denn darauf?«, fragte Elena und machte ein harmloses Gesicht.

»Ich glaube, Gregor hat es kürzlich mal erwähnt …«

Also doch Daphne! Elena nahm sich vor, einmal ein ernstes Wort mit ihrer Schwester zu reden. Ihr Leichtsinn konnte noch Papas Mission gefährden!

»Ach was«, spielte Elena die Sache herunter. »Da hast du dich sicher verhört. Mein Vater betreibt ein geheimes Forschungsprojekt über die Menschenmänner, die über vierzig Jahre alt sind. Er untersucht ihre Gedanken und Wünsche. Du weißt doch, wir sind im HEXIL und müssen die Forschungen über die Menschen auf den aktuellen Stand bringen. Das Standardwerk von Adrian Freitag Zwigge *Vom Umgang mit Menschen* ist nämlich ziemlich veraltet.«

»Verstehe.« Ludwig nickte ein paar Mal.

Elena hörte die Enttäuschung in seiner Stimme. Innerlich fiel ein Stein von ihrem Herzen. Ludwig schien ihr die Ausrede zu glauben!

»Ziemlich langweilig, euer Garten«, murmelte Ludwig und ließ seinen Blick schweifen.

»Ich finde unseren Garten eigentlich sehr schön«, widersprach Elena energisch.

»Viel zu ruhig und friedlich«, meinte Ludwig. »Keine sprechenden Bäume, keine fleischfressenden Pflanzen, kein Leuchtholz, nicht einmal singendes Wasser. Was ist los mit euch? Traut ihr euch nicht zu hexen? Oder habt ihr es inzwischen verlernt? Soll ich nachhelfen?«

Ehe Elena ihn daran hindern konnte, fing er an zu zaubern. Mit einem Knall warfen die Bäume alle ihre Blätter ab und standen nackt und kahl da. Elena riss die Augen auf, als sie sah, wie auf einmal viele Löcher in den Ästen erschienen. Gleich darauf ertönte im Garten ein vielstimmiges Flötenkonzert. Ludwig hatte die Äste in lauter Flöten umgewandelt. Jeder Baum spielte eine eigene Melodie und der Zusammenklang war sehr schräg.

Elena hielt sich die Ohren zu. »Das ist ja scheußlich! Mach es sofort rückgängig!«

Aber Ludwig lachte nur. Er bewegte seinen Zeigefinger in Richtung Gartenteich. Dort erschien eine rote Fontäne. Auch das Wasser des Teichs färbte sich rot wie Blut.

»Was tust du da?«, schrie Elena entsetzt und rüttelte den Albino am Arm.

»Das ist allerbester Rotwein«, sagte Ludwig. »Du solltest mir dankbar sein. Ich finde, Daphne hat zu wenige Getränke im Haus. Jetzt gibt es wenigstens keinen Engpass mehr!«

»Aber die Kois!«, schrie Elena.

»Was, zum Teufel, sind Kois?«

»Das sind sehr wertvolle Fische«, erklärte Elena. »Japanische Karpfen …«

»Die werden sich bestimmt gut in der Pfanne machen!«

»Die Kois sind ganz zahm ... und ... und ... sie gehören Miranda!«

Ludwig seufzte und bewegte abermals den Zeigefinger. Die Fontäne verschwand und das Wasser sah wieder normal aus.

Elena lief besorgt zum Teich, um nachzusehen, wie die Kois den Zauber verkraftet hatten. Als die Fische Elena bemerkten, schwammen sie gleich zum Rand. Elena tauchte ihre Hand ins Wasser, streichelte einen Koi und versuchte dabei, den Fisch magisch zu scannen, um herauszufinden, ob es ihm gut ging. Das war schon *höhere Zauberei*. Diese Lektion war in Elenas Lehrheft vor zwei Tagen vorgekommen und sie hatte das Scannen nur einmal kurz an Miranda ausprobiert. Sie wusste nicht, ob sie es wirklich konnte. Miranda war viel besser in solchen Dingen ...

»Ruhig, ganz ruhig!«, redete Elena auf den Karpfen ein. Sie spürte, wie er unter ihren Fingern zitterte. Sie konzentrierte sich und schloss die Augen.

Geht es dir gut, Fisch?

Sie konnte keinen Schaden feststellen, auch keine Verspannungen, im Gegenteil. Der Koi schien völlig entspannt zu sein, ganz gelöst ... vielleicht ein bisschen beschwipst ...

Elena zog ihre Hand aus dem Wasser und warf einen zornigen Blick zu Ludwig, der ihr von der Terrasse aus zugesehen hatte. Die Bäume flöteten noch immer vor sich hin, etwas leiser und harmonischer. Sie schienen sich gegenseitig anzupassen.

»Stell endlich dieses schreckliche Pfeifkonzert ab!«, forderte Elena.

»Ganz wie du willst!« Ludwig zeichnete mit seinem Arm etwas in die Luft. Plötzlich flogen unzählige Silberflocken aus seinen Fingern und hängten sich an die Bäume, wo sie sich in lauter kleine Glöckchen verwandelten.

Es bimmelte, klingelte, klirrte … Aber Ludwig war noch nicht fertig.

»Und nun noch etwas *Illumination*!« Er murmelte einen Spruch in einer fremdartigen Sprache.

Mitten im Garten erschien ein rötlicher Punkt. Er wuchs und wuchs, dehnte sich nach allen Seiten aus, bekam Hals, Schwanz und vier Pfoten, zwei Flügel und viele Schuppen – ein perfekter Drache, meterhoch! Langsam bewegte sich das Tier auf Elena zu und blies ihr dabei seinen Feueratem ins Gesicht.

Elena starrte den Drachen an. Obwohl sie wusste, dass er nur eine optische Täuschung war und genauso ungefährlich wie *Amormagie*, fühlte sie großes Unbehagen. Am liebsten wäre sie rückwärts ausgewichen, doch hinter ihr befand sich der Teich …

»Wirst du nachher mit mir tanzen, liebste Elena?«, flötete Ludwig. »Dann lasse ich das Untier gleich wieder verschwinden. Ich kann es aber auch noch ein bisschen größer machen!«

Elena streckte den Arm aus und versuchte verzweifelt, sich an einen Zauberspruch zu erinnern, mit dem man eine solche Erscheinung abwehren konnte. Die richtigen Worte ließen eine *Illumination* sofort platzen!

Da flog ein blauer Leuchtpfeil quer durch den Garten, erreichte den Drachen und bohrte sich in seine Haut. Der Drache zerplatzte wie eine Seifenblase und nichts blieb von ihm zurück.

Elena wandte den Kopf und entdeckte Miranda auf der Terrasse. Sie stand neben Ludwig und sah sehr wütend aus.

Illuminationszauber

Das Hervorrufen einer fantasievollen Lichterscheinung aus dem Nichts. Die Erscheinungen können alle möglichen Formen und Farben annehmen. Sie können einem Tier oder einer Person ähneln, aber auch abstrakt sein oder sich auf reine Lichtmuster beschränken. Illuminationen können sehr dekorativ aussehen und werden im Alltag gerne auf Hexenpartys oder Festen eingesetzt. Die meisten Illuminationen sind sehr störanfällig und lösen sich nach wenigen Sekunden oder Minuten auf. Dauerhafte Illuminationen, die sich tage- oder wochenlang halten, erfordern größeres zauberisches Geschick.
Es gibt inzwischen landesweite Illuminationswettbewerbe, bei denen sich Zauberer und Hexen gegenseitig in ihrer Kunst messen können. Diese Wettbewerbe erfreuen sich zunehmender Beliebtheit, denn sie sind ein Fest für die Augen und haben in den letzten Jahren eine sehr hohe Qualität erreicht.

Sie schwang ihren Arm, und die Glöckchen an den Bäumen verschwanden. Dann versuchte Miranda, wieder die Blätter an die Bäume zu hexen, aber dieser Zauber misslang. Zwar erhob sich das Laub vom Boden und flatterte kurz in die Höhe, aber die Blätter blieben nicht mehr an den Zweigen haften, sondern taumelten wieder ins Gras.

»Mist!«, schimpfte Miranda. Sie stieß Ludwig ärgerlich in die Rippen. »Wie sehen unsere schönen Bäume aus? Jetzt müssen wir bis zum Frühjahr warten, bis sie neue Blätter bekommen!«

»Mir doch egal«, murmelte Ludwig, drehte sich um und ging ins Wohnzimmer zurück, wo inzwischen einige angeheiterte Gäste zu tanzen angefangen hatten.

Miranda versuchte noch einmal, das Laub an die Bäume zu zaubern, aber es klappte wieder nicht. Ärgerlich ließ sie den Arm sinken.

»Das kann ich noch nicht«, sagte sie, als Elena neben sie trat. »Die Blätter fangen bereits an zu sterben. Ich kann den Prozess nicht mehr aufhalten. Echter *Lebenszauber*, der keine Schwarzmagie ist, ist ungeheuer schwierig durchzuführen. Ich glaube, man kann ihn im letzten Jahr an der Uni lernen.«

Die Bäume sahen wirklich traurig aus.

»Vielleicht kriegt Oma Mona das wieder hin«, meinte Elena.

»Oder dein Vater, wenn er zurückkommt«, sagte Miranda. »Vergiss nicht – der hat ja schließlich eine Spezialausbildung. Er muss ein wahnsinnig guter Zauberer sein.«

Elena nickte. Dann hakte sie sich bei Miranda unter und ging mit ihr ins Haus zurück.

Ludwig saß mit der schwangeren Latzhosen-Hexe auf der Couch und redete auf sie ein. Elena war froh, dass er nun ein anderes Opfer gefunden hatte.

Auch in der Küche drängten sich die Gäste und plünderten den Kühlschrank. Die Unordnung und der Lärm waren unglaublich.

Elena und Miranda wechselten einen Blick.

»Und wir haben vorhin erst aufgeräumt«, schrie Miranda Elena ins Ohr. »Das hätten wir uns wirklich schenken können.«

Die Party zog sich bis in den Keller hinunter. In der Waschküche hatte Daphne eine Bar errichtet. Hinter der Theke stand Gregor und schenkte merkwürdig schimmernde Getränke aus, beispielsweise den *Schwebe-Drink*, der jeden nach wenigen Schlucken schwerelos machte, oder den *Rain-*

bow-Hair-Cocktail, der dafür sorgte, dass die Haare in den Regenbogenfarben zu leuchten anfingen. Elena bemerkte, dass die Waschmaschine rotierte, aber im Innern drehte sich keine Schmutzwäsche, sondern Leuchtfarbe. Durch das Bullauge wurden bunte Reflexe an die Wände geworfen, und aus der Öffnung, in der sonst das Waschpulver eingefüllt wurde, dröhnte laute Musik.

Elena verdrehte die Augen. Gregor oder Daphne mussten das Gerät manipuliert haben. Ob die Waschmaschine nächste Woche noch einwandfrei funktionieren würde? Technik und Magie vertrugen sich nämlich nicht so gut, das hatte ihnen der Hexilbeauftragte gleich am ersten Tag eingeschärft. Jolanda würde ausrasten, wenn ihre geliebte Waschmaschine kaputt war. Sie war fasziniert von der Technik und dem menschlichen Erfindungsgeist, der Dinge wie beispielsweise eine Kaffeemaschine möglich machte. Mona dagegen rümpfte meistens nur die Nase und meinte, Technik könnte die Magie der Hexen nur unvollkommen ersetzen.

Die Gäste besetzten sogar den ersten Stock. Als Elena in ihr Zimmer kam, fand sie dort zwei Hexen, die gerade interessiert in ihrem Bücherregal stöberten.

»Was macht ihr hier?«, fragte Elena entrüstet.

»Entschuldigung, wir haben das Badezimmer gesucht.« Die junge Hexe mit violetten Haaren lachte. Elena kannte sie flüchtig. Es war Lucinda, auf die Daphne so schrecklich eifersüchtig war, weil sie dachte, Gregor hätte etwas mit ihr angefangen. Elena wunderte sich, dass Daphne Lucinda eingeladen hatte. Aber vielleicht war sie ja auch so mitgekommen.

»Das Badezimmer ist woanders«, antwortete Elena. »Das hier ist zufällig mein Zimmer!«

»Jaja, wir sind ja schon weg«, sagte die andere Hexe. Sie war einen Kopf kleiner als Lucinda und wirkte auch älter als sie, vielleicht Mitte zwanzig. Betont langsam verließen die beiden das Zimmer. Elena schnitt eine Grimasse hinter ihrem Rücken. Als sie draußen waren, hörte sie, wie sie den Gang entlanggingen und probierten, welche Zimmertüren offen waren. Mona versah ihr Zimmer immer mit einem Verriegelungszauber, den Miranda aber längst knacken konnte, wie Elena wusste.

Elena stellte die Bücher in ihrem Regal wieder gerade hin. Sie hasste es, wenn Bücher schief standen oder schlampige Stapel bildeten. Als sie damit fertig war, ließ sie sich erschöpft auf ihr Bett fallen. Was für eine lästige Party! Sie hörte das Vibrieren der Musik durch den Fußboden und die Wände hindurch und wünschte sich weit weg. Sie dachte an ihren Vater …

Auf einmal spürte Elena, wie etwas an ihrer Brust warm wurde. Der *Transglobkom* meldete sich! Sicherlich Jolanda, die ihr sagen wollte, dass sie heil angekommen war. Elena griff in den Halsausschnitt ihres Glitzertops und holte den *Transglobkom* heraus. Sie klappte ihn auf. Gleich darauf erschien eine durchsichtige Kugel und schwebte ein Stück in die Höhe. Elena erkannte in der Kugel das Gesicht ihres Vaters.

»Hallo Papa«, rief sie freudig. »Schön, dass du dich meldest. Ist alles in Ordnung bei dir? Wann kommst du nach Hause?«

Leon Bredov machte ein besorgtes Gesicht. »Hallo Elena. Ich habe nicht viel Zeit. Kannst du deine Mutter rufen?

Ich erreiche sie leider nicht auf ihrem *Transglobkom*. Es ist dringend.«

Elena fühlte einen Schauder auf der Haut. »Mama ist leider nicht da. Sie ist mit ihrem Chef zu einem Seminar gefahren. Vielleicht hat sie ihren *Transglobkom* vergessen. Ich könnte versuchen, sie auf dem Handy ...«

»Nein, lass«, unterbrach Leon seine Tochter. »Das hat keinen Sinn. Du musst Mona Bescheid geben. Ich brauche Hilfe! Hier läuft nämlich einiges schief! Ich hoffe, dass ich die Sache in Griff bekomme, aber ich brauche unbedingt Verstärkung. Meine Zauberkräfte reichen nicht aus. Mach schnell! Sag Mona, sie soll ins *Tal der Silbernen Seerosen* kommen, dort werde ich sie erwarten.«

Seine Stimme wurde immer leiser und klang zwischendrin verzerrt, sodass Elena Mühe hatte, seine Worte zu verstehen. Dann verschwand Leons Kopf, und die Kugel platzte. Elena klappte automatisch den *Transglobkom* zu. Sie war tief beunruhigt und ihr Herz raste.

Warum brauchte ihr Vater Hilfe? Was war geschehen?

»Ich muss Oma erreichen«, murmelte Elena vor sich hin. Sie konnte sich nicht vorstellen, dass Mona Leon *gerne* helfen würde. Aber Papa hatte sich sicher etwas dabei gedacht, wenn er nach Mona verlangte. Oma Mona besaß immerhin mächtige Zauberkräfte ...

Papas Verzweiflung muss riesengroß sein, dachte Elena bang. Ihre Brust schnürte sich zusammen. Sie klappte den *Transglobkom* wieder auf und konzentrierte sich auf ihre Großmutter. Es dauerte ewig, bis im *Transglobkom* eine Blase erschien und in die Höhe schwebte. Aber im Innern war nicht Monas Gesicht zu sehen, sondern das eines fremden schnurrbärtigen Mannes.

»Ich bedauere es sehr, aber zum gegenwärtigen Zeitpunkt kann keine Verbindung zu deiner gewünschten Gesprächspartnerin hergestellt werden.« Er lächelte Elena an. »Deine gewünschte Gesprächspartnerin möchte im Moment nicht gestört werden. Ich könnte ihr eine Botschaft von dir ausrichten, wenn du es möchtest. Allerdings kann ich dir nicht sagen, wann ich diese Botschaft übermitteln kann.«

»Nein, danke«, murmelte Elena. Sie wollte diesem schnurrbärtigen Kerl nicht anvertrauen, dass Papa Hilfe brauchte.

»Dann auf Wiedersehen«, sagte der Mann höflich, bevor die Kugel platzte.

Elena klappte ihren *Transglobkom* zum zweiten Mal zu. Sie überlegte fieberhaft, was sie tun könnte. Warum hatte Mona ihren *Transglobkom* ausgeschaltet? War dieser Hexen-Workshop so wichtig für sie, dass sie es überhaupt nicht interessierte, wenn es zu Hause einen Notfall gab?

Notfall!

Ich könnte den *Gedankennotruf* verwenden, schoss es Elena durch den Kopf.

In ganz dringenden Fällen konnten sich Hexen untereinander auch ohne den *Transglobkom* verständigen. Die Botschaft wurde direkt in den Kopf der Empfängerin gesendet. Es war anstrengend, und Elena hatte den Gedankennotruf noch nie selbst aktiv ausprobiert. War jetzt der richtige Zeitpunkt für so etwas? Und würde der Gedankennotruf überhaupt über die Grenze hinweg funktionieren – von der Menschenwelt in die Hexenwelt?

Elena beschloss, lieber Miranda zu fragen. Sie stand von ihrem Bett auf und verließ ihr Zimmer. Auf dem Flur begegnete sie Gregor van Luren, der gerade aus dem Badezimmer kam und sie hinterhältig anlächelte. Elena überlegte, ob er vielleicht auch das Badezimmer magisch verändert hatte, aber jetzt war keine Zeit, sich darüber den Kopf zu zerbrechen. Papa war in Not und brauchte Hilfe, das war viel wichtiger. Sie klopfte an Mirandas Zimmertür, wartete auf das »Herein!« und trat ein.

»Was gibt's?«, fragte Miranda, die in einem Zauberbuch geblättert hatte und es etwas nervös ins Regal zurückschob.

Elena hatte genug gesehen. Miranda war offenbar wieder an Monas Büchern gewesen; der Band mit dem giftgrünen Einband gehörte ihr bestimmt nicht. Elena behagte die Sache nicht ganz, aber solange Mona nichts davon erfuhr ... Elena wusste, dass Miranda sehr ehrgeizig war, was die Zauberei betraf. Aber sie hatte ja ein Ziel, die Diplomatie, und das rechtfertigte ihren Enthusiasmus.

»Ich habe gerade mit meinem Vater geredet«, sagte Elena.

»Ist er wieder hier?«, wollte Miranda wissen.

Elena schüttelte den Kopf. »Er hat per *Transglobkom* mit mir gesprochen.« Sie sah Miranda gequält an. »Papa braucht Hilfe.« Sie berichtete kurz, was er gesagt hatte.

»Hm ... meinst du, Mona wird ihn wirklich unterstützen?«, zweifelte Miranda sofort. »Sie nützt doch jede Gelegenheit, um ihm eins reinzuwürgen.«

»Ich weiß nicht.« Elena zögerte. »Wenn es wirklich darauf ankommt ... Sie ist eine starke Hexe!«

»Aber manchmal auch ganz schön hinterhältig und gemein.«

Das konnte Elena nicht abstreiten. Sie erinnerte sich noch genau an die vielen hässlichen Bemerkungen, die Mona über ihren Vater gemacht hatte. Das Verhältnis zwischen

Leon und Mona war nun einmal sehr gespannt, denn Mona hatte sich einen ganz anderen Schwiegersohn gewünscht. Sie hatte Leon immer für einen Versager und eine zwielichtige Person gehalten, und dass er sich überraschend als Geheimagent entpuppt hatte, hatte ihn vielleicht in Monas Achtung steigen lassen, aber nicht unbedingt in ihrer Sympathie.

Vielleicht hatte Miranda ja recht, und Mona würde Leon wirklich keine Hilfe sein. Elena war unschlüssig.

»Ausgerechnet jetzt ist meine Mutter nicht da. Wenn ich sie doch irgendwie erreichen könnte!« Sie ließ sich auf Mirandas Bett fallen. »Wen könnten wir sonst noch um Hilfe bitten?«

Sie überlegten gemeinsam, aber ihnen wollte einfach niemand einfallen.

»Aaron Abraxas Holzin vielleicht?«, schlug Elena dann vor.

»Zwecklos.« Miranda winkte ab. »Der kann doch selbst kaum hexen. Da könnten wir genauso gut Jana oder Nele fragen.«

»Hmmm.« Elena zermarterte sich den Kopf. Welche Möglichkeiten gab es noch? Sollten sie versuchen, mit dem Oberamtszaubermeister Kontakt aufzunehmen? Er war der oberste Beamte des Landeszauberamts. Aber Moment, wenn Papa im offiziellen Auftrag unterwegs war, hätte er sich ja selbst an die Behörte wenden können … Elenas Gedanken drehten sich allmählich im Kreis. Gerade als sie vorschlagen wollte, vielleicht doch Mona zu informieren, sagte Miranda:

»*Wir* sollten deinem Vater helfen!«

»Wir?«, fragte Elena verblüfft.

»Na klar«, sagte Miranda. »Schau mal, deine Oma ist bestimmt sauer, wenn sie seinetwegen den Workshop abbrechen muss – und du kannst dir ja vorstellen, wie sie hext, wenn sie schlechte Laune hat.«

»Aber wie könnten wir Papa denn helfen?«, fragte Elena dann. »Wir haben doch noch nicht einmal unser Hexendiplom!«

»Ob wir jetzt diese Prüfung abgelegt haben oder nicht …« Miranda wirkte entschlossen. »Was sagt denn so ein Diplom schon wirklich aus? Und ich beschäftige mich ja schon einige Zeit mit *höherer Zauberei* …«

»Jedenfalls viel länger als ich«, sagte Elena bedauernd und spürte wieder einmal einen kleinen Stich Neid. Nachdem die Familie Bredov wegen Leons angeblicher Verurteilung in der Hexenwelt in Ungnade gefallen war, war Elena vom Erlernen der *höheren Zauberei* ausgeschlossen gewesen. Das hatte sich erst im HEXIL geändert.

»Ja, und ich habe mich inzwischen ja auch ein bisschen über verbotene Zaubersprüche informiert.« Miranda wurde rot. »Nicht weil ich sie anwenden will, sondern einfach, weil ich wissen will, was es alles gibt. Du musst nicht gleich denken, dass ich eine *schwarze Hexe* werden will, Elena. Aber ich möchte mich gegen schwarzmagische Angriffe wehren können. Im Übrigen ist Mona ja auch keine *schwarze Hexe*, obwohl sie ja etliche … hm … illegale Bücher besitzt.«

Beruhigend legte Miranda ihre Hand auf Elenas Arm. »Jedenfalls denke ich, dass das, was ich gelernt habe, deinem Vater ziemlich viel nützen kann.«

Elena blickte Miranda an. Ob Miranda ihre Fähigkeiten nicht überschätzte? Das klang ja fast so, als ob sie glaubte, fast so gut zaubern zu können wie Mona. Elena hatte ihre Zweifel. Aber wer weiß? Miranda verbrachte sehr viel Zeit mit Zauberbüchern und lernte leicht, während Elena sich jeden Spruch mühsam aneignen musste. Miranda brauchte sich einen Vers nur ein oder zwei Mal durchzulesen, dann konnte sie ihn auswendig.

»Soll ich nicht doch einen Gedankennotruf an meine Oma schicken?«, fragte Elena unsicher.

»Das kannst du natürlich versuchen, aber ich bin überzeugt, dass Mona fuchsteufelswild wird, wenn du sie bei ihrem Workshop störst«, meinte Miranda. »Ich finde, es wäre besser, wenn wir keine Zeit verschwenden und sofort aufbrechen würden.«

Elena kämpfte mit sich. Sie sah die Abenteuerlust in Mirandas Augen funkeln und kam sich vor wie ein Feigling.

»Was meinst du? Was wird uns im *Tal der Silbernen Seerosen* erwarten? Glaubst du nicht, dass es furchtbar gefährlich ist? Ich weiß nicht …«

»Natürlich wird es gefährlich sein«, antwortete Miranda. »Sonst hätte dein Vater ja nicht um Hilfe gebeten. Willst du ihn etwa im Stich lassen, Elena?«

»Unsinn, was denkst du von mir!« Elena schluckte. »In Ordnung. Du hast recht. Wir können genauso versuchen, meinem Vater zu helfen.« Dann fiel ihr noch etwas ein. »Aber wie kommen wir in die Hexenwelt? Du weißt, dass man nicht so einfach wechseln kann. Man muss einen Antrag stellen, der muss genehmigt werden, und dann …«

»Ganz schön umständlich.« Miranda lächelte. »Klar, das ist der offizielle Weg. Aber hast du schon vergessen, was deine Oma vorhin in der Küche gemacht hat? Sie hat einen *Schleichweg* genommen. Solche Wege gibt's!«

Elena schluckte noch einmal. »Und ... und wie macht man das? Ich meine, wie benutzt man so einen Schleichweg?«

»Ich habe zwar schon eine vage Ahnung, aber ich werde Gregor fragen«, sagte Miranda. »Sicherheitshalber.«

Manchmal muss man Umwege in Kauf nehmen, um sein magisches Ziel zu erreichen

Kein Problem«, sagte Gregor und fing an, in seiner Tasche herumzusuchen. »Man kann sich zwar auch ohne Portal in die Hexenwelt versetzen, aber das erfordert einen ziemlich komplizierten Zauber. Ich glaube nicht, dass ihr schon so weit seid.«

Elena hörte, wie Miranda nach Luft schnappte.

»Möglicherweise bleibt ein Fuß oder sogar der Kopf zurück.« Gregor grinste. »Es gibt eine viel einfachere Methode. Schaut. Ich habe hier noch einen ganzen Block mit … ähm … unerlaubten Fahrkarten.« Er zog einen Notizblock aus der Hosentasche, der graue, unansehnliche Blätter zeigte. Gregor riss zwei davon ab und reichte sie Miranda und Elena. »Illegale Portale. Das Einzige, was ihr tun müsst, ist durch das Blatt zu steigen.«

»Durch das Blatt steigen?« Elena runzelte die Stirn. Machte sich Gregor über sie lustig?

»Kennt ihr den Trick, wie man durch eine Postkarte steigt?«, fragte Gregor.

Jetzt hellte sich Mirandas Miene auf. »Oh ja, klar. Natürlich.«

»Mit den Fahrkarten geht es genauso.« Gregor zwinkerte ihnen zu, dann steckte er den Block wieder ein und schlenderte zu seinen Zaubererfreunden.

»Vielen Dank!«, rief Miranda ihm hinterher. »Ist echt nett, Daphnes Freund«, meinte sie dann in Elenas Richtung.

»Hast recht. Das hätte ich jetzt auch nicht unbedingt erwartet. Aber sag mal, was ist das für ein Trick?«, wollte sie wissen.

Wie man durch eine Postkarte steigt

Die Postkarte der Länge nach in der Mitte falten.

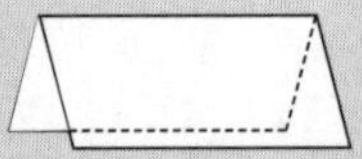

Dann die Postkarte abwechselnd an beiden Seiten einschneiden (nicht ganz durchschneiden, sondern oben und unten immer einen ca. 1 cm breiten Rand lassen und die ersten Schnitte rechts und links jeweils vom Falz aus einschneiden).

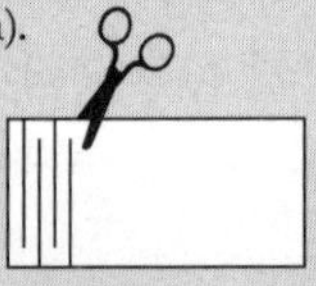

Dann die Postkarte am Falz durchschneiden, die beiden äußeren Kanten müssen aber stehen bleiben!

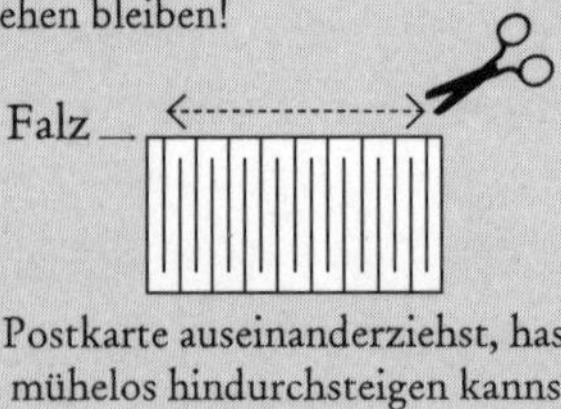

Wenn du jetzt die Postkarte auseinanderziehst, hast du einen Papierring, durch den du mühelos hindurchsteigen kannst.

»Ach, das habe ich mal im Hexenkindergarten gelernt«, erwiderte Miranda. »Du nicht?«

Elena schüttelte den Kopf.

»Es ist ganz einfach«, sagte Miranda. »Man braucht nur eine Schere.«

Sie erklärte Elena, wie man die Postkarte einschneiden musste. »Und dasselbe machen wir jetzt mit diesen illegalen Portalen.«

»Gregor hat den Block mit den Fahrkarten bestimmt aus der Zauberdruckerei gestohlen«, vermutete Elena.

»Möglich«, meinte Miranda. »Das traue ich ihm zu. Aber gut, dass er uns die Portale gegeben hat, das macht die Reise einfacher für uns.«

Sie gingen in Elenas Zimmer. Während Miranda die Portale faltete und einschnitt, damit man hindurchsteigen konnte, sah sich Elena um und überlegte fieberhaft, ob sie etwas mitnehmen sollten.

»Brauchen wir Klamotten zum Wechseln? Zahnbürste?«

»Überflüssig.« Miranda schüttelte den Kopf. »Was wir höchstens brauchen könnten, wären ein paar magische Hilfsmittel zur Abwehr von Flüchen und bösem Zauber. Ich bin sicher, deine Oma besitzt davon jede Menge, aber ich weiß nicht, ob wir so einfach ihre Vorräte plündern dürfen. Außerdem haben wir keine Ahnung, welche Gefahren uns erwarten. Was nützt es uns, wenn wir uns gegen ein Krokodil schützen können, aber nicht gegen einen giftigen Skorpion? Es gibt tausend Möglichkeiten, Elena! Wir müssen uns einfach auf deinen Vater verlassen, der wird schon wissen, was zu tun ist.«

»Hm …« Elena zögerte. »Ich zieh mir aber trotzdem schnell was anderes an.« Sie streifte ihr Glitzertop über den

Kopf und tauschte es gegen ein T-Shirt. Dann schlüpfte sie noch in eine warme Jacke, denn die Nächte waren jetzt schon kühl. Das *Tal der Silbernen Seerosen* lag im Norden der Hexenwelt, wenn sie sich recht erinnerte.

Miranda war fertig. Sie reichte Elena ein aufgeschnittenes Portal.

»Los geht's! Streif es dir über den Kopf. Und denk einfach ganz fest an das *Tal der Silbernen Seerosen*. Und natürlich an deinen Vater. Keine Angst, Elena! Es wird klappen!«

Und wenn nicht?, dachte Elena, während sie sich das Portal über ihren Kopf zog. Dann fiel ihr auch noch ein, dass sie vergessen hatten, Nele und Jana Bescheid zu geben! Zu spät!

Es wurde bereits dunkel, sie waren auf dem Weg.

Illegale Wege von der Hexenwelt in die Menschenwelt und umgekehrt

Normalerweise muss jeder Weltenwechsel beim Landeszauberamt beantragt und genehmigt werden. Das kann ziemlich viel Zeit kosten, denn jeder Antrag muss von der Behörde genau geprüft werden. Die offizielle Reise per Portal wird dann von speziellen Zauberern des Transglobal-Dienstes überwacht, damit keine unerlaubten Güter geschmuggelt und die Quarantäne-Vorschriften eingehalten werden.

Ebenso wird der offizielle Postdienst zwischen den Welten kontrolliert und überwacht. Verdächtige Sendungen können geöffnet und der Absender/Empfänger gegebenenfalls bestraft werden, wenn es sich um verbotene Zaubermittel oder andere Schmuggelware handelt.

Findige Zauberer und Hexen haben jedoch längst Mittel und Wege gefunden, die lästigen Vorschriften zu umgehen. Es gibt Zaubersprüche, die stark genug sind, dass der Reisende die Grenze ohne Portal überwinden kann. Solche Reisen sind allerdings riskant, denn möglicherweise wird der Reisende nicht komplett in die andere Welt gezaubert. Deswegen sei vor solchen Reisen ausdrücklich gewarnt! Nur sehr geübte Hexen und Zauberer sollten sie durchführen.

Ungefährlicher sind illegale Portale. Sie sind zwar vom Landeszauberamt ausdrücklich verboten, aber man kann sie sich relativ leicht auf dem Schwarzmarkt besorgen. Es handelt sich um eine Art Schleuse, die den Reisenden sicher in die andere Welt bringt, ohne dass dieser riskiert, unterwegs sein Gepäck, einen Arm oder schlimmstenfalls sogar den Kopf zu verlieren. Solche Portale gibt es in verschiedenen Ausführungen, beispielsweise in Schachtelform oder als Kriechtunnel. Neu auf den illegalen Markt gekommen sind Portal-Fahrkarten, sehr handlich und praktisch. Die Oberfläche ist mit einer speziellen Zauberbeschichtung versehen. Vor der Reise muss man die Fahrkarte nach einem bestimmten System zerschneiden, damit man hindurchsteigen kann.

Aber Vorsicht! Es gibt inzwischen auch eine Menge gefälschter Fahrkarten, die nur so aussehen wie echte Portal-Fahrkarten. Wenn man eine Spaß-Fahrkarte erwischt, landet man nicht in der gewünschten Welt, sondern beispielsweise im Zoo bei den Berggorillas oder auf einer Hühnerfarm. Es gibt auch fiese Fahrkarten, die einen in finstere Verliese oder auf einen einsamen, schneebedeckten Berggipfel transportieren. So etwas kann für den Reisenden unter Umständen le-

bensgefährlich werden. Deswegen sollte man illegale Portale nur aus zuverlässigen Quellen erwerben. Demnächst soll ein Testgerät auf den Markt gebracht werden, mit dem man echte Fahrkarten und Spaß-Fahrkarten voneinander unterscheiden kann.

Elena hatte das Gefühl, durch den Weltraum zu fliegen – durch ein tiefes schwarzes Loch, dessen Dunkelheit so intensiv war, dass sie jedes Licht verschluckte. Eine unglaubliche Kraft zog Elena zum anderen Ende. Falls es überhaupt ein anderes Ende gab …

»*Tal der Silbernen Seerosen*«, murmelte Elena vor sich hin und versuchte sich vorzustellen, wie ihr Vater aussah. Seine hochgewachsene Gestalt, seine schwarzen Haare, sein hageres Gesicht, seine entschlossene Miene.

Das Bild in ihrem Kopf wurde ganz deutlich. Da war Leon Bredov, wie Elena ihn zuletzt gesehen hatte. Er trug den schwarzen Umhang mit der silbernen Bordüre und lächelte sie an. Elena empfand große Sehnsucht. Sie streckte die Hände nach ihrem Vater aus. Er nahm sie und zog sie ein Stück an sich heran. Dann ließ er sie plötzlich los. Elena fiel …

… fiel …

… und landete auf Miranda, die ebenfalls auf der Erde saß und gerade aufstehen wollte.

»Autsch, verflixt noch mal!«

Elena spürte einen heftigen Schmerz an ihren Knien. Sie fühlte den steinigen Untergrund. Mit dem Kopf war sie weich auf Mirandas Bauch gefallen.

»Au!«, stöhnte Miranda. »Direkt auf meinen Magen!«

»Tut mir leid.«

Die beiden Mädchen standen auf und kontrollierten ihre Kleidung. Mirandas Jeans war an den Beinen etwas schmutzig geworden. Bei Elena waren die Ärmel ihrer Jacke durch den starken Aufprall aufgerissen.

Die Hexen reparierten den Schaden an ihrer Kleidung rasch mit einem Zauberspruch.

»Besonders gemütlich ist es hier nicht gerade«, meinte Miranda, während sie sich umschaute.

Sie hatte recht. Als Elena den Kopf drehte, sah sie den dichten Nebel um sich herum. Es war eine karge Landschaft, der Boden war lehmig und mit Steinen übersät und hinter Miranda stand ein einzelner kahler Baum. Auf der Spitze saß ein großer schwarzer Rabe mit glänzendem Gefieder.

»Papa?«, fragte Elena hoffnungsvoll, während sie unverwandt auf den Raben starrte. »Bist du das?«

Der Rabe krächzte und flatterte los. Elena spürte einen Luftzug. Vor ihr formte sich eine Gestalt mit großen schwarzen Flügeln, die dann zu einem dunklen Umhang wurden.

»Papa!«, rief Elena freudig. Sie fiel ihm um den Hals und hätte ihn am liebsten nie wieder losgelassen. Sie war so stolz auf ihn, denn er war so stark!

Sie konnte sich gar nicht mehr vorstellen, dass er mehrere Monate lang ein Grüner Leguan gewesen war. Wie sehr hatte sie ihn vermisst!

»Meine liebe Elena!«, flüsterte Leon und drückte seine Tochter an sich. Dann ließ er sie los und sah sich suchend um.

»Wo bleibt denn Mona?«

»Äh … sie … sie wird nicht kommen«, entgegnete Miranda. »Hallo, Herr Bredov! Elena konnte Mona nicht mit dem

Transglobkom erreichen, und da dachten wir, wir könnten vielleicht auch …« Sie stockte und wurde rot.

Leon runzelte die Stirn. »Hallo, Miranda. – Soll das heißen, dass ihr mir helfen wollt?«

Mirandas Röte vertiefte sich. »Na ja, vielleicht überschätze ich die Sache auch, Herr Bredov, aber ich habe in den letzten Monaten wirklich viel dazugelernt, was die *höhere Zauberei* angeht. Ich behaupte nicht, dass ich perfekt bin, aber ich beherrsche inzwischen einige sehr schwierige Zaubersprüche – auch wenn ich, genau wie Elena, noch nicht mein Hexendiplom besitze.«

»Ja, ich weiß.« Ein unmerkliches Schmunzeln huschte über Leons Gesicht. »Ich erinnere mich noch genau daran, wie du aus mir einen Schwarzen Leguan gemacht hast.«

»Das tut mir leid.« Miranda sah schuldbewusst drein. Elena und sie hatten einen riesigen Schrecken bekommen, als Miranda mithilfe des magischen Amuletts versucht hatte, Leon Bredov von seinem Dasein als Grüner Leguan zu befreien und ihm seine wahre Gestalt zurückzugeben.

»Das hier ist kein Kinderspiel«, sagte Leon ernst. »Unter Umständen geht es um Leben und Tod. Es ist sehr gefährlich, und deswegen habe ich um die Hilfe einer *erfahrenen* Hexe wie Mona gebeten und nicht um die Begleitung zweier Hexenmädchen ohne Hexendiplom, auf die ich selber noch aufpassen muss!«

Miranda schaute auf ihre Fußspitzen. »Dann … dann schicken Sie uns also in die Menschenwelt zurück?«, fragte sie kleinlaut.

»Das wäre das Vernünftigste«, sagte Leon. »Ich darf euch nicht in Gefahr bringen. Das würde ich mir nie verzeihen. Lieber bleibe ich ohne Hilfe.«

Elena schluckte vor Enttäuschung. Ihr Vater wollte nicht, dass sie ihm halfen. Er traute ihnen nichts zu. Aber vielleicht war die ganze Sache tatsächlich eine Nummer zu groß für sie. Das hatte sie ja von Anfang an gefühlt.

»Wir wollen hierbleiben!«, bettelte Miranda. »Schicken Sie uns nicht zurück, bitte! Wir passen auf uns auf, Ehrenwort! Sie müssen uns nicht beschützen. Ich beherrsche fünf verschiedene Arten von Abwehrzauber und kann uns auf der Stelle verschwinden lassen. Vorgestern hat auch zum ersten Mal ein Tarnzauber geklappt. Ich habe vor dem Supermarkt einen kompletten Lieferwagen unsichtbar gemacht. Sogar mit Anhänger!«

Elena war überrascht. Davon wusste sie gar nichts!

»Keine Sorge, kein Mensch hat etwas bemerkt«, fügte Miranda schnell hinzu. »Bitte, Herr Bredov, ich kann wirklich gut zaubern. Aber in der Menschenwelt kann ich es nicht ausprobieren ...«

Leon zögerte. »Na gut«, sagte er dann und seufzte. Elena merkte, dass ihm die Entscheidung schwerfiel. »Vielleicht könnt ihr mir ja tatsächlich helfen. Ich brauche eigentlich schon jemanden, sonst müsste ich meinen ganzen Plan ändern. Außerdem drängt die Zeit ...« Er räusperte sich. »Seid ihr bereit?«, fragte er dann. »Wir müssen ein Stück fliegen, zu Fuß ist es nämlich zu weit.«

»Mit dem Besen?«, wollte Miranda wissen.

»Nein, wir verwandeln uns.« Leon Bredov blickte fragend zu Elena. »Kannst du inzwischen *Metamorphose*?«

Elena nickte. Inzwischen schaffte sie es einigermaßen, sich in ein Tier zu verwandeln. Nur bei Stress konnte es passieren, dass sie beispielsweise als weiße Taube ein paar schwarze Federn hatte oder ihre Zehen mit Schwimmhäuten verbunden waren. Auch wurde ihr manchmal schwindelig, wenn sie als Vogel in zu großer Höhe flog.

»Und in welches Tier sollen wir uns verwandeln?«, erkundigte sich Miranda.

»Ich werde wieder ein Rabe«, antwortete Leon. »Und ihr nehmt am besten die Gestalt von Eulen an.«

Eulen!

Hoffentlich schaffe ich das, dachte Elena. Sie war noch nie eine Eule gewesen.

Leon Bredov bewegte die Arme – und schon saß ein großer Rabe vor den Mädchen auf dem Boden. Sein Gefieder schimmerte metallisch blau-schwarz. Mit einem Krächzen flog er auf den kahlen Baum.

»Los«, sagte Miranda zu Elena. »Jetzt sind wir dran!«

Elena konzentrierte sich. Bei der *Metamorphose* kam es darauf an, sich ganz auf das betreffende Tier, das man sein wollte, einzustimmen. Was wusste sie über Eulen? Sie dachte an den entsprechenden Abschnitt in ihrem Zauberbuch.

Eulen sind geheimnisvolle Nachtvögel. Ihr Gehör ist hervorragend. Sie können völlig lautlos fliegen aufgrund der besonderen Struktur ihrer Federn. Eulen besitzen auch die Fähigkeit, im Dunkeln zu sehen. Sie können ihren Kopf um 270 Grad drehen, weil sie vierzehn Halswirbel haben …

Neben Elena ertönte ein kleiner Knall. Miranda hatte sich in eine Schleiereule verwandelt. Das mit dem Knall war zwar nicht ganz vorschriftsmäßig, aber immerhin hatte sie die Verwandlung geschafft. Die Schleiereule stieß sich vom Boden ab und flog zu dem kahlen Baum, wo sie sich neben den Raben auf den Ast setzte. Die beiden Vögel sahen Elena erwartungsvoll an.

Elena holte tief Luft. Sie merkte, wie sie vor Nervosität zu schwitzen anfing.

»Homo sapiens magus sum. Ero strix.«

Sie breitete die Arme aus.

Sofort hatte sie das Gefühl, als würden ihre Knochen zusammengedrückt. Sie schrumpfte in Windeseile. An ihren Fingern saßen Federn. Sie konnte auf einmal sehr gut sehen und hörte sogar die Holzwürmer, die sich durch den kahlen Baum nagten. Als sie probeweise den Kopf bewegte, konnte sie ihn fast einmal herumdrehen.

Es hatte geklappt!

Sie flog auf und landete vorsichtig neben Miranda auf dem Baum. Es war etwas schwierig, auf dem Ast das Gleichgewicht zu halten und nicht nach vorne zu kippen.

»Sehr gut, Elena«, vernahm Elena die Stimme ihres Vaters in ihrem Kopf. »Du bist ein hübscher Waldkauz geworden. Ich fliege jetzt voraus und ihr beiden folgt mir. Aber lasst genügend Abstand, damit niemand merkt, dass wir zusammengehören.«

Der Rabe schwang sich in die Luft und flatterte in Richtung Norden. Bevor der Nebel ihn verschluckte, flogen auch Miranda und Elena los.

»Kuwitt!«

Das *Tal der Silbernen Seerosen* lag unter ihnen. Dunkel schimmerte die Wasseroberfläche, und Elena fragte sich, ob es auf dem unheimlichen See tatsächlich Silberne Seerosen gab. Sie war froh, dass ihr Vater nicht darauf bestanden hatte, ein Wasservogel oder ein Fisch zu werden. Der See war ihr nicht geheuer. Das Wasser war trüb und roch nach Moder.

An den Rändern wuchsen dürre Schilfhalme, die im Wind raschelten. Nichts wies darauf hin, dass es in dieser Gegend irgendeine Art von Leben gab. Alles wirkte wie ausgestorben – eine vergiftete oder verzauberte Landschaft. Trostlos.

Die beiden Eulen flogen lautlos dahin. Der See war unendlich lang, und Elena überlegte, was passieren würde, wenn der Zauber plötzlich nachließ und sie abstürzen würden. Sie spürte, wie ihr Flug unsicherer wurde. Nein, an solche Dinge *durfte* sie einfach nicht denken …

Plötzlich war Miranda direkt neben ihr.

Schau! Dort drüben auf dem Felsen!

Was meinst du?, fragte Elena in Gedanken zurück.

Die Wölfe, antwortete Miranda. *Das sind garantiert keine echten Wölfe! Schirme deine Gedanken ab, Elena. Sie dürfen uns nicht erkennen!*

Schutz vor unerlaubter Gedankenschnüffelei! Elena versuchte, einen entsprechenden Schutzschild aufzubauen. Sie war froh, dass Miranda dies einige Male mit ihr geübt hatte. Elena stellte sich vor, eine Mauer um ihren Kopf herum zu errichten – lauter dicke Ziegelsteine, die sich auftürmten, höher und höher. Jetzt konnte sie auch Mirandas Gedankenstimme nicht mehr hören. Seite an Seite flogen die beiden Eulen über das Wolfsrudel hinweg, das sich auf einem Felsen versammelt hatte. Elena spürte, wie die Blicke aus gelben Augen ihnen folgten. Miranda hatte recht, das waren keine gewöhnlichen Tiere. Die Wölfe waren ungewöhnlich groß und hatten ein sehr dunkles Fell. Es waren entweder Werwölfe oder schwarze Magier, die sich verwandelt hatten …

Puh, hast du das gehört?, fragte Miranda, als sie einige Kilometer weiter geflogen waren und die Wölfe hinter sich gelassen hatten. Sie hörte sich aufgeregt an.

Elena hatte die Schutzmauer in ihrem Kopf schon wieder aufgelöst.

Nein, was denn?, fragte sie zurück. *Ich konnte doch nichts hören, weil ich meine Gedanken geschützt habe!*

Oh Elena!, kam es von Miranda. *Du wirst es nie lernen! Du sollst deine Gedanken schützen, aber nicht völlig taub werden! Das ist ein Unterschied. Du sollst nur verhindern, dass dich fremde Ohren aushorchen …*

Elena ärgerte sich. *Ich muss eben noch üben*, gab sie etwas pampig zurück. *Also – was war mit den Wölfen?*

Ich glaube, sie haben uns erkannt, meinte Miranda. *Als wir direkt über ihnen waren, hat der Anführer hochgesehen und ICH RIECHE HEXENFLEISCH gerufen! Hast du vergessen, deinen Geruch zu ändern?*

Elena hatte tatsächlich keinen einzigen Gedanken darauf verschwendet, dass Eulen einen anderen Geruch hatten. *Und wonach riechen Eulen?*, fragte sie.

Nach Wildvogel und toten Mäusen, antwortete Miranda.

Igitt, dachte Elena bei sich. Da wird mir ja beim Fliegen schlecht!

Doch Miranda hatte ihren Gedanken gehört, weil sie sich nicht abgeschirmt hatte. *Gerüche gehören nun mal zur Metamorphose. Erst dann ist die Verwandlung perfekt.*

Wenn du es ein paar Mal geübt hast, dann findest du gar nichts mehr dabei. Das wird schon, Elena.

Hoffentlich, antwortete Elena.

Metamorphose ist eben keine einfache Zauberei, tröstete Miranda Elena. *Aber schau – dort vorne sitzt dein Vater! In der alten Ulme. Wir landen auf der anderen Seite des Baums, einverstanden?*

Ja, ist in Ordnung, antwortete Elena knapp.

»Lagebesprechung«, krächzte Leon Bredov, als die beiden Eulen in der Ulme gelandet waren. Er turnte über die Zweige, um näher bei ihnen zu sein. »Hinter den Felsen liegt das *Dornenbaumtal*. Ich habe erfahren, dass sich die *Schwarzen Zauberkutten* dort versammeln. Wir müssen uns unter sie mischen und so tun, als würden wir zu ihnen gehören.«

Elena bekam eine Gänsehaut. Das hörte sich ziemlich gefährlich an. Bei den *Schwarzen Zauberkutten* handelte es sich um eine Geheimgesellschaft, die schon seit mehr als einem Jahrhundert streng verboten war. Ihre Mitglieder betrieben schwarze Magie und vollzogen unerlaubte Zauberrituale. Es hieß, dass sie versuchten, Tote ins Leben zurückzurufen. Ihr Ziel war es, den Tod überhaupt zu überwinden, um selber unsterblich zu werden. Die *Schwarzen Zauberkutten* verehrten Mafaldus Horus, der der größte Schwarzmagier aller Zeiten gewesen war.

»Die *Zauberkutten* wollen Mafaldus Horus beschwören, um von ihm weitere Anweisungen zu bekommen«, erklärte Leon. »Ich muss herausfinden, ob es Mafaldus schon gelungen ist, ein Stück Leben zurückzugewinnen, und wenn ja, dann will ich wissen, wo er sich versteckt hält.«

»Ist er sehr gefährlich?«, fragte Miranda.

»Enorm gefährlich!«, antwortete Leon. »Es muss um jeden Preis verhindert werden, dass die *Schwarzen Zauberkutten* ihr Ziel erreichen. Mafaldus Horus darf nicht das Totenreich verlassen und ins Leben zurückkehren. Die Folgen wären furchtbar. Er würde die ganze Hexenwelt an sich reißen und alles wäre voller schwarzer Magie ...«

»Bist du der Einzige, der gegen die *Schwarzen Zauberkutten* kämpft?«, wollte Elena wissen. »Nein, natürlich gibt es noch andere Leute«, sagte Leon. »Aber es ist schwer, an die

Zauberkutten heranzukommen. Sie sind sehr vorsichtig – ein Geheimbund eben. Die Mitglieder verhalten sich wie ganz normale Zauberer und führen ein heimliches Doppelleben, genau wie ihr es von mir gedacht habt …«

»So etwas habe ich nie gedacht«, protestierte Elena sofort. »Und Mama auch nicht. Sie hat immer an deine Unschuld geglaubt.«

»Aber die anderen haben mich schon der schwarzen Magie verdächtigt«, behauptete Leon. »Vor allem Mona.« Sein Lachen klang wie ein heiseres Rabenkrächzen. »Vielleicht ist es doch gut, dass ihr anstatt Mona gekommen seid. Ich bin mir nicht ganz sicher, ob sie mit mir gemeinsam für einen guten Zweck kämpfen würde. Wahrscheinlich hätte sie jede Gelegenheit genutzt, um mir zu schaden«, sinnierte er.

»Wie sieht jetzt unser Plan aus?«, wollte Miranda wissen.

»Wir mischen uns inkognito unter die *Zauberkutten*, um herauszufinden, was mit Mafaldus Horus los ist«, erwiderte Leon. »Sobald wir das *Dornenbaumtal* erreichen, suchen wir uns einen ungestörten Platz und tarnen uns als *Schwarze Zauberkutten*. Dann nehmen wir an der geheimen Versammlung teil und halten Augen und Ohren offen.«

Der Schein kann auch die Augen eines Zauberers trügen

Sie flogen über bewaldete Bergkuppen, der untergehenden Sonne entgegen. Die Tannen sahen aus wie ein dunkelgrünes Polster. Ab und zu erblickte Elena unter sich Wölfe, die zwischen den Bäumen ihre Bahnen zogen. Offenbar wollten sie auch zum *Dornenbaumtal.*

Schwarze Zauberkutten, dachte Elena und fühlte sich unbehaglich. Allmählich wurde sie müde, das lange Fliegen war sie nicht gewohnt. Ob sie Jana und Nele je wiedersehen würde? Sie musste daran denken, dass Jana morgen im Gemeindehaus vorspielen musste. Was für eine leichte Prüfung im Gegensatz zu dem, was demnächst Elena, Miranda und Leon bevorstand. Allein der Name Mafaldus Horus jagte Elena einen Schauder über den Rücken. Und ihr Vater besaß das Amulett des Magiers …

»Seht ihr die Schneise?«, krächzte Leon neben ihr. »Lasst uns dort landen!«

Er flog voraus, näherte sich dem Boden und landete auf einem umgestürzten Baum.

Dann bewegte er die Flügel und hatte seine normale Gestalt wieder. Lächelnd streckte er den Arm aus, und Elena wurde davon magisch angezogen wie von einem Magneten. Sie ahnte, dass es ein Trick war und dass ihr Vater testen wollte, ob sie sich gegen die Anziehungskraft wehren konnte, aber sie war einfach zu müde. Erschöpft plumpste sie auf Leons Ärmel, während Miranda ein Stück weiter auf einem Baumstumpf landete. Gleich darauf verwandelte sich die Schleiereule wieder in Miranda.

Leon streichelte Elenas Gefieder. »Du musst noch einiges lernen, meine Tochter.«

Elena flatterte von seinem Arm und landete im Gras.

Zurückverwandeln, dachte sie. Sie versuchte sich zu konzentrieren, aber in ihrem Gehirn herrschte Leere und ihr war auch ein wenig schwindelig.

»Strix sum, ero homo sapiens magus!«

Die *Metamorphose* ging quälend langsam vor sich. Nachdem sich Kopf und Oberkörper schon wieder zurückverwandelt hatten, hatten Elenas Arme noch immer braune Federn. Auch ihre Beine waren gefiedert und die Zehen besaßen Krallen.

Elena ärgerte sich über sich selbst. »Ich bin einfach hundemüde, verdammt!«, stieß sie hervor. Sie nahm all ihre Kräfte zusammen und wiederholte den Zauberspruch. Endlich hatte sie ihre normale Gestalt wieder.

»Also, mein Plan ist folgender«, begann Leon. »Ihr seid zwei Schwestern, die ihren alten gebrechlichen Großvater zur Versammlung der *Zauberkutten* begleiten. Miranda, du behauptest, dass du den Tarnzauber beherrscht. Traust du dir zu, das Amulett an dich zu nehmen und zu verstecken? Hast du genügend Zauberkraft, seine Magie zu tarnen?«

»*Das* Amulett?« Miranda wurde blass und warf Elena einen ängstlichen Blick zu. »Äh … ich weiß nicht … ich denke schon …«

»Die *Zauberkutten* dürfen keine Witterung davon bekommen«, sagte Leon. »Bei einem jungen Mädchen werden sie kaum einen so starken magischen Gegenstand vermuten. Eher bei einem alten Mann. Du bist unverdächtig.«

Miranda schluckte. »Ich werde mein Bestes geben, Herr Bredov.«

»Das denke ich, Miranda«, sagte Leon ernst. »Das Ganze ist nämlich kein Spiel oder nur ein sportlicher Wettkampf, sondern es geht um sehr viel. Es kann fatale Folgen haben, wenn unsere Tarnung auffliegt.«

Miranda nickte.

Leon langte in den Ausschnitt seines Umhangs und zog das Amulett hervor. Es sah aus wie ein großes Auge. Der geheimnisvolle rote Stein in der Mitte funkelte. Elena war wieder wie gebannt. Selbst aus der Entfernung spürte sie die große magische Kraft, die in dem Amulett steckte.

Miranda streckte die Hände danach aus. Elena sah, wie ihre Finger zitterten.

»Ich vertraue dir«, sagte Leon. »Du musst es schaffen, Miranda, du musst einfach!«

Als Miranda das Amulett berührte, gab es einen hellen Blitz. Miranda erschrak so sehr, dass sie beinahe das Amulett fallen ließ. Im letzten Moment hielt sie es an der Kette fest.

»Es hat dich erkannt«, sagte Leon leise.

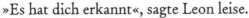

Das Amulett aus dem Besitz Mafaldus Horus'

Dieses Amulett steckt voller rätselhafter Magie. Die Kraft altägyptischer Götter wurde vermischt mit moderner Zauberei, dadurch ist eine neue Form der Magie entstanden, die noch wenig erforscht ist. Im Innern des funkelnden roten Steins scheint sich jedenfalls eine Art Lebewesen zu befinden, möglicherweise ein lebendiger Geist oder ein Stück von Mafaldus Horus selbst. Dieses lebendige Etwas scheint fähig zu sein, sich Dinge zu merken. Vielleicht besitzt es sogar eine gewisse Intelligenz.

Zwischen dem Träger eines Amuletts und dem Amulett selbst besteht immer eine geheimnisvolle Verbindung; bei diesem Amulett erst recht. Mafaldus Horus' Amulett sollte nur von demjenigen getragen werden, der fähig ist, die unbekannte Kraft im Innern zu beherrschen und zu zähmen – sonst droht möglicherweise eine tödliche Gefahr!

Miranda strich vorsichtig über den funkelnden Stein. »Es fühlt sich so … lebendig an«, murmelte sie.

»Magie ist immer lebendig«, erwiderte Leon. »Sie ist gebündelte Energie. Aber dieses Amulett trägt in sich die stärkste Energie, die es gibt – die Energie des Lebens.«

Miranda legte behutsam die Kette um ihren Hals und versteckte das Amulett in ihrem Ausschnitt. Das Leuchten des Steins sah man durch das Kleid hindurch. Miranda legte ihre

Hand auf die Stelle, aber das Rot schimmerte selbst durch ihre Hand hindurch. Miranda machte ein ratloses Gesicht.

»Das Amulett zieht Kraft aus dir«, stellte Leon fest. »Es scheint in dir etwas Verwandtes zu entdecken.«

Miranda warf Elena einen Blick zu. Elena sah die Angst in ihren Augen. Einen Moment lang befürchtete sie, dass Miranda erzählen würde, was sie neulich nachts auf dem Balkon getan hatten.

Doch Miranda sagte nichts. Sie legte auch die zweite Hand auf den leuchtenden Punkt und konzentrierte sich. Ihre Lippen bewegten sich stumm. Als sie die Hände wegzog, war der rote Schein verschwunden.

»Du bist tatsächlich … sehr begabt«, sagte Leon anerkennend. »Ein wunderbarer Tarnzauber! Aus dir wird einmal eine mächtige Hexe werden.«

Elena erwartete wieder einen Stich Neid, aber diesmal blieb er aus. Das war auch gut so. Jetzt war keine Zeit für Gefühle. Mirandas Zauberkräfte waren nötig, um das Amulett vor den *Schwarzen Zauberkutten* zu schützen …

»Wir werden nun unser Aussehen verändern«, sagte Leon. Er bewegte die Arme und drehte sich einmal um sich selbst. Als er die Mädchen ansah, erkannte Elena ihren Vater nicht wieder.

Vor ihr stand ein Greis mit schlohweißer Mähne und einem langen grauen Bart, der ihm bis zur Brust reichte. Sein Umhang mit Kapuze war tiefschwarz. Leon sah aus wie ein achtzigjähriger Mann, seine Haut war welk und faltig, die Augenbrauen buschig und die Lider hingen schwer herab. Aber darunter funkelten lebhafte Augen.

»Und nun zu euch.« Er hob die Hand. Ein blauer Blitz schoss aus seinem Zeigefinger. Elena fühlte, wie die magische Energie in ihre Brust eindrang. Plötzlich trug sie ein purpurrotes Kleid, darüber einen schwarzen Umhang. Ihre roten Locken veränderten sich, sie hatte auf einmal schwarze Haare, die ihr in zwei dicken Zöpfen über die Schulter fielen.

Miranda kicherte leise. »Steht dir wirklich gut, Elena. So müsste dich Kevin sehen, da würde er sich gleich noch mehr in dich verknallen.«

Elena wurde rot und hoffte, dass ihr Vater nicht nachfragen würde, wer Kevin war. Leons Zeigefinger richtete sich auf Miranda. Wieder erschien ein blauer Blitz, und diesmal veränderte sich Miranda. Ihr Haar blieb hellblond, aber genau wie bei Elena war es in zwei Zöpfe geflochten. Sie trug auch das gleiche Kleid, aber in Dunkelblau, darüber einen schwarzen Kapuzenumhang. Elena fand, dass man Miranda durchaus wiedererkennen konnte, nur ihr Haar war länger und wirkte voller.

»Ihr beide seht fantastisch aus – wie zwei Schwestern«, sagte Leon zufrieden. »Meine Enkelinnen, die ihren Großvater zur Versammlung der *Zauberkutten* begleiten.« Seine Stimme hatte sich verändert, sie klang alt und brüchig. Er bewegte sein Handgelenk und hielt einen knorrigen Wanderstab in der Hand. Eine zweite Bewegung mit dem anderen Arm, und ein grauer Sack hing über seiner Schulter.

»Unser Reiseproviant«, erklärte Leon. »Kommt, lasst uns gehen. Wenn ich mich nicht irre, dann gibt es hier in der Nähe eine Wanderhütte, wo wir übernachten können. Wir sollten die Hütte besser erreichen, bevor es ganz dunkel ist. Man kann nie wissen, welche Wesen sich in der Dunkelheit herumtreiben.«

Der Weg führte über Stock und Stein. Elena war froh, dass ihr Vater ihr feste Wanderschuhe gehext hatte, aber das Leder war hart und drückte. Sie spürte, wie sich an ihren Fersen Blasen bildeten. Sicher hätte Miranda einen Heilzauber gewusst, aber sie mochte sie jetzt nicht fragen. Miranda und Leon gingen voraus, und Miranda erklärte Elenas Vater, was sie tun wollte, um die magische Kraft des Amuletts vor den anderen zu verbergen. Elena vernahm Stichworte wie »Antimagischer Schutzschild« und »Zauberisch negative Aufladung«. Das war schon sehr weit fortgeschrittene *höhere Zauberei*, von der Elena nicht viel verstand. Sie kam sich ausgeschlossen vor.

»Sobald wir die Hütte erreicht haben, werden wir unsere magischen Kräfte bündeln, damit der Schutz für das Amulett stark genug ist«, sagte Leon.

Elena hoffte insgeheim, dass sie nicht wieder einen Handstand machen musste.

Es wurde immer finsterer. Immer wieder mussten sie über Baumstämme steigen, die quer über dem Weg lagen. Die Tannenbäume warfen lange Schatten, und die drei Wanderer hätten sich in völliger Dunkelheit bewegt, wenn Miranda nicht eine Leuchtkugel gezaubert hätte, die einen milden Lichtschein verbreitete.

Elena fragte sich, wie lange sie wohl noch marschieren mussten. Sie war todmüde und stolperte immer öfter. Ihre Beine waren schwer wie Blei. Sie sehnte sich nach ihrem Zuhause, nach ihrem weichen Bett.

Endlich erblickten sie in der Ferne ein Licht. Die Wanderhütte! Als sie näher kamen, sahen sie, dass schon andere Zauberer bei der Hütte angekommen waren. Sie saßen rund um ein Lagerfeuer und rösteten Brotstücke. Das Holz prasselte und ab und zu flogen Funken in die Luft.

»Gut«, meinte Leon leise. »Dann haben wir ja Gesellschaft. Vielleicht erfahren wir ja etwas über Mafaldus Horus.«

Miranda blieb stehen. »Wäre es nicht besser, wir würden jetzt unsere Kräfte bündeln? In der Hütte sind wir nicht ungestört.«

»Du hast recht«, sagte Leon. »Also gut. Tun wir es gleich.« Er stieß seinen Wanderstab in den Boden. Der Stab blieb aufrecht stehen. Leon griff nach Mirandas und Elenas Hand. »Lasst uns einen Kreis bilden!«

Elena tastete nach Mirandas Hand, die sich feucht und kühl anfühlte. Elena spürte, wie nervös ihre Freundin war. Wahrscheinlich hatte sie Angst vor der großen Verantwortung, die ihr Leon mit dem Amulett aufgebürdet hatte.

»Das klappt schon«, flüsterte Elena und drückte Mirandas Hand. Miranda erwiderte zaghaft den Druck. Ihr Gesicht war angespannt. Die Leuchtkugel schwebte nun neben ihr in der Luft.

Leon begann mit dem Ritual. Er sprach zuerst einige Worte in der Runensprache, die Elena schon öfter bei Miranda gehört hatte. Hinter ihnen im Wald begann ein Wolf zu heulen – ein lautes, hohles Jammern. Elena bekam eine Gänsehaut.

»Uns allen nützt
dreifache Macht,
dreifach beschützt
in dunkler Nacht!«

Eine Art Stromstoß ging durch Elenas Körper. Sie fühlte eine ungeheure magische Kraft, die sie drei miteinander verband. Zum ersten Mal wurde Elena bewusst, was für ein mächtiger Magier ihr Vater war. Stärker als Mona. Stärker als der Rest der Familie zusammen …

Wärme durchflutete Elena. Sie hatte den Eindruck, dass sie, Miranda und Leon Bredov einige Sekunden lang in der Dunkelheit leuchteten – eine kraftvolle Aura aus Magie. Dann verblasste der Schein und das Wärmegefühl verschwand. Sie ließen einander los.

Miranda räusperte sich als Erste. »Ich … ich spüre das Amulett nicht mehr«, sagte sie leise. »Es ist, als würde ich es gar nicht mehr tragen. Vorher habe ich es immer gefühlt, wie ein Pulsieren auf meiner Brust.«

Leon nickte. »Das ist ganz in Ordnung, Miranda. Der Tarnzauber wirkt jetzt dreifach. Das Amulett ist vor den *Schwarzen Zauberkutten* geschützt.«

Miranda entschlüpfte ein Seufzer der Erleichterung. Sie lachte Elena an.

»Alles in Ordnung mit dir?«

»Klar«, antwortete Elena. »Ich bin nur unheimlich müde vom vielen Laufen und meine Füße tun mir weh.«

»Mir auch. Ich glaube, ich habe sogar Blasen«, sagte Miranda. »Aber darum kümmere ich mich, wenn wir in der Hütte sind.« Sie fasste Elena sachte am Arm. »Bist du auch so aufgeregt wie ich?«

Elena nickte. »Ich bin wahnsinnig nervös.«

Leon drängte zum Aufbruch. »Los, lasst uns gehen. Und versucht, euch wie echte *Schwarze Zauberkutten* zu verhalten. Ihr seid meine Enkelinnen, habt noch nicht so viel Erfahrung mit schwarzer Magie, aber ihr wollt alles wissen.

Deswegen hofft ihr auch, dass Mafaldus Horus zurückkehrt, der euer großes Vorbild und Ideal ist.«

»Sozusagen der Star unter den Schwarzmagiern«, ergänzte Miranda.

»Genau«, erwiderte Leon. »Ich sehe, du verstehst, was ich meine.«

Als sich die drei dem Lagerfeuer vor der Hütte näherten, verstummte das Gespräch der Zauberer. Die Magier blickten den Ankömmlingen erwartungsvoll entgegen.

»Seid gegrüßt«, sagte Leon, als er nahe genug am Feuer war. »Ich hoffe, in der Hütte ist noch Platz für meine beiden Enkelinnen und mich. Wir haben einen weiten Weg hinter uns und sind froh, wenn wir uns ausruhen können.«

Ein Mann im mittleren Alter erhob sich. Die Flammen beleuchteten sein Gesicht. Elena sah seine dunklen Augen, die glänzten, als habe er Fieber.

»Wie lautet die Parole?«, fragte er.

Elenas Herzschlag setzte für einen Moment aus. Wie gut wusste ihr Vater Bescheid? Hatte er als Geheimagent die nötigen Informationen, wie sich die *Zauberkutten* untereinander verständigten?

Leon blieb gelassen. »Sei gegrüßt, Mafaldus, der den Traum durchschreitet und den Tod überwinden wird«, antwortete er ruhig.

»Und er wird die Macht übernehmen über beide Reiche und sie wieder vereinigen«, erwiderte der Zauberer. Er lächelte Leon freundlich an. »Wer bist du, mein Freund? Ich erinnere mich nicht, dich schon einmal bei einem unserer Treffen gesehen zu haben.«

»Ich lebe normalerweise sehr zurückgezogen, aber bei dieser wichtigen Versammlung muss ich unbedingt dabei sein«, sagte Leon. »Ich bin Meridius Ahorn und das hier sind meine Enkelinnen Serena und Amanda.«

»Seid in unserer Mitte willkommen«, sagte der Zauberer. »Ich bin Theobaldus Magnus. Du hast meinen Namen sicher schon gehört, Meridius.«

»Er ist mir nicht ganz unbekannt«, erwiderte Leon. »Gibt es noch ein freies Plätzchen zwischen euch am Feuer, damit wir uns wärmen können? Die Nacht in diesen Wäldern ist schon recht kühl.«

Die Magier rückten zur Seite. Elena war wie erstarrt. Theobaldus Magnus! Mit diesem Zauberer war ihre Mutter verlobt gewesen, bevor sie Leon kennengelernt hatte. Jolanda hatte sich dann für Leon entschieden, sehr zum Verdruss Monas, die in Theobaldus den idealen Schwiegersohn gesehen hatte. Und jetzt stellte sich heraus, dass dieser Zauberer, dessen vornehme Abstammungslinie weit zurückreichte, zu den *Schwarzen Zauberkutten* gehörte!

Leon fasste Elena am Arm. »Komm, Serena, setz dich mit Amanda zwischen Theobaldus und mich!«

Elena gehorchte und hockte sich auf den dicken Baumstamm, der vor dem Feuer lag. Miranda warf ihr einen verstohlenen Blick zu, und Elena wusste, dass sie jetzt gerne mit ihr über Theobaldus geredet hätte. Miranda kannte die Geschichte auch, Mona hatte Theobaldus oft genug nachgetrauert. Was Mona wohl zu der veränderten Situation sagen würde?

Miranda schnürte ihre Schuhe auf, schlüpfte heraus, betrachtete ihre strapazierten Füße und bewegte die Zehen.

»Tatsächlich. Zwei große Blutblasen.« Sie machte ein gequältes Gesicht und wollte gerade zu einem Zauberspruch ansetzen, doch Theobaldus kam ihr zuvor.

»Darf ich helfen?« Und schon schoss ein grüner Blitz aus seinem Zeigefinger und hüllte Mirandas Füße in einen heilenden Lichtschein.

»Da-danke«, stammelte Miranda. »Das wäre nicht nötig gewesen, ich … ich hätte es schon selbst hinbekommen …«

»So jungen Damen hilft man doch gerne«, säuselte Theobaldus und lachte.

Elena hatte eigentlich auch ihre Schuhe ausziehen und ihre Blasen versorgen wollen, aber jetzt versteckte sie ihre Füße unter ihrem Kleid. Sie wollte nicht, dass Theobaldus Magnus sie mit schwarzer Magie heilte. Sie hätte sich beschmutzt gefühlt.

»Bist du zum ersten Mal bei so einer Versammlung?«, fragte Theobaldus Miranda.

Miranda streifte ihre blonden Zöpfe zurück. »Ja, aber ich habe schon viel von Mafaldus Horus gehört. Was für ein interessanter Magier! Ich möchte zu gerne einmal persönlich mit ihm reden, das ist mein sehnlichster Wunsch.«

»Er ist der größte Magier, der je gelebt hat«, sagte Theobaldus. »Keiner beherrscht die schwarze Magie besser als er. Wir alle können von ihm viel lernen.«

»Stimmt es, dass er dreihundert Jahre alt geworden ist?«, wollte Miranda wissen.

»Das wird erzählt«, bestätigte Theobaldus.

Elena wurde noch unruhiger.

Sie fand es ziemlich waghalsig von Miranda, sich mit Theobaldus Magnus über Mafaldus Horus zu unterhalten. Das war ein ziemlich heikles Thema. Hoffentlich merkte man nicht, dass Miranda einige Insider-Informationen fehlten und sie und Elena gar nicht zu den *Schwarzen Zauberkutten* gehörten!

Elena wusste nur das, was sie einmal im Internet über Mafaldus Horus gefunden hatte. Doch Miranda schien inzwischen weiter nachgeforscht zu haben. Sie kannte etliche Details aus Mafaldus' Lebenslauf, und so fachsimpelten sie und Theobaldus über verschiedene Dinge.

Allmählich verlor Elena ihre Nervosität und musste zugeben, dass sie Miranda für ihren Mut und ihr Wissen bewunderte. Sie spielte ihre Rolle als Anhängerin der schwarzen Magie einfach glänzend!

Leon Bredov hatte seinen Proviantbeutel geöffnet und verteilte gebratene Hähnchenschenkel an Elena und Miranda. Sie rochen würzig und schmeckten köstlich. Während sie dazu gekochte Kartoffeln aßen, musste Elena daran denken, dass Jana versprochen hatte, am Sonntag für sie gefüllte Blätterteigtaschen zu machen. Ob Elena und Miranda die Verabredung überhaupt einhalten konnten? Wer weiß, was noch alles passierte ...

Das Feuer brannte langsam herunter. Inzwischen waren noch ein paar andere Reisende eingetroffen. Elena hatte den Verdacht, dass einige davon zu den Wölfen gehörten, die sie unterwegs gesehen hatten.

Es wurde Zeit, schlafen zu gehen. Da in der Hütte nicht genug Platz war, legten sich die Männer draußen um die Feuerstelle. Die Mädchen und Frauen bereiteten sich drinnen in der Hütte auf dem Lehmfußboden ein Schlaflager.

Elena lag dicht neben Miranda. Ihre Arme berührten sich. Der Boden war hart und ungemütlich, aber niemand kam auf die Idee, sich eine weiche Matratze zu hexen. Anscheinend wollten die *Schwarzen Zauberkutten* nicht als verweichlicht gelten. Elena dachte sehnsüchtig an ihr Bett zu Hause, mit dem schönen Sternenhimmel. Dann überlegte sie, wie es Rufus wohl gerade erging und ob Daphnes wilde Party noch immer im Gang war …

Ihre Kehle wurde eng. Sie hatte Heimweh.

»Alles wird gut«, murmelte Miranda leise neben ihr.

»Hast du eben meine Gedanken gelesen?«, flüsterte Elena.

»Nein, aber ich weiß trotzdem, was du denkst«, sagte Miranda beruhigend zu ihrer Freundin.

»Du warst vorhin großartig«, wisperte Elena. »Wirklich total überzeugend.«

»Pssst!«, warnte Miranda. Dann setzte sie sich auf und strich über Elenas Füße.

»Was machst du da?«, fragte Elena.

»Nur deine Blasen heilen. Schließlich müssen wir morgen noch ein Stück weiterlaufen, und ich will nicht, dass du humpelst.«

Es kitzelte an Elenas Zehen, als Miranda ihren Zauber durchführte. Aber dann durchströmte sie ein wohliges Gefühl. Die Füße waren ganz warm und schmerzten auch nicht mehr.

»Fühlt sich schwarze Magie eigentlich anders an?«, fragte Elena neugierig.

»Ich habe nichts gemerkt«, antwortete Miranda. »Mir war das nur peinlich, dass sich Theobaldus um meine Füße gekümmert hat. – Das war doch der Kerl, der deine Mutter heiraten sollte, oder irre ich mich da?«

»Nein, das ist richtig«, flüsterte Elena ihr zu und ergänzte dann noch:

»Theobaldus und meine Mutter waren schon verlobt.«

»Wie gut, dass sie ihn nicht geheiratet hat! Sonst wäre Theobaldus jetzt dein Vater – und du wärst wirklich ein Mitglied der *Zauberkutten*!«

Elena drehte den Kopf, um zu sehen, ob niemand ihr Gespräch belauschte. Aber die anderen Hexen im Raum schliefen entweder schon oder sie unterhielten sich leise miteinander. Keiner schien auf sie zu achten.

»Ob dein Vater noch auf ihn eifersüchtig ist?«, überlegte Miranda.

»Keine Ahnung«, sagte Elena.

»Stell dir vor, Theobaldus würde deinen Vater erkennen und dann würden sich die beiden duellieren.«

Miranda kicherte.

»Das stelle ich mir lieber nicht vor. Lass uns jetzt schlafen. Sonst sind wir morgen todmüde«, antwortete Elena und gähnte.

»Gute Nacht«, sagte Miranda. Sie kicherte wieder. »Und bitte keine *Amormagie*!«

»Ach, du liebe Zeit!« Elena erschrak bei der Vorstellung. *Amormagie* wäre wirklich das Letzte, was sie jetzt brauchen konnte. Sie würde sich vor all den *Schwarzen Zauberkutten* blamieren! »Glaubst du, es passiert mir heute Nacht wieder? Dann bleibe ich lieber wach!«

»Schlaf ruhig«, sagte Miranda versöhnlich. »Es wird schon nichts geschehen.«

»Und wenn doch?«

»Keine Sorge! Wenn ich etwas merke, werde ich dich sofort wecken.«

»Lieb von dir«, murmelte Elena und kuschelte sich an Miranda. Wenig später waren die beiden Hexenmädchen eingeschlafen.

Schlafende Magie ist unberechenbar!

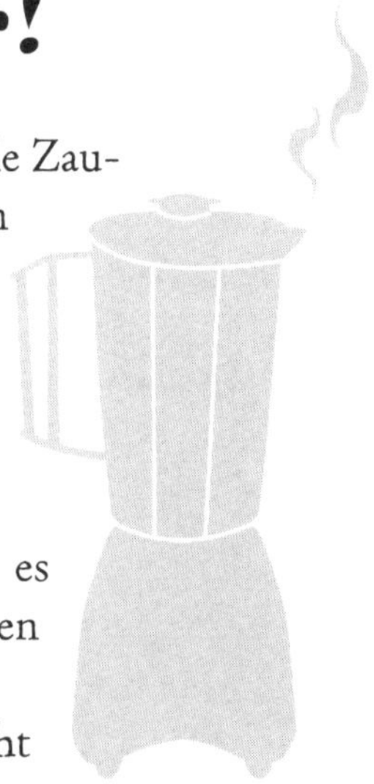

Elena erwachte, als der Morgen graute. Die Zauberer vor der Hütte waren schon auf den Beinen und bereiteten das Frühstück zu. Es roch nach Kräutertee und Kaffee, außerdem brutzelten in einer Pfanne über dem Feuer Eierpfannkuchen.

Elena setzte sich auf und brachte ihr Kleid in Ordnung. Sie hatte darin geschlafen und es war jetzt ziemlich verknittert. Den schwarzen Umhang hatte sie als Decke benutzt.

Miranda neben ihr schlief noch. Ihr Gesicht wirkte entspannt und sie lächelte sogar im Schlaf.

Elena fragte sich, wie Miranda so ruhig sein konnte. Sie selbst hatte eine schlechte Nacht verbracht und war sich immer der Gegenwart der fremden Zauberer und Hexen bewusst gewesen. Auch jetzt spürte Elena schon wieder die Anspannung im Bauch und in der Brust. Ihr Herz schlug nervös und schnell, sie fühlte ihre innere Unruhe. Aber sie war sich sicher, dass sie nachts keinerlei *Amormagie* produziert hatte. Wenigstens das nicht, zum Glück, das hätte sie völlig nervös gemacht.

Sie zupfte Miranda am Ärmel. Miranda stöhnte, schob Elenas Hand weg und drehte sich auf die andere Seite. Elena kniff sie wieder, diesmal in den Rücken. Jetzt schnellte Miranda hoch.

»Was zum Teufel ...« Sie verstummte. Auf ihrem Gesicht erschien ein Ausdruck der Verwirrung. »Oh Elena, du ahnst nicht, was ich gerade geträumt habe. Ich war an einem unglaublich schönen Sandstrand, vor mir glitzerte das Meer. Neben mir lag ein Junge, den ich noch nie gesehen hatte, aber ich wusste, dass ich ihn liebte und er mich.« Sie sah sich erschrocken um. »Ach du liebe Zeit, habe ich etwa *Amormagie* hervorgerufen?«

Elena beruhigte sie. »Ich habe nichts davon mitgekriegt.«

Miranda lächelte wieder. »Ich bin ja auch nicht wirklich verliebt. Ich habe nur davon geträumt, wie es sein könnte.« Sie spielte mit einem Zipfel ihres Umhangs. »Mich würde allerdings schon interessieren, ob es diesen Jungen in Wirklichkeit irgendwo gibt ...«

»Meinst du, es war ein Zukunftstraum?«, fragte Elena ihre Freundin interessiert.

»Schön wär's.« Miranda seufzte. »Aber ich habe neulich im Fernsehen eine Sendung über Schlaf und Träume angesehen. Im Traum sind die Gefühle besonders intensiv. Und wenn man von der großen Liebe träumt, dann sind das nur heftige chemische Reaktionen im Gehirn und keine Dinge, die in der Wirklichkeit von Bedeutung sind.«

»*Menschen*«, murmelte Elena, und es klang etwas verächtlich. »Sie wollen immer alles wissenschaftlich erklären.«

Miranda nickte. »Genau. Liebe. Anziehungskraft. Die Menschen behaupten, es läge alles an der Chemie. Wenn man beispielsweise jemanden gut leiden kann, dann würde man hauptsächlich auf den Geruch des anderen reagieren.«

»Wie unromantisch!«

Zukunftstraum

Manche Hexen und Zauberer haben die Fähigkeit, Ereignisse im Traum vorherzusehen. Dabei wird unterschieden zwischen zufälligem Träumen und dem Traum, der bewusst herbeigeführt wird (auch Trance genannt), um Kenntnisse über den Verlauf der Zukunft zu erhalten.
Bei beiden Arten von Träumen ist es schwierig zu unterscheiden, ob es sich um wirkliche Hellsicht oder um ein Gemisch aus Erwartungen, Sehnsüchten und Wahrscheinlichkeiten handelt. Die Aussagekraft eines Zukunftstraums – ohne weitere magische Hilfsmittel – ist daher sehr ungenau.
Überprüfen lassen sich solche Zukunftsträume eigentlich erst im Nachhinein, wenn die Ereignisse, von denen man geträumt hat, auch tatsächlich eingetreten sind. Hat eine Hexe oder ein Zauberer häufig Träume, die später wahr werden, dann kann man von einer gewissen Naturbegabung sprechen.

»Ja – ohne jeden Zauber.« Miranda holte tief Luft. »Aber du weißt ja, wie es ist: Jeglicher Zauber ist den Menschen verdächtig. Dabei hängen Liebe und Magie in Wahrheit untrennbar zusammen. Aber die meisten Menschen sind in diesem Punkt völlige Ignoranten.«

Elena nickte. So ein bisschen Ablästern tat manchmal gut. »Nele und Jana natürlich ausgenommen.«

»Natürlich«, bestätigte Miranda. »Die wissen ja Bescheid.«

Die beiden Mädchen standen auf und gingen nach draußen. Sie waren die Letzten, alle anderen hatten die Hütte schon verlassen.

Drei Hexen standen neben der Tür und übten gerade Beschwörungsformeln. Sie verstummten, als Miranda und Elena an ihnen vorbeigingen. Elena spürte ihre stechenden Blicke im Rücken. Hatten die Hexen Verdacht geschöpft, dass Elena und Miranda gar keine *Schwarzen Zauberkutten* waren? Oder hatten sie etwas von ihren Gesprächen mitbekommen?

Elena spürte wieder, wie das Unbehagen in ihr aufstieg. Falls Miranda nervös war, dann ließ sie sich nichts anmerken. Elena beneidete sie um ihre Coolness.

»Na, auch Hunger?«, fragte eine freundliche Stimme. »Wollt ihr Pfannkuchen oder lieber geröstetes Brot?«

Die Mädchen sahen zur Seite und erblickten einen jungen, sehr gut aussehenden Zauberer mit schwarzen Haaren und hellen blauen Augen. Miranda wurde knallrot. Ihr Mund klappte auf und wieder zu, ohne dass sie etwas sagte. Der Zauberer lächelte sie an. Mirandas Lippen zitterten, dann lächelte sie zurück.

»Also – was mögt ihr?«

»Für mich bitte geröstetes Brot«, sagte Elena und gab Miranda einen heimlichen Rippenstoß. Was war nur mit ihr los?

»Äh ...ja ... für mich bitte auch«, stotterte Miranda. Ungeschickt nahm sie das Brot in Empfang. Der Zauberer hatte es auf ein Aststück gespießt. Es hätte nicht viel gefehlt, und das Brotstück wäre in den Schmutz gefallen.

»Entschuldigung ... und äh ... danke«, stammelte Miranda.

»Macht doch nichts.« Der Zauberer strahlte sie an. »Ich heiße übrigens Eusebius Tibus, und wer seid ihr?«

»Miranda Leuwen«, sagte Miranda.

Elena durchfuhr ein Schreck. Miranda hatte versehentlich ihren wahren Namen genannt!

Es wurde Miranda im selben Moment bewusst und sie biss sich auf die Lippe.

»Ich bin Serena Ahorn«, log Elena und nahm sich das Brotstück, das Eusebius ihr reichte.

»Seid ihr allein hier?«, fragte er.

»Nein, wir begleiten meinen Großvater«, antwortete Elena schnell, bevor Miranda wieder etwas Falsches sagen konnte.

»Ich bin auch mit meinem Onkel hier, Theobaldus Magnus«, sagte Eusebius. »Wollt ihr Marmelade oder lieber Honig?«

»Honig«, sagte Elena.

»Marmelade«, antwortete Miranda.

Eusebius reichte ihnen zwei Schälchen. »Kaffee oder Tee gibt es dort drüben bei meiner Tante«, sagte er und deutete auf die andere Seite des Feuers. Er lächelte die Mädchen noch einmal an. »Dann bis später.«

»Ja, bis später«, echote Miranda wie ein hypnotisiertes Kaninchen.

»Ich wusste gar nicht, dass Theobaldus verheiratet ist«, sagte Elena, als sie mit Miranda das Feuer umrundete und sich in die Getränke-Schlange einreihte. »Da kann Oma Mona ja endlich aufhören, sich Hoffnungen auf einen anderen Schwiegersohn zu machen.«

Miranda sagte nichts, sondern kaute stumm auf ihrem Stück Brot.

Elena ließ ein bisschen Abstand zu ihrem Vordermann und flüsterte: »Mann, Miranda, was war denn vorhin mit dir los? Hast du deinen Verstand verloren oder hat dich jemand verhext?«

»Der Zauberer«, wisperte Miranda und bekam wieder feuerrote Wangen. »Eusebius. Das ist der Junge aus meinem Traum. – Oh Elena, er ist es wirklich! Warum habe ich von ihm geträumt? Hat das etwas zu bedeuten?«

Sie war völlig durcheinander.

»Vielleicht hast du ihn gestern Abend unbewusst wahrgenommen und deswegen von ihm geträumt«, meinte Elena. Am liebsten hätte sie Miranda an den Schultern gepackt und geschüttelt, damit sie wieder zur Vernunft kam. »Der Traum hat überhaupt nichts zu bedeuten! Und nenn mich bitte *Serena*! Vorhin hast du auch den falschen Namen gesagt.«

»Tut mir leid«, sagte Miranda zerknirscht. »Ich weiß auch nicht, was mit mir los ist. Hast du seine Augen gesehen? Blau wie das Meer …«

»Aber er ist Theobaldus' Neffe!«, zischte Elena. »Weißt du, was das bedeutet? Theobaldus ist wahrscheinlich ein ziemlich hohes Tier bei den *Zauberkutten*, und wenn Eusebius hinter unser Geheimnis kommt, dann kannst du dir vorstellen, was passieren wird!«

Eine steile Falte erschien zwischen Mirandas Augenbrauen. Sie wurde blass. »Verdammt, du hast recht, Elena ... Wir müssen sehr vorsichtig sein.«

»Serena«, korrigierte Elena nervös.

»Wollt ihr keinen Kaffee oder warum geht es nicht weiter?«, ertönte eine ungeduldige Männerstimme von hinten.

»Ja, ja, schon gut«, sagte Miranda, und sie und Elena rückten in der Schlange auf.

Wir müssen uns wirklich zusammennehmen, dachte Elena mit klopfendem Herzen. Sie hielt Ausschau nach ihrem Vater und entdeckte ihn schließlich in einer Gruppe Männer, mit denen er sich angeregt unterhielt. In der Hand hielt er einen Becher mit Tee. Er wirkte wie ein echtes Mitglied der *Schwarzen Zauberkutten*, und nichts wies darauf hin, in welcher Mission er wirklich unterwegs war. Er spielte seine Rolle so gut, dass Elena auf einmal richtig stolz auf ihren Vater war. Zum ersten Mal überlegte sie, ob sie nicht auch Geheimagentin werden sollte. Ob sie das schaffen würde, wenn sie sich sehr anstrengte? Miranda hatte ja auch schon genaue Pläne über ihre Zukunft, sie wollte Diplomatin werden. Elena nahm sich vor, ihren Vater einmal zu fragen, welche Voraussetzungen für eine Geheimagentin nötig waren und wie man so etwas werden konnte.

»Kaffee oder Tee?«, fragte eine Frau vor ihr.

Elena war ganz in Gedanken gewesen. Sie hatte gar nicht gemerkt, dass sie inzwischen an der Spitze der Schlange angelangt waren.

»Tee bitte«, antwortete Elena hastig.

Während die Frau Tee in einen hölzernen Becher schöpfte, hatte Elena Gelegenheit, sie zu betrachten. Das war also die Frau, die Theobaldus Magnus anstatt ihrer Mutter geheiratet hatte. Die Fremde sah hübsch aus, aber sie hatte ganz kalte grüne Augen. Ihr rotes Haar war lang und glatt. Sie war sehr schlank in dem eng anliegenden Kleid, das sie unter ihrem schwarzen Umhang trug. Das Kleid sah wertvoll aus und war mit glitzernden Steinen geschmückt. Bestimmt waren es magische Steine, die die Zauberkraft der Trägerin stärken sollten.

»Hier!«

»Danke.« Elena nahm den Becher mit Kräutertee und berührte dabei die Hand der Frau. Es war, als würde sie einen elektrischen Schlag bekommen. Sie hatte das Gefühl, dass ein Blitz in ihre Finger fuhr, rasend schnell alles durchdrang und dann ihren Körper wieder verließ – in weniger als einer Sekunde.

Elena zitterte, als sie mit ihrem Teebecher auf Miranda wartete. Dann gingen sie ein paar Schritte zur Seite.

»Mist! Ich glaube, Theobaldus' Frau hat mich eben beim Teeeinschenken gescannt«, flüsterte Elena Miranda ins Ohr und erzählte, was sie gespürt hatte.

»Bist du sicher?« Miranda hob die Augenbrauen. »Gescannt in einer halben Sekunde? Das geht doch gar nicht! Glaub mir, ich hab in solchen Sachen Erfahrung.«

Doch Elenas Unruhe war wieder da. »Die kennt vielleicht ein paar Spezialtricks. Und schau mal, all die Glitzersteine. Die trägt sie sicher nur, damit ihre Zauberkräfte noch stärker wirken.«

»Mich hat sie jedenfalls nicht gescannt«, sagte Miranda und sah sich vorsichtig um, ob jemand sie belauschte. Aber niemand war direkt in der Nähe und die beiden Mädchen redeten wirklich sehr leise.

»Zum Glück«, entgegnete Elena. »Sonst hätte sie vielleicht das Amulett bemerkt.«

»Traust du dem Tarnzauber so wenig?«, fragte Miranda. »Elena – das Ding ist bei mir *sicher*, wirklich!«

»Serena«, flüsterte Elena kraftlos. Sie nippte an ihrem Tee. Er schmeckte würzig und gut. Die beiden Mädchen hockten sich auf einen der Baumstämme und verzehrten ihr Frühstück. Sie waren gerade damit fertig, als Theobaldus Magnus das Zeichen zum Aufbruch gab.

»Ihr wisst ja, liebe Gefährten, wir sollen spätestens um halb zwölf Uhr am Treffpunkt sein, damit das Ritual rechtzeitig beginnen kann.«

Der Weg war steinig, außerdem hatte der letzte Regen den Boden aufgeschwemmt und große Kuhlen geschaffen. Sie gingen in kleinen Gruppen. Im Laufe des Vormittags kamen noch mehr Zauberer und Hexen aus anderen Richtungen und schlossen sich ihnen an. Manche flogen auch mit dem Besen durch die Luft, aber dann landeten sie auf dem Weg, um das letzte Stück zu Fuß zurückzulegen. Als Elena zählte, kam sie auf fast zweihundert *Zauberkutten*.

Eine Zeit lang ging Eusebius neben ihnen. Er verwickelte Miranda in ein lebhaftes Gespräch, und Elena drückte unter ihrem schwarzen Umhang die Daumen, dass sich Miranda nicht verplapperte. Doch die beiden schienen sich gut zu unterhalten. Elena hörte, wie Eusebius von seiner Kindheit erzählte, und Miranda steuerte einige eigene Erlebnisse bei. Strahlende Blicke gingen hin und her, und Elena registrierte mit einem Seufzen, dass Miranda dabei war, sich bis über beide Ohren in den jungen Zauberer zu verlieben. Normalerweise hätte sich Elena für Miranda gefreut – aber musste es ausgerechnet Theobaldus Magnus' Neffe sein?

Am späten Vormittag erreichten sie eine große Ebene. Sie war karg wie eine Mondlandschaft. Nur ein einzelner großer Baum stand in der Mitte. Er sah beeindruckend aus. Sein Stamm war so dick, dass zehn Männer nötig waren, um ihn zu umfassen. Statt Blätter besaß der Baum lange spitze Dornen. Seine Äste und Zweige reichten bis auf den Boden und bildeten eine Art Dach.

Elena spürte sofort, dass der Baum etwas Besonderes war. Sie fühlte auch das Unheimliche, das von ihm ausging. In diesem Baum steckte eine schwarze Macht, etwas sehr Gefährliches.

Es hatten sich etliche Zauberer und Hexen auf der Ebene versammelt. Sie lagerten rund um den Dornenbaum. Elena schätzte, dass es jetzt insgesamt drei- bis vierhundert Leute waren.

Die Sonne, eine bleiche Scheibe, stand hoch am Himmel, der mit Wolken verhangen war. Es war fast Mittag.

Theobaldus Magnus redete mit einigen anderen Zauberern, die so aussahen, als hätten sie eine wichtige Funktion. Elena hätte gerne gewusst, worüber sie sprachen.

»Sie werden versuchen, alle Magie zu bündeln, und damit Mafaldus Horus beschwören«, sagte Miranda, die sich auf die Erde gesetzt hatte, um ihre Schuhe neu zu schnüren. Sie runzelte die Stirn. »Ich wette, dieser Baum hat etwas damit zu tun. Kannst du seine Kraft auch spüren?«

»Ja«, antwortete Elena und hockte sich neben ihre Freundin.

Miranda wirkte blass. Es war nicht nur der lange, anstrengende Fußmarsch. Elena merkte, dass Miranda Angst hatte. Beruhigend legte sie ihr die Hand auf den Arm.

»Ich musste gerade wieder daran denken, was neulich nachts passiert ist«, sagte Miranda. »Vielleicht wird es wahr, Elena! Mafaldus wird mich fangen, weil ich sein Amulett trage, und mich mit in die Unterwelt nehmen.«

»Unsinn.« Elena hatte einen trockenen Hals. Mirandas Schreckensvision kam ihr im Moment gar nicht so abwegig vor. Es lag wahrscheinlich an der düsteren Stimmung ringsum. All die *Schwarzen Zauberkutten*, die dunklen, drohenden Wolken und der rätselhafte Dornenbaum …

»Vergiss nicht, warum wir hier sind und wer mein Vater ist«, flüsterte Elena.

Miranda nickte. »Ich versuch's.«

»Und wenn wir ihm geholfen haben, dann sind wir auch … Heldinnen«, sagte Elena leise. Es fiel ihr schwer, das letzte Wort auszusprechen; es klang so ungewohnt, so etwas von sich zu behaupten. Aber das wollte sie gerne sein: eine Heldin. Es wäre schön, einmal im Mittelpunkt der Bewunderung zu stehen, Seite an Seite mit Miranda, gleichwertig … Elena seufzte tief.

Miranda sah sie an. »Was hast du?«

»Ach, nichts«, erwiderte Elena und deutete mit dem Kopf nach vorne. »Schau mal, ich glaube, es geht jetzt gleich los.«

Der Zauberer, der neben Theobaldus Magnus stand, ergriff das Wort.

»Ich begrüße euch zu diesem außergewöhnlichen Treffen, meine Freunde, und freue mich, dass ihr so zahlreich erschienen seid. Möge unsere wichtige Mission möglichst bald von Erfolg gekrönt sein!«

Elena hörte, wie sich zwei Hexen neben ihr unterhielten.

»Wer ist dieser gut aussehende Mann?«, fragte die eine.

»Das ist Ägidius Grausum, der Vorsitzende der *Zauberkutten*. Und der, der neben ihm steht, ist sein Stellvertreter Theobaldus Magnus«, antwortete die andere.

Theobaldus ist also tatsächlich ein hohes Tier bei den *Zauberkutten*, dachte Elena und zog fröstelnd die Schultern hoch. Während Ägidius redete, schien die Lufttemperatur ständig zu sinken. War dieser Temperatursturz normal? Oder lag es an der Macht seiner Worte, dass es auf einmal so kalt wurde?

» … unsere Kräfte bündeln und das große Beschwörungsritual vollführen«, sagte Ägidius und drehte sich zu Theobaldus um, der zustimmend nickte. »Wir beginnen mit dem

Zauberspruch zur Totenerweckung aus dem verbotenen Buch *Necronomicon.*«

Die Zauberer und Hexen stellten sich nun in Gruppen von neun Personen auf und bildeten Kreise.

Plötzlich war Leon wieder bei den Mädchen, an seiner Seite zwei ältere Zauberer. Miranda, Elena, die beiden Hexen, Leon und die Männer formten ebenfalls einen Kreis und fassten sich gegenseitig an den Schultern. Nachdem Ägidius ein Zeichen gab, begann ein Gemurmel in einer fremden Sprache, die Elena nicht kannte.

»Das ist Altägyptisch«, flüsterte Miranda Elena zu. »Ich hatte in *höherer Zauberei* mal eine Lehrerin, die uns zwei Stunden Altägyptisch gegeben hat. Die Sprache ist ziemlich schwer. Leider verstehe ich nicht, was jetzt gesagt wird.«

Es schien sich um mächtige Zauberworte zu handeln, denn die Temperatur fiel weiter, bis unter den Gefrierpunkt. Elena hatte das Gefühl, dass ihre Füße erstarrten und ihre Nase zu einem Eisklotz wurde. Ihre Zähne schlugen aufeinander. Obwohl es gerade Mittag war, verfinsterte sich der Himmel, als sei es mitten in der Nacht. Ein starker Ostwind kam auf und trieb schwarze Wolken vor sich her, die sich am Himmel zu drohenden Bildern formten. Elena sah eine große Faust, eine schreckliche Fratze, ein Ungeheuer … So schnell, wie die Bilder entstanden, zerflossen sie auch wieder, aber das Gefühl der Bedrohung blieb. Es wurde sogar noch stärker.

Elena hatte den Eindruck, dass sie allmählich von einer dunklen Macht umhüllt wurden. Sie spürte die Gegenwart der schwarzen Magie als Vibrieren auf der Haut. Auch Miranda zitterte. Sie warf Elena einen gequälten Blick zu. Ihr Gesicht war totenbleich.

»Er kommt«, flüsterte sie.

Das rhythmische Gemurmel steigerte sich zu einer Art Gesang, der lauter und lauter wurde. Grelle Blitze zuckten am Himmel. Ein ohrenbetäubender Donner ertönte, als ein Blitz senkrecht in den Dornenbaum fuhr und seine Krone spaltete.

Ein Aufschrei ging durch die Menge. Ägidius löste sich aus seinem Kreis, drehte sich in Richtung Baum und breitete die Arme aus.

Elena sah fassungslos zu, wie sich der Stamm veränderte. An verschiedenen Stellen erschienen Ausstülpungen. Zwei Astlöcher wurden zu Augen. Eine Stirn wurde sichtbar, danach ein Kinn. In der Mitte wuchs eine Nase. Immer klarer zeichnete sich ein Gesicht ab. Schließlich erkannte Elena im Dornenbaum ganz deutlich den Kopf eines Mannes: Mafaldus Horus!

Ägidus warf sich vor dem Baum auf den Boden. »Seid gegrüßt, großer Meister!«

Auch Theobaldus Magnus und seine Frau sanken ehrfürchtig auf die Knie.

Wieder fuhr ein blauer Blitz in den Baum. Diesmal wuchsen Mafaldus Schultern und Arme. Sein Oberkörper war schon deutlich zu erkennen. Trotz des heulenden Windes vernahm Elena Mafaldus' Stimme.

»Ich grüße euch, meine treuen Anhänger! Habt Dank für eure Kraft, die es mir ermöglicht, hier vor euch zu erscheinen!«

Seine Augen brannten wie zwei glühende Kohlen. Sie schienen alles und jeden zu erfassen. Die Macht, die Mafaldus ausstrahlte, war unglaublich.

Miranda stöhnte. Sie krallte ihre Finger in Elenas Arm.

»Ich kann nun zwar zu euch sprechen, aber eure Aufgabe ist noch nicht zu Ende«, rief Mafaldus, und es war, als ließe seine Stimme den Boden vibrieren. »Führt euer Ritual fort, damit ich noch mehr Kraft bekomme und diesen Baum verlassen kann.«

Das Gemurmel der Menge setzte wieder ein und wurde zum Beschwörungsgesang. Unzählige kleinere Blitze zielten auf den Dornenbaum. Äste fielen zu Boden, manche fingen an zu brennen und verglühten auf der Erde.

»Spürst du das auch?«, keuchte Miranda und ihr Griff wurde noch fester. »Der Tarnzauber ... er zieht daran ... Hilf mir, Elena ...«

Elena wusste, was Miranda meinte. Sie fühlte es ebenfalls. Es war eine Art Zerren, so als wollte ihr jemand das Kleid vom Leib reißen. Zu sehen war nichts, aber die magische Kraft zog und zog. Elena nahm all ihre Konzentration zusammen und versuchte, eine unsichtbare Schutzmauer um sich und Miranda zu errichten. Doch das Ziehen wurde stärker und fühlte sich jetzt an, als würde jemand an ihrer Haut zupfen. Das Zupfen wurde zum brennenden Schmerz. Elena biss die Zähne zusammen. Als sie den Kopf wandte und zu Miranda schaute, sah sie den leuchtenden Punkt unter Mirandas Kleid. Das Amulett! Es schimmerte durch den Stoff!

Miranda krümmte sich. Sie ließ Elena los und bedeckte mit ihren Armen die Brust, um das verräterische rote Glühen zu verbergen. Elena sah sich Hilfe suchend nach ihrem Vater um. Voller Entsetzen bemerkte sie, dass auch er seine Tarnung verlor. Er war nicht mehr der alte Mann wie zuvor, sondern er sah schon halb aus wie Leon Bredov.

Elena weinte vor Angst und presste die Fäuste vor den Mund. Der Beschwörungsgesang verstummte. Sie spürte, wie sich die Aufmerksamkeit auf sie richtete, und sie fühlte Mafaldus' glühende Augen, die nun in ihre Richtung blickten. Miranda schrie laut auf, brach zusammen und konnte sich gerade noch mit den Händen abstützen. Das Amulett erstrahlte unter ihrem Kleid wie ein funkelnder Stern. Der rote Schein hüllte Miranda ein, erreichte Elena und ihren Vater. Leons Tarnung war jetzt vollkommen verschwunden.

»Du!« Mafaldus' Stimme schwoll an wie Donnergrollen. »DU HAST ETWAS, DAS MIR GEHÖRT!«

Miranda wimmerte.

»Papa«, rief Elena. »Tu doch was! Bitte!«

Leon sah sie kurz an, riss die Arme hoch und verschwand in einem Lichtblitz.

Ein Raunen ging durch die Menge.

Elena war fassungslos. Ihr Vater hatte sich in Luft aufgelöst! Er ließ sie einfach im Stich! Ihre Knie wurden weich, sie fiel auf den Boden und klammerte sich an Miranda.

»Nehmt die beiden Mädchen gefangen!«, befahl Mafaldus.

Elena war wie betäubt. Das alles durfte doch nicht wahr sein! Bestimmt träumte sie nur, dass die Zauberer ihr und Miranda die Hände auf den Rücken banden und ihre Füße fesselten.

Sie wurden zu einem großen Stein geschleift. Theobaldus war es, der einen Zauber aussprach und den Stein mit den Fesseln verband. Weglaufen war ausgeschlossen.

Elena spürte, wie ihr die Tränen über die Wangen liefen. Aus ihrer Kehle drang ein ersticktes Schluchzen.

Warum half Papa ihnen nicht? Warum hatte er sich so feige davongemacht?

Theobaldus' Frau griff an Mirandas Hals und zog das Amulett aus ihrem Ausschnitt hervor. Triumphierend hielt sie es hoch. Die anderen Hexen und Zauberer jubelten. Der rote Kristall funkelte und leuchtete.

»Bring es her zu mir!«, rief Mafaldus Horus. »Es ist mein Amulett und es wird mich ins Leben zurückführen!«

Theobaldus Magnus begleitete seine Frau zum Dornenbaum. Sie trugen das Amulett gemeinsam, so als sei es zu schwer für eine einzelne Person. Dann überreichten sie es feierlich Mafaldus Horus, der schon seine Hand danach ausstreckte, die aus dem Baum hervorkam.

»Ha!« Mit einem freudigen Schrei riss der Magier das Amulett an sich und legte die Kette um seinen Hals. Aus dem Schmuckstein stieg eine rote Spirale empor, die sich um Mafaldus' Oberkörper ringelte wie eine Riesenschlange. Ein gewaltiger roter Blitz flammte auf, gefolgt von einer ohrenbetäubenden Explosion.

Elena war einen Moment lang geblendet. Als sie wieder sehen konnte, war Mafaldus Horus aus dem Baum gestiegen. Er war frei.

Ein großer Jubel brach unter den *Schwarzen Zauberkutten* los. Einige warfen sich vor Ehrfurcht flach auf den Boden. Die meisten streckten die Arme empor und stießen Huldigungen aus.

»Ihr seid endlich zu uns zurückgekehrt, großer Meister!«

»Ja, das große Werk ist vollbracht!«

»Ab jetzt wird sich alles verändern! Ein neues Zeitalter beginnt!«

Mafaldus Horus strahlte. Seine Augen funkelten. Es war ein unnatürliches Glitzern, das Genießen seiner Macht. Elena, noch immer wie gelähmt vor Entsetzen, konnte die Spannung spüren, die in der Luft lag. Sie fühlte die Anwesenheit der schwarzen Magie, und die Kraft war ungeheuer.

Elena hatte bisher nur mit weißer Magie zu tun gehabt. Auch diese war mächtig, aber weiße Magie hatte etwas Heiteres, Schwereloses. Sie diente dazu, Gutes zu bewirken und das Leben zu erleichtern. Schwarze Magie dagegen beschäftigte sich mit Rache, Strafe, Macht, Reichtum und Tod und war viel schwieriger zu kontrollieren als weiße, graue oder grüne Magie. Derjenige, der schwarze Magie ausübte, wurde sehr leicht zum Werkzeug der Magie selbst.

»Ich habe alles falsch gemacht«, wimmerte Miranda neben Elena. »Ich konnte die Tarnung nicht aufrechterhalten. Jetzt hat er das Amulett und wird uns bestimmt vernichten!«

»Nein, dich trifft wirklich keine Schuld«, murmelte Elena automatisch. *Wenn es einen Schuldigen gibt, dann meinen Vater,* dachte sie. *Er hat Miranda das Amulett gegeben. Und dann ist er einfach geflohen und überlässt uns unserem Schicksal.*

Es war ungeheuerlich! Elena war so enttäuscht von Leon, dass es ihr fast egal war, ob Mafaldus sie töten würde oder nicht. Wie konnte sie weiterleben mit dem Bewusstsein, dass ihr Vater sie so verraten hatte? Alles, woran sie geglaubt hatte, war zusammengebrochen! Sie hatte ihrem Vater vertraut und nie an seiner Unschuld gezweifelt, als er verurteilt worden war. Und wie oft hatte sie den Leguan aus seinem gläsernen Terrarium genommen und ihm ermutigende Worte zugesprochen!

Und jetzt?

Alles war vorbei!

»Wie konntest du nur so etwas tun, Papa?«, flüsterte Elena mit tränenerstickter Stimme.

Ihr Inneres war so leer, dass sie nicht einmal die Kraft hatte, ihn zu hassen.

Die unterschiedlichen Arten von Magie

Weisse Magie

Das Kennzeichen der weißen Magie ist, dass sie in der Regel niemandem ernsthaft schadet. Ihr Ziel ist es, Erleichterungen zu schaffen und gestörte Harmonie wiederherzustellen.

Zur weissen Magie gehören:

- Hellsehen, Zukunftsträume, Wahrsagerei
- kleinere Liebeszauber (die nicht den Willen beugen), Harmonisierung von Freundschaften und Beziehungen
- Aufspüren verlorener Gegenstände
- Änderungen von Formen und Farben
- Verwandeln von Gegenständen in andere Gegenstände
- Fliegen mit dem Besen
- Heilzauber
- Schutzzauber
- Metamorphose (Verwandlung in ein Tier)
- und vieles mehr …

Graue Magie

ist eine weiterführende Form der weißen Magie. Sie wird aggressiver und auch zu egoistischen Zwecken ausgeübt und bedient sich manchmal schwarzmagischer Praktiken:

- Kommunikation mit Verstorbenen
- Beeinflussen von Personen, damit sie Dinge gegen ihren Willen tun (fortgeschrittener Liebeszauber, Zusammenführen von Charakteren, die eigentlich unvereinbar sind)
- Heraufbeschwörung von Stürmen und Unwettern
- Abwendung und Umlenkung von Flüchen
- leichter Schadenszauber, der dauerhafte Folgen hat (z. B. das Anhexen von Eselsohren oder Warzen)

Je mächtiger der Gegner, desto schwieriger der Zauber

Ja, es wird jetzt wirklich eine neue Ära beginnen«, rief Mafaldus Horus und breitete seine Arme aus. »In diesem Land wird sich alles verändern. Weg mit dieser armseligen Zauber-Bürokratie, die alles regeln und alles bestimmen will! Diejenigen, die die mächtigsten Zauberer sind, werden in Zukunft die Regierung übernehmen. Ich danke euch, meine lieben Freunde!«

Lauter Beifall ertönte, der nicht enden wollte. Mafaldus musste sich mit einem zischenden Blitz Ruhe verschaffen.

»Und es ist nicht nur dieses Land, das sich ändern wird. Wir werden uns ausbreiten und die Menschenwelt übernehmen. Wir werden uns rächen für das Unrecht, das die Menschen uns in der Vergangenheit angetan haben. Diese Nichtskönner mit ihren unterentwickelten Fähigkeiten! Es lebe der *Homo sapiens magus*!«

Plötzlich näherte sich von Westen her ein schwarzer Wirbelsturm. Die Windsäule wirbelte blitzschnell heran. Die Hexen und Zauberer stoben erschrocken auseinander, um nicht von der zerstörerischen Kraft getroffen zu werden. Wenige Meter vor Mafaldus kam der Wirbelsturm zum Stehen. Die Säule fiel zusammen und an ihrer Stelle stand Leon Bredov. Er trug seinen schwarzen Umhang mit der silbernen Bordüre. Auf seiner Brust funkelte ein Amulett mit einem roten Stein. Es sah haargenau aus wie das Amulett, das Mafaldus Horus trug.

Ein Aufschrei der Überraschung ging durch die Menge.

Auch Elena schnappte nach Luft. Was hatte das zu bedeuten?

»Haltet still«, flüsterte da eine Stimme hinter ihr und Miranda.

Elena drehte den Kopf und erblickte neben dem Stein, an den sie und Miranda gefesselt waren, Eusebius, den jungen Hexer. Er war auf dem Bauch zu ihnen herangerobbt. Mirandas Augen leuchteten hoffnungsvoll auf.

»Schaut nach vorne«, wisperte Eusebius. »Ich bringe euch von hier weg. – Still, damit niemand etwas merkt.«

Elena drehte ihren Kopf wieder nach vorne. Ihre Gedanken waren völlig konfus. Eusebius wollte ihnen helfen? War er nicht Theobaldus Magnus' Neffe? Konnte es sein, dass Eusebius gar nicht zu den *Schwarzen Zauberkutten* gehörte? Warum trug ihr Vater ein Duplikat des magischen Amuletts? Fragen über Fragen …

»Bevor du die Zauberwelt veränderst und die Menschenwelt übernimmst, müssen wir beide noch eine Sache regeln«, rief Leon Bredov.

»Wer bist du, und warum wagst du es, ein Amulett zu tragen, das dem meinigen gleicht?«, stieß Mafaldus aus. Er war blass geworden. »Weißt du nicht, dass es dieses Amulett nur einmal auf der Welt gibt? Es ist einzigartig, denn es wurde aus dem Urfeuer der Erde geschaffen.«

»Es gibt zwei«, erwiderte Leon. »Ein Original und eine Fälschung. – Und nun rate, welches Amulett du hast.«

Es wurde so still, dass Elena ihren eigenen Herzschlag hören konnte. Hinter ihr raschelte es leise, und sie merkte, wie ihre Fesseln lockerer wurden. Sie konnte die Hände schon ein wenig bewegen.

Miranda neben ihr keuchte. »Was bedeutet das, Elena?«, flüsterte sie.

»Ich weiß es nicht«, wisperte Elena zurück. Ihr war ganz heiß vor Aufregung.

»Ruhig halten«, raunte von hinten Eusebius' Stimme. »Ich muss den Fesselzauber lösen …«

Mafaldus Horus griff an sein Amulett. Seine Finger berührten die Fassung und glitten über das Auge. Plötzlich schoss ein Flammenkegel aus dem Amulett und formte sich zu einem riesigen Drachenkopf. Der Drache riss sein Maul auf, und es sah aus, als wollte er den Magier verschlingen.

Aber Mafaldus reagierte rechtzeitig. Er riss seine Arme hoch. Aus allen zehn Fingern fuhren blaue Blitze und bohrten sich in den Drachenkopf. Der Kopf verfärbte sich, wurde violett und zerstob in lauter Funken.

»Eine Falle«, sagte Mafaldus böse, riss sich das Amulett vom Hals und schleuderte es auf den Boden. Es brannte sich in die Erde ein. »Verflucht sei deine Helferin!« Sein Blick suchte Miranda.

Miranda spürte, wie etwas Unsichtbares durch die Luft auf sie zuflog. Eusebius sprang hinter dem Stein hervor, riss die Arme hoch, und ein Schutzschild bildete sich vor Miranda und Elena. Elena hatte instinktiv nach Mirandas Arm gegriffen und die Freundin auf den Boden gezogen. Jetzt erst wurde ihr bewusst, dass sie ihre Hände wieder frei bewegen konnte.

Das unsichtbare Etwas, das Mafaldus auf Miranda abgefeuert hatte, durchbrach den Schutzschild, traf den Stein und ließ ihn in tausend Splitter zerspringen.

Eusebius warf sich über die Mädchen, es gab eine weitere Explosion, und Elena hatte das Gefühl, durch ein schwarzes Loch zu sausen.

Leon und Mafaldus standen sich gegenüber, hoch konzentriert, zwei erbitterte Gegner.

»Du willst ein Zauberduell auf Leben und Tod?«, fragte Mafaldus. »Das kannst du haben. Glaub nicht, dass mein Amulett dich schützt. Das Amulett schenkt seine Kraft nur seinem Besitzer – und der bin ich.«

Er machte eine Handbewegung, als wollte er sich die Haare zurückstreifen. Doch dann schnippte er mit den Fingern, und das Haar, das er sich blitzschnell ausgerissen hatte, wurde zu einem Speer aus grünem Licht. Die Waffe sauste mit einer unglaublichen Geschwindigkeit durch die Luft. Die Zuschauer sahen, wie sich der Speer in Leons Kehle bohrte und dort stecken blieb.

Doch Leon trat einfach aus sich heraus. Zwei Sekunden lang gab es ihn zwei Mal, dann löste sich der Doppelgänger, dem der Speer im Hals steckte, auf. Die Waffe fiel auf den Boden, während Leon unverletzt danebenstand.

»Ein guter Trick«, sagte Mafaldus spöttisch. »Du bist schlauer, als ich gedacht habe.« Er bewegte unmerklich das Handgelenk. Ein glühender Käfig erschien in der Luft und stülpte sich über Leon. Auf dem Boden ringelten sich lauter schwarze Schlangen.

Leon Bredov ließ sich nicht aus der Ruhe bringen. Er streckte die Hand durch das Gitter – darauf bedacht, die glühenden Stäbe nicht zu berühren – und ließ den Zeigefinger kreisen.

»In contrarium!«

Mafaldus' Haare verwandelten sich in unzählige grüne Speere, lösten sich vom Kopf, kehrten sich in der Luft um und schnellten zurück, um sich in sein Haupt zu bohren. Doch der Magier reagierte rasch genug und schützte sich mit einem schwarzen Helm, der nur die Augen freiließ.

Mittlerweile hatte sich Leon aus seinem Käfig befreit. Er hatte das Metall noch mehr erhitzt, bis es flüssig geworden war. Die Stäbe waren geschmolzen und bildeten nun auf dem Boden eine dampfende Pfütze, in der die Schlangen zischten. Leon aber war über die Pfütze gesprungen und stand auf festem Boden, bereit, Mafaldus' nächsten Angriff abzuwehren.

Und der ließ nicht lange auf sich warten. Mafaldus bewegte die Lippen und sprach eine Beschwörung. Vor Leon öffnete sich die Erde. Es entstand ein Trichter, endlos tief. Um ein Haar wäre Leon mitsamt dem Geröll in den Abgrund gestürzt. Im letzten Augenblick verwandelte er sich in einen Falken, schoss durch die Luft und blieb über Mafaldus stehen. Das Amulett war noch immer sichtbar. Jetzt löste sich aus dem funkelnden Stein ein rot glühender Dämon mit einer furchterregenden Fratze, schrecklich anzusehen. Der unheimliche Geist stürzte sich auf Mafaldus und machte Anstalten, ihn zu verschlingen.

Ein Aufschrei ging durch die Hexen und Zauberer, die dieses schreckliche Spektakel mit ansehen mussten. Einige wollten Mafaldus zu Hilfe eilen, hielten aber dann doch lieber Abstand von dem wütenden Dämonen, der eine ungeheure Hitze ausstrahlte und alles verbrannte, was in seine Nähe kam. Ein paar Rucksäcke und Beutel, die auf dem Boden abgestellt waren, gingen in Flammen auf.

Leon landete in einem sicheren Abstand und nahm seine menschliche Gestalt wieder an. Sein Umhang hatte Risse bekommen und war an manchen Stellen angesengt, aber das Amulett hing um seinen Hals. Der Stein leuchtete nicht mehr, sondern war farblos und blass.

Niemand konnte im Nachhinein sagen, wie lange der Dämon gewütet hatte. Plötzlich ließ er von Mafaldus ab, wurde zu einer roten Kugel und schlüpfte zurück in den Stein des Amuletts, das wieder zu funkeln begann.

Auf dem Boden aber lag Mafaldus Horus, eine dunkle, reglose Gestalt. Er trug zwar keinen Helm mehr, aber er war nicht zu Asche verbrannt. Sogar sein Umhang war unversehrt geblieben.

Leon griff nach dem Amulett und starrte ungläubig auf den vor ihm liegenden Magier. Jetzt bewegte sich Mafaldus, kam auf die Knie und blickte Leon hasserfüllt an.

»Du kannst mich nicht mit diesem Amulett vernichten«, rief er. »Es tötet mich nicht, denn ich habe es geschaffen. Es ist ein Teil von mir.«

»Es tötet dich nicht, aber es hat dich geschwächt«, gab Leon zurück. Er breitete seine Arme aus. Sein zerfetzter Umfang flatterte. Aus dem Stoff löste sich eine Schar Raben, die auf Mafaldus zuflogen. Der Magier versuchte gerade aufzustehen. Die Raben stürzten sich auf ihn, und Mafaldus hatte Mühe, sein Gesicht zu schützen. Dort, wo die Vögel einen Angriffspunkt fanden, züngelten kleine Flämmchen empor. Mafaldus' Umhang fing an zu brennen, und alle sahen, wie sich der Magier auflöste und zu einer Rauchsäule wurde. Sie drehte sich ein paar Mal um sich selbst und wurde zum Wirbelwind, der sich eilig in den Dornenbaum zurückzog. Der Baum schloss sich hinter Mafaldus.

»Jetzt bist du wieder dort, wo du hingehörst«, rief Leon triumphierend. Dann riss er die Arme hoch und verschwand mit einem Blitz.

»Wo sind wir?«, fragte Elena und rieb sich den linken Fuß. Bei der harten Landung hatte sie sich den Knöchel verstaucht. Es tat weh und das Gelenk schwoll bereits an. Aber mehr Sorgen als um ihre Verletzung machte sie sich um ihren Vater. Was hatte all das zu bedeuten?

Eusebius machte ein zerknirschtes Gesicht, als er die Mädchen anblickte.

»Es tut mir leid, dass du dich verletzt hast. Aber ich musste euch so schnell wie möglich wegbringen, bevor euch Mafaldus etwas antun konnte.«

»Hat er mich verflucht?«, fragte Miranda totenbleich. »War es ein echter Fluch, den du abgewehrt hast, Eusebius?«

Eusebius sah auf den Boden. »Ich habe dich davor geschützt. Ich glaube nicht, dass du etwas davon abbekommen hast, Miranda.«

»Mirandas Stimme klang erstaunt. »Wer bist du eigentlich in Wirklichkeit? Du warst zwar auf der Versammlung, aber gehörst du überhaupt zu den *Schwarzen Zauberkutten*? Warum hast du uns gerettet?«

»Das sind viele Fragen auf einmal.«

»Okay, dann fang eben mit einer Antwort an«, verlangte Miranda.

»Also gut. Es ist nicht ganz einfach zu erklären.« Eusebius räusperte sich. »Wir wollten verhindern, dass Mafaldus wieder an die Macht kommt. Unser Plan war, ihn heute zu vernichten. Es hat leider nicht geklappt.«

»Einen Plan? Von wem stammt er?«

»Von Elenas Vater.« Eusebius warf Elena einen Blick zu. »Wir kennen uns gut, Leon und ich. Wir haben ... sozusagen ... das gleiche Ziel ...«

»Dann bist du auch ein Geheimagent?«, platzte Elena neugierig heraus.

Eusebius zögerte. »Na ja ... Kein Spitzenagent wie dein Vater ... eher noch Anfänger. Aber ich kämpfe an seiner Seite.«

»Mal schön langsam«, meinte Miranda. »Demnach gehörst du also nicht zu den *Zauberkutten*, sondern hast nur so getan als ob? Und dein Onkel, Theobaldus Magnus? Was ist mit dem? Ist er eine echte *Zauberkutte* oder auch ein Agent?«

»Mein Onkel ... steht auf der anderen Seite.« Eusebius schien sich bei dieser Antwort nicht ganz wohlzufühlen. »Ich selber verabscheue schwarze Magie, obwohl mir mein Onkel eine große Karriere in Aussicht gestellt hat. Er hat mich ungeheuer unter Druck gesetzt. Deswegen bin ich froh, dass ich auf Leon Bredov gestoßen bin. Er hat sich den Plan mit dem falschen Amulett ausgedacht. Das Ziel war, dass das gefälschte Amulett Mafaldus Horus vernichtet, sobald er es umhängt. Aber Mafaldus war zu stark. Der Plan hat leider nicht ganz so perfekt funktioniert, wie wir es uns gedacht haben.«

»Dann war das also Absicht, dass Mafaldus *mein* Amulett entdecken soll?«, fragte Miranda atemlos.

»Ja, das war Teil des Plans«, erwiderte Eusebius. »Wir wussten, dass die Aktion sehr gefährlich ist, deswegen sollte ich euch gut beschützen. Es war Leon gar nicht recht, dass ihr beiden Mädchen gekommen seid und nicht seine Frau oder seine Schwiegermutter.«

Elena musste die Neuigkeit erst verdauen. »Hoffentlich passiert meinem Vater nichts!«, sagte sie dann bang. Sie war voller Unruhe. »Meinst du, es gibt ein Zauberduell? Ich muss zu ihm!« Sie versuchte aufzustehen, aber der Knöchel schmerzte zu sehr und sie sank zusammen. »Und wenn Papa verletzt wird? Oder wenn er stirbt?«

»Er wird nicht sterben«, meinte Eusebius. »Leon Bredov ist ein mächtiger Zauberer, er kann sich sehr gut schützen.«

»Und wenn nicht?« Elenas Stimme klang belegt. Mafaldus Horus war noch stärker als ihr Vater. Er war der stärkste Zauberer überhaupt, der je gelebt hatte, so hieß es wenigstens ...

Miranda legte beruhigend die Hand auf Elenas Arm. »Deinem Vater wird schon nichts passieren.«

Aber Elena ließ sich nicht beruhigen. Die ganze Aufregung und Anspannung waren zu viel für sie. Am liebsten hätte sie geweint, sie konnte die Tränen gerade noch zurückhalten. Aber ihr war richtig schlecht vor Kummer. Ihre Brust war wie zugeschnürt, und dort, wo ihr Herz saß, war es heiß ...

Es dauerte ein paar Sekunden, bis Elena merkte, dass es nicht ihr Herz war, sondern ihr *Transglobkom*, der sich meldete. Mit zitternden Fingern zog sie ihn aus ihrem Ausschnitt hervor und klappte ihn auf.

Die Kugel erschien und darin das Gesicht ihres Vaters. Er sah erschöpft aus. Sein Gesicht war rußig und an der Schläfe hatte er eine Wunde.

»Elena, wo bist du?«, fragte Leon Bredov besorgt. »Wo steckt ihr, du und Miranda?«

»Papa!«, jubelte Elena. »Wie geht es dir? Geht es dir gut? Hat dir Mafaldus etwas getan?«

»Mach dir keine Sorgen um mich«, antwortete Leon. »Ich bin in Ordnung. Jetzt sag mir aber, wohin euch Eusebius gebracht hat. Ich will euch sehen!«

»Ich weiß nicht, wo wir sind.« Etwas ratlos reichte Elena ihren *Transglobkom* an den jungen Hexer weiter, der schon die Hand danach ausstreckte.

»Die Mädchen sind in Sicherheit, Leon«, sagte Eusebius. »Es geht ihnen gut. Elena scheint sich allerdings beim Landen den Knöchel verstaucht zu haben. Wir sind in der Nähe des Rotfelsenflusses, auf den vier Felsen. Nicht sehr gemütlich, aber ich dachte, da sucht uns keiner.«

»Das hast du sehr gut gemacht, Eusebius«, sagte Leon. »Wartet auf mich. Ich werde in ein paar Minuten bei euch sein.«

Sein Kopf verschwand und die Kugel platzte. Eusebius gab den *Transglobkom* an Elena zurück.

»Dein Vater ist gleich hier.«

»Ich hab's gehört«, sagte Elena. Ein riesiger Stein war ihr vom Herzen gefallen. Vielleicht würde dieses Abenteuer ja doch noch gut ausgehen …

Wenig später tauchte Leon Bredov neben ihnen auf. Elena erschrak über sein Aussehen. Sein Umhang hing in Fetzen, sein Gesicht war gerötet und verschwitzt, und das Haar klebte an seinem Kopf, als sei es nass geworden. Sie merkte auch, wie seine Hände zitterten, so müde und abgespannt, wie er war. Aber das magische Amulett hing noch immer an seiner Brust.

Leon ließ sich auf die Felsen fallen. Er umarmte Elena und drückte sie fest an sich.

»Wie gut, dass euch Eusebius in Sicherheit gebracht hat!«

»Ist Mafaldus tot?«, wollte Miranda wissen. »Haben Sie ihn besiegt?«

Leon Bredov schüttelte den Kopf. »Ich habe Mafaldus besiegt«, sagte er. »Aber ich konnte ihn nicht vernichten. Nicht einmal mit dem echten Amulett. Mafaldus hat das Amulett selbst geschaffen und es muss etwas von seiner bösen Kraft in ihm stecken. Deswegen kann das Amulett seinen Schöpfer nicht töten.«

»Und wo ist Mafaldus jetzt?«, fragte Elena mit belegter Stimme.

»Sein Körper ist wieder im Dornenbaum eingeschlossen und seine Seele ist vermutlich in die Unterwelt zurückgewandert«, antwortete Leon.

»Wird er wieder freikommen?«, wollte Elena wissen. Ihr wurde ganz anders bei dem Gedanken.

»Eines Tages vielleicht«, sagte ihr Vater. »Vorerst sind wir vor ihm sicher. Mafaldus Horus ist sehr geschwächt. Er wird lange brauchen, bis er sich erholt.«

»Er hat mich verflucht«, stieß Miranda aus.

»Ich habe sie geschützt«, sagte Eusebius hastig, und wie um seine Worte zu betonen, legte er den Arm um Mirandas Schultern. Miranda wurde knallrot. Eusebius bemerkte es und zog seinen Arm verlegen zurück.

»Der Fluch hat sie nicht getroffen«, fügte er hinzu. »Glaube ich jedenfalls.«

»Es tut mir leid, dass ich euch so in Gefahr gebracht habe«, sagte Leon. »Das war nicht meine Absicht. Eigentlich war es unverantwortlich von mir, euch einem solchen Risiko auszusetzen. Ihr seid noch keine sehr erfahrenen Hexen! Ursprünglich sollte Jolanda oder Mona uns unterstützen und den Lockvogel für das falsche Amulett spielen. Aber nachdem ihr dann aufgetaucht seid, war es leider zu spät, um unsere Strategie komplett zu ändern.«

»Wir haben getan, was wir konnten«, sagte Eusebius. »Ganz umsonst war dieser Kampf jedenfalls nicht. Wir konnten Mafaldus zwar nicht vernichten, aber zumindest haben wir ihn aufgehalten.«

Elena berührte den Arm ihres Vaters. »Und dir ist wirklich nichts geschehen?«

»Die Sache hat mich natürlich eine Menge Kraft gekostet«, antwortete ihr Vater. »Ich werde einige Tage brauchen, bis ich mich regeneriert habe.«

»Ich habe gar nicht gewusst, dass es so viele *Schwarze Zauberkutten* gibt«, sagte Miranda.

»Ja, eine Menge Leute sind Anhänger der schwarzen Magie«, antwortete Leon. »Trotz des Verbots. Wir haben verhindert, dass Mafaldus Horus wieder an die Macht gekommen ist. Aber jetzt wissen die *Zauberkutten*, dass sie beobachtet werden.« Er knetete seine Hände. Elena sah, dass die Haut an seinen Fingern an manchen Stellen aufgerissen war.

»Du musst dich heilen«, murmelte sie mitfühlend.

»Alles zu seiner Zeit«, entgegnete Leon. »Wenn du und Miranda wieder in der Menschenwelt seid, dann werde ich mich um meine Verletzungen kümmern.« Er wechselte mit Eusebius einen Blick.

»Ich fürchte, Eusebius, dass dein Onkel mich vorhin erkannt hat. Er weiß, wer ich bin. Schließlich waren wir früher Rivalen.«

»Wie gut, dass Mama dich geheiratet hat und nicht diesen widerlichen Theobaldus«, brach es aus Elena heraus.

Über Leons Gesicht huschte ein Lächeln. »Ja, das war eine sehr kluge Entscheidung von Jolanda.« Dann wurde er wieder ernst. »Bestimmt wird es sich bei den *Schwarzen Zauberkutten* herumsprechen, dass es Leon Bredov ist, der gegen sie kämpft. Es ist sicherer für euch, wenn ihr alle noch eine Weile im HEXIL bleibt. Zumindest so lange, bis die Zauberregierung die Angelegenheit einigermaßen unter Kontrolle hat. Es könnte nämlich Racheakte und Anschläge vonseiten der *Zauberkutten* geben!« Leons Augen blickten voller Sorge. »Ich will nicht, dass meine Familie in Gefahr ist.«

»Wenn Sie es erlauben, Leon, dann werde ich die Mädchen nach Hause bringen«, sagte Eusebius. »Ich verspreche, dass ich gut auf die beiden aufpasse.«

»Tu das«, sagte Leon. »Das ist mir sehr recht. Wenn du dich um die beiden kümmerst, dann kann ich inzwischen über die Vorfälle Bericht erstatten und wir verlieren keine Zeit im Kampf gegen die *Zauberkutten.*« Er stand auf, und Elena rechnete damit, dass sich ihr Vater gleich wieder verabschieden würde. Doch dann bückte er sich noch einmal zu ihr herab.

»Dein Knöchel!«

Er berührte das Gelenk mit seiner rechten Hand. Elena spürte, wie wohltuende Kühle von der Berührung ausging und in ihren Knöchel eindrang. Als Leon seine Hand wegzog, waren die Schmerzen verschwunden.

»Danke, Papa«, sagte Elena.

»Ich muss euch danken«, entgegnete Leon. »Für eure Hilfe. Ihr wart sehr tapfer und ich bin richtig stolz auf euch.« Er umarmte seine Tochter. Dann richtete er sich auf. »Ich muss jetzt gehen, aber wir sehen uns bald wieder! Und richtet den anderen viele Grüße von mir aus. Ich liebe euch alle.«

Er riss die Arme hoch und verschwand mit einem leisen Knall.

Gegen Liebeskummer hilft kein Zauber

Miranda war ungewöhnlich schweigsam. Auf der Busfahrt redete sie höchstens zwei Sätze. Elena blickte ihre Freundin immer wieder besorgt an. Sie ahnte, was in ihrem Kopf vorging.

»Du denkst ständig an Eusebius, stimmt's?«, fragte sie, als sie ausgestiegen waren und die Straße entlanggingen. Es war Sonntagmittag und sie wollten Jana besuchen. Jana hatte die beiden zum Mittagessen eingeladen – ihr Dankeschön für Mirandas Zauber. Janas Vorspiel im Gemeindehaus war super gelaufen. Sie hatten gestern Abend telefoniert – kurz, nachdem Eusebius Elena und Miranda nach Hause zurückgebracht hatte. Daphnes Party war noch immer in Gang, und wegen des höllischen Lärms hatten die Mädchen nicht gut miteinander reden können. Elena hatte nur angedeutet, dass in der Zwischenzeit einiges passiert war. Heute würden sie alles ausführlich erzählen.

»Ich weiß nicht, was Eusebius von mir denkt«, sagte Miranda. »Als wir uns kennengelernt haben, war ich sicher, dass er mit mir flirtet. Er hat mich so oft angesehen und dabei so süß gelächelt. Ich dachte wirklich, dass er Interesse an mir hat. Aber jetzt weiß ich ja, dass dein Vater ihn beauftragt hatte, ein Auge auf uns zu haben. Demnach war sein Interesse rein beruflich – und nichts weiter!« Sie kickte ärgerlich einen Stein zur Seite.

»Aber es kann doch trotzdem sein, dass du ihm gefällst«, meinte Elena. »Ich hatte auch den Eindruck, dass sich zwischen euch etwas anbahnen könnte.«

»Wirklich?«, fragte Miranda hoffnungsvoll und lächelte. Doch im nächsten Moment verschwand das Lächeln. »Ich sehe ihn bestimmt nie wieder.«

»Du könntest ihn doch mit deinem *Transglobkom* anrufen«, schlug Elena vor.

»Und was soll ich ihm dann sagen?«, fragte Miranda wenig überzeugt. »Dass ich dauernd an ihn denken muss? Oder dass ich mich in ihn verliebt habe?« Sie tippte sich an die Stirn. »Ich mach mich doch nicht zum Affen!«

»Och, du könntest dich ja auch nur bedanken, dass er uns nach Hause gebracht hat«, sagte Elena. »Und dann fragst du ihn, wie es ihm geht … Es ergibt sich bestimmt ein Gespräch, da bin ich sicher!« Sie kam sich ein bisschen komisch vor, denn sonst war Miranda die Expertin in Liebesfragen. Sie wusste meistens alles – allerdings rein theoretisch.

Inzwischen waren sie vor dem Haus angelangt, in dem Jana Kleist wohnte. Mit dem Aufzug fuhren sie in den ersten Stock. Besonders Elena liebte es, Aufzug zu fahren. Das war fast wie Magie, obwohl sie wusste, dass eine Menge Technik dahintersteckte.

Miranda läutete an der Wohnungstür. Nele öffnete und strahlte.

»Toll, dass ihr da seid! Jana ist in der Küche, das Essen ist gleich fertig. – Mann, ihr beide seht irgendwie gestresst aus! Besonders du, Miranda! Was ist denn passiert? Haben Jana und ich etwas versäumt?«

Elena machte eine fragende Kopfbewegung. Nele verstand.

»Die Luft ist rein, keine Sorge. Frau Kleist ist ins Kino gegangen, zu einer Matineevorstellung. Wir können ungestört reden.«

Die Mädchen betraten die Wohnung. Hier sah es ganz anders aus als bei Nele zu Hause. Dort herrschte meistens eine heillose Unordnung. Nele hatte drei Geschwister, außerdem gab es noch zwei Katzen, einen Hund und eine Schildkröte. Frau Kleist dagegen hatte nur ein einziges Kind – nämlich Jana – und die Wohnung war immer picobello aufgeräumt. Der Fußboden war mit Parkett belegt, die Möbel waren teure Designerstücke, und im Wohnzimmer stand ein Flügel, auf dem Jana häufig übte.

Aus der Küche kamen Essensgerüche.

»Hmm, das riecht aber lecker!« Elena steckte ihre Nase zur Küchentür herein, um Jana zu begrüßen.

Jana hantierte gerade mit einem Backblech. Sie trug große, karierte Stoffhandschuhe und hatte Hektikflecken auf den Wangen.

»Hallo, Elena, hallo, Miranda. Ich bin gleich so weit. Nele, kannst du schon mal den Tisch decken? Du weißt ja, wo die Sachen sind.«

»Ach, lass mich ein bisschen helfen, ich muss ja für mein Hexendiplom üben«, sagte Elena. Sie konzentrierte sich. Mit einem Fingerschnippen war der Tisch im Esszimmer perfekt gedeckt: vornehme Teller, blitzendes Silberbesteck und funkelnde Gläser. Sogar einen Kerzenleuchter hatte sie herbeigezaubert.

»Super!«, sagte Jana bewundernd. »Das Besteck liegt zwar falsch herum und Weingläser brauchen wir auch nicht, aber sonst ist alles toll. Ich wünschte, ich könnte das auch!«

»Könnt ihr uns nicht beibringen, wie man hext?«, bettelte Nele. »Nur ein kleines bisschen?«

Diese Bitte kam nicht zum ersten Mal. Miranda seufzte.

»Ich hab's doch schon erklärt. Ihr seid Menschen, euch fehlt einfach die magische Begabung. Ein Blinder kann schließlich auch keine Farben sehen.«

Aber Nele gab noch nicht auf. »Aber ihr behauptet ja, dass die Menschen und die Hexen gemeinsame Vorfahren haben. Da könnte es doch sein, dass in uns auch noch ein winzig kleines Fitzelchen Magie steckt, oder?«

»Jetzt essen wir erst einmal«, sagte Jana und verteilte die Blätterteigtaschen auf die Teller. »Und dann erzählt ihr uns, was passiert ist. Du hast gestern so geheimnisvolle Andeutungen gemacht, Elena.«

Das Essen schmeckte wunderbar, obwohl es beinahe kalt geworden wäre, denn Jana und Nele vergaßen vor lauter Zuhören fast zu essen. Sie lauschten gespannt, wie Elena ihnen von dem Notruf erzählte und wie Miranda beschrieb, auf welchem Weg sie in die Hexenwelt gekommen waren. Und als sie hörten, wie Mafaldus Horus aus dem Dornenbaum gestiegen war, stieß Jana ihr Saftglas um.

»Ich wäre gestorben vor lauter Angst!« Miranda brachte den Schaden mit einem Fingerschnippen wieder in Ordnung. Das Glas richtete sich auf und die Flüssigkeit kehrte zurück. »Kleiner Umkehrzauber.« Miranda lächelte.

»Und du bist sicher, dass dich Mafaldus' Fluch nicht getroffen hat?«, fragte Nele nach. »Eusebius behauptet, dass der Schutzschild alles abgewendet hat«, sagte Miranda und seufzte. In ihre Augen trat ein sehnsüchtiger Ausdruck.

»Du hast dich in ihn verknallt«, sagte Jana.

»Kann sein.« Miranda wurde rot.

»Und er?«, fragte Nele. »Ist er auch in dich verliebt?«

»Keine Ahnung.« Miranda zuckte die Achseln. »Wahrscheinlich werde ich ihn sowieso nicht wiedersehen, jedenfalls nicht so schnell.« Elena erklärte ihren Freundinnen, warum sie vorerst in der Menschenwelt bleiben sollten.

»Vor den *Schwarzen Zauberkutten* würde ich mich auch fürchten«, sagte Nele. »Ich glaube, ich könnte überhaupt nicht mehr schlafen. Stellt euch vor, sie würden nachts um euer Haus schleichen …«

»Ich finde es jedenfalls toll, dass ihr noch länger hierbleibt.« Jana wechselte das Thema und strahlte, dann reichte sie eine Schüssel herum. »Will noch jemand Salat?«

»Mal sehen, was Mama und Oma dazu meinen, wenn sie heute Abend wiederkommen«, sagte Elena, während Miranda eine Portion Salat auf ihren Teller häufte. »Die werden bestimmt schimpfen, wenn sie sehen, dass Daphne eine Party gemacht hat.« Nele grinste.

»Daphne und ihre Freunde sind schon den ganzen Vormittag mit dem Aufräumen beschäftigt«, erzählte Elena.

»Ach, mit euren Zauberkräften geht das bestimmt fix!«, meinte Nele.

»Das ist wahr«, bestätigte Elena.

»Na dann!« Nele hob ihr Saftglas und prostete den anderen zu. »Auf uns und dass wir noch viel Spaß zusammen haben werden!«

»Auf uns und auf die spannenden Abenteuer, die noch kommen, allerdings nicht unbedingt auf eine Begegnung mit Mafaldus Horus«, erwiderte Elena zwinkernd und hob ebenfalls ihr Glas, genau wie Miranda und Jana.

MAGIC GIRLS

Gefangen in der Unterwelt

Man soll nicht hexen, wenn man sich schlecht fühlt

Ich habe Ihnen schon oft gesagt und kann mich nur wiederholen: Verhalten Sie sich unauffällig! Niemand darf Sie als Hexen erkennen. In der Vergangenheit hat es schon einige unerfreuliche Vorfälle bei Ihnen gegeben …«

»Ja, ja, ich weiß, das reiben Sie mir immer wieder unter die Nase.« Oma Mona schob den Mann, der pausenlos redete, mit sanfter Gewalt in Richtung Haustür. »Ich verspreche Ihnen, dass ich mich in Zukunft besser an Ihre Ratschläge halten werde.« Sie kreuzte die Finger hinter ihrem Rücken, doch das konnte der Hexilbeauftragte Aaron Abraxas Holzin nicht sehen. »Und jetzt gehen Sie bitte, ich habe zu tun.«

»Es ist nur zu Ihrem Besten«, betonte Holzin und stemmte sich gegen Monas schiebende Hand. »Und denken Sie unbedingt an die Weihnachtsdekoration. Menschen lieben dieses Fest nun mal, und es würde unangenehm auffallen, wenn in Ihrem Fenster oder an Ihrer Tür kein einziger Weihnachtsstern hängt, kein Weihnachtsengel, kein Tannenzweig, kein Mistelzweig, keine Glaskugel, kein …«

»Ich kümmere mich darum!«, sagte Mona Bredov barsch, drückte etwas kräftiger gegen Holzins Rücken und hatte den Hexilbeauftragten endlich über die Türschwelle geschoben. Sie schlug ihm die Haustür vor der Nase zu und lehnte sich aufatmend gegen die Wand.

»Lästiger Kontrollfuzzi! Lass dich hier bloß nicht mehr so schnell blicken!«

Sie überlegte, ob sie einen Abwehrzauber auf die Schwelle legen sollte, doch dann entschied sie sich dagegen. Das würde nur wieder neuen Ärger bedeuten …

Aaron Abraxas Holzin hatte ihnen in der Vergangenheit sehr geholfen. Unter anderem hatte er auch dieses großartige Haus für sie besorgt. Offiziell befanden sich die Bredovs noch im HEXIL. So nannte man einen längeren Aufenthalt in der Menschenwelt, bei dem die Hexen natürlich inkognito bleiben sollten. Die Bredovs hatten sich ursprünglich dafür entschieden, fünf Jahre hierzubleiben, um ihren guten Ruf wiederherzustellen, den sie in der Hexenwelt leider verloren hatten. Doch alles hatte sich geändert, seit sich vor Kurzem herausgestellt hatte, dass Leon Bredov kein Schwarzmagier, sondern in Wirklichkeit ein wichtiger Geheimagent war, der für die Zauberregierung arbeitete.

Mona runzelte ärgerlich die Stirn. Sie fand, ihr Schwiegersohn hätte sie einweihen müssen, dann wären ihnen eine Menge Ärger und Unannehmlichkeiten erspart geblieben. Aber zwischen ihr und Leon herrschte nicht das beste Verhältnis, und ein bisschen konnte Mona sogar verstehen, dass Leon IHR nichts von seiner wichtigen Mission gesagt hatte.

Mona konnte ihren Schwiegersohn nun einmal nicht leiden. Noch immer nicht. Sie fand nach wie vor, ihre Tochter Jolanda hätte einen besseren Mann verdient. Aber das war leider nicht mehr zu ändern. Jetzt erst recht nicht, wo Jolanda so stolz darauf war, einen richtigen *Helden* geheiratet zu haben. Mona seufzte.

Dann öffnete sie noch einmal die Haustür. Der Hexilbeauftragte war zum Glück nicht mehr zu sehen. Monas Blick wanderte zum Nachbarhaus. Holzin hatte recht, die Menschen waren schon dabei, ihre Häuser weihnachtlich zu schmücken. Der Dezember hatte Einzug gehalten, und am kommenden Sonntag war der erste Advent, was immer das auch heißen mochte.

Die Nachbarn hatten ein beleuchtetes Rentier aus Weidengeflecht vor die Haustür gestellt, und Lichterketten schmückten den Balkon und die Terrasse. Auch bei den anderen Leuten glitzerte und funkelte es an den Fenstern, und fast alle Häuser in der Straße hatten in den Vorgärten auf Tannenbäumen Lämpchen angebracht. Die Meiers, die am Anfang der Straße wohnten, hatten sogar eine künstliche menschengroße Plastikfigur an ihrer Hauswand. Es sah aus, als wollte ein Einbrecher in einem roten Mantel und mit einem weißen Bart über den Balkon einsteigen. Merkwürdige Weihnachtsbräuche!

»Wenn Holzin meint, dass wir unbedingt auch solchen Schnickschnack brauchen – bitte!« Mona sah sich um, bevor sie mit den Fingern schnippte. Schon hing eine Lichtergirlande an der Fassade des Hauses. Ein zweites Schnippen – und ein dicker Kranz aus Tannenzweigen klebte an der Haustür.

»Einfach geschmacklos«, murmelte Mona und zeichnete mit dem Zeigefinger einen Kringel in die Luft. Rote Schleifen schlangen sich um den grünen Kranz. Dann hauchte Mona in die Luft, und schon waren Tannenzweige und Schleifen mit silbrigem Glitzer bedeckt.

»So, das reicht jetzt wirklich«, sagte Mona und schloss die Haustür. Als sie sich umwandte, sah sie, wie ihre Enkelin Elena die Treppe herunterkam.

»Was hast du gemacht, Oma? Ich habe gespürt, dass du gerade gehext hast. Bei offener Tür! Hoffentlich hat dir niemand auf der Straße zugeschaut!«

»Für wie dumm hältst du mich?«, regte sich Mona auf. »Natürlich habe ich aufgepasst, bevor ich die Weihnachtsdekoration ans Haus gehext habe. Unser Hexilbeauftragter meinte nämlich, dass wir so etwas unbedingt brauchen, um nicht aufzufallen ...«

Elena ging an ihr vorbei, öffnete die Haustür und besah sich Monas Werk. Sie quietschte vor Begeisterung laut auf. »Das ist ja wunderschön, Oma!« Ihre Augen leuchteten. »Die vielen, vielen Lichter! Und der tolle Kranz! Wie schön der glänzt!«

»Du hast keinen Geschmack, Elena. Das ist doch absolut kitschig.«

»Also – ich finde das super!«, widersprach Elena. »In der Schule haben wir einen Adventskranz und im Pausenhof steht ein großer Weihnachtsbaum. Bei Nele zu Hause ist auch schon alles geschmückt, und Jana hat erzählt, dass ihre Mutter am Wochenende Weihnachtsplätzchen backen will und ...«

»Wir sind Hexen, Elena!«, fauchte Mona ihre Enkelin an. »Wir können uns das ganze Jahr solches Glitzerzeug hexen und brauchen nicht auf Weihnachten zu warten! Und ich mache das Theater auch nur mit, damit unser Hexilbeauftragter zufrieden ist und nicht ständig meckert. Oh, ich hatte vorhin wirklich große Lust, ihn in eine so komische Plastikfigur zu verwandeln, wie sie bei den Meiers an der Hauswand hochklettert. Aber ich hätte Holzin auf den Schornstein gesetzt, und meinetwegen hätte er dort den ganzen Winter über sitzen bleiben können.«

»Wie gut, dass du es nicht getan hast«, sagte Elena erleichtert.

Mona zuckte die Schultern und ging an ihr vorbei ins Wohnzimmer. Elena folgte ihr.

»Können Miranda und ich nachher den Garten weihnachtlich schmücken?«, bettelte sie. »Das macht uns bestimmt Spaß und wir üben dabei gleichzeitig für unser Hexendiplom!«

»Ach!« Mona wandte sich um. »Das wäre mir aber neu, wenn man bei der Hexenprüfung jetzt Weihnachtsmänner und Rauschgoldengel zaubern müsste!«

Elena wurde rot.

»Du solltest lieber *Metamorphose* üben«, fuhr Mona fort. »Als du dich gestern im Garten in einen Waldkauz verwandelt hast, habe ich genau gesehen, dass du statt Krallen Menschenhände hattest, mit denen du dich am Ast festgehalten hast. Das bringt bei der Prüfung einen gewaltigen Punktabzug, darauf kannst du dich verlassen, Elena!«

»Das war nicht ich, sondern Miranda«, verteidigte sich Elena. »Bei ihr hat es nicht richtig geklappt!«

Mona zog die Augenbrauen hoch und sah ihre Enkelin verwundert an. *»Miranda?* Du willst mir weismachen, dass deine Freundin beim Hexen geschlampt hat? Das glaube ich nicht! Miranda ist eine ausgezeichnete Hexe, sie hat großes Talent. Ich weiß, dass du so etwas nicht hören willst, aber Miranda wird es einmal weiter bringen als du, Elena! Obwohl du eine echte Bredov bist! Unter unseren Vorfahren hat es etliche berühmte Zauberer und Hexen gegeben.« Ihr

Blick wurde milder. »Aber ich muss dir ja zugutehalten, dass du leider auch Leons Blut in den Adern hast …«

»MUTTER!«, kam es jetzt vorwurfsvoll aus dem Wohnzimmer. »Bitte gewöhne dir endlich ab, Leon als Taugenichts zu bezeichnen! Das stimmt nun wirklich nicht, das solltest mittlerweile auch du begriffen haben!« Jolanda kam auf Mona und Elena zu. Ihre Augen blitzten vor Zorn. »Leon ist ein großer Zauberer, ein mächtiger Hexer! Sonst hätte ihn die Regierung bestimmt nicht als Geheimagent …«

»Ja, ja, schon gut, mein Kind!«, schnitt Mona ihrer Tochter das Wort ab. »Das musst du uns jetzt nicht ständig unter die Nase reiben. – Trotzdem finde ich, dass Elena nicht lügen soll. Sie muss sich gewaltig anstrengen, wenn sie das Hexendiplom schaffen will.«

»Aber ich war nicht der Waldkauz«, sagte Elena verzweifelt. »Ich habe mich gestern in eine Taube verwandelt. Bei Miranda hat es nicht ganz geklappt!«

»Miranda macht beim Hexen Fehler?«, fragte Jolanda erstaunt. »Das ist ja ganz und gar ungewöhnlich.«

Mona nickte. »Genau meine Worte.«

Beide Frauen sahen Elena an und warteten auf eine Erklärung.

Elena druckste herum. »Ich glaube, es geht Miranda momentan nicht besonders gut. Sonst ist sie beim Hexen immer viel besser als ich, aber in den letzten Tagen macht sie wirklich dauernd Fehler. Ich habe keine Ahnung, was mit ihr los ist. Vielleicht hat sie sich angesteckt. In der Schule geht nämlich gerade die Grippe um. In dieser Woche war ein Drittel unserer Klasse krank.«

»Menschengrippe«, sagte Oma Mona kopfschüttelnd. »Eigentlich sollte sie uns Hexen nichts anhaben können.

Wir haben doch besonders starke Abwehrkräfte. Soll ich Miranda einmal *magisch scannen?* Vielleicht finde ich dann heraus, was mit ihr los ist.«

»Ich … ich weiß nicht, ob Miranda das möchte«, antwortete Elena schnell. »Ich kann sie ja mal fragen.«

»Tu das«, meinte Jolanda. »Wir wollen ja, dass es Miranda gut geht. Schließlich haben wir ihren Eltern gegenüber die Verantwortung für sie, weil wir sie ins HEXIL mitgenommen haben.«

Miranda galt in der Menschenwelt als Elenas Cousine, die bei den Bredovs lebte, weil ihre Eltern umgekommen waren. In Wahrheit waren ihr Vater und ihre Mutter gesund und lebendig, aber sie lebten in der Hexenwelt. Miranda hatte die Erlaubnis bekommen, ihre Freundin Elena zu begleiten, weil sie später unbedingt Diplomatin werden und zwischen den Hexen und den Menschen vermitteln wollte.

Als Elena wenig später in Mirandas Zimmer kam, war ihre Freundin den Tränen nah. Sie hockte auf dem Bett, in ihrem Schoß lagen die beiden Hälften eines zerbrochenen Tellers.

»Es wird immer schlimmer, Elena! Ich verliere meine Zauberkräfte!«

»Unsinn«, sagte Elena und legte ihren Arm um Mirandas Schultern. »Du darfst dich nicht verrückt machen, wenn das Hexen einmal nicht perfekt klappt. Ich weiß, du bist ehrgeizig und willst die Prüfung fehlerfrei schaffen. Das wirst du auch, bestimmt! Du übst nur viel zu viel, und deswegen bist du jetzt so ein Nervenbündel.«

»Das ist es nicht, Elena.« Miranda schluchzte. »Und das weißt du ganz genau.« Sie hielt die beiden Tellerhälften hoch. »Sieh dir das an!«

»Ein kaputter Teller. Na und?« Elena versuchte, ihre Stimme möglichst harmlos klingen zu lassen, obwohl sie sich in Wahrheit große Sorgen um Miranda machte. Irgendetwas stimmte mit ihr nicht …

»Ich habe den Auffangzauber geübt«, erzählte Miranda. »Ich habe den Teller hochgeworfen und wollte ihn anhalten, bevor er auf den Boden fällt. Das hat auch geklappt. Aber dann ist der Teller in der Luft zerbrochen.«

»Hm«, sagte Elena nachdenklich. Sie erinnerte sich daran, was in einer Lektion ihres Hexen-Fernkurses kurz erwähnt worden war. »Wenn er in der Luft zerbrochen ist, dann bedeutet das, dass du den Zauber *unsauber* ausgeführt hast.«

»Unsauber?«, wiederholte Miranda.

»Und das passiert dir jetzt leider öfter«, murmelte Elena.

»O nein, Elena!« Miranda ließ die Scherben auf den Boden fallen und schlug die Hände vors Gesicht. *»Unsaubere Zauberei!* Ich fass es nicht. Wie kann das sein?« Sie begann erneut zu schluchzen.

»Das wird schon wieder«, versuchte Elena sie zu trösten. »Du ruhst dich jetzt einfach ein bisschen aus und zauberst einen oder zwei Tage lang nicht. Inzwischen kannst du wieder neue Kräfte sammeln. Du wirst sehen, dann klappt alles wieder einwandfrei.«

Miranda spreizte die Finger und sah Elena an. »Du weißt nicht wirklich, was *Unsaubere Zauberei* bedeutet?«

»Na ja …« Elena hob die Schultern. Miranda hatte recht, denn Elena wusste nur, dass man mit *Unsauberer Zauberei* nicht gerade Bestnoten beim Hexendiplom bekommen würde.

»Das ist ganz, ganz schrecklich!«, sagte Miranda verzweifelt. »Jemand, der unsauber zaubert, kann niemals eine gute Hexe werden. Diese Angewohnheit haftet an einem wie eine

Unsaubere Zauberei

Manchmal ist der Wille zu hexen größer als das Talent. So kann es passieren, dass der Zauber zunächst scheinbar gelingt. Kurz darauf stellt sich heraus, dass das Ergebnis jedoch genauso ist, als hätte man überhaupt nicht gezaubert.
Beispiel: Man will mit einem Zauber verschimmelte Marmelade wieder genießbar machen. Im Augenblick des Zaubers erscheint die Marmelade lecker und ohne Schimmelpilzbefall. Wenig später ist die Oberfläche jedoch mit einem weißen oder grünlichen Rasen überzogen. Der Genuss ruft Übelkeit und heftige Leibschmerzen hervor.
Solcher Scheinzauber wird auch als *Unsaubere Zauberei* bezeichnet. Stellt eine Hexe bei sich *Unsaubere Zauberei* fest, so ist das ein sicheres Zeichen, dass ihre Zauberkraft nur sehr schwach ausgeprägt ist. In diesem Fall soll sie von allen großen Berufsplänen, bei denen Zauberkunst gefragt ist, Abstand nehmen und lieber einen Dienst in der Verwaltung anstreben.

Erbkrankheit, man wird sie nie mehr los. Ich kann meine Karriere vergessen!«

»Jetzt übertreibst du«, meinte Elena. »Gut, ein paar Mal ist bei dir etwas schiefgegangen, aber das ist doch kein Grund, gleich alles aufzugeben.« Sie sah Miranda von der Seite an. »Ich glaube, dein Problem liegt ganz woanders, und das scheint mir viel logischer als deine Gedanken zu *Unsauberer Zauberei.*«

»Und was meinst du damit?«, murmelte Miranda dumpf.

»Du bist verliebt«, sagte Elena leise. »Und zwar in Eusebius, den jungen Hexer, den wir bei unserem Abenteuer in der Hexenwelt kennengelernt haben.«

Miranda lief rot an und knetete ihre Finger. »Ach Quatsch!«, sagte sie dann.

»Doch«, beharrte Elena. »Du hast dich in der letzten Zeit verändert. Manchmal sitzt du einfach nur da und starrst Löcher in die Luft. Und dann hörst du nicht einmal, wenn man dich anspricht.«

»Das hat nicht das Geringste mit Eusebius zu tun!«, behauptete Miranda.

»Aber du denkst oft an ihn, stimmt's?«, sagte Elena.

»Na und? Deswegen muss ich noch lange nicht in ihn verliebt sein.« Miranda strich sich nervös durch die Haare. »Zugegeben, er sieht gut aus und ist auch sehr nett. Aber er hat mich in der Zwischenzeit bestimmt schon vergessen.« Sie senkte den Kopf und betrachtete ihre Fußspitzen.

»Und du träumst nie von ihm?«, fragte Elena vorsichtig.

»Nicht, dass ich wüsste.« Miranda blickte ihre Freundin an. »Außerdem – wenn ich verliebt wäre, dann würde ich nachts garantiert *Amormagie* produzieren! Und? Hast du was gemerkt? Sind Geistererscheinungen durchs Haus marschiert und vor deinem Bett geplatzt?«

❤

Elena schüttelte den Kopf. »Nein. Neulich kam zwar mal ein kopfloser Mönch vorbei, aber der hat es gerade so durch meine Tür geschafft. Dann ist seine Kutte einfach zusammengefallen. Ich wette aber, der Mönch geht auf Daphnes Konto.«

»Ich dachte, deine Schwester hätte mit Gregor Schluss gemacht?«, sagte Miranda.

»Sie machen Schluss, versöhnen sich, machen Schluss …« Elena seufzte. »So geht es mit Daphne und Gregor schon, seit wir in der Menschenwelt sind. Liebe scheint echt kompliziert zu sein! Kann sein, dass Daphnes Gefühle für Gregor ein kleines bisschen abgeflaut sind. Dann produziert sie wenigstens nicht mehr so viel *Amormagie* und meine Nächte sind ruhiger.«

»Ich wünschte, ich wäre verliebt«, sagte Miranda gequält. »Dann wüsste ich, warum meine Hexereien danebengehen. – Nein, Elena, ich glaube, es hat einen anderen Grund. Und der macht mir viel mehr Angst.«

Elena sah ihre Freundin fragend an.

»Ich bin verflucht«, flüsterte Miranda.

»Verflucht?«, wiederholte Elena entsetzt.

Miranda nickte. »Du erinnerst dich doch an die Versammlung der *Schwarzen Zauberkutten.*«

»Wie könnte ich das vergessen!«, sagte Elena.

Vor einigen Wochen hatte sie einen Hilferuf von ihrem Vater aus der Hexenwelt erhalten. Weil weder Oma Mona noch Jolanda in der Nähe waren, hatten sich Elena und Miranda auf die Reise gemacht, um Leon Bredov zu unterstützen. Dabei waren sie in eine Versammlung der *Schwarzen Zauberkutten* geraten, einer verbotenen Organisation. Die Schwarzmagier hatten versucht, ihren Meister Mafaldus Horus zu beschwören, der in einem Dornenbaum gefangen war. Fast wäre es ihnen auch gelungen, den großen Zauberer zu befreien, wenn Leon Bredov das nicht im letzten Moment verhindert hätte. Es war sehr dramatisch zugegangen und Elena und Miranda waren in große Gefahr geraten. Wenn der junge Hexer Eusebius nicht gewesen wäre, dann hätte das Abenteuer wahrscheinlich böse geendet …

»Mafaldus hat einen Fluch auf mich geschleudert«, wisperte Miranda. »Weißt du noch? *Verflucht sei deine Helferin!*, hat Mafaldus gerufen und dabei mich angesehen. Und dann kam diese ungeheure Kraft …«

Elena sah die Szene wieder so deutlich vor Augen, als hätte sie sich erst gestern abgespielt.

»Aber der Fluch hat dich doch gar nicht getroffen«, widersprach sie, während sie unwillkürlich zu zittern anfing – so schrecklich war die Erinnerung. »Eusebius hat einen Schutzschild errichtet ... und dann ...«

»Der Schild hat nicht gehalten«, sagte Miranda tonlos. »Und der Fluch hat den großen Stein zersplittert.«

»Ja, genau.« Elena spürte, wie ihre Hände eiskalt wurden. »Er hat den Stein getroffen, nicht dich.«

»Aber einen Teil des Fluches habe ich abbekommen.« Miranda sah Elena an. Sie war kreidebleich im Gesicht. »Das habe ich bisher noch niemandem gesagt. Ich habe gespürt, wie etwas ... von dieser unheimlichen Kraft ... tief in meinen Körper eingedrungen ist. Es war, als sei ich von einem Eiszapfen durchbohrt worden!« Ihre Schultern zuckten und die Tränen rannen ihr über die Wangen. Sie presste ihre Hand aufs Herz. »Ich habe das Gefühl, als wäre mir ein Teil meiner Seele gestohlen worden. Und jetzt ist da ein Loch – und es wächst nicht zu, sondern wird immer größer. Ich glaube, das ist der Grund, weswegen ich mich krank fühle und meine Zauberkräfte verliere ...«

Elena war vor Schreck wie gelähmt.

Manchmal hilft ein guter Rat mehr als Zauberei!

»Was sollen wir jetzt nur tun?« Elena fasste nach Mirandas Hand, die genauso kalt war wie ihre eigene. »Wie kann ich dir helfen? Wer kann uns helfen? Beim Orkus, wenn du recht hast und es tatsächlich Mafaldus' Fluch ist …«

»Ich glaube, mir kann niemand helfen«, antwortete Miranda mit schwacher Stimme. Resigniert flüsterte sie: »Ich bin verloren.«

»Das kann nicht sein!« Elena sprang auf. »Gegen einen Fluch muss es doch ein Mittel geben. Man kann ihn bestimmt irgendwie wirkungslos machen.«

Miranda schüttelte matt den Kopf. »Du vergisst dabei, dass Mafaldus Horus der mächtigste aller Zauberer ist!«

»Aber Oma Mona weiß vielleicht einen Rat. Sie hat doch so viele Zauberbücher«, sagte Elena voller Hoffnung. Sie wusste auch, dass sich ihre Großmutter nicht immer an die Regeln gehalten hatte. Mona hatte sich ab und zu auch illegaler Mittel bedient, die eigentlich offiziell verboten waren. »Sie hat vorhin gefragt, ob sie dich einmal *magisch scannen* soll. Wir müssen sie einweihen!«

Bisher hatten die beiden Mädchen weder Jolanda noch Mona etwas von ihrer gefährlichen Begegnung mit den *Schwarzen Zauberkutten* erzählt. Sie hatten nur gesagt, dass sie übers Wochenende einen kurzen Abstecher in die Hexenwelt gemacht hatten, angeblich, um Mirandas Eltern zu besuchen.

Ein Fluch und seine Folgen

Es ist niemals angenehm, von einem Fluch getroffen zu werden. Im schlimmsten Fall kann so etwas tödlich ausgehen. Aber auch leichtere Flüche können lästige Folgen haben, zum Beispiel:

- Es kann sein, dass dem Betroffenen die Augenbrauen ausfallen.
- Es wächst einem ein Schnabel.
- Die Hände bekommen Schwimmhäute.
- Die Füße verwandeln sich in Hühnerfüße, sodass kein normaler Schuh mehr passt.
- Der Kopf wird unsichtbar, was vor allem bei Behördengängen sehr lästig ist, da der Betroffene nicht identifiziert werden kann. Sehr gerne wird der unsichtbare Kopf auch mit einer chronischen Magenverstimmung kombiniert. Den Zuschauern bietet sich ein seltsames Schauspiel, wenn sich das Opfer erbrechen muss.
- Es können Federn am ganzen Körper wachsen. Wenn das Opfer dann in die Mauser kommt, ist die Wohnung voller Flaum und Federn. Noch gemeiner ist es, wenn der Betroffene auf offener Straße erschreckt wird: Bei der Schreckmauser können ihm alle Federn auf einmal ausgehen – was nicht selten zu einem Verkehrschaos führt. Wenn die Federn dann nachwachsen, juckt es so schrecklich, dass es fast nicht auszuhalten ist.

Nur ein erfahrener Zauberer oder eine erfahrene Hexe kann einen Fluchschaden beseitigen. Versucht es ein Laie, besteht die Gefahr, dass sich der Schaden noch verschlimmert.
Das Archiv der Magischen Universität hat unter anderem die Aufgabe, Flüche und ihre Gegenmittel zu sammeln und zu dokumentieren. Da es jedoch immer wieder neue Flüche gibt, ist die Abteilung leider nie auf dem neuesten Stand. Nahezu vollständig erfasst sind alle Flüche von Anbeginn bis zum Jahr 1821, was hauptsächlich der akribischen Arbeit der Archivarin Senta Solaris zu verdanken ist, die sich zeitlebens mit Flüchen und ihren Gegenmitteln beschäftigte. Senta Solaris wurde mit zwölf Jahren selbst verflucht: Bei Regenwetter tropfte ihre Nase, bei Gewitter musste sie bei jedem Blitz niesen, und bei Sturm schnaubte sie heftig – was bei einem Orkan nicht selten zu Nasenbluten führte. Erst mit 81 Jahren gelang es ihr, sich von diesem Fluch zu befreien. Leider starb sie kurz darauf.

»Warte!«, bat Miranda. »Wenigstens noch ein oder zwei Tage. Ich weiß nicht, ob es richtig ist, deine Oma einzuweihen. Ich könnte mir vielleicht doch selbst helfen, wenn ich …«

»Oh nein!« Elena erriet, woran Miranda dachte. »Du wirst nicht wieder heimlich an Monas Zauberbücher gehen. Du weißt ja, was das letzte Mal passiert ist. Das ist zu riskant. Wir beide haben einfach noch nicht genügend Erfahrung im Hexen!«

»Ich verspreche dir, dass ich ganz vorsichtig bin«, sagte Miranda. »Bitte, bitte – erzähle Mona und deiner Mutter noch nichts von dem Fluch! Mona darf mich auch nicht *magisch scannen,* sonst … sonst …« Sie sah Elena an und in ihren Augen stand große Verzweiflung. »Ich weiß nicht, was ich tue, wenn deine Oma mir sagt, dass Mafaldus' Fluch tödlich ist und sie mir nicht helfen kann.«

Elena spürte, wie alles Blut aus ihrem Gesicht wich. »Glaubst du wirklich?«, flüsterte sie.

»Ich weiß es nicht, Elena.« Mirandas Lippen zitterten. »Gib mir noch etwas Zeit«, flehte sie. »Achtundvierzig Stunden. Bitte. Wenn es mir bis dahin nicht besser geht und ich keine Lösung finde, erzählen wir alles deiner Mutter und deiner Großmutter.«

Elena zögerte. Sie wusste, dass Mona manchmal gnadenlos direkt war. Ihr fehlte jegliches Einfühlungsvermögen. Wenn Miranda wirklich nicht zu helfen war, würde sie ihr es bestimmt nicht *schonend* beibringen …

Andererseits konnte sich Elena nicht vorstellen, dass Miranda stark genug war, um selbst etwas gegen den Fluch von Mafaldus Horus zu unternehmen. »Was hast du jetzt vor?«

»Ich … äh … werde mit dem *Transglobkom* meine Eltern anrufen. Meine Tante hat gute Beziehungen, sie könnte die

Magische Universität um Auskunft bitten, welche Mittel es gibt, einen Fluch abzuwehren, oder wie man Fluchschäden heilen kann. – Nur achtundvierzig Stunden, Elena!«

»Na gut«, antwortete Elena, obwohl ihr dabei ziemlich mulmig zumute war. In achtundvierzig Stunden konnte Miranda noch viel kränker werden, und dann war es vielleicht tatsächlich zu spät, um ihrer Freundin noch helfen zu können. »Ich werde Mama und Oma nichts sagen.« Sie umarmte Miranda ganz fest und ließ sie dann wieder los. »Aber ich werde meinen Vater anrufen.«

Miranda blickte Elena hoffnungsvoll an. »Ja, mach das! Vielleicht weiß er ja weiter. Dein Vater ist schließlich Geheimagent und auch ein sehr mächtiger Zauberer.«

»Mein Vater wird schon wissen, was zu tun ist!«, sagte Elena, die plötzlich sehr zuversichtlich wurde. »Nichts ist wichtiger als dein Leben, Miranda!«

Leider konnte Elena ihren Vater nicht mit dem *Transglobkom* erreichen, obwohl sie es am Nachmittag und auch am Abend mehrmals versuchte. Jedes Mal erschien in der durchsichtigen Kugel nur der Kopf des Vermittlers, der ihr mitteilte, dass der Teilnehmer seinen *Transglobkom* momentan ausgeschaltet hatte.

»Soll ich ihm eine Nachricht zukommen lassen?«, fragte der Mann freundlich. »Dann brauchst du nicht dauernd anzurufen.«

Elena überlegte. »Dann sagen Sie meinem Vater bitte, dass er mich zurückrufen soll. Ich bin Elena, seine Tochter. Es ist aber ein Ferngespräch, ich rufe aus dem HEXIL an.«

»Ich sehe, dass deine Anrufe aus der Menschenwelt kommen«, sagte der Vermittler. Er lächelte Elena an. »Wie ist es denn dort so? Man hört nur immer Gerüchte. Stimmt es, dass die Menschen keine Besen haben? Ich habe nämlich mit einem Freund eine Wette laufen …«

»Sie besitzen schon Besen, aber sie können nicht damit fliegen«, erklärte Elena nervös. Sie hatte jetzt wirklich keine Lust, dem Mann am *Transglobkom* Nachhilfe in Menschenkunde zu geben. »Sie fegen damit nur den Boden.«

»Und sie müssen dabei den Stiel in der Hand halten und alles geht nur mit Muskelkraft?«

»Ja.«

»Bingo!«, freute sich der Mann. »Dann habe ich die Wette gewonnen! Vielen Dank, Elena!«

»Vergessen Sie nicht, meinem Vater die Nachricht auszurichten«, sagte Elena schnell, bevor das Gesicht des Vermittlers verschwand und die schwebende Kugel wie eine Seifenblase zerplatzte. Dann klappte sie ihren *Transglobkom* zu und legte ihn wieder auf ihren Nachttisch.

Inzwischen hatte Jolanda bereits zum dritten Mal zum Abendessen gerufen. Elena lief rasch die Treppe hinunter und in die Küche. Alle anderen saßen schon am Tisch.

Miranda bemühte sich sehr, etwas zu essen, obwohl Elena sah, dass sie jeden Bissen elend lange kaute.

Rufus, Elenas kleiner Bruder, freute sich über die Weihnachtsbeleuchtung am Küchenfester.

»Das sieht aber schön aus!«, rief er begeistert.

Jolanda hatte die Dekoration noch etwas ergänzt und einen blinkenden Stern gezaubert. Auf der Fensterbank standen zwei Engel aus Wachs. Der eine hielt eine Harfe in der Hand, der andere eine Geige.

Rufus stellte seine Puddingschale auf den Tisch, streckte den Finger aus und murmelte einen Animationszauber. Die beiden Engel ließen ihre Instrumente fallen, fassten sich an den Händen und tanzten eine Runde auf dem Fensterbrett. Rufus quietschte vor Vergnügen.

»Mach das morgen bloß nicht im Kindergarten«, warnte Elena ihren Bruder. Er hatte schon einmal kleine Plastiksaurier lebendig gehext, und die Erzieherin hatte deswegen fast einen Nervenzusammenbruch bekommen.

»Weiß ich doch, dass ich so was nicht im Kindergarten machen darf«, antwortete Rufus ernsthaft.

Die Engel fielen um und blieben reglos liegen. Jolanda stellte sie wieder auf und drückte ihnen die Harfe und die Geige in den Arm.

»Geht es dir wieder besser?«, wandte sich Mona an Miranda. »Du siehst ziemlich elend aus, mein Kind.«

Miranda war sehr blass. »Doch, es geht mir wieder gut«, beteuerte sie. »Ich hatte nur eine Magenverstimmung.«

»Aber Liebchen, warum hast du denn nichts gesagt?«, meinte Mona. »Ein Spruch gegen Bauchweh und Durchfall wäre eine Kleinigkeit für mich gewesen.«

»Ich wollte Sie nicht damit behelligen«, sagte Miranda. »Außerdem wollte ich es selber schaffen. Wir hatten schon ein bisschen Heilkunde in der fünften Lektion unseres Fernkurses. Übrigens überlege ich, ob ich nicht einen Kurs in grüner Magie belegen soll.«

»Tu das«, erwiderte Mona. »Wissen schadet nie und grüne Magie lässt sich fast überall gebrauchen!«

Miranda lächelte Elena matt zu. Elena drückte unter dem Tisch ihre Hand. Sie traute sich nicht, ihrer Freundin in Gedanken mitzuteilen, dass sie ihren Vater leider noch nicht erreicht hatte. Bei so vielen Hexen am Tisch hätte nämlich leicht jemand mithören können.

Grüne Magie

Magie, die im Einklang mit der Natur steht und/oder sich der Mittel der Natur bedient:

- Kräuterheilkunde
- Beschleunigung des Pflanzenwachstums (»grüner Daumen«!)
- Beeinflussung des Wetters zugunsten der Pflanzen (Regenzauber, Sonnentanz)
- Auffinden von Wasser (Wünschelrutengehen)
- Kommunikation mit Tieren
- und vieles andere …

Daphne hatte schlechte Laune und saß mit verkniffener Miene am Tisch. Ihre Bewegungen waren hektisch. Elena vermutete, dass sie wieder einmal mit ihrem Hexenfreund Gregor Schluss gemacht hatte.

»Dieser Weihnachtskram nervt mich an«, knurrte Daphne. »Heute Morgen haben sich zwei Mädchen aus meiner Klasse eine Viertelstunde darüber unterhalten, ob in diesem Jahr an Weihnachten Schnee liegt oder nicht. Als ob das nicht völlig egal wäre! Echt krank! – Wir Hexen könnten für einen Schneefall sorgen, den die Menschen nicht so schnell vergessen werden!«

»Lass den Menschen doch ihren Spaß«, meinte Jolanda. »Weihnachten ist eben ihre Tradition, und vielleicht ist es für sie wichtig, dass Schnee liegt. Wir verstehen noch längst nicht alle Sitten und Gebräuche, wir sind ja erst ein paar Monate im HEXIL.«

»Die Weihnachtsbräuche wären auch ein Thema für unsere Forschungsarbeit«, sagte Mona. »Adrian Freitag Zwigge schreibt darüber fast gar nichts in seinem Standardwerk *Vom Umgang mit Menschen*. Eine echte Lücke. Und es ist wichtig, dass die Hexenwelt möglichst viel über den *Homo sapiens sapiens* erfährt.«

Daphne verdrehte die Augen. »Wen interessiert denn noch diese blöde Forschungsarbeit? Warum kehren wir nicht einfach in die Hexenwelt zurück? Papa ist kein Verbrecher, und es gibt keinen Grund, dass wir noch länger im HEXIL bleiben. Hier bei den Menschen ist es sooo langweilig. Und ich habe es wirklich satt, immer aufpassen zu müssen, dass mich keiner beim Hexen erwischt.« Sie blickte zu Jolanda. »Außerdem will ich nicht noch länger eine Fernbeziehung mit Gregor haben, jawohl!«

»Ich wünschte, du hättest mit ihm überhaupt keine Beziehung«, sagte Oma Mona scharf. »Dieser junge Mann ist einfach kein Umgang für dich! Ich finde es sehr gut, dass ihr erst einmal getrennt seid und auf diese Weise Abstand habt.«

»Mutter, bitte!« Jolanda sah Mona vorwurfsvoll an.

Aber Daphne knallte schon ihre Tasse auf den Tisch und sprang empört auf. »Also – ich lasse mir von dir überhaupt keine Vorschriften machen, wen ich liebe, Oma!« Dann verließ sie die Küche und schmetterte die Tür hinter sich zu. Elena zuckte zusammen.

»Dieses Mädchen hat einfach keine Manieren«, murmelte Mona.

»Du musst sie auch nicht dauernd reizen«, sagte Jolanda. »Daphne ist in einem schwierigen Alter, ihre Hormone spielen verrückt. Ich bin schon sehr froh, dass ihre *Amormagie* im Augenblick etwas weniger geworden ist. Vielleicht sollte ich ihr doch erlauben, mit ihrer Klassenkameradin Laura und deren Eltern in den Weihnachtsferien in Skiurlaub zu fahren. Das würde Daphne auf andere Gedanken bringen.«

»Bist du denn ganz des Teufels?«, empörte sich Mona. »Du willst Daphne mit einer Menschenfamilie verreisen lassen? Und wenn die Familie merkt, dass sie eine Hexe ist? Dann bekommen wir richtige Probleme, und das nicht nur mit unserem charmanten Hexilbeauftragten Herrn Holzin!«

»Daphne ist ein kluges Mädchen, sie wird auf der Reise bestimmt vorsichtig sein«, erwiderte Jolanda ruhig. »Und Elenas und Mirandas Menschenfreundinnen Jana und Nele wissen ja auch Bescheid, wer wir in Wirklichkeit sind. Freundinnen können durchaus ein Geheimnis bewahren.«

»Das ist ein Spiel mit dem Feuer«, behauptete Mona.

»Das sagst du nur, weil du nie eine richtige Freundin gehabt hast«, rutschte es Jolanda heraus.

Elena machte große Augen. Das war ja interessant! Mona gab doch immer vor, einen sehr großen Bekanntenkreis zu haben.

»Unverschämtheit!«, schnaubte Mona. »Natürlich habe ich in meinem Leben viele Freundinnen gehabt. Was weißt du denn schon davon!«

»Ich weiß nur, dass du mal mit einer gewissen Felicitas dick befreundet warst und dass ihr euch seit Jahrzehnten nicht mehr ausstehen könnt«, sagte Jolanda. »Du hast sogar ihre Bilder aus dem Fotoalbum entfernt.«

Mona atmete hörbar durch die Nase. »Felicitas war eine falsche Schlange! Sie hat so getan, als sei sie meine beste Freundin, aber dann hat sie mir meine große Liebe weggeschnappt ...« Ihre Mundwinkel verzogen sich schmerzlich nach unten. Nach all den Jahren schien Mona diese Geschichte noch immer nicht verdaut zu haben.

»Deine große Liebe?«, hakte Jolanda nach. »Ich dachte, die sei mein Vater gewesen, Jeremias Cascadan.«

Elena spitzte die Ohren. Das wurde ja immer spannender! Sie wusste so gut wie nichts über ihren Großvater. Er war eines Tages, kurz nach Jolandas Geburt, aus Monas Leben verschwunden, und keine Hexenseele hatte ihn seither wiedergesehen. In der Familie wurde fast nie über Jeremias gesprochen.

Mona seufzte. »Meine *ganz* große Liebe war Jeremias' Bruder Valentin«, sagte sie dann mit zusammengepressten Lippen. »Aber der hat sich dann mit Felicitas, dieser Hexenschlampe, aus dem Staub gemacht. Ich habe gehört, dass sie recht unglücklich miteinander geworden sind. Das geschieht ihnen recht!«

»Und dann hast du dich in Jeremias verliebt?«, fragte Jolanda vorsichtig.

Mona nickte. »Er war schon länger in mich verliebt, aber solange ich nur Augen für Valentin hatte, hatte ich es nicht bemerkt.«

»Waren sich die Brüder denn ähnlich?«, wollte Jolanda wissen.

Mona schüttelte den Kopf. »Oh nein, überhaupt nicht, sie waren völlig verschieden. Sowohl vom Aussehen als auch vom Charakter.« Sie holte tief Luft. »Jeremias war auf alle Fälle der zuverlässigere der beiden. Man konnte sich absolut auf ihn verlassen. Es war richtig, dass ich ihn geheiratet habe – und nicht seinen windigen Bruder Valentin.«

»Wirklich merkwürdig, dass mein Vater dann so plötzlich verschwunden ist«, murmelte Jolanda. Irritiert fügte sie hinzu: »Das passt doch eigentlich gar nicht zu ihm, wenn du ihn als so solide und zuverlässig beschreibst ...«

Elena sah, dass Monas Augen nervös funkelten. Ihr schien dieser Kurzausflug in ihre Vergangenheit nicht ganz zu behagen.

»Ich möchte jetzt nicht weiter über diese alten Geschichten reden«, sagte Mona. »Was vorbei ist, ist vorbei. Ich habe dich, Jolanda, auch ohne Vater großgezogen. Aus dir ist immerhin eine ganz passable Hexe geworden.«

Später im Bett musste Elena noch lange daran denken, was sie beim Abendessen gehört hatte. Das schien ihr eine gute Erklärung dafür zu sein, warum Mona so oft über Papa gelästert und ihn als Taugenichts beschimpft hatte. Ihre große Liebe Valentin war offenbar so ein Taugenichts gewesen, der sie dann noch dazu so schändlich mit ihrer besten Freundin betrogen hatte. Und das war auch der Grund, warum Mona Daphnes Freund Gregor nicht leiden konnte – eben charmante Verführertypen, die in Beziehungen nicht ganz leicht waren ... Elena versuchte sich Valentin Cascadan vorzustellen. Ein gut aussehender Abenteurertyp, dem die Herzen der Frauen gleich reihenweise zuflogen ... Elena spürte aufgeregtes Kribbeln im Bauch. Ein Hexer mit verwegenem Blick. Sie konnte sich gut vorstellen, dass er eines Tages die Nase von seiner nervigen Freundin Mona einfach voll gehabt hatte. Vielleicht hatte sie dauernd an ihm rumgemeckert. Deswegen hatte er sich lieber für Felicitas entschieden und war mit ihr bei Nacht und Nebel durchgebrannt ...

Elena lächelte im Dunkeln. Doch dann wurde sie wieder ernst. Wenn Jeremias das Gegenteil von Valentin gewesen war – wie Mona behauptet hatte –, dann war er möglicherweise ziemlich langweilig gewesen. Jolanda hatte recht, zu so einem passte es nicht, dass er von einem Tag auf den anderen einfach verschwand. Jeremias war anständig und solide, er gab sich bestimmt nicht mit dunklen Machenschaften ab. Es war daher sehr unwahrscheinlich, dass böse Feinde ihn einfach aus dem Weg geräumt hatten. Ebenso wenig würde ein Typ wie Jeremias Mona einfach im Stich lassen, vor allem, wenn sie gerade ein Kind bekommen hatte. Jeremias hatte sich bestimmt verantwortlich für seine Familie gefühlt.

Plötzlich schoss Elena ein schrecklicher Gedanke durch den Kopf. Konnte es sein, dass Mona selbst Jeremias hatte verschwinden lassen, weil sie sich mit ihm zu Tode gelangweilt hatte? Vielleicht hatte sie ihn in einen großen, grauen Felsbrocken verwandelt … Oder sie hatte ihn in einen Frosch verhext und in einer Keksdose eingesperrt. Elena bekam eine Gänsehaut und wurde ganz unruhig. War Mona tatsächlich zu so einer Tat fähig? Trug sie all die Jahre ein dunkles Geheimnis mit sich herum? Oder ging jetzt die Fantasie mit Elena durch, dass sie so etwas ihrer Großmutter zutraute?

Am liebsten wäre Elena sofort in Mirandas Zimmer gelaufen, um mit ihr über die Sache zu reden und sie um ihre Meinung zu fragen. Aber Miranda hatte beim Abendessen so erschöpft ausgesehen; sie brauchte unbedingt ihren Schlaf, um neue Kräfte zu tanken. Elena musste wieder an Mafaldus Horus denken und wurde wütend. Hoffentlich fanden sie so schnell wie möglich ein Mittel gegen den Fluch!

Elena tastete nach dem *Transglobkom,* der auf dem Nachttisch lag, und versuchte ein weiteres Mal, ihren Vater in der Hexenwelt zu erreichen. Wieder erschien nur der Kopf des Vermittlers in der durchsichtigen Kugel, die von Elenas *Transglobkom* aufstieg.

»Ich bin's noch mal«, sagte Elena enttäuscht.

»Ich habe deinen Vater leider noch nicht verständigen können, tut mir sehr leid«, sagte der Mann. »Aber ich habe in der Zwischenzeit meinen Freund angerufen und ihm gesagt, dass er die Wette verloren hat. Jetzt muss er mir und meiner Abteilung eine Runde *flockigen Feuerwein* ausgeben, und zwar vom allerfeinsten!«

Am nächsten Morgen erschien Miranda nicht zum Frühstück. Elena nahm zuerst an, dass sie einfach mehr Zeit im Bad brauchte, um die dunklen Schatten unter ihren Augen wegzuhexen. Aber dann waren alle anderen fast mit dem Essen fertig, und Miranda war noch immer nicht aufgetaucht.

»Vielleicht fühlt sie sich nicht wohl und möchte lieber im Bett frühstücken«, meinte Jolanda. »Lauf doch mal schnell hoch und schau nach ihr, Elena.«

Elena war gerade bei der Küchentür, als plötzlich der Boden zu wackeln begann. Gleichzeitig ertönte ein unheimliches Grollen. Das Geschirr im Küchenschrank klirrte. Elena hielt sich an der Wand fest und starrte entsetzt auf den zitternden Weihnachtsstern am Fenster. Einer der Wachsengel fiel um, rollte von der Fensterbank und fiel auf die Fliesen, wo ihm der Kopf abbrach.

Dann hörte das Beben auf und alles war wieder ruhig.

»Beim Orkus, was war das?«, stieß Oma Mona aus. »Man könnte meinen, es hätte sich die Weltenschlange unter der Erde bewegt.«

Auch Jolanda war erschrocken und musste den weinenden Rufus trösten, der sich an sie klammerte.

»Vielleicht ist es ein Erdbeben gewesen«, sagte Elena und sah sich in der Küche um. Zum Glück waren keine Risse an den Wänden entstanden.

»Ein Erdbeben – bei uns?« Mona zog fragend die Augenbrauen hoch. »Sitzen wir denn hier auf so einer dünnen Erdkruste, dass wir die Kontinentalverschiebung merken?«

»Im Fernsehen werden sie sicher darüber berichten«, sagte Jolanda, die sich inzwischen angewöhnt hatte, abends die Nachrichten anzusehen.

»Falls das Beben nicht nur bei uns im Haus gewesen ist«, entgegnete Mona und schnüffelte hörbar. »Es riecht eher nach einem *magischen* Beben …«

Die Zauberbücher, dachte Elena entsetzt. Hatte Miranda vielleicht das Beben ausgelöst, weil sie ein Gegenmittel gegen den Fluch gesucht hatte?

»Ich schau nach Miranda«, haspelte sie und stürzte zur Tür hinaus.

Miranda starrte wie gelähmt auf die beiden Gestalten, die plötzlich vor ihr im Zimmer standen. Gerade eben hatte sie sich angezogen und hielt noch ihr Nachthemd in der Hand. Sie hatte lange gezögert, ob sie heute überhaupt zur Schule gehen sollte, denn sie fühlte sich noch ziemlich schwach.

Die beiden Männer waren groß und kräftig. Sie trugen dunkle Kutten. Von ihren Gesichtern war fast gar nichts zu erkennen, so weit hatten sie die Kapuzen vorgezogen.

Anscheinend hatten die beiden Kuttenmänner die Raum-Zeit-Schranke passiert, denn ein heftiges Beben, zusammen mit einem dumpfen Grollen, hatte ihr Erscheinen begleitet.

»Wer sind Sie?«, stammelte Miranda erschrocken. Ihre Kehle war wie zugeschnürt.

»Wir sollen dich holen«, knurrte der eine der Männer.

»In Mafaldus' Auftrag«, ergänzte der andere.

Miranda wich zurück. »NEIN!«, rief sie. »Ich will nicht!«

»Das interessiert uns nicht«, sagte der erste Mann und griff nach ihrem Arm. »Wir befolgen nur den Befehl unseres Meisters.«

Miranda versuchte sich zu befreien. Das Nachthemd fiel achtlos auf den Boden. Doch die Hände der Männer packten zu wie Stahlklammern.

»Sie tun mir weh!«, beschwerte sich Miranda.

»Dann hör auf, dich zu wehren«, sagte der zweite Kuttenmann. »Es hat sowieso keinen Sinn!«

Miranda sah, wie er mit einem dünnen Stab etwas in die Luft zeichnete. Ein Blitz zuckte durch die Luft.

Wieder erbebte das Haus. Der Boden öffnete sich und Miranda fiel in ein tiefes, schwarzes Loch.

Elena war gerade auf der Treppe, als ein neues Beben das Haus erschütterte. Sie klammerte sich am Geländer fest und wartete, bis es vorüber war. Danach schlotterten ihre Knie. Sie war kaum fähig, die Treppe weiter hochzusteigen. Elena hatte noch nie zuvor ein Erdbeben erlebt. Sie wusste nicht, ob dieses Beben eine natürliche Ursache hatte. Genau wie ihre Großmutter Mona glaubte sie, eine unheimliche Kraft zu spüren, die aus dem Haus zu kommen schien. Genauer: aus dem ersten Stock.

»Miranda«, flüsterte Elena ängstlich, während sie den Gang entlangging. »Du hast mir doch versprochen, dass du mit den Zauberbüchern vorsichtig bist!«

Sie wagte kaum, die Tür zu Mirandas Zimmer zu öffnen. Vorsichtig drückte sie die Klinke nieder.

Das Zimmer war leer. Nur Mirandas Nachthemd lag mitten auf dem Boden. Elena hob es auf und legte es auf das zerwühlte Bett.

»Miranda?«, fragte sie. »Wo bist du? Was ist passiert?«

Sie bildete sich ein, leichten Schwefelgeruch wahrzunehmen. Am liebsten hätte sie das Fenster weit aufgerissen, aber draußen war es frostig kalt.

Hatte Miranda gehext?

Elena sah sich um, aber nirgends lag eines der gefährlichen Zauberbücher herum, die Mona gehörten. Vielleicht war Miranda ja noch im Bad?

Elena lief auf den Gang und klopfte an die Badezimmertür. »Miranda, bist du da drin?«

Keine Antwort.

Elena öffnete die Tür. Niemand war im Bad. Mirandas Zahnbürste stand auf der Ablage. Es roch nach Pfirsich – Mirandas Lieblings-Duschgel. Elena berührte ihr Handtuch. Es war noch feucht. Also war Miranda vor Kurzem im Bad gewesen. Aber wo war sie?

»Miranda!«, rief Elena und lief suchend den Gang entlang. Auch in ihrem eigenen Zimmer fand sie Miranda nicht. Türen und Fenster waren geschlossen, also konnte Miranda auch nicht auf den Balkon spaziert sein, um kühle Dezemberluft zu schnappen.

Elena jagte nach unten und riss die Küchentür auf.

»Miranda ist verschwunden! Wir müssen sie suchen, und zwar sofort!«

»Nun mal langsam«, meinte Oma Mona und deutete auf die Küchenuhr. »Du musst zur Schule, meine Liebe. Es ist höchste Zeit!«

»Wie kann ich zur Schule gehen, wenn Miranda verschwunden ist?«, empörte sich Elena. »Vielleicht ist ihr etwas passiert und sie braucht Hilfe …«

»Immer mit der Ruhe, Elena«, bremste Jolanda ihre Tochter. »Mirandas Verschwinden kann einen ganz harmlosen Grund haben. Vielleicht will sie einfach nur mal für sich sein. Hast du schon daran gedacht, dass sie Liebeskummer haben könnte? Die Appetitlosigkeit, die glänzenden Augen – das alles sind doch typische Anzeichen.«

»Liebeskummer?«, wiederholte Elena unsicher.

»Gibt es da jemanden?«, hakte Mona gleich nach. »Was weißt du davon?«

»Ich? Äh … ich weiß nichts«, log Elena und dachte an Eusebius. Verzehrte sich Miranda vielleicht doch heimlich nach dem jungen Hexer und hatte Elena nur nichts sagen wollen? War sie heimlich aufgebrochen, um ihn zu besuchen und der Sache nachzuhelfen?

Elena biss sich auf die Lippe. »Aber in Mirandas Zimmer hat es nach Schwefel gerochen.«

»Raucht Miranda?«, fragte Jolanda.

»Natürlich nicht!«

»Na also«, sagte Jolanda. »Vielleicht hat sie einen kleinen Zauber vollführt, um der Liebe nachzuhelfen – obwohl ein Liebeszauber nicht wirklich viel bringt. Ebenso gut hätte sie einen Tropfen Waselnussöl nehmen können, das ist ein natürliches pflanzliches Mittel. Ein Liebeszauber hilft nur, wenn schon ein bisschen Bereitschaft da ist. Dann kann der Zauber die Sache beschleunigen.«

»Die schwarze Magie kennt allerdings schon ein paar kräftigere Liebeszaubersprüche. Aber Beziehungen, die auf dieser Grundlage entstehen, sind selten glücklich«, ergänzte Mona.

Jolanda warf Elena einen mitleidigen Blick zu. »Ach, ich kann eigentlich gar nicht begreifen, dass du und Miranda auch langsam in das Alter kommen, in der die Liebe eine Rolle spielt. Wenn ich mir vorstelle, dass ihr die gleichen Schwierigkeiten haben werdet wie Daphne … Daphne leidet immer so schrecklich!« Sie seufzte.

Daphne kam gerade zur Küchentür herein. Sie war schon im Mantel und hatte ihren Schulrucksack über eine Schulter gehängt. »Was ist mit mir?«

»Wir haben uns gerade gefragt, wo du bleibst«, sagte Oma Mona und lächelte. »Ich will euch nämlich zur Schule bringen.«

»Ich fahre nicht mit dir«, rief Daphne gleich. »Ich werde nämlich abgeholt.« Sie lief zum Fenster und stellte sich auf die Zehenspitzen, um auf die Straße sehen zu können. »Da ist er schon.«

»Wer?«, wollte Mona wissen. »Wieder dieser Alex mit seinem grässlichen Moped?«

»Nein, es ist Benni aus der Zwölften, er fährt einen Golf«, erwiderte Daphne hastig. »Übrigens fährt er viel besser als du, Oma Mona. – Ciao.« Und schon war sie draußen.

»Freches Ding!«, schnaubte Mona beleidigt. »Ich fahre ausgezeichnet Auto.« Dann fuhr sie Elena an: »Jetzt mach dich endlich fertig, oder soll ich ewig auf dich warten?«

»Aber ich kann doch nicht ohne Miranda …«, versuchte es Elena noch einmal, aber Mona schnitt ihr das Wort ab.

»Natürlich kannst du. Du musst sogar. Was glaubst du, wie es auffällt, wenn ihr beide nicht zur Schule geht. Dann schickt eure Lehrerin bestimmt jemanden aus eurer Klasse, um euch die Hausaufgaben zu bringen – und einen Schnüffler können wir hier gerade brauchen.«

»Sie würde bestimmt Nele oder Jana schicken …«

»Papperlapapp! Aber wenn es dich beruhigt, sehe ich mich mal in Mirandas Zimmer um, während du in der Schule bist. Vielleicht finde ich heraus, wohin sich deine Freundin verdrückt hat. – Jetzt ist es aber höchste Zeit, wir müssen los!« Mona streckte ihren Arm aus, kreuzte die Finger, und schon hatte Elena Mantel und Mütze an.

Elena bekam einen roten Kopf. »Ich hasse dieses scheußliche Ding, das weißt du doch!«, rief sie und zerrte sich die hässliche graue Fellmütze mit den dicken Ohrenklappen vom Kopf.

»Wie unvernünftig!«, sagte Mona. »So eine Mütze hält schön warm! Aber egal, jetzt komm endlich, sonst sind wir wieder zu spät dran – und ich muss die Zeit manipulieren. Dann kriegt unser Hexilbeauftragter wieder die Krise …«

Zaubern am Morgen vertreibt manche Sorgen!

Elena stieg aus der schwarzen Limousine und winkte Oma Mona zu, die mit quietschenden Reifen anfuhr. Wie jeden Tag war es eine Höllenfahrt zur Schule gewesen. Monas Fahrkünste wurden einfach nicht besser, weil sie alle Verkehrsregeln für überflüssig hielt. Sie sah überhaupt nicht ein, dass sie sich an die Anweisungen halten sollte, die für Menschen gemacht worden waren. Bei ihrer Fahrweise hätte sie normalerweise schon längst ihren Führerschein abgeben müssen – aber Mona war eben eine Hexe.

»Mann, deine Oma fährt aber einen heißen Reifen!«, sagte jemand hinter Elena.

Elena fuhr erschrocken herum. Vor ihr stand Kevin, Neles älterer Bruder, und grinste sie an. Elena schoss das Blut ins Gesicht.

Vor ein paar Wochen hatte Kevin ihr einen Liebesbrief geschrieben und sehr verliebt gewirkt, aber in der letzten Zeit hatte er immer so getan, als würde er sie gar nicht sehen. Elena hatte daher angenommen, dass seine Gefühle für sie – falls er wirklich welche gehabt haben sollte – ziemlich erkaltet waren.

Aber jetzt stand er da und sah ihr tief in die Augen.

»Wo ist denn Miranda? Du kommst doch sonst immer mit ihr.«

»Sie ist ... äh ... sie ist krank«, schwindelte Elena.

»Oje, dann hat sie wohl auch die Grippe?«

»Kann sein, ja.«

Als Elena über den Schulhof ging, wich Kevin nicht von ihrer Seite. Er fragte sie, welche Fächer sie heute hatten und ob sie in Mathe auch alles kapierte.

»Sonst helfe ich dir gerne, wenn du willst«, bot er ihr an.

Elena blieb überrascht stehen und sah ihn an. »Du willst mir helfen? Warum?«

»Äh … darum«, murmelte Kevin und wurde rot. Gleich darauf verbesserte er sich: »Weil ich dein Freund bin. Äh … ich meine, weil du mit Nele befreundet bist – und weil ich ihr Bruder bin, bist du ja dann eigentlich auch ein bisschen mit mir befreundet.«

Seltsame Logik, dachte Elena.

»Jedenfalls ist Mathe in der achten Klasse ziemlich schwer«, redete Kevin weiter. »Da kriegt man schnell eine Vier oder eine Fünf im Zeugnis, nur weil der Lehrer zu dämlich ist, einem den Stoff richtig zu erklären. Das muss ja nicht sein. Deswegen habe ich dich einfach gefragt, ob ich dir vielleicht ab und zu helfen soll. Das mache ich wirklich gern – und ich will auch kein Geld von dir für Nachhilfe oder so.«

»Und was willst du dann von mir?«, fragte Elena misstrauisch.

»Ni-nichts«, sagte Kevin und wurde noch eine Spur röter.

»Eigentlich kommt Miranda ganz gut mit Mathe klar und erklärt mir alles, was ich nicht verstehe«, sagte Elena. »Aber falls sie mal nicht mehr weiterweiß, dann werde ich mich an dich wenden. Vielen Dank für das Angebot, das finde ich wirklich total nett von dir.«

Kevin strahlte.

Sie waren im Gang angelangt, Kevin musste nach rechts und Elena nach links.

»Schönen Tag noch«, wünschte Kevin.

»Danke, dir auch«, erwiderte Elena.

Nach ein paar Schritten drehte sie sich noch einmal um. Kevin auf der anderen Seite drehte sich im selben Moment um. Er hob die Hand und winkte, als seien sie tatsächlich die allerbesten Freunde. Elena winkte zögernd zurück.

Sie war ziemlich verwirrt, als sie das Klassenzimmer betrat. Nele und Jana stürzten sofort auf sie zu und begrüßten sie.

»Hallo Elena!«

»Hallo!«, sagte Elena.

»Wo ist denn Miranda?«, fragte Nele und blickte sich suchend um.

»Sie kann heute nicht kommen«, antwortete Elena ausweichend.

»Oje, hat die Arme etwa auch die Grippe?«, erkundigte sich Jana mitfühlend.

»So was Ähnliches«, murmelte Elena. Am liebsten hätte sie ihren Freundinnen gleich von Mirandas rätselhaftem Verschwinden erzählt, aber das ging nicht, weil in der Nähe ein paar Klassenkameradinnen herumstanden.

Elena setzte sich auf ihren Platz. Der Stuhl neben ihr war leer, ihr Banknachbar Mark war krank. Wenig später betrat Frau Treller, die Klassenlehrerin, den Raum.

»Good morning, boys and girls.«

Sie begann mit dem Unterricht, aber Elena konnte sich nicht konzentrieren. Immer wieder schweiften ihre Gedanken ab. Was war mit Miranda geschehen? So ein plötzliches Verschwinden passte nicht zu ihr. Warum hatte sie nicht Bescheid gesagt, dass sie weggehen wollte? Elena hatte ein flaues Gefühl im Magen. *Mafaldus' Fluch …*

Plötzlich landete ein Zettel vor ihr auf dem Tisch. Elena faltete ihn auseinander. Sie erkannte Neles Handschrift.

Was ist denn los?

Elena kritzelte darunter: *Ich weiß es selber nicht so genau, aber ich fürchte, es ist etwas Schlimmes passiert!* Sie knüllte den Zettel zusammen und warf ihn nach vorne zu Nele.

Nachdem Nele die Botschaft gelesen hatte, drehte sie sich um und machte ein bestürztes Gesicht.

Elena raunte: »Große Pause.«

Nele nickte. Sie hatte verstanden. Gleich darauf wurde Nele von Frau Treller an die Tafel gerufen und musste englische Grammatik erklären. Offenbar war Nele völlig unvorbereitet, denn sie stotterte schlimm herum. Frau Treller schüttelte nur den Kopf und trug eine Fünf in ihr Notenbuch ein. Nele durfte sich wieder setzen und machte ein verdrossenes Gesicht.

Auch Elena ärgerte sich, dass ihre Freundin eine schlechte Note bekommen hatte. Das hatte sie nicht verdient. Sie beschloss, einen klitzekleinen Zauber anzuwenden und aus der Fünf im Notenbuch eine Drei zu hexen. Dazu kreuzte sie die Finger unter dem Tisch und murmelte einen kurzen Spruch.

In der Pause trafen sich die drei Freundinnen an der Mauer neben dem Schultor. Hier konnten sie endlich ungestört reden.

»Ihr erinnert euch doch daran, dass Miranda und ich vor ein paar Wochen in der Hexenwelt waren«, begann Elena. »Mein Vater hat verhindert, dass Mafaldus Horus den Dornenbaum verlässt, in dem er eingesperrt war.«

Jana nickte. »Ja, das wäre fast ziemlich böse für euch ausgegangen.«

»Es *ist* böse ausgegangen«, berichtigte Elena. »Miranda ist von Mafaldus' Fluch getroffen worden, jedenfalls von einem Teil. Deswegen schwinden allmählich ihre Zauberkräfte. Und jetzt ist sie heute Morgen selbst verschwunden! In ihrem Zimmer hat es nach Schwefel gerochen ... Außerdem hat es zur gleichen Zeit ein Erdbeben gegeben.«

»Ein Erdbeben?«, wiederholte Nele und sah Jana fragend an. »Davon haben *wir* nichts gemerkt!«

»Dann hat anscheinend nur unser Haus gebebt«, sagte Elena. »Ich bin sicher, das Beben hat etwas mit Mirandas Verschwinden zu tun!«

»Schwefel und Erdbeben«, sagte Jana. »Das klingt gar nicht gut!«

»Wo kann Miranda sein?«, fragte Nele sofort.

»Keine Ahnung«, sagte Elena. »Möglicherweise hat sie mit Monas Zauberbüchern experimentiert. Aber das glaube ich irgendwie nicht. In ihrem Zimmer war jedenfalls kein Zauberbuch. Und die Sache mit dem Schwefel ...« Sie zog fröstelnd die Schultern hoch. »Ich mache mir solche Sorgen um Miranda! Wenn ich doch nur herausbekommen könnte, was wirklich passiert ist ...«

»Wie können wir dir nur helfen, Elena?«, fragte Nele besorgt.

»Kann deine Mutter oder deine Oma nicht feststellen, was mit Miranda passiert ist?«, fragte Jana dann. »Ihr seid doch Hexen!«

»Meine Oma will sich Mirandas Zimmer ansehen, aber ich weiß nicht, ob sie wirklich einen Hinweis finden wird«, meinte Elena. »Sie und meine Mutter denken, dass Miranda verliebt ist und sich deswegen merkwürdig verhält. Sie wissen nämlich nichts von dem Fluch.« Elena machte eine kurze Pause. »Miranda und ich, wir haben ihnen nie etwas von unserem gefährlichen Ausflug erzählt. Wir haben behauptet, wir hätten nur Mirandas Eltern in der Hexenwelt besucht. Mama und Oma waren ja beide an dem Wochenende weg … Und wir dachten, es sei besser, wenn sie nicht erfahren, dass wir in Wirklichkeit bei einer Versammlung der *Schwarzen Zauberkutten* waren. Sonst hätten uns die beiden garantiert endlose Predigten gehalten, wie schädlich schwarze Magie ist und dass solche Dinge gewiss nicht für unsere Ohren bestimmt waren.«

»Aber jetzt musst du unbedingt mit ihnen reden!«, verlangte Jana. »Deine Oma ist eine mächtige Zauberin, und wenn Miranda wirklich von Mafaldus' Fluch getroffen wurde, kennt sie vielleicht Mittel und Wege, wie man ihn wieder abwendet.«

»So einfach ist das nicht«, wandte Elena ein. »Mafaldus Horus ist ein Schwarzmagier, der stärkste Magier aller Zeiten …«

Sie verstummte, weil sie sah, dass Kevin über den Schulhof ging. Er hatte sie entdeckt und hob grüßend die Hand. Elena nickte zurück.

Nele drehte sich neugierig um. »Ach, es ist nur Kevin«, sagte sie.

»Was ist denn mit deinem Bruder los?«, fragte Elena. »Der hat sich heute Morgen geradezu vor Freundlichkeit überschlagen. Er wollte mir Nachhilfe in Mathe geben. Ich war völlig überrascht.«

»Die Nachhilfe könnte er mal mir geben«, knurrte Nele. Dann grinste sie. »Na ja, alte Liebe rostet eben nicht! Vielleicht ist Kevin jetzt klar geworden, dass du die Liebe seines Lebens bist.« Sie grinste noch breiter.

»Haha«, sagte Elena. »Du hast doch selbst erzählt, dass Kevin sich alle paar Wochen in ein anderes Mädchen verknallt.«

»Aber ihr habt euch doch mal geküsst«, meinte Jana und erinnerte Elena an den peinlichsten Moment ihres Lebens.

Ja, sie hatten sich tatsächlich geküsst, Kevin und sie. Es war im Kino gewesen, und Elena war über den Kuss so erschrocken, dass sie einen Chilizauber angewandt hatte. Kevin hatten wahrscheinlich noch eine halbe Stunde nach dem Kuss die Lippen gebrannt.

»Kevin hat sich doch nur für mich interessiert, weil sein Freund Oliver ihn aufgehetzt hat«, murmelte sie.

»Mit Oliver ist Kevin zum Glück nicht mehr zusammen«, sagte Nele. »Sie haben sich vor zwei Wochen verkracht, und zwar ziemlich gründlich. Seither gehen sie sich aus dem Weg.«

Oliver war verrückt auf alles, was mit Magie zusammenhing. Er traf sich mit seltsamen Leuten und hatte eines Tages Verdacht geschöpft, dass mit Elena und ihrer Familie etwas nicht stimmte. Kevin und Oliver hatten darauf das Haus der Bredovs beobachtet, und weil ausgerechnet an diesem Abend außergewöhnliche Dinge geschehen waren, hatte Oma Mona einen Vergessenszauber über die beiden Jungen legen müssen … Elena hatte angenommen, dass damit auch Kevins angebliche Liebe erloschen war, auch wenn Mona behauptete, es gebe keinen wirksamen Zauber fürs Entlieben.

»Du musst deiner Mutter und deiner Oma unbedingt von dem Fluch erzählen«, nahm Jana wieder das Thema auf. »Tu es Miranda zuliebe, bitte!«

Elena seufzte. Sie dachte daran, welche Angst Miranda davor hatte, dass Mona ihr sagen würde, sie müsse wegen des Fluchs sterben. Sie seufzte noch einmal. »Es wird mir wohl nichts anderes übrig bleiben, als unser Abenteuer mit den *Schwarzen Zauberkutten* zu beichten.« Sie holte tief Luft. »Ich hatte so gehofft, dass mir Papa einen Rat gibt! Aber ich kann ihn einfach nicht erreichen!«

Der schwarze Tunnel nahm kein Ende. Miranda hatte das Gefühl, durch flüssiges Eis zu gleiten. Die Kälte hatte sie völlig durchdrungen und ihr Herz erreicht. Es war, als hätte man ihr die Seele aus dem Leib gerissen.

Ich sterbe, dachte Miranda immer wieder. Sie wunderte sich, dass sie trotzdem noch bei Bewusstsein war.

Sie hatte jegliches Zeitgefühl verloren. Waren Minuten oder schon Stunden vergangen, seit sich das Loch in ihrem Zimmer aufgetan hatte?

Von den beiden Kuttenmännern, die sie entführt hatten, war in der Dunkelheit nichts zu sehen. Aber Miranda spürte noch immer ihre Gegenwart. Sie waren da – Mafaldus' Handlanger, die Boten des Grauens. Sie hatten Miranda in ihre Gewalt gebracht, und es gab keine Möglichkeit, ihnen zu entkommen.

Gerade als Miranda überzeugt war, dass diese Höllenfahrt niemals aufhören würde, wurde es am Ende des Tunnels gleißend hell. Mit einem dumpfen Aufprall landeten ihre Füße auf hart gefrorenem Boden.

Die Sonne durchbrach den Nebel und schien ihr mitten ins Gesicht. Miranda wollte die Augen vor dem Licht schützen, doch da griffen ihre Entführer bereits wieder zu und hielten ihre Arme fest.

Miranda schaute sich blinzelnd um. Diese kahle und öde Gegend hatte sie schon einmal gesehen. Ein Stück vor ihr erhob sich der mächtige Dornenbaum. Schwarz und bedrohlich streckten sich seine Zweige zum Himmel. Irgendwo krächzte ein unsichtbarer Rabe.

Es war der Ort, an dem sich vor ein paar Wochen die *Schwarzen Zauberkutten* versammelt hatten, um den Magier Mafaldus Horus zu befreien.

Die beiden Kuttenmänner stießen Miranda nach vorne in Richtung Dornenbaum. Sie stolperte über die Erdkrusten. Der Griff ihrer Begleiter bewahrte sie vor dem Fall. Als sich die Zweige des Dornenbaums über Miranda wölbten, zwangen die Männer Miranda auf die Knie.

»Nieder mit dir vor unserem Meister!«

Miranda spürte unter sich die Kälte des Frostbodens. Ihr liefen die Tränen über die Wangen. Sie wusste, es hatte keinen Sinn, um Hilfe zu schreien. Niemand würde sie hören.

Als sie aufsah, begann sich im Stamm des Dornenbaums ein Gesicht abzuzeichnen. Zuerst wuchs eine Nase heraus, dann formten sich Stirn und Wangen, Augen und Mund. Mafaldus Horus!

Miranda konnte ihren Blick nicht lösen. Mafaldus' Augen zogen sie in Bann. Seine Lippen bewegten sich.

»Endlich bist du da! Ich habe lange auf dich gewartet.«

»Was wollt Ihr von mir?«, wimmerte Miranda voller Angst.

»Du bist mit daran schuld, dass ich noch immer gefangen bin. Und deswegen wirst du an meiner Stelle in die Unterwelt gehen!«

»In die Unterwelt?«, fragte Miranda entsetzt. »Oh! Bitte, bitte nicht!«

»Ich habe dem Herrscher des Totenreichs ein junges Leben versprochen«, sagte Mafaldus. »Und wer könnte besser geeignet sein als du? Ihr habt ein übles Spiel mit mir gespielt, Leon Bredov vor allem. Und du als seine Helferin wirst dafür bezahlen.«

Aus dem Baumstamm wuchsen zwei Arme heraus, wurden lang und länger. Seine Hände streckten sich nach ihr aus.

»Lasst sie frei!«, befahl Mafaldus seinen Helfern. »Sie ist mein!«

Miranda spürte, wie sich die Griffe an ihren Armen lockerten. Sie kam auf die Füße. Ihre Knie schlotterten.

Mafaldus' Hände packten ihre Schultern. Und dann fühlte Miranda voller Grauen, wie der Magier sie zu sich in den Baum zog.

Elena wusste nicht, ob Oma Mona oder ihre Mutter sie von der Schule abholen würde. Wenn Jolanda kam, dann würde sie ihr gleich von ihren Sorgen erzählen.

Während Elena vor dem Schultor wartete, stampfte sie mit den Füßen. Es kam ihr noch kälter vor als am Morgen – eine richtig unnatürliche, gespenstische Kälte ...

Plötzlich spürte sie einen stechenden Schmerz im Kopf.

Hilf mir!

Elena presste die Hände gegen die Schläfen. Was war das?

Elena, er holt mich!

Diesmal war der kurze Schmerz so heftig, dass es Elena fast schwarz vor Augen wurde. Nachdem er nachgelassen hatte, atmete sie ein paar Mal tief durch. Es war, als hätte sie ganz deutlich Mirandas Stimme gehört. Hatte die Freundin ihr etwa einen *Gedankennotruf* geschickt?

»Er holt sie«, wiederholte Elena mit tonloser Stimme. Wer war mit »er« gemeint? Etwa Mafaldus Horus?

Sie bekam eine Gänsehaut.

»Hallo Elena!« Jemand schlug ihr auf die Schulter.

Elena erschrak und drehte sich um. Kevin! Schon wieder!

»Heute sehen wir uns aber oft«, sagte Kevin lachend.

»Ja, ich weiß gar nicht, was los ist«, murmelte Elena, die mit ihren Gedanken bei Miranda war.

»Wartest du auf deine Großmutter, die mit dem heißen Schlitten?«, fragte Kevin.

»Ja.« Elena blickte zur Straße. »Eigentlich müsste sie längst da sein. Wo bleibt sie nur?«

»Vielleicht springt bei der Kälte der Wagen nicht an«, meinte Kevin. »So was kommt vor.«

»Ja, kann sein«, antwortete Elena. Sie konnte Kevin ja schlecht sagen, dass es für Mona nie ein Problem war, wenn der Motor nicht anspringen wollte. Ein magisches Fingerschnippen genügte …

»Wenn dich keiner abholt, können wir vielleicht noch einen Tee oder einen Cappuccino trinken«, sagte Kevin. »Ich lade dich ein.«

Ich habe im Moment ganz andere Sorgen!, dachte Elena. Sie lächelte tapfer. »Gerne, aber lieber ein anderes Mal. Ich bin sicher, dass meine Oma gleich auftauchen wird.«

»Versprochen?«, hakte Kevin nach.

»Versprochen.« Elena nickte. Wenn sie Miranda wiedergefunden hatte, dann würde sie zehn Cappuccinos mit Kevin trinken.

Kevin war zufrieden, verabschiedete sich und trabte davon. Mona kam fünf Minuten später angefahren.

»Entschuldigung, Schätzchen, dass ich mich verspätet habe«, sagte sie und hielt Elena die Autotür auf. »Aber ich konnte mich nicht entscheiden, welchen Hut ich bei dieser Kälte aufsetze. Ich weiß ja, dass meine Kreationen in der Menschenwelt nicht besonders gut ankommen, deswegen habe ich mich für ein besonderes Modell entschieden, das nur für Hexen sichtbar ist. Es hat leider etwas gedauert, bis ich es so hingekriegt habe, wie es mir gefällt.«

Sie trug einen flachen Hut, der aussah wie eine fliegende Untertasse. Rund herum baumelten weiße Schneebälle aus Wolle. Als Elena genauer hinsah, erkannte sie, dass die Schneebälle Beine hatten und in Wirklichkeit kleine wollige Schäfchen waren, die sich bewegten und einander schubsten.

Aber eigentlich interessierte sich Elena im Moment überhaupt nicht für Monas neuen Hut. Sie stieg ein, warf ihren Schulrucksack auf den Rücksitz und fragte hoffnungsvoll: »Gibt es etwas Neues von Miranda? Hast du eine Spur in ihrem Zimmer gefunden?«

»Nein, tut mir leid. Ich habe mich umgeschaut, aber ich konnte nichts Ungewöhnliches entdecken. Vielleicht ist sie einfach nur spazieren gegangen, um sich über ihre Gefühle klar zu werden. Oder sie hat ein heimliches Rendezvous.«

»Bestimmt nicht!« Elena schüttelte den Kopf. »Ich bin nicht ganz sicher, aber ich glaube, dass sie mir einen Gedankennotruf geschickt hat.«

Mona warf ihr einen verwunderten Seitenblick zu. »Aber Schätzchen, da irrst du dich bestimmt. So etwas tut eine Hexe nur in äußerster Bedrängnis.«

Wer weiß, was mit Miranda passiert ist, dachte Elena bang. Jetzt musste sie dringend die Sache mit der *Zauberkutten-*

versammlung ansprechen. Aber sie wusste nicht, wie sie anfangen sollte. Außerdem sollte Jolanda lieber dabei sein, sonst musste sie alles zweimal erzählen. Ihr war auch wohler dabei, ihre Mutter neben sich zu haben, wenn Mona die ganze Geschichte erfuhr.

So verlief die Rückfahrt schweigend. Erst als sie in den Nachtigallenweg einbogen und fast zu Hause waren, sagte Elena: »Ich muss dir etwas sagen.«

»Oh, ich habe die ganze Zeit gewusst, dass du etwas auf dem Herzen hast«, meinte Mona. »Es geht also doch um einen Jungen, nicht wahr?«

»Nicht ganz«, sagte Elena vorsichtig. »Es geht um Mafaldus Horus.«

Mona trat so heftig auf die Bremse, dass Elena nach vorne geschleudert wurde. Nur der Sicherheitsgurt verhinderte, dass sie mit dem Kopf gegen die Windschutzscheibe prallte.

»Was hast du mit Mafaldus Horus zu tun?«, fragte Mona drohend. »Beschäftigst du dich etwa mit schwarzer Magie?«

»Nnnein«, stammelte Elena.

Mona funkelte sie misstrauisch an. »Was dann? Los, raus mit der Sprache!«

»Miranda ist von Mafaldus Horus verflucht worden«, quetschte Elena hervor und löste den Sicherheitsgurt, um auszusteigen. »Neulich, an dem Wochenende, als Mama auf dem Seminar war und du an dem Hexen-Workshop teilgenommen hast. Ich habe dir ja erzählt, dass Miranda und ich einen Abstecher in die Hexenwelt gemacht haben.« Sie musste schlucken. »Aber wir haben euch angelogen. Wir waren gar nicht bei Mirandas Eltern.«

»Wo wart ihr dann?«

»Auf einer Versammlung der *Schwarzen Zauberkutten.*« Jetzt war es endlich heraus. Elena holte tief Luft. »Aber nur, weil Papa um Hilfe gebeten hat.«

»Ungeheuerlich!«, schnaubte Mona. Die Schäfchen an ihrem Hut blökten aufgeregt. »Wie kann euch Leon einer solchen Gefahr aussetzen? Das ist unverantwortlich.«

»Eigentlich wollte Papa, dass Mama ihm hilft – oder du. Aber ihr wart beide nicht da. Deswegen haben Miranda und ich uns auf den Weg gemacht, um Papa beizustehen.« Elena öffnete die Wagentür, angelte ihren Rucksack vom Rücksitz und stieg die Treppe zur Haustür hinauf.

Mona parkte die schwarze Limousine vor der Einfahrt und kam dann eilig nach. In der Eingangshalle holte sie Elena ein.

»Und wie ging es weiter?«, fragte sie. »Ich will alles wissen. Sämtliche Einzelheiten.«

Elena hängte ihren Mantel an die Garderobe und schnitt eine Grimasse. »Können wir ins Wohnzimmer gehen? Mama soll auch alles hören.«

»Na gut.« Mona trippelte aufgeregt hinter Elena her. Ihre hochhackigen Schuhe klapperten auf dem Marmorboden.

Im Wohnzimmer saß Jolanda am Computer und schrieb gerade eifrig einen Artikel für die Zeitung. Sie drehte sich um, als sie hörte, dass jemand hereinkam.

»Hallo. Na, Schule schon aus?«

»Deine Tochter«, donnerte Mona, »hat mit Miranda eine Versammlung der *Schwarzen Zauberkutten* besucht, wie sie mir gerade gebeichtet hat.«

Alles Blut wich aus Jolandas Gesicht. »Stimmt das?«, fragte sie entsetzt.

Elena nickte. Und dann begann sie alles der Reihe nach zu erzählen: von Papas Hilferuf und den illegalen Fahrkarten in die Hexenwelt, von dem Treffen der *Zauberkutten* und Mafaldus' Auftauchen im Dornenbaum.

Jolanda presste entsetzt die Hände vors Gesicht, als sie hörte, wie Mafaldus den Fluch auf Miranda abgefeuert hatte.

»Oje, die Arme!«

»Wenn Eusebius nicht eingegriffen hätte, hätte der Fluch Miranda voll getroffen«, berichtete Elena. »So aber haben wir uns retten können ...«

»Wie konnte Leon die Mädchen in solche Gefahr bringen!«, regte sich Mona auf. »Unverantwortlich! Er hat ihr Leben aufs Spiel gesetzt!«

»Hat er nicht«, verteidigte Elena ihren Vater. »Papa war gar nicht glücklich, dass wir gekommen sind. Er wollte uns ja zurückschicken, aber ... ihr wart nicht da ... und ...«

»Es tut mir leid, dass ich nicht da war, als Leon mich brauchte«, sagte Jolanda zerknirscht. »Es wäre meine Aufgabe gewesen ...«

»Du wärst deinem Mann vielleicht eine schöne Hilfe gewesen!«, sagte Mona spitz. »Mafaldus ist der stärkste Zauberer weit und breit – und DU hast keine Agentenausbildung wie dein Mann, nehme ich an. Wahrscheinlich hättest du die ganze Sache vergeigt und Mafaldus Horus wäre jetzt frei.«

»Wie kannst du so etwas behaupten, Mutter!« Jolanda sah Mona zornig an. »Immer machst du mich runter! Dabei kann ich gar nicht so schlecht zaubern! Klar, du bist natürlich VIEL besser! Aber du hättest Leon vermutlich gar nicht geholfen – schon aus Prinzip!«

»Da hast du ganz recht, meine Liebe«, antwortete Mona. »Wenn dein Gatte schon glaubt, den großen Geheimagenten spielen zu müssen, dann soll er gefälligst selbst die Suppe auslöffeln, die er sich eingebrockt hat.«

»Du bist unfair, Mutter!« Jolanda stampfte mit dem Fuß auf. »Mafaldus Horus ist der mächtigste Schwarzmagier aller Zeiten. Wie kannst du erwarten, dass Leon allein mit ihm fertig wird? Es ist keine Schande, dass er um Hilfe gebeten hat ...«

»Pah! Wenn er ein *richtiger* Mann wäre, dann wäre das gar kein Problem! Aber in der Zeit, in der er ein Leguan war, ist er wohl etwas verweichlicht ...«

»Mutter, ich hasse dich!« Jolanda war den Tränen nah. »Du bist so gemein! Und im Übrigen trägst du einen scheußlichen Hut!«

Jetzt mischte sich Elena ein. »Hört auf, euch zu streiten!«, rief sie. »Was ist jetzt mit Miranda? Vielleicht ist sie in großen Schwierigkeiten, und ihr habt nichts Besseres zu tun, als euch zu beschimpfen!«

Es fiel Jolanda sichtlich schwer, sich zu beherrschen. Sie atmete ein paar Mal tief durch.

Mona hob arrogant das Kinn. »Dein Kind hat recht«, sagte sie. »Wir müssen etwas unternehmen. Ich schlage vor, Mirandas Eltern anzurufen und sie über das Verschwinden ihrer Tochter zu informieren. Ich werde gleich mit den Leuwens telefonieren.«

Entschlossen zog sie ihren *Transglobkom* aus dem Ausschnitt hervor und klappte ihn auf. Eine durchsichtige Blase stieg empor. Elena erkannte darin denselben Mann, den sie gesehen hatte, als sie Leon angerufen hatte.

»Es tut mir sehr leid, aber transglobale Gespräche sind zurzeit nicht möglich«, sagte er freundlich zu Mona. »Es ist leider eine magische Panne im Netz aufgetreten, die wir sehr bedauern. Unser Kundenservice bemüht sich, die Störung so schnell wie möglich zu beheben.«

»Dann bemühen Sie sich bitte weiter, aber dalli!«, sagte Mona ungnädig und klappte ihren *Transglobkom* wieder zu. Die Blase wurde grün und platzte und hinterließ hässliche Sprenkel auf Monas Kragen.

»Igitt, was soll das denn?«, knurrte Mona und wischte die Sprenkel mit der Hand weg. »Die müssen tatsächlich massive Probleme haben.«

»Glaubst du wirklich, dass Miranda bei ihren Eltern ist?«, fragte Jolanda zweifelnd. »Warum hat sie uns dann keine Nachricht hinterlassen?«

Elena wurde das alles zu viel. »Bestimmt ist Miranda etwas passiert!«, rief sie. »Ich bin sicher, dass ich vorhin einen Gedankennotruf von ihr bekommen habe. Wir müssen etwas unternehmen! Vielleicht hat Mafaldus Horus sie längst in seiner Gewalt!«

»Jetzt dreh nicht durch«, fuhr Mona ihre Enkelin an. »Ich verstehe ja, dass du dir Sorgen um deine Freundin machst, aber wie soll Mafaldus Horus in die Menschenwelt gelangt sein? Nach meinen letzten Informationen ist er ja nach wie vor an den Dornenbaum gebunden. Es hätte sicher im *Hexenspiegel* gestanden, wenn Mafaldus plötzlich freigekommen wäre.«

»Der *Hexenspiegel* hat auch nichts darüber geschrieben, als Smaragd und Taifun bei uns aufgetaucht sind«, gab Elena wütend zurück. »Und das waren Mafaldus' Helfer!«

»Hm, klar, natürlich könnte Mafaldus Horus auch seine Leute geschickt haben«, überlegte Mona jetzt laut, aber Elena hatte inzwischen die Nase voll. Mona und Jolanda würden bestimmt noch endlos diskutieren. Bis sie einen Plan gefasst hatten und etwas unternehmen würden, konnte es für Miranda längst zu spät sein. Vielleicht war es ohnehin schon zu spät. Elena wurde es ganz heiß. Sie war eine schöne Freundin, wenn sie Miranda im Stich ließ!

Ohne ein Wort zu sagen, rannte Elena aus dem Wohnzimmer und stürmte die Treppe hinauf. Vor ihrer Zimmertür ließ sie ihren Rucksack fallen und lief weiter zu Daphnes Zimmer. Hoffentlich war ihre Schwester schon da.

Elena trommelte an die Tür. »Daphne? Ich bin's, Elena! Bitte mach auf, es ist wichtig!«

Ein paar Sekunden später öffnete Daphne mit mürrischer Miene die Tür. Sie hatte Alufolie auf dem Kopf.

»Was gibt's denn so Dringendes?«

Elena starrte entgeistert auf die Glitzerfolie.

»Ich färbe meine Haare rot«, erklärte Daphne. »Mit Henna. Das ist ein natürliches Färbemittel. Meine letzten Zaubersprüche zum Färben sind mir nämlich gar nicht gut bekommen; ich hab büschelweise Haare verloren. – Jetzt starr nicht so! Die Menschen machen es auch so, und den Tipp hab ich von einer Mitschülerin.«

»Kannst du mir dein Handy leihen?«, bat Elena. »Nur kurz. Ich muss Nele oder Jana anrufen, unbedingt.«

»Du willst mit einem Handy telefonieren?«, wunderte sich Daphne. »Du sagst doch immer, dass du schon schreckliche Kopfschmerzen bekommst, wenn ich nur eine SMS empfange.«

»Ausnahmsweise«, sagte Elena. »Stimmt auch, ich kann's kaum aushalten, mit dem Handy zu telefonieren, aber es ist wirklich wichtig. Bitte, Daphne!«

Daphnes Mundwinkel zuckten. »Wirklich wichtig? Na, so was ...«, wiederholte sie amüsiert. »Na – dann!« Sie langte auf die Kommode und übergab Elena ihr Handy. »Aber telefonier nicht zu lange, das wird sonst zu teuer.«

»Ich werde mich ganz kurz fassen, schon wegen der Kopfschmerzen«, sagte Elena. »Danke.«

Sie lief mit dem Handy in ihr Zimmer und wählte Neles Nummer. Bereits beim Wählen hatte sie das Gefühl, als würde jemand mit spitzen Nadeln in ihre Stirn stechen. Für eine normale Hexe war es äußerst unangenehm, mit einem Handy zu telefonieren; die elektromagnetische Strahlung vertrug sich einfach nicht mit dem magischen Naturell der Hexen. Elena fühlte, wie Übelkeit in ihr hochstieg.

Nele meldete sich: »Hallo?«

»Ich bin's, Elena«, sagte Elena hastig, während ihr so schwindelig wurde, dass sie sich aufs Bett setzen musste. »Wir müssen etwas wegen Miranda unternehmen. Sie hat mich um Hilfe gebeten. Es muss etwas Schreckliches passiert sein. Könnt ihr kommen, du und Jana?«

Ihr Magen krampfte sich zusammen und der Schmerz in ihrer Stirn wurde unerträglich. In ihren Ohren begann es laut zu pfeifen. Sie konnte Neles Antwort nur mit Mühe verstehen.

»Klar ... sag Bescheid ... Jana ... in einer Stunde ... da.«

»Danke.« Elena riss sich das Handy vom Ohr und drückte auf den Aus-Knopf. Sie ließ sich rücklings aufs Bett fallen, so schwach fühlte sie sich. Wie Menschen das nur aushalten konnten! Mit einem Handy zu telefonieren war die reinste Folter!

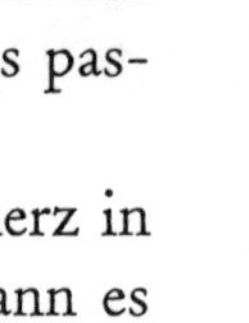

Wer zornig ist, sollte lieber einen Tag warten, bevor er zaubert

Noch nie war die Zeit so langsam vergangen wie jetzt. Am liebsten hätte Elena den Zeiger der Uhr nach vorne gehext, aber *Zeitzauberei* war ein Kapitel für sich. Sie musste einfach Geduld haben.

Unruhig ging sie in ihrem Zimmer auf und ab und versuchte einen klaren Gedanken zu fassen. Es ärgerte sie ungeheuer, dass ihre Mutter und ihre Großmutter noch keinen vernünftigen Plan hatten, was Miranda anging. Elena konnte sich auch nicht daran erinnern, dass sich Mona und Jolanda irgendwann einmal wirklich einig gewesen waren. Sie stritten lieber miteinander, ohne dass etwas Vernünftiges dabei herauskam …

Elena ließ sich auf ihr Bett fallen. Ihr Blick wanderte automatisch zum Bücherregal und blieb an einem dicken Ordner hängen. Darin hatte sie ordentlich alle Lektionen ihres Fernkurses für das Hexendiplom abgeheftet.

Sie sprang wieder auf, zog den Ordner aus dem Regal und schlug ihn auf. Auf der letzten Seite jeder Lektion befand sich ein Stichwortverzeichnis. Elena ging die Hefte durch und suchte nach dem Stichwort *Verschwinden.* Bei der letzten Lektion wurde sie endlich fündig. Sie blätterte das Heft durch. Leider bezog sich der Eintrag über das »Verschwinden« nur darauf, wie man ein vermisstes Haustier wiederfinden konnte.

Verschwinden eines Haustiers

Wenn dein Hamster verschwunden ist oder deine Schildkröte, kannst du herausfinden, ob jemand dein Tier aus dem Käfig gestohlen hat.
Dazu musst du das Wasser des Trinknapfs befragen. Du träufelst einige Tropfen des Wassers auf einen Spiegel und vermischt sie mit drei Tropfen Ziegenmilch, während du das Wort »Veritas!« aussprichst. Der Spiegel wird blind werden. Du bedeckst ihn eine halbe Stunde mit einem schwarzen Tuch. Danach reibst du ihn mit einem weißen Tuch sauber. Wenn du dann in den Spiegel siehst, wird er dir zeigen, ob jemand in den Käfig gegriffen und dein Tier herausgeholt hat. Achte auf die Hände, daran erkennst du möglicherweise den Dieb!

Elena stöhnte verärgert. Dieser Tipp würde ihr überhaupt nicht weiterhelfen, was Miranda anging!

Sie blätterte weiter und fand einen Hinweis, dass man auch Pflanzen befragen konnte.

»Pflanzen sind sehr aufmerksame Wesen«, las Elena. *»Um Auskunft geben zu können, müssen sie jedoch lebendig sein. Ein frisches Löwenzahnblatt kann dir noch etwas verraten, ein Büschel Heu aber nicht.«*

Frustriert legte sie den Ordner zur Seite. Sie fragte sich, warum sie überhaupt so fleißig für das Hexendiplom paukte. Miranda war kein Haustier und in ihrem Zimmer gab es keine Löwenzahnblätter.

Nur die Blumentöpfe auf der Fensterbank …

Elena runzelte die Stirn, holte den Ordner wieder her und las weiter. Sie erfuhr, dass sie ihren Geist mit der Pflanze vereinigen musste und dadurch sehen konnte, was vorgefallen war. In den Zellen war alles gespeichert, was die Pflanze erlebt hatte.

»*Wenn das Löwenzahnblatt schon sehr welk ist, kann es sein, dass sich seine trüben Gedanken auf dich übertragen und du sehr traurig wirst*«, las Elena. »*Das Blatt fühlt seinen herannahenden Tod. Deswegen Vorsicht bei solchen Pflanzenexperimenten!*«

In diesem Moment klingelte es. Elena sprang auf und rannte auf den Flur. Sie hörte, wie Mona unten die Haustür öffnete.

»Ach, ihr seid es«, sagte sie und ließ Nele und Jana herein. »Elena ist oben in ihrem Zimmer.«

Gleich darauf stürmten die beiden Mädchen die Treppe hinauf.

»Hallo Elena!« Nele hatte von der Kälte ein rotes Gesicht. Jana war blass wie immer, nur ihre Nasenspitze hatte einen rosigen Farbton angenommen.

»Meine Mutter wollte mich gar nicht weglassen«, berichtete sie. »Ich musste ihr versprechen, dass ich nachher noch zwei Stunden Klavier übe.« Sie verdrehte die Augen.

Früher hatte Jana das Klavierspielen über alles geliebt, aber inzwischen hatte ihr Interesse etwas nachgelassen. Frau Kleist achtete jedoch streng darauf, dass ihre Tochter jeden Tag mindestens eine halbe Stunde am Klavier saß, um die Stücke zu üben, die ihr der Klavierlehrer aufgegeben hatte.

»Wir müssen herausfinden, was mit Miranda passiert ist«, sagte Elena. »Ich habe nach der Schule einen Gedankennotruf von ihr erhalten. Ich fürchte, sie ist in großen Schwierigkeiten.« Sie berichtete, wie Mona und Jolanda reagiert hatten, als sie ihnen von ihrem Ausflug in die Hexenwelt erzählt hatte.

»Mona will jetzt mit Mirandas Eltern reden, aber sie bekommt keine Verbindung in die Hexenwelt«, sagte Elena.

»Es gibt magische Störungen. Mein Vater hat mich auch noch nicht zurückgerufen, dabei hoffe ich so dringend auf seinen Rat.«

»Und wie können wir helfen?«, fragte Jana zögernd. »Ihr seid doch die Hexen und euch stehen viel bessere Mittel zur Verfügung als uns Menschen …«

»Nicht immer«, widersprach Elena. »Manchmal bringt uns die Magie auch in große Schwierigkeiten.«

Sie führte Jana und Nele in ihr Zimmer. Nele sah den aufgeschlagenen Ordner und stürzte sich gleich darauf.

»Oh, das sind die Lektionen für euer Hexendiplom, von dem du dauernd erzählst!« Sie bekam leuchtende Augen. »Ach, Elena, ich würde das Zaubern so gerne einmal ausprobieren. Stell dir vor, es würde auch bei mir funktionieren …«

Elena schüttelte den Kopf. »Du bist ein *Homo sapiens sapiens,* Nele. Um hexen zu können, muss man ein *Homo sapiens magus* sein, sonst nützt selbst der stärkste Zauberspruch nichts.«

Nele sah enttäuscht aus, obwohl Elena ihr die Sache schon öfter erklärt hatte.

»Vielleicht kann ich herausfinden, wie Miranda heute Morgen aus ihrem Zimmer verschwunden ist«, murmelte Elena. »Ich könnte die Pflanzen auf ihrer Fensterbank befragen. Ein Kapitel in dem Ordner für unser Hexendiplom hat mich gerade auf die Idee gebracht.«

»Du willst *was?*«, fragte Jana ungläubig und tippte sich an die Schläfe.

Elena hielt ihr wortlos den Ordner unter die Nase. Jana las den Absatz durch und runzelte die Stirn.

»Aber das bezieht sich doch auf Haustiere«, wandte sie ein.

»Aber weiter unten steht auch etwas zur Befragung von Pflanzen. Ich bin mir aber nicht sicher, ob es klappen wird bei Mirandas Zimmerpflanzen«, sagte Elena. »Aber ich muss es wenigstens versuchen. Kommt mit.«

Sie gingen in Mirandas Zimmer.

Elena schnüffelte. »Es riecht noch immer nach Schwefel.«

Jana schnupperte ebenfalls. »Ich rieche nichts«, sagte sie und schüttelte den Kopf. »Wie ordentlich es hier ist«, sagte Nele und trat an Mirandas aufgeräumten Schreibtisch. Die Stifte lagen in einer Schale, und die Zettel und Hefte waren sauber gestapelt. Auch in ihrem Bücherregal stand kein einziges Buch schief.

Elena begutachtete bereits die Pflanzen auf der Fensterbank. Sie hatte sich nie sonderlich dafür interessiert, welche Blumentöpfe hier standen. Miranda hatte ein bisschen mit Pflanzen experimentiert, aber sie konnte in dieser Hinsicht Oma Mona nicht das Wasser reichen. Mona hatte nämlich einen grünen Daumen. Die Pflanzen schienen ihre magische Ausstrahlung zu lieben und sie wie Dünger aufzusaugen.

Doch jetzt sah Elena die Zimmerpflanzen mit anderen Augen. Die Pflanzen hatten die ganze Zeit auf der Fensterbank gestanden, folglich mussten sie auch mitbekommen haben, was im Zimmer geschehen war. Elena musste sich nur gedanklich mit einer der Pflanzen verbinden … Doch mit welcher? Der kugelige Kaktus sah nicht besonders einladend aus. Die ausladende Buntnessel vielleicht? Oder lieber die Grünlilie mit ihren langen, grünweißen Blättern und den langen Ausläufern mit den weißen Blüten?

»Welche Pflanze würdet ihr denn fragen?« Elena drehte sich zu Nele und Jana um.

Jana machte einen Schritt aufs Fenster zu.

»Die da«, sagte sie und tippte auf eine Pflanze mit gelbgrünen Blättern. »Das ist eine Efeutute. So eine haben wir auch zu Hause. Sie ist robust und unempfindlich ...«

»Sie ist hübsch«, meinte Nele. »Die Blume daneben auch. Aber der Kaktus ist mir nicht geheuer!«

Elena nickte.

»Okay, ich versuche es mit der Efeutute.« Sie schluckte. Hoffentlich klappte der Zauber! »Schließt lieber die Zimmertür ab«, bat sie ihre Freundinnen. »Ich will nicht, dass meine Oma reinplatzt.«

»Aber für die ist doch eine abgeschlossene Tür bestimmt kein Hindernis«, meinte Nele, während sie den Schlüssel herumdrehte.

»Stimmt«, bestätigte Elena. »Aber es hält sie zumindest einen Moment auf.« Sie hatte den Blumentopf mit der Efeutute von der Fensterbank genommen und stellte ihn auf den Schreibtisch. Die Pflanze hatte sehr lange Ranken. Elena wickelte eine davon lose um ihren Hals, eine andere um ihre Stirn.

»Wie hübsch!«, spottete Nele, aber Jana stieß ihr den Ellbogen in die Rippen.

»Jetzt lass den Quatsch, Elena muss sich konzentrieren!«

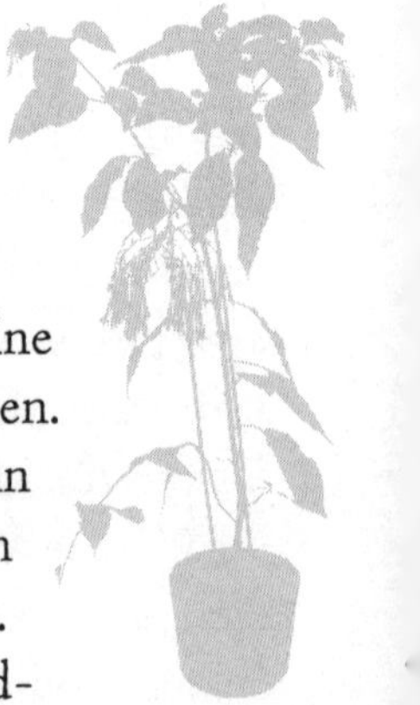

Elena nickte. »Drückt mir die Daumen!«, bat sie. »Ich habe so was ja noch nie gemacht!«

Sie schloss die Augen und versuchte im Kopf eine geistige Verbindung mit der Pflanze herzustellen. Zuerst spürte sie nur die kühlen Blätter. Dann hatte sie das Gefühl, dass grüner Nebel in ihren Kopf eindrang. Er wurde dichter und dichter. Gleichzeitig schienen Elenas Ohren empfindlicher zu werden. Sie vernahm ein Knistern und Knacken und wusste plötzlich, dass es vom Kaktus stammte, dessen Stacheln wuchsen …

Efeutute, bitte zeig mir, was mit Miranda geschehen ist!, bat Elena in Gedanken. Wenn sie sich mit Miranda nur in Gedanken verständigte, verwendete sie dieselbe Technik.

Beim Stichwort *Miranda* fühlte Elena, wie eine Welle Sympathie über sie hereinschwappte. Das war die Antwort der Pflanze. Die Efeutute *liebte* Miranda, die sich jeden Tag liebevoll um sie gekümmert hatte.

Elena spürte den Durst der Pflanze und das Gefühl, wenn Miranda ihr neues Wasser gegeben hatte. Sie erinnerte sich an das sanfte Streicheln, wenn Miranda die Blätter der Pflanze von Staub befreite.

Was ist mit Miranda passiert?, wiederholte Elena. *Warum ist sie verschwunden?*

Der grüne Nebel in ihrem Kopf lichtete sich. Plötzlich war es, als würde Elena Mirandas Zimmer durch eine grüne Sonnenbrille sehen, die mit einem Ölfilm verschmiert war. Sie erkannte nur Schemen.

Etwas rührte sich in der Zimmermitte. Das musste Miranda sein. Elena erkannte sie an der Art, wie sie sich bewegte. Sie schloss gerade den Reißverschluss ihrer Hose. Dann schüttelte sie ihr Nachthemd aus und wollte es auf dem Bett zusammenfalten.

Mit einem Mal waren zwei fremde Gestalten im Zimmer – zwei Kuttenmänner mit großen Kapuzen. Elena sah, wie die Eindringlinge Miranda packten. Miranda wehrte sich. Dann verschwanden alle drei in einem Loch, das sich in der Mitte des Zimmers aufgetan hatte …

»Miranda!«, schrie Elena voller Entsetzen.

Sie merkte, wie die Efeutute bei ihrem Schrei erschrak und zusammenzuckte. Elena spürte ihre Enttäuschung, ja sogar Feindseligkeit. Dann zog sich die Pflanze innerlich von ihr zurück und die Verbindung brach ab.

Elena öffnete die Augen wieder. Im ersten Moment war ihr schwindelig und sie musste sich auf den Schreibtisch stützen. Nele befreite sie von den Ranken.

»Und?«, fragte Jana gespannt. »Hast du etwas herausgefunden?«

Elena nickte. Sie brauchte ein paar Sekunden, bis sie überhaupt sprechen konnte.

»Miranda ist von zwei Kuttenmännern entführt worden.« Ihre Stimme klang rau und sie zitterte am ganzen Leib. »Das waren bestimmt Helfer von Mafaldus Horus!«

Miranda wurde vor Schreck und Angst fast ohnmächtig, als der Schwarzmagier sie zu sich in den Dornenbaum zog. Sie spürte das Holz ringsum und gleichzeitig die Gegenwart mächtiger Magie.

Und dann hielten Mafaldus' Arme sie eng umschlungen. Ihr Kopf lehnte an seiner Brust und sie hörte seinen dumpfen Herzschlag.

»Jetzt sind wir eins, du und ich«, sagte Mafaldus Horus mit einschmeichelnder Stimme. »Du brauchst keine Angst vor mir zu haben. Entspann dich.« Er streichelte ihren Rücken.

Mirandas Widerstand erlahmte. Ihre Glieder wurden schlaff. Es tat gut, sich anzulehnen. Sie fühlte, wie ihr eigener Herzschlag langsamer wurde und sich seinem Herzen anpasste. Mafaldus' mächtige Zauberkraft, die zuerst so abschreckend auf sie gewirkt hatte, umhüllte sie wie ein dunkles warmes Tuch. Sie begann sich geborgen zu fühlen.

»So ist es gut«, sagte Mafaldus mit sanfter Stimme. »Siehst du, ich habe es gewusst.«

Wie kann das sein?, dachte Miranda verwundert, die Wange an seinen Umhang geschmiegt. *Ich habe mich so vor Mafaldus gefürchtet. Und jetzt …*

»Alles ist gut«, wiederholte Mafaldus. »Vertrau mir.«

Sie lehnte ihren Kopf zurück. Obwohl es dunkel war, konnte sie seine Gesichtszüge erkennen. Er lächelte sie an, hob seine Hand und strich ihr sachte über die Wange.

»Du wirst alles für mich tun«, sagte er leise.

»Ja«, flüsterte sie.

Schwarze Magie kann süchtig machen!

»Hölle noch mal!«, fluchte Mona, nachdem sie zum dritten Mal versucht hatte, per *Transglobkom* mit Mirandas Eltern Kontakt aufzunehmen. »Noch immer keine Verbindung. Was ist denn da los?«

»In bestimmten Gebieten gibt es unerklärliche schwarzmagische Turbulenzen«, stotterte der Mann in der durchsichtigen Blase. »Bitte seien Sie versichert, dass unsere Spezialisten alles versuchen, die Ursache der Störung herauszufinden. So etwas ist während meiner ganzen Dienstzeit noch nie vorgekommen!«

»Sie machen mir Hoffnungen«, knurrte Mona und klappte ärgerlich ihren *Transglobkom* zu.

Jolanda stand nachdenklich am Fenster und drehte sich dann um. »Ich bin ziemlich beunruhigt«, sagte sie. »Wenn es stimmt, was Elena von dem Fluch erzählt hat, dann ist Miranda in großer Gefahr.«

»*Wenn* es stimmt«, betonte Mona und zog die Augenbrauen hoch.

»Elena reimt sich so schnell nichts zusammen. Ich finde, das klingt alles ganz einleuchtend, was sie vermutet«, verteidigte Jolanda ihre Tochter. »Warum sollte sie so eine Geschichte auch erfinden?«

»Ich weiß nicht.« Mona trommelte auf den Kaminsims. »Für mich hört sich das alles schon sehr unwahrscheinlich an. Die beiden Mädchen als Helferinnen des großen Geheimagenten Leon Bredov – ehrlich, Jolanda, glaubst du so was? Ich denke nach wie vor, dass Miranda unglücklich verliebt ist und deswegen so schlecht aussieht.« Sie lächelte säuerlich. »Es erinnert mich an meine eigene Jugend, als ich aus Liebeskummer sterben wollte. Heute bin ich natürlich froh, dass ich mich mit dem Kerl nicht eingelassen habe, aber damals …« Sie seufzte und schnippte mit den Fingern. Eine kleine Kiste, die auf dem Sims stand, öffnete sich und ein Zigarillo schwebte zielstrebig zu Monas Lippen.

Jolanda runzelte ärgerlich die Stirn. »Du sollst doch nicht im Wohnzimmer rauchen, das haben wir ausgemacht.«

»Glaubst du, ich rauche bei dieser Saukälte auf der Terrasse?«, empörte sich Mona. Sie schnippte wieder mit den Fingern und der Zigarillo brannte. »Willst du etwa, dass sich deine alte Mutter erkältet?«

»*Alte* Mutter«, spottete Jolanda, denn Mona sah für ihr Alter sehr jugendlich aus. »Meine *alte* Mutter sollte lieber ganz aufhören zu rauchen. Das ist nicht gut für die Lunge und überhaupt.«

»Unsinn!«, schnaubte Mona und inhalierte den Rauch. »Diese würzigen Kräuterzigarillos sind längst nicht so schädlich wie andere Zigaretten oder Zigarren.« Sie blies einen Kringel in die Luft. Er formte sich zu einem Warndreieck mit einem Ausrufezeichen in der Mitte.

»Liebeskummer«, fuhr Mona fort, »kann einen ganz schön fertigmachen. Ich habe damals zwölf Kilo abgenommen. Ich war so leicht, dass mein Besen mit mir immer über die Baumkronen geflogen ist. Das Landen war natürlich entsprechend schwierig, ganz zu schweigen von der Gefahr, mit irgendwelchen Raubvögeln zusammenzustoßen. Aber das war mir egal. Ich glaube, mir gefiel sogar die Vorstellung, dass ich bei einem Zusammenstoß mit einem Bussard abstürzen und mir den Hals brechen könnte.

»Du sollst nicht so reden!«, sagte Jolanda streng.

»Ach Kindchen«, murmelte Mona versonnen. »Ich hatte zu jener Zeit überhaupt keinen Hunger. Mein Bauch war angefüllt mit meinem Kummer. Ich konnte sogar die besten Torten stehen lassen.«

»Als du damals wolltest, dass ich mich von Leon trenne, ist es mir genauso ergangen«, sagte Jolanda. »Ich war so unglücklich, dass ich am liebsten gestorben wäre. Nur damit du weißt, was du mir angetan hast. Du bist nicht die Einzige, die unter heftigem Liebeskummer gelitten hat.«

»Ich bin nach wie vor davon überzeugt, dass Theobaldus Magnus ein besserer Ehemann für dich gewesen wäre«, entgegnete Mona. »Du hättest eine sehr glückliche Ehe geführt.«

»Täusch dich da nur nicht«, widersprach Jolanda. »Ich weiß von Leon, dass Theobaldus Magnus zu den *Schwarzen Zauberkutten* gehört. Er soll sogar einer ihrer Anführer sein.«

Mona wurde blass. »Nein!«

»Sag bloß, das hast du noch nicht gewusst«, sagte Jolanda spitz. »Sonst erfährst du doch alle Neuigkeiten früher als ich. Du kannst dich also langsam mal von der Illusion verabschieden, dass Theobaldus Magnus der perfekte Schwiegersohn für dich gewesen wäre.«

Mona tat einen tiefen Lungenzug und schwieg. Der Rauch, den sie durch die Nase ausstieß, formte sich zu mehreren Fragezeichen, die langsam durch den Raum schwebten und immer größer wurden, bis sie sich schließlich auflösten.

»Nun ja«, sagte Mona endlich, »wahrscheinlich hat Theobaldus es nicht verkraftet, dass du Leon vorgezogen hast, und muss sich jetzt eben auf andere Art beweisen. Ich kann allerdings nicht glauben, dass er dafür tatsächlich schwarze Magie braucht.«

Jolanda schüttelte den Kopf. »Er hatte schon damals einen Hang zu schwarzer Magie«, sagte sie leise. »Einmal bin ich dabei gewesen, wie er versucht hat, eine tote Katze wieder zum Leben zu erwecken. Er hat mir sein Kunststück stolz vorgeführt. Die Katze hat aber nur ein paar Schritte geschafft und ist dann gegen die Wand gelaufen. Ich sehe noch ganz deutlich vor mir, wie sie umgefallen ist und ihre stocksteifen Beine in die Luft gestreckt hat. Es war scheußlich, ich konnte etliche Nächte nicht schlafen.«

»Das hast du mir nie erzählt«, sagte Mona vorwurfsvoll.

»Du hättest mir die Geschichte nicht geglaubt«, meinte Jolanda.

»Mag sein«, gab Mona zu.

»Genauso wenig, wie du jetzt Elenas Geschichte mit Mafaldus' Fluch glaubst«, fuhr Jolanda fort.

Mona ging zum Fenster und drückte ihren Zigarillo in einem Blumentopf aus. »Gut«, sagte sie langsam. »Ich werde mit dem Oberamtszaubermeister reden und ihn um seine Meinung fragen. Er wird wissen, wozu Mafaldus Horus fähig ist.« Sie riss beide Arme hoch und war auf einmal in Reisekleidung. Ihren flachen Hut mit den Schäfchen hatte sie gegen einen eleganten purpurnen Hexenhut eingetauscht, der mit goldenen Rosen dekoriert war.

»Du willst in die Hexenwelt reisen?«, fragte Jolanda.

»Was soll ich denn sonst tun, wenn der *Transglobkom* nicht funktioniert?«, sagte Mona.

»Aber du hast doch gar keinen Reiseantrag gestellt«, wandte Jolanda verwirrt ein.

»Kindchen«, Mona lächelte, »glaubst du, ich brauche so etwas? Ich kenne natürlich auch ein paar inoffizielle Wege. Ich bin bald wieder zurück. Tschüssi!«

Mona verschwand mit einem leisen Knall.

Eine Sekunde später tauchte sie neben dem Kamin wieder auf, griff nach dem Kästchen mit den Zigarillos und lächelte Jolanda an.

»Fast hätte ich meinen Reisevorrat vergessen«, sagte sie. »Ich lasse dich dann wissen, ob ich Mirandas Eltern angetroffen habe. Ich bin sicher, die Sache mit Miranda klärt sich schon bald von alleine. Ciao!«

Es knallte wieder, und diesmal war Mona endgültig fort.

Zur gleichen Zeit saßen die drei Mädchen in Elenas Zimmer auf dem Bett und beratschlagten, was sie tun sollten. Elena war außer sich vor Angst um Miranda.

»Wenn sie wirklich von Mafaldus Horus entführt wurde, was wird er wohl mit ihr machen?«, fragte Jana tonlos.

»Ich weiß es nicht«, sagte Elena verzweifelt.

Wie würde seine Rache aussehen? Er hielt Miranda immerhin für mitschuldig, dass seine Befreiung nicht gelungen war!

Würde er sie gefangen nehmen und für länger in einem Versteck festhalten? Würde er sie für seine Zaubereien benutzen? Oder würde er sie aus Rache sogar töten?

Elena überlief es eiskalt. Sie rieb sich die Schläfen, denn sie hatte auf einmal stechende Kopfschmerzen, obwohl kein Handy in der Nähe eingeschaltet war.

Sie hatte sich nie für schwarze Magie interessiert. Schwarze Magie war verboten, gefährlich und unkontrollierbar. Schwarze Magie befasste sich oft mit dem Tod. Deswegen konnte Elena überhaupt nicht einschätzen, wie sich Mafaldus Horus verhalten würde. Sie befürchtete das Schlimmste für Miranda …

Nele legte den Arm um Elena. »Können wir nicht doch irgendwie helfen? Wir haben keine Angst. Wir können mit dir kommen, deinen Vater in der Hexenwelt suchen und zusammen mit ihm Miranda befreien«, schlug sie vor.

Elena wandte den Kopf und sah sie überrascht an. Hatte Nele diesen abenteuerlichen Vorschlag tatsächlich ernst gemeint?

Aber Nele war überzeugt von dem, was sie gesagt hatte. Auch Jana nickte, wenn auch zögerlich.

»Ihr wollt also tatsächlich mit in die Hexenwelt?« Elena konnte es noch immer nicht fassen.

»Na ja«, meinte Nele, »warum nicht? Drei können mehr ausrichten als einer, oder?«

»Aber es kann gefährlich werden, für uns alle«, murmelte Elena. Sie war nicht wirklich begeistert von Neles Idee. Einerseits wollte sie ihre Freundinnen gern mitnehmen, um Miranda zu helfen. Zu dritt würden sie einfach stärker sein. Andererseits hatten Menschen absolut keinen Zutritt in die Hexenwelt, zumindest, soweit Elena wusste. Sie rang mit sich.

Von der Menschenwelt aus konnte sie jedenfalls wenig für Miranda tun. Sie *musste* in die Hexenwelt. Aber war es nicht klüger, allein zu reisen? Sie würde versuchen, ihren Vater zu treffen. Und vielleicht konnte auch Eusebius sie unterstützen …

»Ich fürchte mich wirklich nicht«, unterbrach Nele Elenas Gedanken. »Und wir werden alles tun, was du uns sagst.«

Jana nickte wieder. Sie sah sehr blass aus.

»Das ist echt eine sehr schwierige Entscheidung für mich«, sagte Elena zögernd.

Offen gestanden grauste es ihr bei der Vorstellung, allein zu reisen. Wer weiß, wie lange es dauern würde, bis sie ihren Vater gefunden hatte. Und vielleicht hatte der gerade mal wieder eine superwichtige Mission zu erfüllen – und gar keine Zeit für Elenas Probleme ... Sie nagte vor lauter Nervosität an ihren Fingernägeln.

»Eine Reise zu dritt ist auf alle Fälle besser, als wenn du allein aufbrichst«, erklärte Nele im Brustton der Überzeugung. »Elena, überleg doch mal! Ohne uns bist du vielleicht länger unterwegs! Und wir könnten dir vielleicht mehr helfen, als du jetzt glaubst!«

Elena zögerte noch immer. »Ich mag ja auch nicht wirklich alleine reisen. Es ist nur ... so gefährlich, Menschen in die Hexenwelt einzuschleusen«, sagte sie. »Wenn mein Vater euch sieht, verlangt er möglicherweise, dass ihr sofort in die Menschenwelt zurückkehrt ...«

»Aber immerhin waren wir dann solange bei dir, bis du deinen Vater getroffen hast, und ab dem Zeitpunkt bist du ja auch nicht mehr allein«, meinte Nele.

»Genau«, sagte Jana.

Elenas Herz war schwer. Es konnte noch viel schlimmer kommen. Vielleicht würde man sie sogar in den Kerker werfen, weil sie ihre Freundinnen mitgebracht hatte. Elena wusste nicht, ob es ein Gesetz gab, das verbot, dass sich Menschen in der Hexenwelt aufhielten. Sie war sich trotzdem ziemlich sicher, dass es mehr als unerwünscht war. Denn bisher war keine Hexe so dumm gewesen, einem Menschen ihre magische Welt zu zeigen. Zumindest kannte Elena keinen Fall …

Sie zog noch einmal ihr Amulett hervor. Noch immer war keine Nachricht von ihrem Vater gekommen. Wahrscheinlich war die Verbindung zwischen den beiden Welten nach wie vor gestört.

»Nimmst du uns jetzt mit?«, bettelte Nele.

Auch Jana sah Elena gespannt an.

»Gut«, sagte Elena endlich, obwohl sie noch immer daran zweifelte, dass es die richtige Entscheidung war. Sie stand von ihrem Bett auf. »Ich muss nur noch mal kurz zu Daphne. Wartet hier auf mich.«

Sie lief auf den Gang. Daphne reagierte ziemlich ungehalten, als sie wieder an ihre Zimmertür klopfte.

»Beim Orkus, hat man denn in diesem Haus überhaupt keine Ruhe? Was ist denn?«

»Ich bin's, Elena. Mach auf, Daphne, es ist wirklich dringend.«

Endlich öffnete Daphne die Tür einen Spalt. Sie hatte inzwischen die Alufolie von ihrem Kopf genommen. Ihre Haare waren feuerrot und standen nach allen Seiten ab. Elena vermutete, dass das Ergebnis etwas anders ausgefallen war, als Daphne es sich gewünscht hatte.

»Jetzt glotz nicht so«, fauchte Daphne. »Was gibt's? Willst du noch einmal mein Handy?«

»Diesmal nicht.« Elena kam ohne Umschweife zur Sache. »Hast du noch illegale Fahrkarten von Gregor?«

»Wozu?«

»Ich muss unbedingt in die Hexenwelt und Papa finden, damit wir Miranda helfen können.«

Daphne presste die Lippen zusammen. Dann ging sie zu ihrem Schreibtisch, ließ ein Geheimfach aufspringen und holte einen kleinen grauen Block heraus. Sie riss das oberste Blatt ab.

»Hier. Und jetzt zisch ab, ich muss mich um meine Frisur kümmern.«

Elena wich nicht von der Stelle. »Kann ich noch zwei Fahrkarten haben?«

Daphne schüttelte den Kopf. »Dann ist der Block leer und ich kann Gregor gar nicht mehr besuchen.«

»Ich dachte, ihr habt Schluss gemacht«, wunderte sich Elena.

Daphne lächelte hintergründig.

»Ihr vertragt euch also wieder«, schlussfolgerte Elena.

»Genau.« Ihre Schwester nickte. »Und wozu brauchst du drei Fahrkarten?«

Elena zuckte nur mit den Schultern. »Brauch ich eben.«

»Willst du etwa deine Freundinnen mitnehmen?«, fragte Daphne.

Elena antwortete nicht.

»Du bist völlig übergeschnappt«, stellte Daphne fest. »Wenn ihr erwischt werdet, seid ihr dran!«

»Ich will sie ja gar nicht mitnehmen«, log Elena. Sie wusste, dass jede Diskussion sinnlos war, Daphne würde keine weitere Fahrkarte mehr herausrücken. »Danke. – Deine Frisur sieht übrigens cool aus.«

Sie drückte die graue Fahrkarte wie einen Schatz an ihre Brust und lief in ihr Zimmer zurück, wo Nele und Jana ihr schon gespannt entgegensahen.

Elena schloss die Tür hinter sich und wedelte triumphierend mit der Fahrkarte.

»Was ist denn das?«, wollte Nele wissen.

»Ein illegales Portal«, antwortete Elena. »Daphne hat es von ihrem Freund Gregor, und der hat es vom Schwarzmarkt. Es wird ein bisschen schwierig sein, weil wir es zu dritt benutzen müssen, aber ich hoffe, es funktioniert.«

Sie erklärte ihren Freundinnen, dass man die Karte nach einer bestimmten Methode einschneiden musste, sodass aus der Fahrkarte eine geschlossene Papierkette wurde.

»Wir müssen allerdings gleichzeitig hindurchsteigen«, sagte Elena und hoffte inbrünstig, dass es auch funktionieren würde und niemand von ihnen zurückblieb.

Nele war skeptisch. Sie strich behutsam über die Fahrkarte. »Und damit sollen wir wirklich in die Hexenwelt kommen?«

Elena nickte. »Die Fahrkarte ist magisch beschichtet.«

»Und wann soll es losgehen?« Jana warf Nele einen unsicheren Blick zu.

»Na, am besten gleich«, meinte Nele. »Wenn Miranda tatsächlich irgendwo von Mafaldus Horus gefangen gehalten wird, zählt jede Minute.«

»Und wann werden wir wieder zurück sein?«, wollte Jana wissen.

»Keine Ahnung!«, gestand Elena. »Ich weiß nicht, was uns in der Hexenwelt erwartet.«

»Aber wenn ich heute Abend nicht nach Hause komme, wird sich meine Mutter Sorgen machen«, wandte Jana ein. »Und wenn wir morgen in der Schule fehlen …«

»Jana, es geht vielleicht um Mirandas Leben!«, unterbrach Nele ihre Freundin. »Für deine Mutter und meine Eltern finden wir bestimmt eine Erklärung, falls wir tatsächlich länger weg sind. Außerdem bin ich sicher, dass Miranda und

Elena notfalls alles in Ordnung bringen können, wenn wir wieder zurück sind.«

»Klar, mit einem *Zeitzauber* ist das kein Problem«, sagte Elena. Sie fühlte sich etwas unbehaglich dabei, so etwas zu versprechen, denn mit dieser Art von heikler Hexerei hatte sie bisher kaum Erfahrung. »Gut, dann lasst uns starten!«

Sie musterte ihre beiden Freundinnen. Jana und Nele hatten ihre Anoraks auf Elenas Bett geworfen. Warme Kleidung war bestimmt nicht verkehrt in der Hexenwelt. Elena schnippte mit den Fingern. Aus ihrem Kleiderschrank schwebte eine gefütterte Jacke und legte sich sachte neben die Anoraks.

Nele grinste. »Ich mag es, wenn du zauberst«, sagte sie. »Davon kann ich einfach nicht genug kriegen. Und ich würde es so gerne selbst können.« Sie schnippte ebenfalls mit den Fingern, aber natürlich tat sich nichts.

Elena holte eine Schere aus der Schreibtischschublade und begann die Fahrkarte zu zerschneiden. Sie arbeitete konzentriert. Der Papierring sollte möglichst groß werden, damit sie auch wirklich zu dritt hindurchpassten.

✂

»Und was passiert, wenn die Fahrkarte zerreißt?«, fragte Jana, die Elena misstrauisch beobachtete.

»Sie geht nicht kaputt, ganz einfach!« Nele war optimistisch. Sie nahm ihren Anorak vom Bett und begann ihn anzuziehen.

»Ich glaube, ich muss vorher noch mal aufs Klo«, sagte Jana.

»Du weißt ja, wo unser Badezimmer ist«, meinte Elena und schnitt die letzten Kanten durch.

»Wohin bringt Ihr mich?«, fragte Miranda mit schwacher Stimme. Sie war noch immer wie betäubt. Ein Teil ihres Verstandes sagte ihr, dass es nicht gut war, so nah bei Mafaldus zu sein. Doch sie war unfähig, sich aus seiner Umarmung zu lösen.

»Das wirst du sehen, Miranda«, flüsterte der Magier. »Vertrau mir.« Sein Mund war dicht bei ihrem Ohr. Seine Stimme drang in ihren Kopf und machte es ihr schwer, sich auf ihre Gedanken zu konzentrieren.

Miranda sah aus den Augenwinkeln, wie sich die Umgebung veränderte. Sie waren im Innern eines Baumes gewesen, doch jetzt begann die Rinde zurückzuweichen und der Raum dehnte sich aus. Auf einmal schienen sie sich in einem runden hölzernen Turm zu befinden. Durch Öffnungen, die sich hoch oben befanden, fiel spärliches Licht in den Turm.

Als Mafaldus Horus Miranda unvermittelt losließ, schwankte sie einen Moment lang. Dann gewann sie das Gleichgewicht wieder. Sie blickte sich um. An den Wänden befanden sich schmiedeeiserne Halterungen, in denen schwarze Kerzen steckten. Mafaldus machte eine Handbewegung – und die Kerzen brannten.

»Komm mit!«

Er bückte sich und öffnete eine Bodenklappe. Hölzerne Stufen führten in die Tiefe. Mafaldus bewegte seine Finger – und schon hatte er eine lodernde Fackel in der Hand. »Folge mir!«, forderte er Miranda auf und begann die Stufen hinabzusteigen.

Miranda gehorchte. Schritt für Schritt ging sie hinter dem Magier her. Immer tiefer ging es hinunter. Keiner von ihnen sprach ein Wort. Miranda hatte keine Ahnung, wohin die Treppe führte. Sie mussten schon längst unter der Erde sein.

Wo ist der Baum?, dachte Miranda. *Sind wir im Wurzelwerk?*

Warum konnte sich Mafaldus auf einmal frei bewegen, wo er doch eigentlich an den Dornenbaum gebunden war?

Miranda wunderte sich, aber ihre Gefühle erreichten nicht ihr Herz. Deshalb verspürte sie auch keine Angst. Es war, als würde sie sich unter einer großen Glasglocke befinden. Nichts schien sie wirklich anzugehen.

Mafaldus' Fackel warf ein flackerndes Licht. Die Wände waren schwarz wie Friedhofserde.

Stufe um Stufe ging es abwärts. Nach einer Weile verlor Miranda jegliches Zeitgefühl. Sie konnte nicht mehr sagen, wie lange sie schon unterwegs waren. Waren es Minuten oder schon Stunden? Wie in Trance setzte sie Fuß vor Fuß, sie und Mafaldus hatten das gleiche Tempo. Manchmal knarrte eine Treppenstufe.

Sie mussten schon sehr tief im Erdreich sein. Mit einem Mal blieb Mafaldus stehen. Als er die Fackel hob, merkte Miranda, dass sie das Ende der Treppe erreicht hatten. Sie befanden sich in einem dunklen Gewölbe. Es roch nach Feuchtigkeit und Moder.

Als sie ein paar Schritte weitergegangen waren, sah Miranda ein Stück entfernt einen breiten unterirdischen Fluss. Das Wasser schien noch schwärzer zu sein als die Erde ringsum, tief, unergründlich und unheimlich. Miranda begann zu zittern. Es graute ihr vor dem Gewässer. Sie blieb stocksteif stehen.

Mafaldus wandte sich nach ihr um. »Was hast du?«, fragte er. »Warum gehst du nicht weiter?«

»Was ist das für ein Fluss?«, wisperte Miranda, während ihre Lippen bebten.

»Ein ganz normaler Fluss, warum?«, antwortete Mafaldus. »Jetzt komm.«

Miranda rührte sich nicht. Sie spürte, dass der Magier log. Der Fluss war etwas ganz Entsetzliches und Bedrohliches. Alles krampfte sich in ihr zusammen.

Als Mafaldus sah, dass Miranda sich nicht vom Fleck rührte, kehrte er um und fasste sie am Arm. »Komm, Miranda«, wiederholte er. »Vertrau mir. Es wird dir nichts passieren.«

Wieder fühlte Miranda die hypnotische Macht des Magiers. Ihr Widerstand erlahmte, sie ließ sich von ihm führen. Sie gingen am Ufer des Flusses entlang, bis sie zu einem hölzernen Kahn kamen. Zuerst hielt Miranda das Boot für leer, aber dann sah sie, wie sich eine vermummte Gestalt von einem Sitz erhob und ihnen entgegensah. Die Kapuze war tief ins Gesicht gezogen. Aus dem Dunkel leuchteten zwei rote Augen.

»Kannst du uns ans andere Ufer bringen?«, fragte Mafaldus die Gestalt.

»Und was bekomme ich von Euch?«, knurrte der Vermummte. »Keine Dienstleistung ohne Bezahlung!«

»Weißt du nicht, wer ich bin?« Mafaldus Horus hielt die Fackel höher, sodass der Lichtschein sein Gesicht beleuchtete. »Dein oberster Herr, der Meister der Dunkelheit, wartet auf mich!«

Der Vermummte verneigte sich tief. »Ich bitte Euch um Verzeihung«, flüsterte er. »Ich habe Euch nicht gleich erkannt. Ihr seid der große Magier Mafaldus Horus. Natürlich bringe ich Euch und Eure Begleitung ans andere Ufer.« Er verbeugte sich noch tiefer. »Ich bin Karoon, Euer ergebener Diener!«

»Genug der Worte! Setz uns über!«, verlangte Mafaldus knapp.

»Sehr wohl, Herr!« Karoon kletterte aus dem Boot, um Mafaldus und Miranda beim Einsteigen zu helfen.

Miranda zuckte zurück, als sie merkte, dass Karoon seine weiße Knochenhand nach ihr ausstreckte.

»Was ist das für ein Fluss?«, fragte sie noch einmal. In ihrer Stimme lag Panik.

»Er trennt die Lebenden von den Toten«, antwortete Karoon. »Komm schon!« Er schob sie zum Kahn. Miranda blieb nichts anderes übrig, als sich neben Mafaldus zu setzen. Karoon stieg ein und ergriff das Ruder. Das Boot schwankte, als er es vom Ufer abstieß.

Das schwarze Wasser schimmerte noch unheimlicher als zuvor. Miranda zitterte vor Furcht und Kälte und klemmte die Hände zwischen ihre Knie.

Er trennt die Lebenden von den Toten ... Was hatte das zu bedeuten? Ihre panische Angst nahm noch zu und ließ sie fast ohnmächtig werden. Was hatte Mafaldus nur mit ihr vor?

Miranda spürte, dass der Magier sie keine Sekunde lang aus den Augen ließ. Sie überlegte, wie sie fliehen konnte. Die einzige Möglichkeit wäre, mutig über Bord zu springen ...

»Das würde ich an deiner Stelle nicht tun«, sagte Mafaldus mit einem leisen Lachen, und Miranda wusste, dass er ihre Gedanken gelesen hatte. »Sieh dir das Wasser genau an!«

Miranda beugte sich über den Bootsrand. Sie nahm jetzt einige Schatten im Wasser wahr. Als sie genauer hinsah, erkannte sie, dass sich unter der Oberfläche Krokodile befanden, die dem Boot folgten. Der Fluss wimmelte davon!

»Wohin bringt Ihr mich?«, wisperte Miranda erneut, während ihr die Angst die Kehle zuschnürte.

»Ans andere Ufer«, antwortete Mafaldus. »Keine Sorge, ich bleibe bei dir und begleite dich. Ich werde dich dem Meister der Dunkelheit vorstellen, bevor ich gehe.«

Miranda biss sich auf die Lippe. »Und … und wer ist der Meister der Dunkelheit? Was heißt, *bevor Ihr geht?* Lasst mich nicht alleine zurück!« Ihre Hände waren eiskalt.

Neben dem Boot tauchte der Kopf eines Krokodils auf. Es öffnete drohend seinen Rachen, griff den Kahn aber nicht an.

»Der Meister der Dunkelheit ist derjenige, dem dieses unterirdische Reich gehört«, antwortete Mafaldus. »Er allein entscheidet, wer bleibt und wer geht. Ich werde gehen und du wirst bleiben. Keine Sorge, es wird dir hier bestimmt gut gehen. Ich weiß, du bist sehr wissbegierig – und du wirst hier viel lernen können.«

Der Kloß in Mirandas Kehle wurde immer größer. *Ich werde gehen und du wirst bleiben …* Da dämmerte es ihr. Mafaldus Horus' Plan war, sie, Miranda, im Totenreich zurückzulassen, als Pfand für seine eigene Freiheit. Wahrscheinlich war damit auch sein Gefängnis im Dornenbaum geöffnet, und er war frei, so frei, wie sie nie mehr sein würde!

»Richtig!« Mafaldus Horus lachte wieder. »Du bist eine schlaue Hexe! Ich mache mit dem Meister der Dunkelheit einen Deal: Ich bringe ihm eine schöne junge Seele – und dafür lässt er mich gehen!«

»Aber …«, protestierte Miranda, doch Mafaldus fuhr sie an: »Schweig! Du bist mir ein willkommenes Geschenk, um meine ersehnte Freiheit zurückzuerlangen. Es war alles anders geplant, denn hättet ihr nicht die Versammlung der

Schwarzen Zauberkutten gestört, wäre ich längst frei und der Besuch beim Meister der Dunkelheit wäre uns beiden erspart geblieben. So musste ich zu einer anderen Lösung greifen. Ich bin sicher, der Meister der Dunkelheit wird sich sehr freuen, wenn ich dich zu ihm bringe.«

»Aber ich will nicht sterben!«, stieß Miranda aus. »Ich liebe das Leben! Bringt mich zurück!« Weinend schlug sie die Hände vors Gesicht. Ihre Schultern zuckten.

»Der Austausch ist beschlossene Sache«, sagte Mafaldus hart.

Ein Ruck ging durch das Boot. Sie hatten das andere Ufer erreicht. Karoon sprang an Land und reichte Miranda wieder seine Knochenhand. Miranda griff zu und der Fährmann zog sie aus dem Boot. Sie spürte, wie ein Krokodil nach ihren Knöcheln schnappte, aber Karoon reagierte sofort und hieb mit dem Ruder nach dem Tier. Das Krokodil tauchte unter.

Miranda atmete auf, als sie wieder auf festem Boden stand. Doch da hörte sie hinter sich ein dumpfes Knurren. Als sie sich umdrehte, tauchte aus der Dunkelheit ein dreiköpfiger Hund auf. Was für eine Bestie! Ein Kopf war scheußlicher als der andere. Die Augen leuchteten wie glühende Kohlen. Miranda erschrak und blickte voller Entsetzen auf das Untier.

»Ruhig, Zerberus!«, rief Mafaldus und machte eine Handbewegung. Drei Kuchenstücke tauchten in der Luft auf und landeten vor dem Hund auf dem Boden. Sofort stürzten sich die drei Köpfe auf die Leckerbissen.

»Komm!« Mafaldus packte die noch immer erstarrte Miranda am Arm und zog sie an dem Ungeheuer vorbei.

Der Hund hatte im Nu den Kuchen vertilgt. Eine Kette

klirrte, doch Zerberus konnte ihnen nicht folgen. Er bellte wütend hinter ihnen her. Das dreifache Gebell hallte unheimlich in dem Gewölbe wider. Als Miranda sich umwandte, sah sie, wie einer von Zerberus' Köpfen nach Karoon schnappte, doch der Vermummte reagierte blitzschnell und klemmte dem Angreifer das Ruder ins Maul.

»Dummes Biest, du müsstest mich doch längst kennen!«, hörte Miranda Karoon schimpfen.

Miranda zog schaudernd die Schultern hoch.

Sie und Mafaldus bewegten sich jetzt auf einem schmalen Pfad. Bizarres Wurzelwerk, weiß wie ausgebleichte Knochen, hing von der Decke herunter und streifte ab und zu ihre Köpfe. Neben ihnen strömte der dunkle Fluss. Misstrauisch sah Miranda aufs Wasser, aber kein einziges Krokodil kam an Land. Vielleicht war es ihnen nicht erlaubt, den Fluss zu verlassen.

»Sind wir im Totenreich und ich nicht mehr unter den Lebenden?«, flüsterte Miranda. Eiskalte Furcht hatte ihr Herz gepackt.

»Wir sind in der Unterwelt«, sagte Mafaldus, ohne ihr eine Antwort auf den zweiten Teil ihrer Frage zu geben.

Ein gestörtes Zauberritual kann schlimme Folgen haben

Die drei Mädchen waren bereit für die Reise in die Hexenwelt. Jana war ein bisschen blass um die Nase, aber das war sie ja meistens, wenn sie sich aufregte oder Lampenfieber hatte. Nele versuchte Zuversicht und Optimismus auszustrahlen. Elena war ihr dankbar dafür. Sie hatte keine Ahnung, was sie bei ihrem Abenteuer erwartete. Hoffentlich konnte sie Kontakt mit ihrem Vater aufnehmen!

Nele, Jana und Elena drängten sich dicht aneinander, während Elena die Fahrkarte vorsichtig auseinanderzog und den Papierring über ihre Köpfe streifte. Weil sie den Ring möglichst groß gemacht hatte, war der Papierstreifen extrem dünn geraten.

Elena mochte sich gar nicht vorstellen, was passieren würde, wenn die Karte zerriss. Sie holte tief Luft.

»Seid ihr so weit?«, fragte sie.

Jana suchte Elenas Hand und klammerte sich mit der anderen an Nele. »Ja«, antwortete sie leise. Elena las die Angst in ihren Augen.

»Ja«, sagte auch Nele. Sie grinste aufmunternd.

»Okay«, murmelte Elena. Sie zog den Papierring weiter herunter, streifte ihn sachte über ihre eigenen Schultern, dann über Janas und zuletzt über Neles.

Da passierte es. Der Streifen blieb an Neles rechter Schulter hängen und riss mit einem Ruck in der Mitte durch. Elena schrie auf. Es gelang ihr gerade noch, Neles Hand zu er-

Gefahren beim Wechseln der Welten

Wenn man von der Hexenwelt in die Menschenwelt wechselt oder umgekehrt, muss man die Reise normalerweise beim Landeszauberamt beantragen. Nur die offiziellen Wege sind sicher.
Benutzt man illegale Fahrkarten oder zaubert sich auf eigene Faust in die andere Welt, kann es unangenehme Folgen haben, vor allem, wenn das Zauberritual nicht korrekt durchgeführt wird.

Am harmlosesten sind noch unerwünschte Begleiterscheinungen während der Reise wie Wind, Sturm oder Regen. Unter Umständen kommt man recht zerzaust oder nass am Reiseziel an, was beispielsweise bei Vorstellungsgesprächen oder Antrittsbesuchen peinlich werden kann. Wesentlich lästiger sind unerwartete Reisebekanntschaften. Es sind Besucher aus Zwischenwelten, die durch Ritzen oder Löcher im Reisetunnel eindringen. Man kennt sie gemeinhin als Geister. Sie können einen während der Fahrt durch pausenloses Gequassel quälen. Dreistere Reisebegleiter werden handgreiflich, kitzeln, schlagen, beißen oder kratzen. Gelegentlich kommen sogar mörderische Attacken vor.

Ab und zu passiert es auch, dass Körperteile verloren gehen oder sich verändern. Möglicherweise muss man sich nach der Ankunft mit einer haarigen Affenhand oder einem Klumpfuß herumplagen. Häufig verändert sich auch die Haarfarbe, meistens zu einem penetranten Pink, das noch dazu im Dunkeln leuchtet.
Angesichts dieser Gefahren sollte eine Hexe wirklich darüber nachdenken, ob sie nicht besser nur auf legalem Weg die Welten wechselt!

greifen, bevor der Boden unter ihren Füßen verschwand und sie alle drei in ein dunkles Loch sausten, das seitlich einen hellen Schlitz hatte.

»Festhalten!«, brüllte Elena voller Angst und spürte, wie sich Jana an ihre Hand krallte. Auch Nele packte fest zu.

Sie rasten durch einen senkrechten Tunnel. Ein starker Sturmwind wehte durch die Öffnung herein und hätte die Mädchen voneinander getrennt, wenn sie die Hände losgelassen hätten. Wahrscheinlich würden sie dann an völlig unterschiedlichen Stellen in der Hexenwelt landen. Das durfte nicht passieren!

Der Wind zerrte an Elenas Haaren und zwang sie, die Augen zu schließen.

»Mir ist schlecht!«, jammerte Jana neben ihr.

Nele dagegen quietschte wie in einer Achterbahn. »Wow, ist das super!«

Das Festhalten erforderte Elenas ganze Kraft. Sie fühlte sich für ihre Freundinnen verantwortlich. Vielleicht war es doch ein großer Fehler gewesen, sie in die Hexenwelt mitzunehmen …

Der Sturmwind heulte lauter und lauter. Elena blinzelte und sah in dem kurzen Moment, dass die Öffnung im Tunnel breiter geworden war. Grelles Licht blitzte von dort herein, sie sah Farben und erkannte Landschaften, die sich rasend schnell veränderten. Waren es Gegenden aus der Hexenwelt? Oder gab es vielleicht noch andere Parallelwelten, von denen weder die Hexen noch die Menschen etwas wussten?

Plötzlich endete die rasante Fahrt. Die Mädchen landeten unsanft auf einer Wiese. Der Boden war vom Regen durchnässt, sodass ihr Aufprall zum Glück gedämpft wurde, sonst hätten sie sich die Knochen gebrochen. Trotzdem verloren alle drei das Gleichgewicht. Elena fiel um und kullerte einen Hang hinunter. Sie spürte, wie die Nässe durch ihre Kleider drang. Endlich kam sie zum Stillstand. Zuerst blieb sie einen Moment wie betäubt liegen. Dann rappelte sie sich langsam hoch. Die Knie und Ellbogen taten weh, doch ernstlich verletzt war sie nicht. Aber ihre Kleidung war voller Schmutz- und Grasflecken! Sie sah furchtbar aus.

»Mist!«, schimpfte Elena. Dann schaute sie sich nach ihren Freundinnen um.

Jana war etwas weiter oben am Hang gelandet, saß aufrecht im Gras und sah sich mit erstauntem Blick um. Nele stand schon auf den Füßen. Auch sie war über und über schmutzig, trotzdem strahlte sie übers ganze Gesicht.

»Wahnsinn! Es hat geklappt! Wir sind da!«

Elena humpelte langsam hügelaufwärts zu ihren Freundinnen. Es nieselte und die Wolken hingen tief. Allmählich hatte sie einen Verdacht. Elena drehte sich um die eigene Achse und betrachtete die knorrige Weide, die eine eigentümliche Form hatte. Dann war sie sich sicher: Sie waren auf dem *Outsider-Hill* gelandet, ihrem früheren Zuhause!

»Bist du okay, Elena?«, rief Nele.

»Ja«, antwortete sie und kletterte weiter hoch. »Und ihr?«

»Ich weiß nicht«, antwortete Jana und stand mühsam auf. Sie betrachtete ihre dreckverklebten Hände, dann ihre schmutzigen Hosen. »Wie sehe ich denn aus!«

»Genauso wie wir!«, erwiderte Nele fröhlich. »Keine Sorge, Jana! Elena hext uns bestimmt gleich sauber!«

Keuchend kam Elena neben Nele zum Stehen. »Weißt du, wo wir sind?«

»Keine Ahnung«, sagte Nele.

»Auf diesem Hügel haben wir gewohnt, bevor wir ins HEXIL gegangen sind«, sagte Elena. »Das ist ein Ort für Außenseiter, Verachtete und Bestrafte. Ich kann euch unser Haus zeigen, wenn es euch interessiert.«

»So schlecht ist es doch hier gar nicht«, meinte Jana und machte eine Handbewegung. »So viel Natur, alles ist schön grün …«

»Dich würde es auch nerven, wenn es immer achtzehn Stunden am Tag regnet«, entgegnete Elena. »Die Häuser sind auf der anderen Seite des Hügels. Ich sage euch, da wohnen wirklich merkwürdige Gestalten!«

»Kannst du … jetzt erst mal … hexen?« Jana deutete auf ihren schmutzigen Anorak. »Bitte!«

Elena lächelte. Sie kreuzte die Finger und murmelte einen Zauberspruch. Im Nu waren die drei Mädchen sauber. Ihre Klamotten sahen aus wie frisch gewaschen und gebügelt.

»Danke«, sagte Jana erleichtert.

»Gegen den Regen kann ich aber leider nichts unternehmen«, sagte Elena. »Das ist ein magischer Regen, der zum *Outsider-Hill* dazugehört, und Magie kann man nur sehr schlecht mit Magie bekämpfen.«

Im gleichen Augenblick flog ein großer schwarzer Rabe dicht über die drei Mädchen hinweg. Elena schlug erschrocken ihre Hand vor den Mund.

»Wir müssen aufpassen, was wir sagen!«, raunte sie ihren Freundinnen zu. »Das könnte einer der Bewohner gewesen sein … oder vielleicht sogar ein Spion …«

Jana schluckte. »Und wenn sie uns schnappen und herausfinden, dass wir Menschen sind?«, fragte sie bang. »Was passiert dann?«

»Wir werden nicht geschnappt«, behauptete Nele. Sie wandte sich an Elena. »Ich würde sooo gerne sehen, wo ihr früher gewohnt habt. Ist das nicht hier in der Nähe? Ich bin so neugierig!«

Elena lächelte. »Wenn wir weiter auf den Hügel raufklettern, kommen wir auf eine Straße. Das war mein täglicher Schulweg.«

»Wir wollen aber doch eigentlich Miranda suchen und haben nicht wirklich Zeit für solche Besuche, oder?«, meinte Jana.

»Wir müssen sowieso hoch, dort oben habe ich nämlich garantiert eine gute Verbindung«, sagte Elena. »Das war schon so, als ich noch eine normale Kommunikationskugel benutzt habe und keinen *Transglobkom*. Auf dem *Outsider-Hill* ist nicht überall guter Empfang, weil es so viele magische Störungen gibt.«

»Hoffentlich erreichst du deinen Vater«, entgegnete Jana.

»Das hoffe ich auch«, antwortete Elena.

Sie gingen durch das nasse Gras. Elena spürte, wie ihre Schuhe in der matschigen Wiese einsanken. Schon nach kurzer Zeit waren sie wieder voller Lehm. Jana und Nele erging es genauso. Endlich erreichten sie eine schmale Straße. Während Jana und Nele den Schmutz von ihren Schuhen abstreiften, blieb Elena stehen und blickte ins Tal hinab. Es roch nach feuchter Erde, Walnüssen und Minze. Erinnerungen stiegen in ihr auf. In der Ferne waren einige Gebäude sichtbar. Sie erkannte den spitzen Turm ihrer Schule und fühlte sich unbehaglich. Was für eine Verachtung hatte ihre Familie zuletzt spüren müssen … Und wie hatten die Mitschüler Elena gemobbt!

Elena war noch ganz in Gedanken versunken, als eine Hexe auf einem Besen über sie hinwegzischte. Sie flog ziemlich niedrig und der Besen schlenkerte dabei hin und her.

Jana und Nele zogen ängstlich die Köpfe ein. Nele schaute der Hexe bewundernd hinterher.

»Mann! Jetzt habe ich es endlich mit eigenen Augen gesehen, dass Hexen tatsächlich auf einem Besen fliegen.«

»Sehr bequem scheint es nicht gerade zu sein«, sagte Jana.

»Ist es auch nicht«, bestätigte Elena. »Dieser Besen sieht so aus, als würde er es nicht mehr lange machen. Wenn er zwischendrin bockt, kann man sich ganz schön wehtun.« Sie erzählte von ihrem eigenen alten Besen, der zuletzt nur noch ganz langsam geflogen war. Dann zog sie ihren *Transglobkom* unter ihrer Jacke hervor, klappte ihn auf und versuchte ihren Vater zu erreichen. Die durchsichtige Kugel erschien, schwebte in Elenas Augenhöhe, und im Innern tauchte verschwommen ein Gesicht auf. Elena fiel ein Stein vom Herzen, als sie ihren Vater erkannte.

»Hallo Papa! Ich bin's, Elena!«

Das Gesicht wurde etwas deutlicher. »Elena – du?« Leon Bredovs Stimme klang verwundert. »Entschuldige, dass du mich nicht sofort deutlich sehen konntest, ich war gerade getarnt. Was gibt's?«

»Papa, ich brauche deine Hilfe. Ich mache mir solche Sorgen um Miranda. Sie ist verschwunden«, berichtete Elena aufgeregt. »Mafaldus Horus hat sie mit einem Fluch belegt, es ging ihr in den letzten Tagen ziemlich mies. Und jetzt ist sie von zwei Kuttenmännern entführt worden!«

»Was für ein Fluch?«

»Bei der Versammlung der *Zauberkutten* hat Mafaldus einen Fluch auf Miranda abgefeuert, erinnerst du dich nicht daran?«

»Aber ich dachte, Eusebius hat Miranda geschützt?«

»Das dachte ich auch«, antwortete Elena. »Doch Miranda muss zumindest einen Teil des Fluchs abbekommen haben. Sie hat sich in der letzten Zeit nicht wohlgefühlt, war dauernd müde und ihre Zaubereien gingen ständig schief. Und heute ist sie von zwei Kuttenmännern entführt worden! Was hat das zu bedeuten, Papa? Was hat Mafaldus mit Miranda vor?«

»Das klingt gar nicht gut«, meinte Leon nach einer kurzen Pause. Seine Stimme hörte sich mehr als besorgt an. »Aber dieses heikle Thema besprechen wir lieber nicht per *Transglobkom*. Möglicherweise gibt es Mithörer. Ich werde versuchen, ob ich mich von hier loseisen kann. Spätestens heute Abend komme ich zu euch, in Ordnung?«

»Warte, Papa!«, rief Elena, denn das Bild in der Kugel drohte schon zu verblassen. »Ich bin nicht mehr im HEXIL, sondern hier, auf dem *Outsider-Hill* ...«

»Auf dem WAS?«

»Äh ... auf dem Hügel, wo wir gewohnt haben«, verbesserte sich Elena schnell. *Outsider-Hill* war kein offizieller Ausdruck. Miranda hatte die Bezeichnung erfunden, um diese trostlose Wohngegend zu charakterisieren. Elena fand das Wort ziemlich treffend.

»Du bist also hier in der Hexenwelt?«, erkundigte sich Leon. »Wer ist bei dir? Jolanda oder Mona?«

»Nein ...«

»Bist du etwa allein gekommen?«

»Nein ... äh ... mit zwei Freundinnen.« Elena spürte, dass sie rot wurde.

»Doch nicht etwa ... MENSCHEN?«

Elena zögerte. »Ja«, sagte sie mit schwacher Stimme. »Ich habe Nele und Jana mitgenommen, meine besten Freundinnen in der Menschenwelt. Ich kann ihnen wirklich vertrauen, Papa. Und die beiden machen sich um Miranda genauso viele Sorgen wie ich.«

»Elena, was denkst du dir eigentlich dabei? Das kann üble Folgen haben, das weißt du doch, oder?«, fragte Leon Bredov vorwurfsvoll. Doch dann gab er sich selbst die Antwort. »Typisch! Du bist eben meine Tochter. Du hast einen Dickkopf und setzt dich über alle Regeln hinweg.«

Elena lächelte schwach.

»Das entschuldigt jedoch gar nichts«, fuhr Leon fort. »Aber darüber reden wir später. – Du bist jetzt auf dem Hügel? Gut, dann treffen wir uns am besten in unserem früheren Haus. Es ist noch immer unbewohnt. Wartet dort, bis ich komme – und verhaltet euch bitte unauffällig!«

Das Bild verschwand und die Kugel platzte. Elena klappte den *Transglobkom* zu.

»Mein Vater kommt«, teilte sie ihren Freundinnen mit. »Wir sollen in unserem früheren Haus auf ihn warten.«

»Das ist ja super!«, freute sich Nele. »Dann sehen wir ja doch noch, wie ihr früher gewohnt habt.«

»Du wirst enttäuscht sein«, meinte Elena. »Das war alles nichts Besonderes. Vergiss nicht – wir waren verbannt aus der Hexengemeinschaft, weil alle gedacht haben, dass sich mein Vater mit schwarzer Magie beschäftigt hat.«

»Du Ärmste!« Jana legte den Arm um Elena. »Das muss furchtbar für euch gewesen sein.«

»Das war es auch«, bestätigte Elena und spürte einen Kloß im Hals, wenn sie an die Zeit vor dem HEXIL dachte und daran, wie nur noch Miranda zu ihr gehalten hatte. Miranda ... Elena machte sich solche Sorgen um ihre beste Freundin. Aber heute Abend würde ihr Vater kommen, und der wusste bestimmt, was zu tun war.

Sie liefen die schmale Straße entlang. Als sie die Hügelkuppe erreicht hatten, tauchten unter ihnen die ersten Häuser auf. Alles schien unverändert: die großen Gärten mit den morschen Zäunen und den Gebäuden, die zum Teil in einem sehr seltsamen Stil erbaut waren. Manche Häuser wirkten, als hätte man Stücke willkürlich aneinandergeklebt. Etliche Balkone waren baufällig und hingen windschief an den Wänden.

»Gruselig!«, meinte Jana und zog die Schultern hoch.

Als sie weitergingen, zeigte sie ihnen unauffällig eine Fensteröffnung, in der ein zerzauster Uhu saß. Ein Auge war geschlossen, aber mit dem anderen beobachtete er scharf die Umgebung.

»Das ist ein Zauberer, der sitzt Tag für Tag in seinem Fenster und späht seine Nachbarn aus«, flüsterte Elena. »Guck nicht direkt hin, Nele! Wir sind gleich da, das nächste Haus ist es. Am besten gehen wir hintenrum, sonst sieht der Uhu alles. Ich kenne einen Schleichweg.«

Nele und Jana warfen einen Blick auf das Haus, in dem die Bredovs früher gewohnt hatten. Jana stieß unwillkürlich die Luft aus.

»Mann«, wisperte Nele, »was für eine Bruchbude! Da wohnt ihr jetzt wirklich schöner.«

Elena nickte. Sie gingen weiter die Straße entlang, als seien sie normale Spaziergänger. Beim übernächsten Haus sprang Jana mit einem Schrei zur Seite.

»Da! Schlangen!« Sie deutete entsetzt mit dem Finger auf einen knorrigen Fliederstrauch. In den Ästen hingen zwei Riesenschlangen, die ineinander verknotet waren. Eine Stimme säuselte:

»Na, ihr Hübschen, wollt ihr nicht für ein Weilchen zu uns reinkommen?«

»Keine Zeit!«, sagte Elena, ohne den Schlangen große Beachtung zu schenken. Sie packte Jana am Arm und zog sie weiter. Nele hingegen blieb vor dem Zaun stehen und starrte die Schlangen fasziniert an.

»Du bist vielleicht eine Süße«, sagte die Schlange mit schmeichelnder Stimme. »Hast du Lust, mich um deinen Hals zu legen? Ich glaube, wir beide würden sehr gut zusammenpassen!«

Nele stutzte und rannte dann Elena und Jana hinterher.

»Wer sind die denn?«, fragte sie verstört, als sie die beiden eingeholt hatte.

»Unsere früheren Nachbarn, ein Ehepaar«, antwortete Elena. »Sie lieben es, sich in Schlangen zu verwandeln, und quatschen dann jeden dumm an, der an ihrem Zaun vorbeigeht.«

Nele schüttelte sich vor Abscheu. Jana fasste Elenas Hand fester.

Sie gingen noch ein Stück weiter die Straße entlang, dann bog Elena in einen schmalen Pfad ein, der zwischen den Häusern hindurchführte. Sie erreichten eine große Wiese. Das Gras stand hüfthoch und triefte vor Nässe.

»Es hilft nichts, wir müssen hier durch«, meinte Elena. »Ich geh voraus.« Sie bahnte sich mühsam einen Weg. Nele und Jana folgten ihr. Jetzt konnten sie die Rückseiten der Häuser sehen, die von hinten genauso abenteuerlich wirkten wie von der Straße aus. Wilde Hecken wuchsen über die Zäune, und alte Obstbäume streckten ihre Äste aus. Nach einer Weile blieb Elena stehen und deutete auf eine verfallene Gartentür.

»Das ist unser Hintereingang!«

Als sie die Tür öffnen wollte, merkte sie, dass sie gar nicht mehr in den Angeln hing, sondern nur angelehnt war. Elena schob sie zur Seite, dabei zerbrachen gleich zwei Latten. Der

Gartenweg war zugewuchert. Überall wuchsen riesige Blätter Löwenzahn. Elena seufzte. Sie erinnerte sich noch sehr gut daran, wie sie die großen Löwenzahnblätter immer für ihren Vater gepflückt hatte, als dieser ein Leguan gewesen war.

Auf der Terrasse stand noch ein dreibeiniger Holzstuhl. Die Fenster waren kahl und ohne Gardinen. Als Elena gegen die Terrassentür drückte, leistete sie kurz Widerstand, ließ sich aber dann öffnen.

»Das ist das Wohnzimmer«, sagte Elena mit belegter Stimme und trat über die Schwelle. Nele und Jana kamen hinterher.

Auf dem Boden lag ein schäbiger roter Teppich, den inzwischen die Mäuse angefressen hatten. Aus der Couch ragten zwei rostige Sprungfedern. Der Wohnzimmerschrank war voller Staub. Es standen noch ein paar Bücher darin, aber die waren genauso angefressen wie der Teppich.

Nele drehte sich um die eigene Achse. »Äh … hm … ja …«, murmelte sie, »irgendwie habe ich mir euer Zuhause in der Hexenwelt anders vorstellt.«

»Es ist schrecklich!«, stellte Jana fest. »Wie habt ihr es hier nur ausgehalten?«

Elena zuckte die Achseln. Sie hatten es eben aushalten müssen, etwas anderes war ihnen gar nicht übrig geblieben. Sie deutete auf einen wackeligen Tisch, der vor dem Fenster stand. »Hier hat früher Papas Terrarium gestanden.«

»Jetzt verstehe ich, dass ihr ins HEXIL gegangen seid«, meinte Jana. »Das hätte ich an eurer Stelle auch getan!«

Nele öffnete die Wohnzimmertür und blickte neugierig in den Flur. Elena zeigte ihr die Küche und das fensterlose Badezimmer mit den schwarzgrauen Kacheln.

»Kann ich mir die Hände waschen oder werde ich da gleich verhext?«, fragte Jana.

»Das ist ein ganz normales Waschbecken«, sagte Elena. Sie drehte am Hahn. Es gurgelte in der Leitung und nach wenigen Sekunden kam Wasser heraus. »Funktioniert sogar noch. Verhext wird hier niemand.«

»Und das Klo?«, wollte Jana wissen. »Kann man es benutzen? Ich glaube, ich muss mal.«

»Schon wieder?«, fragte Nele mit hochgezogenen Augenbrauen.

»Wenn ich nervös bin, muss ich immer«, erklärte Jana.

Elena besah sich den Wasserkasten. Er war noch immer undicht, aber die Spülung funktionierte. »Müsste gehen«, meinte sie.

»Okay«, sagte Jana. »Könnt ihr mich mal einen Moment allein lassen?«

»Na klar.« Elena schob Nele aus dem Bad und zog von außen die Tür zu. Während sie auf Jana warteten, zeichnete Nele mit dem Schuh das Muster der Bodenfliesen nach.

Plötzlich ertönte aus dem Bad ein Schrei. Gleich darauf riss Jana die Tür auf. Sie war bleich wie der Tod. Ihr Sweatshirt hing unordentlich aus der Hose.

»Ich bin verhext worden!«

»Was?«, riefen Nele und Elena wie aus einem Mund.

Statt einer Antwort hob Jana ihr Sweatshirt ein Stück in die Höhe. Elena und Nele sahen ihren nackten Bauch. Nele schlug sich erschrocken auf den Mund.

Jana hatte keinen Nabel mehr. Ihr Bauch war vollkommen glatt.

Zauberei zur falschen Zeit am falschen Ort kann böse enden

Das muss erst jetzt passiert sein«, behauptete Jana. »Kurz vor der Reise hatte ich noch meinen Nabel, das weiß ich ganz genau. Euer Klo ist doch verhext!« Sie blickte Elena geschockt an.

Ihre Hexenfreundin schüttelte den Kopf. Sie war erschüttert. »Das kann nicht sein. Unser Klo ist ein ganz normales Klo.« Ihr kam ein anderer Verdacht. Die zerrissene Fahrkarte … »Vielleicht ist auf der Reise etwas schiefgegangen.«

Jetzt öffnete Nele hektisch ihren Anorak und schob den Pulli hoch. Sie wurde aschfahl. Auch ihr Nabel war verschwunden!

»Am Klo liegt es also tatsächlich nicht«, sagte sie tonlos.

Jana fing an zu heulen. »Und was jetzt, Elena? Wie kriegen wir unseren Bauchnabel wieder? So kann es doch nicht bleiben! Ich kann nie wieder einen Bikini tragen! Ich kann nie wieder ins Schwimmbad …«

Auch Nele schaute gequält drein. Sie tippte mit dem Finger auf die Stelle, wo ihr Nabel hätte sein müssen. »Ich will meinen Bauchnabel wiederhaben«, sagte sie mit kläglicher Stimme.

Elena schaute bei sich nach, aber ihr eigener Nabel war noch da. Offenbar hatte die Reise nur bei den Menschenmädchen eine Veränderung ausgelöst. Ratlos zog sie ihren Pullover wieder straff.

»Ob man das vielleicht mit einer Schönheitsoperation richten kann?«, überlegte Nele und kniff ein Stück Haut zusammen.

»Ich leg mich doch nicht unters Messer!« Jana tippte sich an die Stirn. »Und überhaupt – wie soll ich das meiner Mutter erklären? Ein Nabel kann nicht einfach VERSCHWINDEN!«

Elena versuchte ihre Freundinnen zu beruhigen. »Keine Panik«, sagte sie. »Vielleicht kriege ich das ja wieder hin.«

Es konnte doch nicht so schwer sein, den verschwundenen Nabel herbeizuhexen. Elena dachte nach, welcher Zauber sich dafür am besten eignete. Aber damit begannen schon die Schwierigkeiten. Sollte sie einen Zauberspruch aus der Rubrik »Verlorene Sachen« verwenden? Oder eher einen Heilzauber? Oder hatte Elena es in diesem Fall mit Magie und Gegenmagie zu tun?

Sie forschte in ihrem Gedächtnis und entschied sich dann, es mit Magie und Gegenmagie zu versuchen. Das war *höhere Zauberei,* und damit war sie noch nicht besonders gut vertraut. Aber sie musste es wenigstens versuchen.

Elena streckte den Arm aus, während Janas verzweifelter Blick auf ihr ruhte, und murmelte einen komplizierten Spruch, der die magische Veränderung zurücknehmen sollte. Es gab einen Knall, der sich anhörte wie ein Pistolenschuss, und aus Elenas Zeigefinger stieg eine gekräuselte Rauchfahne.

Jana schrie auf und hielt sich mit beiden Händen den Bauch.

»Beim Orkus«, entfuhr es Elena. »Was ist passiert?«

Jana nahm vorsichtig die Hände von ihrem Bauch. Nele umklammerte gespannt Elenas Arm. Diese biss sich auf die

Lippe. Wenn sie Jana nun versehentlich schwer verletzt hatte? Das würde sie sich nie verzeihen können!

Doch es floss zum Glück kein Blut. Aber auf Janas Bauch saß statt eines Nabels ein schwarzer Knopf aus Plastik mit vier Löchern.

Zwei Sekunden lang war es totenstill. Dann fing Nele laut an zu lachen.

»Oh Gott!« Jana stampfte mit dem Fuß auf. Aus ihren Augen kullerten jetzt die Tränen. »Das ist ja noch schlimmer als vorher!«

Es war Elena so peinlich. »Ich mach es wieder rückgängig«, sagte sie, streckte den Arm erneut aus und sprach einen Gegenzauber. Beim dritten Versuch klappte es endlich, und Janas Bauch war so glatt wie zuvor.

Jana streifte ihr Sweatshirt wieder herunter, marschierte wortlos ins Wohnzimmer und setzte sich dort vorsichtig auf die löchrige Couch. Ihre Körperhaltung verriet, dass sie total schockiert war und mit niemandem reden wollte, am wenigsten mit ihrer Hexenfreundin.

Elena hatte ein furchtbar schlechtes Gewissen. Das war das Letzte, was sie jetzt noch gebrauchen konnte: dass nun vielleicht ihre Freundschaft zerbrach, nur weil sie solche dummen Fehler beim Hexen gemacht hatte!

Sie ging von hinten an Jana heran und legte ihr die Hand auf die Schulter.

»Meine Mutter wird das bestimmt wieder in Ordnung bringen können«, sagte sie. »Bitte beruhige dich, Jana.«

Jana schwieg und schüttelte Elenas Hand ab.

»Ich kann wirklich nichts dafür! Das mit dem Bauchnabel ist sicher beim Übertritt von der Menschenwelt in die Hexenwelt passiert … Das illegale Portal … es ist gerissen …«, rechtfertigte sich Elena.

Jana gab keine Antwort.

Elena war zerknirscht und fühlte sich unglücklich. Hätte sie sich doch beim Zaubern mehr Mühe gegeben! Aber viel besser zaubern konnte sie nicht, denn nach Papas Verurteilung war sie von der *höheren Zauberei* ausgeschlossen gewesen. Erst im HEXIL hatte sie sich damit beschäftigen dürfen. Sie hatte zwar eifrig gelernt, aber gegenüber Miranda war sie noch immer mit ihren Kenntnissen im Rückstand. Sie war einfach noch nicht so weit, ohne Probleme die *höhere Zauberei* anzuwenden. Sonst hätte sie jetzt sicher gewusst, was zu tun war.

»Mensch, Jana!«, sagte Nele, die ihren Pulli wieder heruntergezogen hatte. »Jetzt mach doch kein solches Drama aus der Sache! Ich bin ja auch nicht begeistert darüber, dass mein Bauchnabel weg ist – aber im Moment sieht es ja keiner. Und sobald wir zurückgekehrt sind, bringt Elenas Familie alles in Ordnung, da bin ich mir ganz sicher. Ich versuche, nicht daran zu denken. Außerdem sind wir wegen Miranda hergekommen! Wer weiß, wie schlecht es ihr gerade geht. Dagegen ist ein fehlender Bauchnabel wahrscheinlich gar nichts.«

Elena sah Nele dankbar an.

Jana wandte langsam den Kopf. »Okay«, murmelte sie leise, aber es klang nicht sehr überzeugt.

»Es tut mir wirklich leid«, sagte Elena noch einmal.

»Schon gut«, erwiderte Jana knapp, ohne Elena anzusehen.

Elena hatte jedoch das Gefühl, dass gar nichts gut war.

Sie setzte sich auf das wackelige Tischchen am Fenster und starrte traurig vor sich hin. Hoffentlich kam ihr Vater bald!

Magie und Gegenmagie

Ein spezielles Kapitel der höheren Zauberei beschäftigt sich damit, wie sich die Folgen unerwünschter Hexereien wieder rückgängig machen lassen.

Beim Verhextsein unterscheidet man zwei Bereiche:

a) Jemand wurde absichtlich von einer anderen Person verhext.

Das geschieht oft. Die Gründe dafür können Wut, Versehen und auch Spaß sein. In der letzten Zeit nimmt die Auftragshexerei zu, das heißt, eine dritte Person verhext das Opfer im Auftrag eines Kunden (der nicht hexen kann oder will). Im Anzeigenteil des Hexenspiegels haben Zauberer ihre Dienste als Auftragshexer angeboten, bis durch einen entsprechenden Erlass des Landeszauberamts solche Anzeigen untersagt worden sind. Seither inserieren Auftragszauberer nur noch in stark verkürzter Form, einer Art Code, wie zum Beispiel:

R.? Z. st. geg. Bez. zu D.
(= Rache? Zauberer steht gegen Bezahlung zu Diensten)

Vh. k. P., 24-Std.-Serv.!
(= Verhexen kein Problem, 24-Stunden-Service!)

b) Jemand verhext sich selbst – versehentlich oder absichtlich.

Sehr oft passiert es, dass jemand einen neuen Zauber ausprobiert und dieser dann zu unerwünschten Nebenwirkungen führt. Man kann sich beispielsweise auf einem Stuhl oder auf dem Klo festhexen. Oder statt des Mantels hängt man selbst an der Garderobe. Es kann vorkommen, dass man sich in ein Bild oder sogar im Tapetenmuster einschließt. Wenn so etwas geschehen ist, muss man warten, bis sich jemand erbarmt und einen aus der misslichen Lage befreit. Man kann daher nicht vorsichtig genug sein, wenn man in der Magie noch nicht besonders erfahren ist!!
Die meisten Arten des Verhexens können rückgängig gemacht werden, doch dazu braucht man einige Erfahrung.

Die Magie für den Rückzauber darf weder schwächer noch stärker als der ursprüngliche Zauber sein. Das erfordert großes magisches Fingerspitzengefühl. Rückzauber ist nichts für Anfänger! Versucht ein unerfahrener Magier beispielsweise, jemanden aus einem Bild zu befreien, kann es passieren, dass beide eingeschlossen werden. Oder es ist möglich, dass der Eingeschlossene zwar befreit wird, aber mit dem Bilderrahmen, der an seinem Kopf festgewachsen ist, herumlaufen muss.

Mafaldus Horus hielt Mirandas Handgelenk umklammert und zog das Mädchen mit sich. Es war ein fester Griff, der jede Flucht unmöglich machte. Aber wie hätte Miranda auch fliehen können? Zwischen ihr und der Welt der Lebenden lag dieser unheimliche Fluss mit seinem dunklen, träge dahinfließenden Wasser. Vielleicht sollte sie *Metamorphose* anwenden und sich in einen Vogel verwandeln ... Aber das traute sie sich nicht zu. Sie wusste nicht, ob ihre Magie an diesem Ort überhaupt funktionierte. Am Ende verwandelte sie sich in eine flügellahme Eule, die dann ins Wasser klatschte und ertrank.

»Wie lange sind wir noch unterwegs?«, fragte Miranda bang.

»Wir sind gleich da«, antwortete Mafaldus ungeduldig. »Der Meister der Dunkelheit erwartet uns schon.«

»Ich kann nicht mehr«, stöhnte Miranda. Sie riss sich los, blieb stehen und rieb sich das schmerzende Handgelenk. »Ich will zurück, ich habe hier nichts verloren.«

»Oh doch, meine Liebe. Der Meister der Dunkelheit ist der Herrscher der Unterwelt und wird sich über deine Anwesenheit sehr freuen. Er begrüßt jeden Neuzugang persönlich und entscheidet über seine Zukunft.«

»Zukunft?«, wiederholte Miranda. »Was denn für eine Zukunft? Wenn ich Euch richtig verstanden habe, dann sind wir hier im Reich der Toten. Wie kann es da noch eine Zukunft geben?« Ihre Stimme schwankte. Sie musste sich sehr zusammennehmen, um nicht loszuheulen. Das war alles so schrecklich. Sie malte sich aus, dass sie eine Ewigkeit hier in diesem finsteren Reich verbringen würde. Nie wieder würde sie das Tageslicht sehen, nie wieder den blauen Himmel, nie wieder blühende Wiesen ... Sie schluckte heftig.

»Der Meister der Dunkelheit bestimmt, ob du hierbleibst oder in den Tartaros kommst. Ich kann dir jetzt schon sagen, dass der Tartaros noch viel schlimmer ist als das, was du gerade siehst. Es ist der schrecklichste Ort, den man sich vorstellen kann – und wer einmal dort gelandet ist, für den gibt es kein Entrinnen mehr. Es ist die Hölle – buchstäblich.« Er grinste Miranda an. »Du hast bestimmt gedacht, dass die Hölle nur erfunden wurde, um kleine Kinder zu erschrecken? Aber es gibt sie wirklich, das versichere ich dir.«

Miranda fühlte, wie riesige Wut in ihr hochstieg. Ihr Überlebensinstinkt erwachte, und die Vorstellung einer wahren Hölle ließ sie zusammenzucken. »Was habe ich getan, dass ich so etwas verdiene?«, fauchte sie verstört. »Ich bin eine gute Hexe. Ich habe mich nie mit schwarzer Magie beschäftigt und bin auch kein Mitglied der *Schwarzen Zauberkutten* wie Ihr.«

»Hör auf zu jammern!«, befahl Mafaldus. »Dein großer Fehler war, dass du im Weg warst, als die *Zauberkutten* mich befreien wollten – deswegen bist du jetzt hier! Und nun weiter!« Er packte Miranda am Arm.

Miranda stolperte vorwärts. Sie konnte nicht fassen, was Mafaldus mit ihr vorhatte. Fieberhaft überlegte sie, ob es nicht doch einen Zauberspruch gab, mit dem sie Mafaldus' Plan vereiteln konnte. Oder wenigstens einen Spruch, mit dem sie ihn ein paar Sekunden lang aufhalten konnte. Sie war jedenfalls nicht gewillt, sich wehrlos in ihr Schicksal zu fügen.

Der Weg wurde breiter. Noch immer folgten sie dem Fluss. Miranda hatte den Eindruck, dass sie von allen Seiten beobachtet wurde, obwohl die Unterwelt noch immer verlassen wirkte. Unsichtbare Augen ruhten auf ihr. Sie fühlte, dass sich Kreaturen im Wurzelwerk und in den Wänden verborgen hielten – stumme Beobachter, die dem Meister der Dunkelheit Bericht erstatten würden …

Manchmal, wenn Miranda schnell genug war, konnte sie ein kurzes Glänzen in der Dunkelheit wahrnehmen, bevor sich das Wesen duckte oder die Lider schloss. Die Erkenntnis, heimlich belauert zu werden, war furchtbar, aber Miranda ließ das Grauen nicht an sich heran. Sie hatte keine Ahnung, wer sich da versteckte und was die Kreaturen beabsichtigten, aber sie wurde immer wütender, sie fühlte sich so ausgeliefert! Schließlich hielt sie es nicht mehr aus.

»Zeigt euch schon, ihr Feiglinge!«, rief sie und riss sich abermals von Mafaldus los.

Mafaldus blieb stehen und blickte sie überrascht an. »Was tust du da?«

Doch da keuchte und schnaufte es schon ringsum. Zweige knackten, Pfoten trippelten über den Boden, es knisterte und raschelte. Und dann kamen die Kreaturen aus ihren Verstecken: riesige Ratten mit feurigen Augen, die auf ihren Hinterpfoten hockten, sich den Schnurrbart zwirbelten und Miranda beäugten; metergroße Spinnen, die nicht nur acht, sondern sogar sechzehn haarige Beine hatten; giftgrüne Vipern, die sich züngelnd um das Wurzelwerk schlängelten, das von der Decke herabhing … Manche ließen sich mit dem Kopfende weit herunter, so als wollten sie Mafaldus und Miranda berühren.

Miranda starrte auf eine Schlange, die nur wenige Zentimeter von ihrer Nasenspitze entfernt war, und blickte

in zwei fast menschliche Augen, die ihr verschwörerisch zuzwinkerten.

Miranda war irritiert. Die Schlange zwinkerte wieder.

Vertrau mir!

Täuschte sie sich oder hatte Miranda tatsächlich die Stimme der Schlange in ihrem Kopf gehört?

»Das sind die Seelen, die noch nicht wissen, was mit ihnen geschieht«, murmelte Mafaldus, der von der stummen Kommunikation zwischen Miranda und der Schlange nichts mitbekommen hatte. »Deswegen dienen sie dem Meister der Dunkelheit als Beobachter.«

»Ich habe keine Angst vor ihnen«, erklärte Miranda mit fester Stimme, denn sie hatte mit einem Mal das Gefühl, in der Schlange eine Verbündete gefunden zu haben, die ihr vielleicht helfen konnte. Sie griff nach dem Reptil, das ihr so vertrauensvoll zugeblinzelt hatte, ließ es über ihre Arme gleiten und legte sich das Tier um den Hals.

Da geschah etwas Seltsames. Miranda fühlte sich plötzlich stark. Sie spürte die mächtige Schlangenmagie, die nur darauf wartete, sich mit Mirandas Hexenkraft zu verbünden. Das war ihre Chance!

Sie dachte blitzschnell an alles, was sie über *Metamorphose* wusste, konzentrierte sich, riss die Arme hoch und verwandelte sich in eine weiße Taube. Ehe Mafaldus Horus reagieren konnte, stieß sie sich vom Boden ab und flatterte zum Fluss, gewann an Höhe und flog. Sie wusste, dass es um ihr Leben ging und dass es keine zweite Gelegenheit zur Flucht geben würde. Verzweifelt schlug sie mit den Flügeln und spürte, wie die Schwingen sie trugen. Schon hatte sie den halben Fluss überquert, das andere Ufer kam näher und näher … Es waren nur noch wenige Meter bis dorthin. Auf einmal nahm Miranda hinter sich einen Schatten wahr. Ein Falke schoss durch die Luft. Miranda strengte sich noch mehr an, flog schneller und schneller. Sie hatte fast das rettende Ufer erreicht, als die Klauen des Falken sie streiften. Miranda ließ sich fallen. Doch vergebens. Die Klauen griffen wieder zu, sie spürte, wie sie sich in ihre Schultern bohrten. Vor lauter Angst setzte fast ihr Herzschlag aus. Sie flatterte, doch jetzt hatte der Falke sie fest im Griff, und die Taubenflügel waren nutzlos. Sie war seine Beute.

Noch immer befanden sie sich in der Luft. Unter ihnen war das Ufer der Lebenden, aber der Falke machte kehrt und flog über den Fluss zurück. Miranda konnte nichts dagegen tun. Hilflos hing sie in seinen Fängen und war ihm wehrlos ausgeliefert. Sie wusste, dass sie verloren war.

Jetzt hatte der Falke das andere Ufer erreicht und landete mit seiner Beute. Miranda schlug hart auf dem Boden auf und spürte im gleichen Moment, dass sie ihre Tiergestalt ablegte. Einen Augenblick lang verlor sie das Bewusstsein. Als sie Sekunden später zu sich kam, lag sie auf dem Rücken. Mafaldus Horus kniete über ihr und presste ihre Arme auf die Erde. Sie sah den kalten Zorn in seinen Augen, aber sie hielt seinem Blick stand.

Völlig unerwartet ließ er sie los und richtete sich auf.

»Respekt«, sagte er. »Du bist sehr mutig. Aber es wäre klüger, wenn du das nicht noch einmal versuchen würdest. Du siehst ja, dass du gegen mich keine Chance hast.«

Sie blieb reglos liegen, ohne einen Ton zu sagen. Mafaldus klopfte den Staub von seinem Gewand.

»Steh auf«, sagte er dann, reichte ihr die Hand und zog sie auf. Miranda musste die Zähne zusammenbeißen, so sehr schmerzten ihre Schultern, wo der Falke sie festgehalten hatte. Als sie auf den Füßen stand, drehte sich alles um sie herum.

Mafaldus Horus machte eine Handbewegung und scheuchte damit die Ratten, Spinnen und Schlangen in ihre Verstecke zurück.

»Komm«, sagte er zu Miranda.

Miranda atmete tief durch und machte einen unsicheren Schritt. Ihr war noch immer schwindelig.

Mafaldus beugte sich zu ihr. »Du kannst dich an mir festhalten.«

Sie schob ihre Hand in seine Armbeuge und folgte ihm stumm.

Zauberei heißt den richtigen Augenblick erkennen

Es kam Elena vor, als seien bereits Stunden vergangen. Ihr Vater war noch immer nicht aufgetaucht. Allmählich wurde sie ungeduldig. Sie überlegte, ob sie ihn noch einmal anrufen sollte. Aber vielleicht würde er sich dann darüber ärgern oder sogar böse werden.

Nele hatte inzwischen das ganze Haus besichtigt, während Jana auf der Couch hockte und sich nicht vom Fleck rührte. Elena wusste nicht, was sie tun sollte. Ihr war klar, dass Jana sich noch immer wegen ihres fehlenden Nabels sorgte. Das Verhältnis zwischen den beiden Mädchen war gespannt. Wenn Elena etwas zu Jana sagte, dann antwortete sie nur knapp und unfreundlich.

»Vielleicht kann auch mein Vater deinen Nabel herbeizaubern, dann müssen wir nicht warten, bis wir wieder in der Menschenwelt zurück sind und ich Mona fragen kann«, sagte Elena schließlich und setzte sich neben Jana auf die Couch.

»Glaubst du, ich will deinem Vater meinen nackten Bauch zeigen?«, fauchte Jana gleich.

»Nnnein ... äh ... ich dachte nur ...« Elena gab es auf. Wenn Jana beschlossen hatte, weiterhin sauer zu sein, dann ließ sie sie am besten in Ruhe.

Nele stand am Fenster und schaute in den Regen hinaus. »Es hört tatsächlich nicht auf«, murmelte sie. »Mann, bei so einem Wetter wird man ja depressiv!«

»Das gehört eben zum *Outsider-Hill* dazu«, erwiderte Elena nachdenklich. »Die Zauberrichter haben meinen Vater und uns echt hart bestraft, weil es ja hieß, dass mein Vater ein Mitglied der *Schwarzen Zauberkutten* ist.«

Nele drehte sich um, ging zu Elena und legte ihr den Arm um die Schultern. »Ich hatte wirklich keine Ahnung, WIE schlimm das alles für euch war. Ich habe euch nur beneidet, weil ihr hexen könnt. Ich dachte immer, damit löst man alle Probleme.«

Elena schüttelte den Kopf. »Das stimmt nicht. Manchmal bekommt man durch das Zaubern erst richtig Schwierigkeiten.«

»Beispielsweise einen Plastikknopf statt Nabel«, sagte Jana spitz.

Elena seufzte. »Dafür hab ich mich jetzt schon oft genug entschuldigt«, meinte sie.

»Ja, das hat sie«, ergriff Nele für Elena Partei. »Lass es endlich gut sein, Jana.«

Jana presste die Lippen zusammen.

In diesem Moment erschien draußen im Garten trotz des Regens ein Sonnenstrahl. Ein prächtiger Regenbogen baute sich auf. Er begann am Zaun und endete im Nachbargarten. Die Farben leuchteten so intensiv, wie Elena es noch nie gesehen hatte.

»Das ist kein normaler Regenbogen!«, wisperte Nele.

Ein großer Adler landete auf dem Gartenzaun. Er sah nach links und nach rechts und hüpfte dann ins Gras. Aus dem Vogel wurde ein wirbelnder dunkler Fleck. Kurz darauf stand ein Mann in einer schwarzen Kutte im Garten und blickte sich irritiert um.

»Das muss dein Vater sein«, flüsterte Nele aufgeregt.

»Nein, das ist er nicht«, sagte Elena enttäuscht. Sie brauchte mehrere Sekunden, bis sie den Ankömmling erkannte: Es war Eusebius Tibus, der junge Hexer, der ihr und Miranda bei ihrer ersten Begegnung mit Mafaldus Horus am Dornenbaum beigestanden hatte.

Eusebius kam mit großen Schritten näher, klopfte an die Terrassentür und spähte durch die Scheibe.

»Ist offen«, rief Elena, aber als sie sah, dass Eusebius Schwierigkeiten mit der Tür hatte, sprang sie auf und öffnete sie von innen.

»Hallo Elena«, begrüßte Eusebius sie. »Schön, dich wiederzusehen – auch wenn die Umstände insgesamt nicht gerade erfreulich sind.«

»Du hast schon gehört, was mit Miranda passiert ist?«, fragte Elena atemlos.

»Ja, dein Vater hat mich eingeweiht«, antwortete Eusebius. »Ich soll dir ausrichten, dass es etwas später wird. Ihm ist etwas dazwischengekommen.«

»Mist«, entfuhr es Elena.

»Tut mir leid.« Eusebius' Blick wanderte zu den anderen Mädchen im Raum.

Jana und Nele starrten Eusebius an, als sei er eine Geistererscheinung.

»Das sind meine beiden besten Freundinnen, Jana und Nele«, stellte Elena sie vor. »Und das hier ist Eusebius, ein guter Freund meines Vaters.«

Nele und Jana grüßten scheu.

Eusebius schaute von den Mädchen zu Elena und wieder zurück. »Menschen?«, fragte er.

Elena wurde rot. »Ja. Aber man kann ihnen vertrauen. Sie sorgen sich genauso um Miranda wie ich.«

»Na ja … das macht die Angelegenheit ein bisschen komplizierter.« Eusebius rieb sich das Kinn. Dann wandte er sich an Nele und Jana: »Seid ihr schwindelfrei?«

»Ja, eigentlich schon«, antwortete Nele.

Jana nickte und fragte dann mit leiser Stimme: »Warum?«

»Weil wir eine weite Strecke zurücklegen müssen«, antwortete Eusebius. »Wenn wir Besen nehmen, dauert es zu lange. Außerdem seid ihr das höchstwahrscheinlich nicht gewohnt. Ich werde euch in zwei Schwalben verwandeln, das sind flinke und ausdauernde Vögel. Wenn wir uns beeilen, können wir in zwei Stunden am Dornenbaum sein.«

»Schwalben?«, fragte Nele mit hochgezogenen Augenbrauen. »Ist das … dein … Ernst?«

»Ja, ich habe es durchaus ernst gemeint. Aber wenn ihr nicht damit einverstanden seid, könnte ich euch auch in zwei Milben verwandeln und ihr könntet dann in meinem Gefieder mitreisen.«

⛤

»Milben.« Nele verzog angewidert das Gesicht. Jana sah aus, als wollte sie lieber wieder nach Hause.

»Ihr werdet sehen, es ist wunderbar, ein Vogel zu sein«, sagte Elena schnell. »Bei meiner ersten Verwandlung hatte ich auch Angst. Ich dachte, ich schaffe das nicht mit den Flügeln und so. Aber dann ging alles wie von allein. Das wird bei euch bestimmt auch so sein.«

Nele holte tief Luft. »Also – ich würde das Fliegen gern mal ausprobieren.«

»Sehr gut.« Eusebius lächelte.

»Und du, Jana?«, fragte Elena.

Als Jana sie anblickte, sah sie die Angst in ihren Augen.

»Ich wäre lieber eine Milbe«, murmelte Jana. »Wenn ich mich ganz tief im Gefieder verstecke, falle ich da auch nicht runter?«

»Keine Sorge, es wird dir nichts passieren.« Eusebius zog einen kurzen Zauberstab unter seiner Kutte hervor. »Wer zuerst?«

»Ich«, sagte Nele.

Elena hätte ihr gerne noch ein paar Tipps gegeben, wie man sich als Vogel verhalten musste. Aber es ging alles so schnell. Eusebius sprach ein paar Worte in einer fremden Sprache und deutete mit dem Stab auf Nele. Es gab einen kurzen Blitz – und schon saß eine Rauchschwalbe auf dem Fußboden.

»Oh!« Jana presste die Hand auf den Mund.

»Und nun zu dir.« Eusebius richtete den Stab auf Jana. Diesmal bewegten sich seine Lippen völlig lautlos. Jana, die noch immer auf der Couch saß, verschwand.

Eusebius trat zur Couch, bückte sich, betrachtete das Polster und nahm dann vorsichtig mit Daumen und Zeigefinger ein winziges Etwas auf, das er Elena reichte. »Bitte setz mir die Milbe ins Gefieder, sobald ich wieder ein Adler bin«, sagte er. »Dann machst du die Terrassentür auf und verwandelst dich selbst in einen möglichst schnellen Vogel, damit wir alle losfliegen können.«

»In Ordnung.« Elena nickte. »Und was ist mit Papa?«

»Wir treffen ihn am Dornenbaum.« Eusebius riss die Arme hoch. Gleich darauf hockte ein großer Adler vor Elena. Die Rauchschwalbe fing aufgeregt an, mit den Flügeln zu schlagen.

»Ruhig, Nele«, sagte Elena. »Das ist nur Eusebius. Er tut dir bestimmt nichts.« Sie bückte sich und setzte dem Adler mit gemischten Gefühlen die mikroskopisch kleine Jana ins Gefieder. Hoffentlich ging das auch wirklich gut! Dann überlegte sie kurz und konzentrierte sich, um sich ebenfalls in eine Schwalbe zu verwandeln. Der Adler wurde unruhig und hackte mit dem Schnabel nach ihrem Schuh.

»Ach so, du hast recht, erst die Tür.« Sie stemmte die Terrassentür auf. Kaum war sie offen, schoss die Rauchschwalbe hinaus, offenbar in Panik. Der Adler tappte über die Türschwelle, stieß sich dann ab und folgte der Schwalbe, die in der Luft einen wilden Zickzackkurs eingeschlagen hatte.

Elena sah ihr besorgt nach. Hatte Nele Schwierigkeiten beim Fliegen oder war es die Angst der Schwalbe vor einem Raubvogel? Bei der Verwandlung in ein Tier musste man nämlich aufpassen, dass die Instinkte des Tiers nicht die Steuerung übernahmen.

Mist, dass ich Nele nicht davor gewarnt habe!, dachte Elena und hatte schon wieder ein schlechtes Gewissen. Hoffentlich ging das nicht schief! Elena und Miranda war es bisher zwar immer ganz gut gelungen, die Instinkte unter Kontrolle zu halten; sie hatten damit niemals Probleme gehabt. Aber möglicherweise war das bei Menschen anders. Der *Homo sapiens sapiens* war ja nicht für *Metamorphose* geschaffen, doch sie hatten jetzt keine andere Wahl …

»Verdammt, ich mache ständig alles falsch!«, schimpfte Elena, riss die Arme hoch und flog als Mehlschwalbe aus dem Haus.

Miranda hatte jegliches Zeitgefühl verloren. Wie eine willenlose Marionette ging sie neben Mafaldus Horus her, überzeugt, dass ihr Schicksal nun besiegelt war. Es gab keinen Ausweg mehr für sie. Ihr Fluchtversuch war jämmerlich fehlgeschlagen. Noch immer spürte sie die Druckstellen an ihren Schultern, dort, wo die Klauen des Falken zugegriffen hatten. Bestimmt hatte sie blaue Flecken.

Allmählich veränderte sich die Unterwelt. Die Wände schienen zurückzuweichen und die Decke wurde höher. Noch immer war der Fluss ihr Begleiter, aber auch er war breiter geworden. Die Luft war frischer – so als würden sie sich nicht mehr in einer Höhle befinden, sondern in einer Welt, die einfach nur dunkel war.

Schließlich tauchten in der Ferne Lichter auf. Es waren Hunderte oder sogar Tausende … Als Miranda näher kam, sah sie, dass lauter kleine Flammen auf einem See tanzten. Ein langer Steg führte zu einem Pavillon, der sich inmitten des Sees befand.

»Jetzt sind wir gleich am Ziel«, sagte Mafaldus und betrat den Steg.

Der Steg war so schmal, dass sie hintereinander gehen mussten. Als Miranda dem Magier folgte, sah sie, dass der Steg aus lauter Knochen bestand, die eng aneinandergeschichtet waren. Arm- und Beinknochen bildeten das Geländer. Totenschädel saßen auf den Pfosten, und als Miranda an ihnen vorüberging, drehten sich die Schädel in ihre Richtung. Blicke aus leeren Augenhöhlen schienen ihr zu folgen, Kiefer klackten, und Miranda hörte, wie ihr Name geflüstert wurde.

Miranda Leuwen … Miranda Leuwen … Miranda … Miranda … Miranda …

Mafaldus schritt voran, ohne sich von dem unheimlichen Geflüster beirren zu lassen. Miranda wäre am liebsten umgekehrt, aber als sie über die Schulter sah, hatte sie den Eindruck, dass die Schädel enger zusammenrückten, als wollten sie ihr den Rückweg versperren.

Miranda holte tief Luft und setzte einen Fuß vor den anderen. *Das ist alles nicht wahr … Bald ist der Spuk vorbei …*

Sie näherten sich dem Pavillon. Auch auf dem Dach befanden sich unzählige Totenköpfe, die die Ankömmlinge kieferklappernd empfingen. Im Innern des Pavillons saß eine dunkle Gestalt auf einem Thron, nahezu reglos. Miranda konnte nicht erkennen, ob es sich um einen Mann oder um eine Frau handelte, denn ein Umhang aus schwarzer Seide verhüllte den Körper. Die Kapuze war tief ins Gesicht gezogen. Nur die weißen Hände waren frei. Sie streichelten eine schwarze Katze, deren Augen in der Dunkelheit bernsteinfarben leuchteten.

Mafaldus verneigte sich vor dem Thron. »Seid gegrüßt, Meister der Dunkelheit.« Er wandte sich halb um. »Wie Ihr seht, bringe ich Euch eine junge Seele. Ich hoffe, dass sie Euch gefällt und dass Ihr mich im Austausch für sie gehen lasst.«

Die Gestalt streifte die Kapuze ab. Jetzt sah Miranda das Gesicht. Es war vollkommen weiß, ebenso das Haar, das bis auf die Schultern hing. Nur die Augen schimmerten rot wie Rubine.

Der Blick des Meisters der Dunkelheit ruhte auf Miranda. »Wie heißt du? Und wie kommst du dazu, mir diesen Tausch anzubieten?« Seine Stimme klang so ruhig, als sei alle Zeit der Welt darin enthalten. Sie war vollkommen frei von Gefühlen.

»Ich bin Miranda Leuwen«, antwortete Miranda und fiel vor dem Thron auf die Knie. Flehend hob sie die Hände. »Ich bin nicht freiwillig hier, man hat mich gezwungen! Zwei Anhänger dieses Magiers haben mich entführt, und dann hat Mafaldus Horus mich mit Gewalt hierher gebracht.« Sie schluchzte auf. »Ich bitte Euch, Meister der Dunkelheit, lasst mich gehen! Ich bin erst dreizehn, ich will noch leben!«

»Stimmt das?«, wandte sich der Meister der Dunkelheit an Mafaldus Horus.

»So ist es«, bestätigte der Magier. »Aber die Umstände tun hier nichts zur Sache. Ihr habt mir gesagt, dass Ihr mich gehen lasst, wenn ich Euch Ersatz verschaffe. Und ich dachte, dass Ihr Euch über ein junges Mädchen freut. Ich bin ein alter Mann, habe schon Ewigkeiten hier unten verbracht. Das Mädchen ist eine willkommene Abwechslung für Euch ...«

»Steh auf und tritt näher«, forderte der Meister der Dunkelheit Miranda auf.

Zitternd kam sie auf die Füße und machte zwei Schritte auf den Thron zu. Der Meister streckte seine Hand aus und berührte ihren Arm. Seine Hand war kalt wie Eis und Miranda erschauderte. Die Katze maunzte laut.

»Du bist auch eine Magierin?«, fragte der Meister der Dunkelheit.

»Ich bin eine junge Hexe«, sagte Miranda. »Ich bin noch in der Ausbildung ... Ich habe noch nicht einmal mein Hexendiplom. Und ich habe mit schwarzer Magie nichts zu schaffen – im Gegensatz zu diesem ... diesem ...« Sie warf Mafaldus einen wütenden Blick zu.

Die kalte Hand umklammerte noch immer ihren Arm.

»Du behauptest also, du bist keine Schwarzmagierin? Aber ich kann etwas anderes spüren!«

In Mirandas Kopf wirbelte alles durcheinander. Schwarzmagie – sie? Ihr schlechtes Gewissen meldete sich, weil sie ein paar Mal heimlich in Mona Bredovs Bücherregal gestöbert und dort auch einige verbotene Bücher gefunden hatte. Die hatten sie natürlich besonders interessiert. Der Gedanke an den einen oder anderen illegalen Zauber war verlockend gewesen ... Aber in ihrem Herzen war Miranda bestimmt nicht dem Bösen und Finsteren zugetan! Sie würde sich niemals völlig der schwarzen Magie verschreiben, wie es Mafaldus Horus getan hatte. Plötzlich blitzte eine Idee in ihr auf: Es musste an dem Fluch liegen, dass der Meister der Dunkelheit in ihr schwarze Magie spürte!

»Ich bin von einem Fluch von Mafaldus Horus getroffen worden«, versuchte Miranda zu erklären und fuhr fort: »Seither schwinden meine Zauberkräfte und Mafaldus Horus hat Macht über mich.«

»Nun ja«, räumte Mafaldus ein, noch bevor der Meister der Dunkelheit etwas sagen konnte. »Das Mädchen ist mir bei einer Auseinandersetzung in die Quere gekommen, und als ich mich verteidigte, hat ein Ausläufer des Fluchs sie gestreift.«

Miranda schüttelte den Kopf. »Ihr habt den Fluch absichtlich auf mich abgefeuert, und nur, weil Eusebius mich geschützt hat, hat der Fluch mich nicht vollständig getroffen.« Dann biss sie sich auf die Lippe. Eigentlich hatte sie den jungen Hexer nicht erwähnen wollen. Aber wenn Mafaldus eine falsche Geschichte erzählte, so musste sie diese richtigstellen.

»Gut«, meinte der Meister der Dunkelheit. »Ob du dich der weißen oder der schwarzen Magie gewidmet hast, ändert nichts an der Tatsache, dass du hier bist. Es hat höchstens

Auswirkungen auf deine Zukunft, nämlich, wenn ich entscheide, wohin du gehen wirst – nach Tartaros oder nach Elysion.«

»Ich will zurück«, fiel ihm Miranda ins Wort. »Zurück in die Welt der Lebenden!«

»Vergiss es«, fuhr Mafaldus sie an. »Wenn jemand das Totenreich verlässt, dann ich. Ich war lange genug hier.«

Der Meister hob die Hand und bedeutete ihm zu schweigen. »Das entscheide immer noch ich, Mafaldus.«

»Selbstverständlich, Meister der Dunkelheit«, sagte Mafaldus zerknirscht.

Miranda zitterte vor Furcht und Ungeduld. Was würde jetzt passieren? Gab es eine Chance, dass der Meister sie zurückkehren ließ – zurück zu Elena und ihrer Familie? Noch nie hatte sie sich so nach dem Haus am Nachtigallenweg gesehnt wie jetzt, nach der schönen Villa und dem großen Garten mit dem Teich, in dem Koi-Karpfen schwammen.

Nach einer scheinbaren Ewigkeit redete der Meister der Dunkelheit weiter. »Du hast mir ein Angebot gemacht, Mafaldus Horus. Du hast mir vorzeitig eine junge Seele gebracht, die normalerweise erst in Jahrzehnten zu mir gekommen wäre. Dafür verlangst du, dass ich dich gehen lasse. – Ich habe mich entschieden, dein Angebot anzunehmen. Du wirst jedoch keine siebzig Jahre in Freiheit haben, sondern nur sieben. Heute auf den Tag genau in sieben Jahren wirst du zu mir zurückkehren und wieder vor meinen Thron treten.«

Miranda hörte, wie Mafaldus mit den Zähnen knirschte, während für sie selbst eine Welt zusammenbrach. Der Meister der Dunkelheit hatte entschieden, dass sie in seinem Reich bleiben musste! Sie war seine Gefangene!

»Ich danke Euch, großer Meister«, sagte Mafaldus mit falscher Freundlichkeit. »Sieben Jahre sind zwar nicht das, was ich erhofft habe, aber ich werde diese Zeit nutzen. Habt tausend Dank!«

»Und nun geh, bevor ich es mir anders überlege«, befahl der Meister der Dunkelheit. »Du aber, Miranda, wirst bleiben und mir erzählen, was du in deinem kurzen Leben gemacht hast.«

Die Katze maunzte laut, als sich Mafaldus Horus abwandte und über den Steg zurückging.

Miranda liefen die Tränen übers Gesicht. Das konnte, das durfte doch nicht das Ende sein!

Wer seine eigenen Wünsche erfüllen will, der hexe sehr vorsichtig

Der Flug war der reinste Albtraum. Elena wünschte sich, sie hätte sich in einen anderen Vogel verwandelt. Als Mehlschwalbe hatte sie große Schwierigkeiten, dem Adler zu folgen. Eusebius brauchte nicht lange, um die völlig hysterisch gewordene Rauchschwalbe zu fangen. Er hielt sie in seinen Krallen und flog mit ihr weiter.

Elena flatterte mühsam hinterher und fragte sich, wie es Nele wohl erging. Eusebius ging bestimmt so sanft wie möglich mit ihr um – aber drang das überhaupt in Neles Bewusstsein? Hoffentlich bekam die Rauchschwalbe vor lauter Angst keinen Herzschlag! Und hoffentlich rutschte Jana als Milbe nicht aus Eusebius' Gefieder und ging unterwegs verloren! In der hügeligen Landschaft würde niemand sie wiederfinden …

Elenas Herz war schwer vor Sorgen. Wenn sie Pech hatte, würde sie nicht nur Miranda verlieren, sondern auch noch ihre beiden Menschenfreundinnen. Und sie wäre daran schuld!

Endlich merkte der Adler, dass die Mehlschwalbe kaum nachkam. Er flog langsamer und wartete, bis Elena an seiner Seite war.

Alles klar mit dir? Oder sollen wir eine Pause machen? Eusebius' Stimme war auf einmal in Elenas Kopf.

Eine Pause wäre nicht schlecht, antwortete sie.

Gut, dann fliegen wir zum nächsten Baum, sagte Eusebius.

Elena war froh, als sie auf einem Zweig landen konnte. Es dauerte einige Minuten, bis sich ihr Herzschlag beruhigt hatte. Mehlschwalben waren normalerweise Zugvögel und konnten um die halbe Welt fliegen. Elena fragte sich, wie sie das schafften. Sie fühlte sich schon nach dem kurzen Sprint durch die Luft völlig kaputt. Aber sie war ja auch keine echte Schwalbe …

Wie geht's Nele?, fragte sie, als sie wieder etwas zu Atem gekommen war.

Der Adler hielt sich mit einer Klaue am Ast fest, in der anderen Klaue hatte er die kleine Rauchschwalbe gefangen.

Sie steht unter Schock, glaube ich, antwortete Eusebius. *Dabei bin ich ganz vorsichtig mit ihr umgegangen. Wirklich. Menschen sind für Metamorphose nicht geeignet. Aber ich dachte, es muss gehen …*

Elena wollte ihrer Freundin so gerne helfen und ihr die Angst nehmen. Sie versuchte es daher mit Gedankenkommunikation.

Hallo Nele, keine Angst, ich bin's nur, Elena! Der Adler tut dir nichts, es ist Eusebius. Er ist unser Freund …

Elena hatte Schwierigkeiten, in Neles Gedanken einzudringen. Endlich fand sie ein Schlupfloch. Aber in Neles Kopf herrschte ein einziger Wirrwarr.

Angst – Tod – Angst – Tod – Angst – Tod …

Elena zog sich eilig aus Neles Gedanken zurück.

Oh Eusebius, es ist furchtbar, teilte sie dem Adler mit. *Nele ist ganz durcheinander. Sie hat totale Panik. Du musst sie zurückverwandeln, sonst bleibt ihr vor lauter Angst noch das kleine Schwalbenherz stehen!*

Der Adler stieß sich vom Ast ab und landete auf dem Boden. Dann ließ er die Rauchschwalbe frei, die ein paar müde

Flatterbewegungen machte und sich unter einen Busch flüchtete.

Mit einem leisen Knall verwandelte sich Eusebius zurück und wurde wieder ein junger Mann. Er schwang seinen Stab und deutete auf den Busch. Es raschelte, und kurz darauf kroch Nele auf allen vieren unter dem Blattwerk hervor. Auf ihrem Gesicht lag noch immer ein völlig verängstigter Ausdruck.

Als Elena sah, wie fertig ihre Freundin war, flog sie auf den Boden und verwandelte sich vor Nele zurück.

»Es tut mir so leid, Nele!« Sie nahm sie in die Arme. »Das mit der *Metamorphose* war keine gute Idee. Du hast dich wirklich als Rauchschwalbe gefühlt, deswegen hattest du solche Angst vor dem Adler …«

Nele war den Tränen nah und konnte gar nicht sprechen. Elena musste ihre Freundin stützen.

»Alles ist gut«, versicherte sie ihr immer wieder.

»Magie ist eben nichts für Menschen«, sagte Eusebius zerknirscht. »Entschuldige, Nele. Ich wusste nicht, dass du so reagierst. Meine Erfahrung mit *Metamorphose* und Menschen ist nicht wirklich groß.«

Nele hob den Kopf. »Sch… schon gut«, schluchzte sie. Elena spürte, dass sie noch immer zitterte. »Da-dabei hab ich mir Fli-fliegen immer so sch-schön vorgestellt …« Sie wischte sich über die Augen. »W-wo ist Jana?«

Eusebius machte eine Handbewegung. »Unter meinem Kragen.«

»B-bist du sicher?«

Eusebius nickte.

»Ich traue der *Metamorphose* irgendwie nicht mehr«, meinte Elena. »Vielleicht gibt es mit Jana auch noch Schwierigkeiten. Können wir nicht auf andere Weise zum Dornenbaum reisen? Kannst du uns dorthin zaubern, Eusebius?«

Eusebius zögerte. »Gut«, sagte er dann. »Das ist zwar komplizierter, aber ich werde es schon hinkriegen. Aber zuerst muss ich Jana zurückverwandeln.«

Er holte die fast unsichtbare Milbe unter seinem Kragen hervor und deutete mit seinem Zauberstab auf das Tier. Es gab einen kurzen leuchtenden Blitz – und schon stand Jana da und guckte ziemlich erstaunt.

»Eh, was ist los? Wo sind wir? Warum heulst du denn, Nele?«

»Schon gut«, schniefte Nele. »Ich bin so froh, dass dir nichts passiert ist, Jana.«

Jana wurde ernst, betastete ihren Bauch, stutzte und griff dann mit der einen Hand unter ihr Sweatshirt. Sie begann zu strahlen.

»Mein Nabel ist wieder da!«

»Ehrlich?« Nele tastete nun an ihrem eigenen Bauch herum. »Tatsächlich. Bei mir auch.«

Jana und Nele fielen sich in die Arme.

»Dann war die *Metamorphose* wenigstens doch zu etwas gut«, murmelte Elena.

»Danke«, sagte Jana zu Eusebius und lachte ihn an.

»Ich habe keine Ahnung, wofür du dich bedankst, aber gern geschehen«, sagte der Hexer grinsend.

Elena erklärte ihm, dass die Menschenmädchen auf ihrer Reise in die Hexenwelt auf rätselhafte Weise ihren Bauchnabel verloren hatten. Sie berichtete auch von ihrem kläglichen Versuch, die Sache wiedergutzumachen.

Eusebius lachte, als er hörte, dass Elena einen Plastikknopf gehext hatte.

»Oh! Mir scheint, du musst noch viel lernen!«

»Muss ich auch«, sagte Elena. »Manchmal denke ich, dass ich einfach untalentiert bin, was das Zaubern angeht.«

»Ach was, man muss beim Zaubern die richtige Einstellung haben. Das macht viel aus«, sagte Eusebius.

Nele hatte inzwischen ihre Fassung zurückgewonnen und war wieder die Alte.

»Kommt zu mir«, forderte Eusebius nun die drei Mädchen auf. »Wir müssen einen engen Kreis bilden und uns während der Reise fest an den Händen halten. Ich hoffe, dass es besser funktioniert als meine Idee mit der *Metamorphose*. Bisher hatte ich beim *Teleportieren* nie Menschen dabei …«

Nele und Jana nahmen Elena in die Mitte und ergriffen mit der freien Hand Eusebius. Der Magier machte ein ernstes Gesicht.

»Mein Zauber wird eine magische Erschütterung verursachen, die vielleicht von ein paar Magiern bemerkt wird. Ich hoffe, es sind nicht die falschen Zauberer und alles geht gut.« Er lächelte den Mädchen aufmunternd zu und murmelte dann etwas in einer fremden Sprache. Elena glaubte, dass es Altägyptisch war – sie hatte es schon einmal bei Miranda gehört.

Der Himmel verfinsterte sich von Westen her. Es war beängstigend, wie erst graue und dann pechschwarze Wolken aufzogen. Sie bildeten eindrucksvolle Formen: Manche sahen aus wie grimmige Haie, andere wie eine drohende Fratze, dann wiederum wie riesige Hände, die gierig die Finger ausstrecken. Die Sonne verschwand und schließlich wurde es finstere Nacht. Elena spürte, wie Nele und Jana ihr unsichere Blicke zuwarfen. Sie wusste zwar auch nicht, was passieren würde. *Teleportieren* war absolut *höhere Zauberei* und gehörte noch lange nicht zu ihren Lektionen, aber sie drückte ihren Freundinnen zuversichtlich die Hände.

Die künstliche Nacht schien jeden Lichtschimmer zu verschlucken. Elena sah von Nele, Jana und Eusebius zunächst noch die Umrisse, dann gar nichts mehr. Es war, als wäre sie mit Blindheit geschlagen.

Auch alle Geräusche verstummten – das Vogelgezwitscher und das leise Säuseln des Windes. Stattdessen: nichts. Es herrschte absolute Stille. Elena konnte nicht einmal mehr ihren eigenen Atem hören. Ihr Gehörsinn schien nicht zu funktionieren.

Es machte ihr Angst, dass sie nichts mehr sehen und hören konnte. Doch Elena versuchte, keine Panik aufkommen zu lassen. Eusebius würde schon wissen, was er tat.

Hinterher konnte Elena nicht mehr sagen, wie lange dieser merkwürdige Zustand gedauert hatte. Auf einmal wurde es wieder hell. Zuerst zeigte sich ein schmaler Streif am Horizont. Das Licht breitete sich aus und vertrieb die dunklen Wolken. Elena konnte die anderen wieder erkennen. Eusebius stand da mit geschlossenen Augen. Er schien sich noch immer stark zu konzentrieren, so als müsse er mit dem eigenen Willen die Dunkelheit wegschieben, Stück für Stück.

Als es heller wurde, sah Elena, dass sich die Landschaft verändert hatte. Sie waren nicht mehr von Bäumen und grünen Wiesen umgeben, sondern die Gegend war öde und kahl. Auf dem Boden wuchs fast nichts. Als Elena zur Seite blickte, entdeckte sie einen großen knorrigen Baum. Sie erkannte ihn sofort wieder: Das war der Dornenbaum, in dem Mafaldus Horus eingeschlossen war.

Eusebius hatte es geschafft! Er hatte sie tatsächlich an den richtigen Ort gebracht! Der junge Magier sah erschöpft aus.

Auf seiner Stirn hatten sich Schweißperlen gebildet, die an den Schläfen herabliefen. Endlich öffnete Eusebius die Augen. Sein Blick wirkte so, als käme er von ganz weit her. Elena fragte sich, wo er gewesen war und was *Teleportieren* für den Magier tatsächlich bedeutete – es musste ein sehr anstrengender Zauber gewesen sein!

»So, hier sind wir«, sagte Eusebius. Seine Stimme klang müde. Er lächelte mühsam. »Schön, ich habe euch tatsächlich wohlbehalten hierher gebracht. Ich hoffe, dass euch nicht wieder ein Nabel fehlt oder ein Nasenloch. Aber ich glaube, alles ist gut gegangen. Ihr könnt jetzt eure Hände loslassen.«

Die Mädchen taten es. Nele und Jana schauten sich neugierig um.

»Wow!«, sagte Nele beeindruckt, als sie den Dornenbaum sah. »Hier haben sich also die *Schwarzen Zauberkutten* getroffen. Was für ein gruseliger Versammlungsort!« Eusebius schüttelte sachte den Kopf. Sein fragender Blick traf Elena. Sie wusste, was er in diesem Augenblick dachte: *Und was hast du noch alles ausgeplaudert?*

Am liebsten hätte sie geantwortet, dass Nele und Jana nun mal ihre besten Freundinnen waren und dass man unter Freundinnen keine Geheimnisse hatte. Doch ob Eusebius das verstehen würde? Männerfreundschaften waren da doch ein bisschen anders …

»Jetzt müssen wir nur noch auf deinen Vater warten, Elena«, sagte Eusebius. »Ich hoffe, er kommt bald.«

Die Minuten dehnten sich wie Kaugummi. Allmählich wurde Elena fast böse auf ihren Vater. Warum ließ er sich so viel Zeit? Er wusste doch, dass Miranda in Gefahr war und dass jede Minute zählte!

Eusebius hatte sich ein Stück entfernt auf den Boden gesetzt und schnitzte ein Muster in einen Stock.

Nele und Jana hockten auf einem Felsblock und unterhielten sich leise. Elena setzte sich schließlich dazu, nachdem sie eine Weile unruhig herumgelaufen und den Dornenbaum aus sicherem Abstand umkreist hatte – in der Hoffnung, ihm sein Geheimnis zu entlocken. Aber sie konnte weder herausfinden, ob Mafaldus noch immer in dem Baum eingeschlossen war, noch ob Miranda sich irgendwo in der Nähe befand.

Jana hatte in der Zwischenzeit verstohlen nachgesehen, ob ihr Nabel noch da war. Aber alles war in Ordnung.

»Also – ich finde ihn total süß«, flüsterte Nele und schaute verzückt auf Eusebius. »Ich glaube, in den Typen könnte ich mich auch verlieben.«

»Ich fürchte, da hat Miranda vielleicht etwas dagegen.« Elena grinste.

»Ich meine das ja auch nicht ganz ernst«, sagte Nele. Sie machte eine Pause und wisperte dann weiter: »Obwohl es natürlich total praktisch wäre, wenn man einen Hexer als Freund hätte. Er könnte einem jeden Wunsch von den Augen ablesen. Wenn ich Appetit auf ein Schokoladeneis hätte, würde er mir sicher gleich eines herbeizaubern.« Sie verdrehte die Augen. »Das wäre doch himmlisch!«

»Ja, und wenn ihr Streit habt, dann könnte er dich gleich in einen Kaktus oder in eine Badewanne verzaubern«, sagte Jana spöttisch.

»Ach, Jana!« Nele stieß Jana in die Rippen. »Du bist wirklich völlig unromantisch!«

»Ich stelle mir so eine Beziehung eben ganz schön schwierig vor«, sagte Jana. »Einer kann hexen und der andere nicht.

Ich würde mich da ständig zurückgesetzt fühlen. Und ich hätte Tag und Nacht Angst, dass er mit seinen Zaubereien etwas anstellt.« Sie schüttelte den Kopf. »Für mich käme so etwas nicht infrage. Miranda und Eusebius – das wäre okay. Hexer zu Hexe und Mensch zu Mensch.«

»Ich sehe das ein bisschen anders«, meinte Nele schwärmerisch. »So eine Beziehung wäre doch total aufregend. Jeden Tag ein Abenteuer!« Sie wandte sich an Elena. »Gibt es eigentlich Liebesbeziehungen zwischen Hexern und Menschen oder umgekehrt?«

Elena überlegte. Ihr fiel kein Beispiel ein, aber so etwas wäre in der Hexenwelt garantiert ein Skandal. Sie würde Oma Mona fragen müssen, die war immer bestens über Klatsch und Tratsch informiert.

»Keine Ahnung«, antwortete Elena deswegen. »Ausgeschlossen ist es nicht. Es passiert bestimmt, dass sich ein *Homo sapiens magus* in einen *Homo sapiens sapiens* verliebt – egal, ob es gern gesehen wird oder nicht.«

Nele kicherte. »Wie du das schon sagst: *Homo sapiens magus …*«

»Aber das ist nun mal der Fachausdruck«, meinte Elena. »Und Theorien zufolge hatten die beiden Arten gemeinsame Vorfahren.«

»Dann ist es also doch nicht völlig ausgeschlossen, dass ich ein paar Tropfen magisches Blut in den Adern habe«, sagte Nele zufrieden.

»Ach Nele, wie oft denn noch – Zaubern ist nichts für Menschen.« Elena war es allmählich leid, diesen Spruch immer zu wiederholen. »Denk dran, wie dich vorhin Eusebius verhext hat und welche Panik du bekommen hast, weil du eine Rauchschwalbe warst.«

»Ich habe keine Panik gehabt, weil ich in eine Schwalbe verwandelt war – ich hatte Panik, weil ich dachte, dass mich der Adler gleich frisst«, stellte Nele klar.

Elena seufzte. Nele wollte in diesem Punkt einfach nicht einsichtig sein!

Plötzlich entstand vor ihnen in der Ebene ein schwarzer Wirbel – und dann erschien Leon Bredov. Er trug seinen schwarzen Umhang mit dem silbernen Besatz.

»Ist er das?«, flüsterte Nele aufgeregt. Sie hatte Elenas Vater noch nie in seiner wirklichen Gestalt gesehen, sondern nur als Leguan. »Wahnsinn! Dein Vater sieht aber gut aus! Wie ein Filmstar!«

Elena sprang von dem Felsen auf und lief ihrem Vater entgegen.

»Papa! Endlich! Wir warten schon auf dich!«

Leon Bredov nahm seine Tochter in die Arme und drückte sie kurz fest an sich. Elena roch den vertrauten Duft und wünschte sich von Herzen, dass ihr Vater endlich wieder einmal mehr Zeit für sie hätte – wie früher! Natürlich verstand sie, dass er als Geheimagent wichtige Aufgaben hatte und nicht immer für seine Familie da sein konnte. Trotzdem! Sie sehnte sich danach, mit ihm zu reden und mit ihm ihre Probleme zu besprechen …

»Mafaldus Horus ist frei«, sagte Leon unvermittelt und ließ Elena los. Seine Stimme klang aufgeregt. »Er hat die Unterwelt verlassen und ist nicht mehr im Dornenbaum gefangen.«

»Dann hat er also sein Ziel erreicht«, erwiderte Eusebius bestürzt. Er war sofort aufgestanden, als Leon aufgetaucht war. »Wir sind zu spät gekommen! Wie konnte das nur passieren?«

»Noch ist es nicht zu spät«, sagte Leon. »Ein paar von uns sind ihm bereits auf den Fersen. Wir kriegen ihn, das haben wir uns fest vorgenommen.« Er blickte wieder zu Elena. »Deswegen bin ich auch jetzt erst gekommen. Ich wollte gerade aufbrechen, als wir die Nachricht erhalten haben, dass Mafaldus frei ist. Mein Auftrag ist nun, ihn zu finden und daran zu hindern, die Macht an sich zu reißen.«

Elena war vor Schreck wie gelähmt. Dann war das Furchtbare doch Wirklichkeit geworden! Mafaldus Horus hatte den Dornenbaum verlassen und in die Hexenwelt zurückkehren können. Sie wusste, was das bedeutete. Wie ihr Vater gesagt hatte: Mafaldus Horus wollte, unterstützt von den *Schwarzen Zauberkutten,* die Herrschaft über die Hexenwelt gewinnen …

»Ich kann nicht bleiben«, sagte Leon, griff in seinen Halsausschnitt und holte das magische Amulett hervor, das einst Mafaldus Horus gehört hatte und das ungeheuer mächtig war. Elena kannte das Schmuckstück gut. Sie hatte es wochenlang aufbewahrt und versteckt – ohne seine wirkliche Bedeutung zu kennen.

Leon reichte das Amulett an Eusebius weiter.

»Pass gut darauf auf. Ich hoffe, es hilft dir, Miranda Leuwen zu finden und zu befreien. Ich muss leider schon wieder aufbrechen und hinter Mafaldus her, um zu verhindern, dass Schlimmeres geschieht. Ich vertraue dir, Eusebius.«

Eusebius hängte sich das Amulett um den Hals und ließ den Anhänger, der wie ein Auge aussah, unter seiner Kutte verschwinden. Der rote Stein blitzte dabei geheimnisvoll auf. Sein Funkeln blendete Elena, sie musste einen Moment ihre Augen bedecken.

»Aber Papa …«, protestierte sie dann und griff nach seinem Umhang. »Du hast versprochen, dass du hilfst, Miranda zu suchen. Sie ist bestimmt in großer Gefahr! Wer weiß, was Mafaldus inzwischen mit ihr gemacht hat!« Vor lauter Verzweiflung war Elena den Tränen nah.

»Ich helfe dir, indem ich dir Eusebius geschickt habe«, entgegnete Leon. »Er ist ein mächtiger Hexer und ich kann mich absolut auf ihn verlassen. Ich bin überzeugt, dass er Miranda finden wird.« Er streckte die Hand aus und strich Elena über die Wange. »Bitte hör auf zu weinen, Elena. Du weißt, dass ich das nicht gut ertrage. Ich habe mir wirklich gewünscht, ich könnte mich persönlich um Miranda kümmern. Es tut mir leid.«

Elena sah ihn mit tränenverschleiertem Blick an. »Wann hast du wieder mal Zeit für uns, Papa? Immer bist du in Geheimaufträgen unterwegs …« Elenas Traurigkeit über die ständige Abwesenheit ihres Vaters brach mit einem Mal aus ihr heraus.

»Ich tue, was ich kann«, sagte Leon. »Versprochen! Ich werde euch bald besuchen. Hab noch etwas Geduld, Elena, auch wenn es dir schwerfällt.«

Elena versuchte zu lächeln und wischte sich übers Gesicht.

Leon schaute zu Nele und Jana, die noch immer auf dem Felsblock saßen. »Bring deine Freundinnen nach Hause«, sagte er. »Sie haben hier nichts verloren. Ich verstehe ja, dass du sie gern um dich hast, aber die Hexenwelt ist nichts für sie. Hier geschehen Dinge, die nicht für Menschenaugen bestimmt sind. Es ist schon schlimm genug, dass sie wissen, *wer* du bist, Elena. Mach es nicht noch komplizierter. Schick sie zurück!«

Elena nickte, aber sie vermied es, ihm dabei in die Augen zu sehen.

»Es ist zu gefährlich«, betonte Leon noch einmal. Dann zog er Elena an sich und küsste sie auf die Stirn. »Ich muss jetzt leider gehen. Sobald wir Mafaldus gefunden haben, bin ich bei euch, versprochen!« Er lächelte sie an. Dann ließ er sie los, trat einen Schritt zurück, riss die Arme hoch und war verschwunden.

Elena blickte verdattert auf die Stelle, wo er eben noch gestanden hatte. »Und was jetzt?«, murmelte sie.

Eusebius blickte zu den beiden Menschenmädchen. »Wir müssen sie in die Menschenwelt zurückschicken – wie dein Vater gesagt hat«, sagte er etwas zögernd.

Elena kämpfte mit sich. »Muss das wirklich sein, Eusebius? Warum können sie nicht hierbleiben?«

»Wir wollen Elena beistehen, deshalb sind wir mitgekommen«, mischte sich Nele gleich ein.

»Genau«, bekräftigte Jana, obwohl ihre Stimme etwas schüchterner klang als Neles.

Die beiden sahen Eusebius bittend an.

»Aber Leon hat es angeordnet«, sagte Eusebius. »Er hat mir einen sehr mächtigen Gegenstand gegeben. Er vertraut mir … Wenn ich nicht dafür sorge, dass die Mädchen in die Menschenwelt zurückkehren, dann missbrauche ich sein Vertrauen.«

»Sie werden ja zurückkehren«, meinte Elena listig. »Aber erst, *nachdem* wir Miranda befreit haben. – Ach bitte, Eusebius! Zu viert können wir bestimmt viel mehr ausrichten als zu zweit. Wir sind auch vorsichtig.«

Eusebius überlegte. Elena merkte, dass er sich die Entscheidung nicht leicht machte.

Teleportieren

Wenn man sich von einem Ort zum anderen zaubert und keine Fremdmittel benutzt (wie unterirdische Schleusen, fliegende Besen, Fahrkarten, Portale u. a.), dann spricht man vom Teleportieren.
Das Geheimnis des Teleportierens besteht darin, dass man sich in allerkleinste Teile auflöst, die mittels Magie die Raum-Zeit-Schranke passieren. Diese winzigen Teile sollen sich am Zielort wieder korrekt zusammensetzen.
Nur erfahrene Zauberer und Hexen sollen sich auf diese Weise fortbewegen, denn Teleportieren ist nicht ungefährlich.

Es kann passieren,

- dass nach der Ankunft die Körperteile nicht mehr am richtigen Platz sind. Häufig geschieht es, dass der Kopf verkehrt herum auf dem Hals sitzt oder dass zumindest die Augen ihre Position verändert haben. (Daher stammt auch die Redensart: Augen im Hinterkopf haben!)
- dass man seinen Zielort verfehlt und im Erdinnern oder im Weltall herauskommt (lebensgefährlich!).
- dass man gar nicht startet, sondern sich stattdessen mit den Füßen am Boden festzaubert (das sogenannte Wurzelschlagen!).
- dass man in der Vergangenheit oder in der Zukunft landet, was zu speziellen Problemen führen kann.

Beim Teleportieren kann man auch Krankheiten bekommen, die mit Seekrankheit oder Höhenangst vergleichbar sind. Übelkeit ist eine der häufigsten Nebenwirkungen. Man überlege sich also gut, ob man zu einer Party oder zum neuen Arbeitsplatz nicht besser mit dem Besen anreist. Es macht bei den Gastgebern oder beim Chef keinen guten Eindruck, wenn man sich auf dem Parkett oder dem besten Teppich übergibt.
Wenn man das Teleportieren übt, dann sollte man zunächst mit kleinen Strecken beginnen und sich langsam steigern. Ein genauer Trainingsplan kann beim Landeszauberamt, Abteilung Gesundheit, angefordert worden. Wer will, kann einen der Kurse belegen, die vom Landeszauberamt angeboten werden. Jeder Kursteilnehmer erhält nach erfolgreichem Abschluss ein Zertifikat. In speziellen Fällen – gerade bei Reisenden, die durch einen Unfall traumatisiert sind – kann Einzelunterricht beantragt werden.

»Na, ehrlich gesagt, bis jetzt waren die beiden nicht gerade eine große Hilfe, sondern eher hinderlich. Aber das kann sich ja in der Unterwelt ändern. Möglicherweise sind wir dort zu viert tatsächlich stärker«, sagte er schließlich. »Wir können unsere Kräfte bündeln, obwohl die Menschenmädchen keinerlei magische Fähigkeiten haben. Aber ihre natürliche Energie kann unsere Zauberkraft verstärken. Außerdem ist die Kraft der Freundschaft auch nicht zu unterschätzen; sie hilft manchmal mehr als Zauberei! Wer weiß, ob uns das nicht irgendwann zugutekommt.« Er zögerte, bevor er sagte: »Also gut, ich nehme die Verantwortung auf mich!«

Elena freute sich so, dass sie Eusebius spontan umarmte. Dann trat sie zurück, knallrot im Gesicht.

»Entschuldige«, stammelte sie. »Das war nur, weil ich mich so freue.«

»Danke, Eusebius«, sagte Nele und grinste. »Jetzt verstehe ich, warum Miranda von dir so angetan ist. Sie hat nicht übertrieben, als sie von dir erzählt hat …«

Auch Eusebius errötete. »Was hat sie denn von mir erzählt?«, wollte er sofort wissen.

Elena machte Nele schnell ein Zeichen. Sie sollte nicht zu viel ausplaudern!

Nele verstand und biss sich auf die Lippe. »Das soll sie dir besser selbst sagen, sobald wir sie gefunden haben«, sagte sie hastig. »Ich weiß nur, dass sie große Stücke auf dich hält.«

Aus dem Totenreich gibt es meist kein Zurück mehr

Eusebius betrachtete den Dornenbaum, als könnte er ihm allein durch Blicke sein Geheimnis entlocken.

»Hm, Mafaldus Horus ist frei«, überlegte der Hexer laut. »Normalerweise kommt niemand aus der Unterwelt zurück. Jedenfalls keiner, der schon so lange tot ist. Vielleicht hat er den Meister der Dunkelheit mit etwas bestochen … oder ihm einen Handel angeboten … Nur was für einen?«

»Miranda«, sagte Elena sofort. Das war das Erste, was ihr einfiel. Sie konnte sich gut vorstellen, dass Mafaldus Horus ihre beste Freundin hatte kidnappen lassen, um sie in die Unterwelt zu verschleppen und den Herrscher der Unterwelt damit zu bestechen. Ja, das klang logisch, fand Elena. Denn Mafaldus hatte schließlich auch den Fluch auf Miranda abgefeuert – aus Wut darüber, weil sie verhindert hatte, dass er aus dem Dornenbaum stieg. Und um doch noch freizukommen, war es nur zu verständlich, dass er Elenas Freundin zum Austausch benutzte.

»Gut möglich«, meinte auch Eusebius. »Aus welchem anderen Grund sollte er Miranda entführen lassen? Deine Freundin ist so alt wie du, Elena, ihr seid noch keine ausgebildeten Hexen. Als Verstärkung seiner magischen Kräfte wird er sie wohl kaum brauchen.« Er rieb sich die Schläfen. Wieder fixierte er den Dornenbaum.

Elena merkte, wie sehr er sich konzentrierte. Sie trat von einem Fuß auf den anderen. Sie wusste wenig über die Unterwelt. In ihren Hexenlektionen hatte bisher gar nichts darüber gestanden. Das Totenreich, die Unterwelt und der Weg dorthin – das waren eher Teile der schwarzen Magie und kein Stoff des Hexendiploms ... Sie begann zu frösteln.

Auch Jana und Nele wurden langsam ungeduldig, weil Eusebius so lange schwieg und offenbar ganz in Gedanken versunken war. Endlich wandte er sich wieder den Mädchen zu.

»Schwarze Magie ist nicht meine Sache«, sagte er mit heiserer Stimme. »Mein Onkel Theobaldus Magnus gehört jedoch zu den *Schwarzen Zauberkutten,* er hat sich der schwarzen Magie verschrieben, und als sein Neffe musste ich ihm bei seinen Ritualen oft helfen. So weiß ich vieles, was ich nicht wissen dürfte.«

»Du kennst dich also mit Schwarzmagie aus, verstehe ich das richtig?«, fragte Nele nach.

»Wenig, aber ich betreibe graue Magie. Die ist manchmal an der Grenze zur schwarzen Magie.« Eusebius schluckte. »Ich habe zwar Kenntnisse, was verbotene Zauberei betrifft, aber mein Herz schlägt für die helle Seite der Magie.« Er machte eine Pause und fügte dann hinzu. »Für das Leben. Für die Liebe. Ich will keine Toten zum Leben erwecken.«

Elena war erleichtert, obwohl sie schon gewusst hatte, dass Eusebius kein Anhänger von Mafaldus Horus war. Trotzdem war die schwarze Magie oft verlockend, sie war die mächtigste Art von Zauberei, und ihr Ziel war es, den Tod zu überwinden. Das hatte Mafaldus Horus jetzt erreicht ...

»Wenn wir Miranda befreien wollen, muss ich das Tor zur Unterwelt öffnen.« Eusebius sah die drei Mädchen an. »Ich weiß nicht, was uns dort erwartet. Mein Onkel hat die Schwelle zum Totenreich einmal überschritten, aber er hat nicht erzählt, was er erlebt hat. Als er zurückgekommen ist, war er so verstört, dass er zwei Wochen lang überhaupt nicht gesprochen hat. Ich habe nie erfahren, was dort passiert ist.«

»Bestimmt ist es in der Unterwelt schrecklich«, meinte Nele.

»Ihr müsst nicht mitkommen«, sagte Eusebius. »Ich gehe allein. Ihr könnt hier auf mich warten.«

»Kommt gar nicht infrage.« Elena schüttelte den Kopf. »Am Ende kehrst du genauso zurück wie dein Onkel Theobaldus, und wir wissen gar nicht, was los war.«

Eusebius zögerte. »Ich trage das Amulett deines Vaters«, sagte er dann zu Elena. »Es ist der mächtigste magische Gegenstand, den ich je in den Händen hatte. Ich hoffe, dass uns das Amulett vor Gefahren schützt, selbst wenn es früher Mafaldus Horus gehört hat.«

»Es enthält schwarze Magie«, flüsterte Elena.

Der junge Hexer nickte. »Ich hoffe, ich kann damit umgehen.« Wieder streifte sein Blick Nele und Jana. »Das Risiko ist groß. Aber wenn ihr es wirklich wagen wollt, dann sollten wir keine Zeit verlieren. Seid ihr bereit?«

»Ja«, sagten Nele und Jana wie aus einem Mund.

»Und du, Elena?«, fragte Eusebius.

»Natürlich«, antwortete Elena, ohne zu zögern.

»Dann geht ein Stück zur Seite«, befahl der Hexer. Er näherte sich dem Dornenbaum, die Hände beschwörend ausgebreitet. Wieder murmelte er Worte in einer unbekannten Sprache, die Elena eine Gänsehaut verursachten. Es waren Worte von großer magischer Kraft. Die Luft schien zu vibrieren.

Still und starr stand der Dornenbaum da. Etwas Düsteres, das immer stärker wurde, schien von ihm auszugehen.

Eusebius zog das Amulett unter seiner Kutte hervor. Der rote Stein funkelte. Der Hexer berührte das Amulett mit der rechten Hand. Eine rote Flamme wuchs aus dem Stein, hüpfte auf seine Hand und brannte noch heller. Alle Finger schienen Feuer zu fangen. Schließlich tanzten dort fünf rote Flammen.

Eusebius' Blick war völlig konzentriert. Dann schrie er laut und schleuderte das Feuer auf den Dornenbaum. Wie rote Blitze drangen die Flammen in den Stamm. Sie bildeten einen Ring und fraßen ein Loch in den Baum. Es knisterte und zischte. Schwarzer Rauch stieg von der Brandstelle auf und verdunkelte die Luft.

Elena, Nele und Jana standen da wie gebannt und beobachteten, was passierte. Eusebius ging noch weiter auf den Dornenbaum zu. Der Feuerring war jetzt so groß, dass ein Mann hindurchpasste. Eusebius machte zwei Schritte und verschwand im Baum.

Der Rauch reizte Elenas Nase und Augen.

»Und jetzt wir«, sagte sie und fasste nach Janas und Neles Hand. Es kostete sie große Überwindung, auf den brennenden Baum zuzugehen. Alle drei Mädchen zitterten vor Angst. Vor dem Stamm blieben sie stehen. Elena spürte die Hitze der magischen Flammen.

»Ich zuerst«, sagte sie, kniff die Augen zu und machte einen großen Schritt ins Feuer.

Für dich, Miranda!, dachte sie.

Als Elena wieder die Lider öffnete, war es um sie herum kühl und dunkel. Während sich ihre Augen an die Finsternis gewöhnten, spürte sie, wie hinter ihr Nele und Jana auftauchten.

Jana wimmerte leise, aber Nele flüsterte: »Keine Angst, Jana, ich bin schon da. Hier – nimm meine Hand.«

Elena wandte sich um. Sie sah die Schatten ihrer Freundinnen.

»Seid ihr okay?«, fragte sie.

»Alles in Ordnung«, bestätigte Nele. »Bis jetzt ist uns nichts passiert.«

»Aber ich hab so schreckliche Angst«, murmelte Jana.

»Du bist nicht allein«, sagte Nele. Elena hörte, wie sie Luft holte. »Wo ist Eusebius?«

»Vor uns«, antwortete Elena. »Achtung, hier sind Stufen. Es geht runter. Haltet euch lieber am Geländer fest.« Sie streckte ihre Hände aus und ertastete eine Stange. Vorsichtig setzte sie einen Fuß vor den anderen und prüfte, ob die Stufen schmal oder breit waren. Noch immer konnte sie nichts sehen.

»Stockfinster hier drin!«, sagte Nele in diesem Moment. »Elena, kannst du mal ein Licht hexen?«

»Gute Idee.« Für eine Hexe war das eine der leichteren Übungen. Sie murmelte einen Zauberspruch, und schon tauchte vor ihr in der Luft eine milchige Lichtkugel auf, die vor ihr herschwebte.

Jetzt konnte Elena die Treppe erkennen. Sie schien endlos lang in die Tiefe zu führen. Von Eusebius war nichts zu sehen.

»Eusebius«, rief Elena. »Wo bist du? Warte auf uns!« Ihre Stimme hatte einen merkwürdigen Klang.

Sie befürchtete schon, keine Antwort zu bekommen, doch nach einigen Sekunden hörte sie Eusebius von unten rufen.

»Ich bin hier, auf dem ersten Absatz. Ich kann dich erkennen, Elena.«

Elena fiel ein Stein vom Herzen. »Wir sind gleich bei dir«, antwortete sie und stieg weiter in die Tiefe.

Miranda unternahm noch einmal einen Versuch, den Meister der Dunkelheit umzustimmen.

»Bitte, Herr!«, flehte sie. »Lasst mich gehen! Was nütze ich Euch hier unten? Ich habe Euch jetzt alles über mein Leben erzählt. Ich habe doch noch so viel vor! Ich will Diplomatin werden, damit endlich die vielen Missverständnisse zwischen den Hexen und den Menschen ausgerottet werden. Bitte! Habt Erbarmen!«

»Ich verstehe durchaus, dass es schade für dich ist, wenn du deine Träume nicht verwirklichen kannst«, antwortete der Herrscher der Unterwelt ungerührt. Er streichelte die schwarze Katze, die Miranda keine Sekunde aus den Augen ließ. »Es gibt viele Leute, die ihre Ziele zu Lebzeiten nicht erreicht haben. Wenn du willst, kann ich dich zur *Insel der verlorenen Träume* führen, damit du siehst, was andere aufgeben mussten.«

Miranda überlegte fieberhaft. Die Verzweiflung schien ihr Gehirn auf Hochtouren zu bringen. Ihr musste doch etwas einfallen, um den Herrscher der Unterwelt umzustimmen. Ob es einen Sinn hatte, auf das Mitgefühl des Meisters zu bauen? Oder war jemand wie er völlig herzlos und kannte überhaupt kein Erbarmen?

»Es sind nicht nur meine beruflichen Träume, die ich aufgeben muss«, sagte sie. »Ich konnte mich noch nicht einmal von meinen Eltern verabschieden. Und auch nicht von meiner Freundin Elena. Außerdem hat Mafaldus Horus viel länger gelebt, er hat seine Ziele erreicht – und trotzdem habt Ihr ihn wieder gehen lassen.«

»Wer bist du, dass du meine Entscheidungen kritisierst?«, fragte der Meister der Dunkelheit, und diesmal glaubte Miranda zu hören, dass in seiner Stimme eine Spur Empörung mitschwang. Also hatte er doch Gefühle, man konnte ihn treffen!

»Wenn nicht ich, wer sonst?«, gab Miranda schnippisch zurück. Sie wusste auch nicht, woher sie auf einmal den Mut nahm, dem Herrscher der Unterwelt zu widersprechen. »Sonst ist ja niemand da, der für mich sprechen kann. – Ihr habt Euch von Mafaldus bestechen lassen, ein ganz gemeiner Deal war das!«

»Es war keine Bestechung, es war ein normaler Handel.«

»Aber ein Handel mit gestohlener Ware«, begehrte Miranda auf. »Mafaldus Horus hat mich entführt!«

Der Meister der Dunkelheit atmete tief durch. Die Katze sprang mit einem lauten Maunzen von seinem Schoß. »Du fängst an, mich zu langweilen. Schweig endlich still.«

Miranda presste die Lippen zusammen. Aber nicht lange.

»Ich habe immer angenommen, dass es Gerechtigkeit gibt in der Unterwelt«, platzte sie dann heraus. »Dass man nach dem beurteilt wird, was man im Leben getan hat. Aber das ist wohl ein Irrtum. Hier sind die Mächtigen eindeutig im Vorteil und kommen ungeschoren davon. Nicht nur das. Sie haben sogar die Gelegenheit, in die Welt der Lebenden zurückzukehren – während Ihr mir nicht die geringste Chance dazu gebt!«

Sie spürte, wie die schwarze Katze um ihre Beine strich. Der Meister der Dunkelheit aber trommelte nervös mit seinen Fingern auf die Armlehnen seines Throns. Schließlich sagte er: »Es interessiert mich nicht, was du von mir denkst, und ändert auch nichts an meiner Entscheidung. Im Übrigen stimmt es nicht, dass du keine Chance hast. Wenn du mir ein vernünftiges Angebot machst, dann lasse ich durchaus mit mir reden.«

Miranda schnappte vor Überraschung nach Luft.

»Du bist alt genug, um zu verstehen, dass eine Leistung eine Gegenleistung erfordert, nichts anderes habe ich mit Mafaldus Horus ausgemacht«, fuhr der Meister fort. »Nichts ist umsonst, nicht einmal der Tod, wie es bei euch heißt. Der kostet nämlich das Leben.« Er lachte leise. »Also – was kannst du mir anbieten, wenn ich dich gehen lasse?«

»Ich … ich weiß nicht«, stammelte Miranda. »Ich … ich besitze nicht viel, aber ich würde Euch alles geben, was ich habe – mein Geld, meine Bücher …«

»Materielle Güter interessieren mich nicht«, erwiderte der Herrscher sofort. »Doch du könntest einen Pakt unterschreiben, dass du mir dein erstes Kind schenkst. Dann lasse ich frei.«

Miranda glaubte ihren Ohren nicht zu trauen. »M-mein Ki-kind?«

»Das ist ein faires Angebot«, sagte der Meister. »Du kannst zurückgehen und alles tun, was du im Leben vorhast. Du kannst deine Träume verwirklichen – ich würde dir sogar eine Portion Glück mit auf den Weg geben, damit alles ein bisschen leichter geht. Eines Tages, in zehn oder fünfzehn Jahren, wirst du sicher einen Mann treffen, den du liebst und mit dem du eine Familie gründen und Kinder haben willst. Ich brauche nur eine Unterschrift von dir, dass du mir deinen erstgeborenen Sohn oder deine erstgeborene Tochter übergibst. Das ist alles.«

Das Blut rauschte in Mirandas Ohren. Sie konnte nicht glauben, was sie da hörte. Wie konnte der Meister der Dunkelheit nur denken, dass sie so etwas tun würde? Ihr eigenes Kind opfern.

»Nein«, fauchte sie. »So etwas tue ich nicht. Nie, nie, nie!«

»Dann kann ich dir nicht helfen«, sagte der Meister. Seine Stimme klang jetzt wieder so unbeteiligt wie zuvor.

Miranda ließ sich in stummer Verzweiflung auf den Boden sinken. Sie fühlte sich wie gelähmt. Die Tränen liefen ihr übers Gesicht, so ungeheuerlich war der Vorschlag, den ihr der Meister gemacht hatte.

Niemals!

Eusebius wartete auf dem Treppenabsatz, bis die Mädchen bei ihm waren.

»Es bringt nichts, wenn wir nur aufs Geratewohl durch die Unterwelt irren«, sagte er. »Wir müssen gezielt suchen. Elena, ich habe vor, Miranda per Gedankenkraft zu erreichen. Du musst mir dabei helfen, sie ist deine Freundin und du stehst ihr viel näher als ich.«

»Klar.« Elena nickte. »Was muss ich tun?«

»Ich weiß nicht, ob die Gedankenkommunikation hier unten funktionieren wird – oder ob es irgendwelche Blockaden gibt«, meinte Eusebius. »Aber wir müssen es versuchen. Fass mich an, Elena.«

Elena nahm beide Hände des Hexers. Seine Finger waren schlank und kräftig. Sie spürte seine magische Kraft als prickelnde Energie.

»Denk fest an Miranda«, flüsterte er.

Elena versuchte sich ihre Freundin vorzustellen. Mit Schrecken stellte sie fest, dass sie sich kaum noch daran erinnern konnte, wie sie aussah. Das musste an der sonderbaren Umgebung liegen … Hier unten war es kühl, trotzdem irgendwie stickig. Es war keine natürliche Finsternis, sondern eine drückende Dunkelheit. Elena hatte den Eindruck, dass hier die Ängste der ganzen Welt versammelt waren. Wenn sie nicht aufpasste, würden sie über sie herfallen und sie ersticken …

»Keine Panik«, wisperte Eusebius, der offenbar ihre Gedanken gelesen hatte. »Versuch dich zu konzentrieren und bleib ganz ruhig!«

Elena spürte nun in ihrem Kopf seine Gegenwart. Er hatte sich mit ihr verbunden. Obwohl er fremd war, empfand Elena seine Anwesenheit nicht als unangenehm. Er war behutsam, rücksichtsvoll. Seine Gedanken waren leise und fragend. Er wollte Elena nicht beherrschen oder manipulieren, sondern seine und ihre Kräfte bündeln.

Denk an Miranda …

Ich versuch's ja …

Elena konzentrierte sich und sandte suchende Gedanken aus. Plötzlich merkte sie, wie sie aus ihrem Kopf schlüpften, als seien es eigene lebendige Wesen. Sie flogen durch die Dunkelheit und folgten einer feinen Spur … zarte Schwingungen, die von Miranda stammten … Die Schwingungen wurden immer stärker … Schließlich spürte Elena, wie ihre Gedanken Mirandas Kopf erreichten. Ein kurzer Widerstand, dann waren sie in ihr …

Gut, Elena! Das war Eusebius' Gedankenstimme. *Wir haben sie gefunden. Jetzt muss es uns nur noch gelingen, Kontakt mit ihr aufzunehmen.*

Zunächst schien Miranda nichts von Elenas und Eusebius' Anwesenheit zu merken. Ihre Gedanken waren völlig ungeschützt. Elena spürte Mirandas Traurigkeit und Empörung, als wären es ihre eigenen Gefühle.

Mein Kind bekommt er nicht! Lieber bleibe ich hier und sterbe …

Elena war verwirrt. Was denn für ein Kind? War Miranda schwanger? Aber das war doch unmöglich!

Sprich sie an!, forderte Eusebius sie auf.

Elena tat es.

Miranda, flüsterte sie. *Hallo, ich bin's, Elena. Keine Angst. Wir sind ganz in deiner Nähe …*

Ein Ruck schien durch Mirandas Gedanken zu gehen. Elena fühlte, wie die Traurigkeit schwand und einer Wachsamkeit Platz machte.

Elena?, fragte Miranda. *Bist du es wirklich? Und wer ist noch bei dir?*

Ich, Eusebius, hörte Elena Eusebius' Gedankenstimme. *Entschuldige, dass ich so einfach in deinen Kopf eindringe, aber wir sind auf der Suche nach dir. Sei vorsichtig und versuche deine Gedanken nach außen abzuschirmen, damit niemand merkt, dass wir Kontakt haben.*

Eusebius … Aber wie … warum … Elena konnte ganz deutlich Mirandas Verwirrung spüren. Der erste Impuls war Verlegenheit. Dann Freude. Elena fühlte, wie ihr eigener Bauch warm wurde und zu kribbeln begann.

Schirme dich ab, Miranda!, mahnte Eusebius.

Elena konnte spüren, wie es in Mirandas Kopf enger wurde, so als würde rundherum eine Mauer gebaut.

Wo seid ihr?, fragte Miranda. *Was habt ihr vor? Könnt ihr mich hier rausholen?*

Wir werden alles versuchen, antwortete Eusebius. *Wo bist du?*

Miranda beschrieb nun den Weg. Elena konnte die Bilder des Flusses sehen, den vermummten Fährmann mit seinem Kahn, den dreiköpfigen Hund …

In Ordnung, flüsterte Eusebius. *Ich denke, wir werden es schaffen. Halte durch, Miranda, wir sind bald bei dir.*

Die Verbindung brach ab. Elena brauchte zwei Sekunden, bis sie merkte, dass sie noch immer auf dem Treppenabsatz stand. Als sie Eusebius' Hände losließ, fühlte sie sich erschöpft. Die Gedankenkommunikation mit Miranda hatte sie viel Kraft gekostet.

»Was für ein Glück, Miranda scheint unversehrt zu sein.« Die Erleichterung in Eusebius' Stimme war nicht zu überhören. »Jetzt kennen wir auch den Weg. Kommt mit.«

Er ging voraus. Jana und Nele wollten von Elena wissen, ob es ihr gelungen war, mit Miranda Kontakt aufzunehmen. Elena berichtete kurz, was sie erfahren hatte. Während sie erzählte, fragte sie sich, ob Eusebius das Kribbeln im Bauch auch gespürt hatte. Wusste er jetzt, was Miranda für ihn empfand? Sie war in Eusebius verliebt – ganz eindeutig!

Einen stärkeren Gegner besiegt man nur mit List und Tücke

Der Fluss stank. Jana hielt sich die Nase zu und machte ein angewidertes Gesicht.

»Hier riecht es wie auf dem Friedhof«, meinte Nele und fasste Elenas Arm. »Mir ist unheimlich, Elena!«

»Mir auch«, gab Elena zu. »Aber jetzt gibt es kein Zurück mehr. Es ist zu spät. Wir müssen auf die andere Seite, um Miranda zu befreien.«

»Wir müssen jetzt tapfer sein«, sagte Jana entschlossen, so als wollte sie sich selbst überzeugen. »Eins weiß ich sicher: Falls wir je nach Hause zurückkommen, werde ich nie mehr Angst haben, wenn ich öffentlich Klavier spielen muss. Überhaupt wird mich nichts mehr so schnell aus der Bahn werfen …«

»Wir werden es schaffen«, meinte Elena, während sie den dunklen Fluss betrachtete und schaudernd erkannte, dass Krokodile darin schwammen.

Eusebius ging voraus. In der Ferne war die Anlegestelle des Kahns zu sehen. Der Fährmann kauerte reglos am Ufer und wartete, bis Eusebius und die Mädchen näher gekommen waren. Dann erhob er sich.

»Was gebt ihr mir, damit ich euch über den Fluss bringe?«, fragte er mit rauer Stimme.

»Vielleicht reicht es, wenn du dir das hier ansiehst«, antwortete der junge Hexer und holte das Amulett hervor. Der funkelnde Schein des roten Steins beleuchtete das Gesicht des Fährmanns, das bisher von einer Kapuze verdeckt gewesen war.

Elena blickte in eine Fratze, die von Würmern zerfressen war. Die Nase fehlte, und an der Seite des Gesichts war ein Loch, durch das man den Kieferknochen und die Zahnreihen sehen konnte.

Nele neben ihr unterdrückte einen Schrei. Elena fasste sie am Arm.

»Keine Angst«, flüsterte sie.

»Welch große Kraft!« Karoon bedeckte seine Augen mit der Knochenhand und wich vor dem roten Lichtschein zurück. Der Schatten der Kapuze fiel wieder über sein Gesicht.

»Gut«, knurrte er. »Ich werde euch auf die andere Seite bringen. Steigt ein.«

Der Kahn schwankte, als die Mädchen und Eusebius hineinkletterten und auf den hölzernen Sitzen Platz nahmen. Elena bemühte sich, den unzähligen Augen im Wasser keine Beachtung zu schenken. Es mussten Hunderte von Krokodilen sein!

Der Fährmann sprang in den Kahn, ergriff das Ruder und stieß das Boot vom Ufer ab.

Die Fahrt über den Fluss schien endlos zu dauern. Elena hatte fast den Eindruck, dass der Fluss während des Übersetzens auf magische Weise breiter wurde … Aber vielleicht täuschte sie sich auch. Die Krokodile versammelten sich um das Boot. Ab und zu schnappte eines von ihnen nach Karoons Ruder. Der Fährmann gab ihm einen Schlag auf den Kopf.

»Verschwinde, du Biest! Das ist kein Futter für dich!«

Eusebius lächelte den Mädchen zuversichtlich zu.

Endlich legten sie am anderen Ufer des Flusses an. Karoon zog brummend den Kahn an Land und die Insassen konnten aussteigen.

»Danke für deinen Dienst«, sagte Eusebius.

Aber Karoon hatte es eilig. Er schien Angst davor zu haben, dass der Hexer ihm noch einmal mit dem Amulett ins Gesicht leuchtete und dadurch sein Gesicht sichtbar machte.

Kaum waren Eusebius und die Mädchen ein paar Schritte gegangen, tauchte vor ihnen der dreiköpfige Hund auf und versperrte ihnen den Weg. Eusebius reagierte sofort.

»*Apage!*« Er streckte die Hand aus und schleuderte einen Blitz auf das Tier. Der Hund wich winselnd ein Stück zurück. Erst als der junge Hexer ihm das Amulett zeigte, verschwand er wieder in der Dunkelheit.

Nele war beeindruckt. »Wahnsinn! Das Amulett muss ungeheuer mächtig sein.«

Elena nickte. »Das ist es auch. Vergiss nicht, es hat Mafaldus Horus gehört.«

»Seine Kraft hängt sicher auch mit der schwarzen Magie zusammen, die es ausstrahlt«, flüsterte Jana. »Selbst für eine Million würde ich das Ding nicht anfassen.«

»Hast du dir mein Angebot noch einmal überlegt?«, fragte der Meister der Dunkelheit.

Miranda hockte vor ihm auf dem Boden und hatte die Arme um ihre Knie geschlungen. Sie versuchte Zeit zu gewinnen. Seit dem Gedankenkontakt mit Eusebius und Elena war bestimmt schon eine Stunde vergangen. Miranda fragte sich, wie lange es wohl dauern würde, bis Elena mit Eusebius hier auftauchten würde. Vorausgesetzt, sie fanden sie überhaupt …

»Und wenn ich gar kein Kind bekomme, was ist dann?«, fragte Miranda. »Das ist doch immerhin möglich.«

»Wenn du willst, können wir einen Blick in deine Zukunft werfen«, sagte der Meister. »Oder besser in einen von deinen möglichen Lebensläufen. Für jede Person gibt es nämlich mehr als einen einzigen Weg.«

»Das verstehe ich nicht«, murmelte Miranda.

»Einer deiner möglichen Lebensläufe ist, dass du fortan hierbleibst.« Die Antwort klang leicht ungeduldig. »Ein zweiter Lebenslauf ist, dass ich dich freilasse und dass du mir dein erstes Kind schenkst, wie ich es dir vorgeschlagen habe. Ein dritter Weg ist, dass du zu fliehen versuchst und dabei scheiterst. Ein vierter, dass dir die Flucht gelingt – was aber sehr unwahrscheinlich ist.« Er lachte. »Hast du es jetzt begriffen?«

»Ich denke ja.« Miranda warf einen unauffälligen Blick über den Steg zum Ufer. Noch immer nichts.

»Also – hast du dich entschieden?«, fragte er. »Oder willst du mit mir gleich zur *Insel der verlorenen Träume* gehen, damit du siehst, was du versäumst, wenn du nicht in die Welt der Lebenden zurückkehrst?«

»Lasst mich bitte noch einen Moment in Ruhe nachdenken«, bat Miranda und ließ den Kopf auf ihre Knie sinken.

Wo bleibt ihr, Elena? Ich habe nicht mehr viel Zeit!! Der Meister der Dunkelheit will mit mir zur Insel der verlorenen Träume …

Der Thron knarrte, als der Meister der Dunkelheit plötzlich aufstand. Miranda sah erschrocken hoch. Hatte er etwas von ihrem Gedankennotruf bemerkt?

Der Herrscher der Unterwelt kniff die Augen zusammen und starrte aufs Ufer. Jetzt nahm auch Miranda dort eine

Bewegung wahr. Eine Gestalt – nein, es waren mehrere … Ihr Herz machte vor Freude einen Hüpfer. Am liebsten wäre sie aufgesprungen und Elena und Eusebius entgegengelaufen, doch sie durfte sich nicht verraten.

»Wer kommt da?«, murmelte der Meister der Dunkelheit. »Mir scheint, es sind keine Dauergäste, sondern nur Besucher … So etwas habe ich gar nicht gern. Sie halten mich nur auf.« Sein Tonfall änderte sich. »Steh auf«, raunzte er Miranda an. »Du hast jetzt lange genug nachgedacht. Ich habe verstanden, dass du mein wohlgemeintes Angebot nicht annehmen willst und nur einen Weg suchst, mich zu überzeugen, dich gehen zu lassen. Hast du ernsthaft gedacht, das funktioniert?«

Miranda kam mühsam auf die Füße. »N-nein, n-natürlich nicht«, stammelte sie.

Eusebius und die drei Mädchen hatten nun den Steg erreicht. Der junge Hexer führte die Gruppe an und schritt furchtlos über die Planken. Mirandas Herz fing heftig an zu klopfen.

Elena war richtig erschrocken darüber, wie erbärmlich Miranda aussah. Sie war blass wie der Tod. Lag es daran, dass sie sich schon so lange in der Unterwelt aufhielt? Oder saugte Mafaldus' schrecklicher Fluch immer noch die Kraft aus Miranda?

»Ich grüße Euch, Meister der Dunkelheit!« Eusebius blieb stehen und neigte vor dem Herrscher der Unterwelt den Kopf. »Wir sind gekommen, um Euch um Mirandas Freiheit zu bitten. Es muss ein Missverständnis sein, dass sie hier ist.«

»Ich muss euch euren Wunsch leider abschlagen«, antwortete der Meister der Dunkelheit. »Ich habe Miranda bereits ein Angebot gemacht, aber sie hat es abgelehnt. Ich bin nicht bereit zu feilschen. Ihr könnt also umkehren und gehen, bevor ich es mir anders überlege und euch auch in der Unterwelt behalte.«

»Es geht nicht, dass Miranda hierbleibt!« Elena wusste selbst nicht, woher plötzlich ihr Mut kam. Sie drängte sich an Eusebius vorbei und stellte sich vor den Herrscher. »Sie ist nicht freiwillig hergekommen. Sie wurde von Mafaldus Horus dazu gezwungen …« Elena zuckte zusammen, als der Meister der Dunkelheit sie ansah. Sein Blick war zornig und eiskalt.

»Ihr seid in meinem Reich, hier gelten meine Regeln und meine Gesetze! Dass ihr es wagt …!«

Elena duckte sich unter seiner Stimme, die wie Donner klang. Aber dann fasste sie sich ein Herz, lief auf Miranda zu und schlang die Arme um sie.

»Ich lasse dich nicht hier, Miranda!«

Miranda fing an zu schluchzen. »Elena, das hat doch keinen Sinn!«

»Hinweg mit euch!«, befahl der Meister der Dunkelheit. »Ihr wagt es, unaufgefordert in mein Reich einzudringen und auch noch Forderungen zu stellen! Geht, bevor ich meine Bestien rufe und auf euch hetze!«

Eusebius fiel auf die Knie. »Bitte habt Nachsehen, großer Meister! Es sind junge Mädchen, und sie sind noch nicht so erfahren … Ich möchte Euch einen Vorschlag machen: Lasst Miranda frei und behaltet mich an ihrer Stelle.«

Elena stieß vor Überraschung die Luft aus. Auch Miranda erstarrte. Nele und Jana klammerten sich aneinander.

»Steh auf«, sagte der Meister der Dunkelheit. »Es ist sehr edel von dir, dass du dich zum Austausch anbietest.«

»Ihr nehmt mein Angebot an?«, fragte Eusebius hoffnungsvoll, als er sich aufgerappelt hatte.

»Ich habe Miranda angeboten, sie freizulassen, wenn sie mir ihr erstes Kind verspricht. Das hat sie abgelehnt. Und ich lehne es ab, dass du, Eusebius, als Austausch hierbleibst. Ich akzeptiere nur einen: Bringt mir Mafaldus Horus zurück, dann lasse ich das Mädchen sofort frei!«

»M-mafaldus Horus«, sagte Eusebius überrascht. »Aber, aber … das ist unmöglich, wie soll mir das gelingen? Wenn das aber Euer letztes Wort ist, dann muss ich mich fügen. Ich … ich werde es versuchen, Herr. Seid versichert, dass ich alles tun werde, damit Miranda in die Welt der Lebenden zurückkehren kann.«

»Dann geht!«, befahl der Meister der Dunkelheit. »Ich bin sehr gespannt, ob euch das Unmögliche gelingt.« Er lachte spöttisch. »Miranda wird sich inzwischen mit mir die *Insel der verlorenen Träume* ansehen. Ich bin sicher, dass es für sie eine sehr interessante Erfahrung sein wird. Vielleicht überlegt sie sich mein Angebot dann noch mal … Kein Mensch verzichtet gern auf seine Lebensträume.«

Der Rückweg kam Elena viel kürzer vor als der Hinweg, aber vielleicht lag es daran, dass sie so abgrundtief verzweifelt war. Wie konnte Eusebius nur so zuversichtlich sein? Mafaldus Horus würde nie im Leben in die Unterwelt zurückkehren, wo er doch alle Hebel in Bewegung gesetzt hatte, um freizukommen!

Karoon ruderte sie murrend wieder über den Fluss. An der Treppe, die in den Dornenbaum hinaufführte, blieb Elena stehen.

»Das hat doch keinen Sinn«, sagte sie und stampfte mit dem Fuß auf. »Mein Vater jagt schon hinter Mafaldus Horus her, aber ich hab keine Ahnung, ob er ihn je erwischt. Schnell geht es bestimmt nicht. Und wir vier kriegen Mafaldus Horus erst recht nicht. Wir haben ja keine Ahnung, wo er sich versteckt.«

»Vielleicht könnten wir ihm eine Falle stellen«, meinte Eusebius, der schon einen Fuß auf der ersten Stufe hatte. »Ihn mit einem Trick anlocken … Ich will alles tun, damit Miranda freikommt. Ach, ich hatte so gehofft, dass der Meister der Dunkelheit auf mein Angebot eingeht und mich statt Miranda behält. Ich hätte dann vielleicht einen Weg gefunden zu fliehen …« Er hörte sich erschöpft an.

»Warte mal, mir kommt da eine Idee.« Jana zupfte ihn zaghaft an seinem schwarzen Umhang. »Ich weiß allerdings nicht, ob sie was taugt …«

Eusebius drehte sich nach ihr um. Auch Elena und Nele sahen Jana gespannt an.

»Erinnert ihr euch noch, wie uns Miranda neulich Frau Treller vom Hals gehalten hat?«, begann Jana zögernd zu sprechen. »Sie hat ein Phantom geschaffen, das Frau Trellers Nachbarin für einen Einbrecher gehalten hat. Miranda hat uns damals erklärt, dass sie dazu den *Doppelgänger-Zauber* benutzt hat. Ich fand das total spannend …« Sie schluckte. »Vielleicht könntet ihr einen Doppelgänger von Mafaldus schaffen und mit ihm den Herrscher der Unterwelt austricksen?«

Einige Sekunden lang war es totenstill. Vom Fluss her zogen übel riechende Schwaden herüber.

»Jana, du bist genial«, sagte Eusebius schließlich. »Deine Idee ist großartig!«

»Aber wird der Meister der Dunkelheit nicht merken, dass er betrogen wird?«, fragte Elena zweifelnd.

»Wenn der Doppelgänger gut ist, dann wird er es nicht sofort merken«, sagte Eusebius. »Es ist einen Versuch wert. Ich habe jedenfalls keinen besseren Plan! Wir müssen es versuchen! Vielleicht haben wir ja Glück, und Miranda kommt frei.«

Eusebius begann an Ort und Stelle mit den Vorbereitungen und errichtete zunächst einen Schutzkreis für Elena, Nele und Jana. Dann fing er an, komplizierte Zauberformeln zu sprechen und seltsame Symbole in die Luft zu zeichnen. Die Mädchen beobachteten ihn aus sicherem Abstand. Elena hielt den Atem an. Es war bestimmt schwierig, ein Ebenbild von Mafaldus zu schaffen, mit dem sich der Meister der Dunkelheit täuschen ließ. Aber Eusebius besaß schließlich das Amulett – den stärksten Gegenstand aus der Zauberwelt, den Elena kannte. Vielleicht würde die Kraft, die in dem Amulett wohnte, tatsächlich ausreichen, um den Plan durchzuführen.

»Invenio hominem«, murmelte Eusebius und hielt das Amulett vor sich in die Luft.

Der rote Stein begann hell zu glühen. Der Lichtschein wurde immer größer und formte sich schließlich zu einer roten Feuergestalt, die Mafaldus Horus' Züge trug.

Nele krallte vor Aufregung ihre Fingernägel in Elenas Arm. »Das ist Wahnsinn!«, flüsterte sie leise.

»Schschsch.« Elena legte den Zeigefinger auf die Lippen. Eusebius durfte bei dem Ritual nicht gestört werden!

Die Feuergestalt wurde blasser und gewann an Festigkeit. Sie sah Mafaldus Horus immer ähnlicher. Nur die Umrisse glühten noch, aber schließlich gelang es Eusebius, auch den letzten roten Schimmer verschwinden zu lassen.

»Und nun geh und tu, was ich dir aufgetragen habe!« Mit diesen Worten schickte Eusebius den Doppelgänger auf den Weg.

Die ersten Schritte waren etwas steif, aber dann bewegte sich das Phantom vollkommen natürlich. Man konnte wirklich glauben, den echten Magier vor sich zu haben!

Der falsche Mafaldus Horus ging flussaufwärts in Richtung Anlegestelle. Der schwarze Umhang wehte hinter ihm her.

Eusebius trat aus dem Schutzkreis, den er auch um sich selbst gezogen hatte. Dann kam er zu den Mädchen und reichte ihnen die Hand.

»Ihr könnt jetzt aus dem schützenden Kreis heraustreten. Ich habe mein Bestes getan. Ich glaube, der Zauber ist gut gelungen. Jetzt müssen wir abwarten.« Er holte tief Luft. »Wenn es Mafaldus gelingt, Karoon zu täuschen, dann wird es auch beim Meister der Dunkelheit gelingen.«

Elena bewegte sich auf Zehenspitzen zum Fluss. Ganz in der Ferne sah sie, wie der Kahn über den Fluss glitt. Im Innern saßen zwei Leute. Es klappte! Am liebsten hätte sie laut gejubelt.

»Und?«, fragte Eusebius, der hinter sie getreten war.

»Es funktioniert«, flüsterte sie aufgeregt und drückte ihm dankbar den Arm.

Miranda konnte es nicht fassen. Vor ihr saß eine ältere Miranda, vielleicht Ende Zwanzig. Sie arbeitete an einem Computer, der viel moderner aussah als das Gerät, das bei den

Bredovs zu Hause stand. Miranda trug ein elegantes Kostüm und hatte die Haare hochgesteckt. An ihrer Brusttasche war ein kleines Schildchen befestigt. Die junge Miranda musste sich weiter vorbeugen, um es zu entziffern. Sie las:

Miranda Leuwen

Diplomatin

Sie seufzte sehnsüchtig. Das also war sie selbst – in einigen Jahren! So würde es sein, wenn ihr Traum in Erfüllung gehen würde!

Dann kam Miranda wieder zur Besinnung – und das Bild vor ihr verschwamm. Sie erinnerte sich wieder, wo sie war: Auf der *Insel der verlorenen Träume.*

Tränen traten ihr in die Augen. Sie würde niemals Diplomatin sein ...

Da aber tauchte aus dem Nebel schon die nächste Vision auf.

Wieder eine ältere Miranda, diesmal mit offenen Haaren und etwas in Hektik. Das Gesicht aber sah gelöst und glücklich aus. Sie drehte sich nach einem Mann um, der hinter ihr stand, umarmte und küsste ihn.

Es durchfuhr Miranda heiß, als sie den Mann erkannte: Es war eindeutig Eusebius. Ein liebevoller Ausdruck lag auf seiner Miene. Seine Augen glänzten, als er die ältere Miranda an sich drückte.

Plötzlich kamen zwei Kinder angelaufen, ein Junge und ein Mädchen – Zwillinge, vielleicht vier Jahre alt. Sie zogen Miranda ungeduldig am Kleid und verlangten nach Süßigkeiten.

Meine Kinder, dachte Miranda und ihr Magen zog sich zusammen. *Verlorene Träume ...*

Wieder verschwand das Bild in den Nebelschwaden.

»Na, hast du genug gesehen?«, fragte der Meister der Dunkelheit, der neben ihr stand. »Sollen wir zurückgehen?«

Miranda konnte nur nicken, weil ihr die Stimme versagte. Der Kloß in ihrer Kehle war zu groß.

Je länger Elena wartete, desto mehr war sie davon überzeugt, dass die Sache schiefgehen würde. Wie viel Zeit war inzwischen vergangen, seit sich der Doppelgänger auf den Weg gemacht hatte? Es mussten Stunden sein ... Vielleicht war Eusebius' Zauber zu schwach, und der falsche Mafaldus löste sich auf, bevor er sein Ziel erreichte ...

Verzweifelt legte Elena ihren Kopf auf die Knie. Sie hockte auf der Treppe. Nele saß neben ihr und legte den Arm um sie.

»Das wird schon«, murmelte sie, aber es klang nicht sehr überzeugt.

Und wenn nicht?, dachte Elena. Wenn der Plan schiefging, dann war Miranda verloren und musste für immer in der Unterwelt bleiben. Elena schluckte. Dann würden sie nie wieder zusammen hexen. Sie würden nie wieder zusammen lachen. Sie würden nie wieder nachts auf Elenas Bettkante sitzen und endlos quatschen ...

Elena schniefte und wischte sich über die Augen. Inzwischen knurrte ihr Magen wie ein hungriger Wolf, aber sie war überzeugt, dass sie keinen Bissen herunterbringen würde.

»Da kommt sie«, sagte Jana plötzlich. Sie war aufgestanden und hatte am Flussufer Ausschau gehalten.

Elena hob ungläubig den Kopf. Nele stand auf und zog sie hoch. Sie gingen zu Jana und schauten flussaufwärts.

»Dort ist sie.« Jana deutete mit dem Zeigefinger.

Tatsächlich! Miranda ging am Flussufer entlang und kam auf sie zu. Sie bewegte sich unsicher, fast wie eine Schlafwandlerin, so als könnte sie es selbst nicht fassen, dass sie frei war.

Jana, Nele und Elena wechselten einen Blick. Sie verstanden sich ohne Worte und rannten los, um Miranda zu empfangen. Eusebius lief hinterher.

»Miranda!« Elena war die Erste. Sie schlang die Arme um Miranda und presste sie fest an sich. »Was bin ich froh, dass du wieder da bist!«

Miranda wirkte unendlich erschöpft. »Ich bin auch so froh«, sagte sie mit schwacher Stimme. »Obwohl ich noch immer nicht verstehen kann, dass Mafaldus es sich auf einmal anders überlegt hat und zurückgekommen ist. Der Meister der Dunkelheit war auch überrascht und hat ihn gefragt, ob ihm sieben Jahre Freiheit vielleicht zu wenig sind. Mafaldus hat dann gesagt, das sei ein unfaires Angebot, und ihm sei erst jetzt aufgegangen, dass er bei dem Deal ganz schön über den Tisch gezogen worden ist. Daraufhin haben sich die beiden heftig gestritten und der Meister der Dunkelheit ließ mich gehen. Ich kann es noch gar nicht glauben, dass ich frei bin.« Sie schüttelte den Kopf.

Elena biss sich auf die Lippe. Am liebsten hätte sie Miranda sofort alles erzählt. Doch sie sagte: »Wir erklären dir, was wir gemacht haben, wenn wir die Unterwelt verlassen haben.«

Auch Nele und Jana umarmten Miranda. Dann stand Eusebius vor ihr. Er zögerte einen Augenblick, aber dann nahm er Miranda ebenfalls in die Arme. Sie lehnte den Kopf an seine Brust und seufzte. »Ich hab dich gesehen … auf der *Insel der verlorenen Träume* …« Sie schluchzte auf und befreite sich dann aus seiner Umarmung. »Entschuldige, aber ich bin einfach völlig fertig!«

Eusebius nickte. »Das ist kein Wunder.« Er reichte ihr den Arm und sie hakte sich unter. Zusammen gingen sie zur Treppe. Elena, Nele und Jana folgten. Hoffentlich schaffte es Miranda in ihrem Zustand überhaupt, die vielen Stufen hochzusteigen!

Miranda setzte gerade ihren Fuß auf den ersten Absatz, als Elena hinter sich ein Geräusch hörte. Sie drehte sich um und blickte zum Fluss. Voller Entsetzen sah sie, wie die Krokodile das Wasser verließen und ans Ufer krochen.

»Eusebius!«, schrie Elena. »Die Krokodile! Sie verfolgen uns!«

»Wie?« Der junge Hexer wirbelte herum. Er streckte seinen Arm aus und feuerte magische Blitze auf die Krokodile ab. Die Tiere wurden ein Stück nach hinten geschleudert, fingen aber sofort wieder an, in Richtung Treppe zu kriechen.

»Hilf mir, Elena«, rief Eusebius. »Der Doppelgänger-Zauber hat mich geschwächt, ich habe nicht mehr sehr viel Kraft!«

Elena konzentrierte sich und versuchte mit Zauberkraft die Krokodile aufzuhalten. Es gelang ihr, einen magischen Zaun zu errichten. Leider fiel er ziemlich niedrig aus, und die ersten Tiere kletterten ohne große Mühe über die Absperrung.

»Die Treppe hinauf!«, befahl Eusebius. »Rasch! Wir müssen schneller sein!«

Miranda lief, so schnell sie konnte. Eusebius holte sie ein und schob von hinten. Nele, Jana und Elena schoben wiederum den Hexer. Alle sahen sich immer wieder hektisch um.

Plötzlich spritzte Flusswasser. Ein heiseres Gebell ertönte. Elena sah voller Angst, dass Zerberus den Fluss überquerte. Er schwamm nicht, sondern sprang von Krokodil zu Krokodil. Dann hatte er das Ufer erreicht, rannte zur Treppe und erklomm die Stufen. Die sechs Augen glühten. Geifer tropfte aus den Mäulern.

»Schneller!«, rief Eusebius. Er wandte sich um und streckte seinen Arm aus. *»Apage!«*

Ein grüner Blitz schleuderte Zerberus auf den Boden. Einen Augenblick blieb er dort wie betäubt liegen, dann kam er wieder auf die Beine und nahm die Verfolgung auf. Seine Wut schien noch größer zu sein als vorher.

Eusebius schleuderte ihn ein zweites Mal die Stufen hinunter, aber diesmal fiel der Blitz wesentlich schwächer aus als beim ersten Mal. Zerberus war sofort wieder auf der Treppe. Eusebius' dritter Blitz war noch schwächer. Diesmal wankte Zerberus nur, aber er fiel nicht.

»Mist!«, keuchte Nele. Sie war genauso außer Atem wie die anderen. Sie hatten noch nicht einmal die Hälfte der Treppe hinter sich. »Das schaffen wir nie!«

Elena hatte das Gefühl, dass Zerberus gleich nach ihren Knöcheln schnappen würde. Was sollte sie nur tun? Voller Verzweiflung bewegte sie den Arm, und eine Wolke aus braunem Staub rieselte aus ihrer Hand. Es war der schärfste Pfeffer, den sie zaubern konnte …

Zuerst sah es so aus, als würde der Pfeffer kein bisschen wirken. Zerberus schien ihnen genauso schnell zu folgen wie vorher. Doch dann fing der erste Kopf an zu niesen. Der lange Hals bewegte sich hin und her. Die glühenden Augen begannen zu tränen. Kurz darauf erwischte es auch den zweiten Kopf. Der dritte folgte. Niesend und japsend stand Zerberus auf der Treppe. Die Augen blinzelten und sonderten grünen Schleim ab, der den Hund blind machte. Ungeschickt erklomm er die nächsten Stufen und stieß sich dabei einen seiner Köpfe. Er winselte laut.

Inzwischen hatten Eusebius und die vier Mädchen einen Vorsprung. Nur noch wenige Stufen ... Schon schimmerte Licht durch die Öffnung des Dornenbaums. Miranda war die Erste, die ins Freie stolperte. Völlig erschöpft und ausgepumpt fiel sie auf den Boden und rang nach Luft.

Eusebius wartete, bis auch die drei anderen Mädchen ins Freie gesprungen waren. Dann zog er das Amulett hervor.

»Hilf mir, Elena«, bat er. »Wir müssen den Eingang schließen, bevor Zerberus nachkommt.«

Elena nickte. Sie hörte den Hund schon auf der Treppe keuchen. Anscheinend ließ die Wirkung des Pfeffers allmählich nach.

»Gib mir deine Hand«, befahlt Eusebius. »Ich brauche deine Zauberkraft.«

Elena legte ihre Hand in seine, schloss die Augen und versuchte sich auf ihre magischen Kräfte zu konzentrieren. Sie fühlte, wie ihre Kraft in Eusebius' Hand floss. Durch die geschlossenen Augenlider hindurch sah sie den roten Schein des Amuletts und spürte seine Wärme. Eusebius murmelte einen Zauberspruch. Elena war sich sicher, dass er diesmal die Runensprache verwendete, Worte von urtümlicher Kraft. Schließlich stieß er einen tiefen Seufzer aus.

»Geschafft«, keuchte er. »Gerade noch rechtzeitig.«

Elena machte die Augen wieder auf. Die Öffnung im Dornenbaum hatte sich geschlossen. Doch in der Rinde war eine kleine Ausbuchtung – Zerberus' Pfote.

»Danke«, sagte Eusebius und lächelte sie an. »Ohne deine Hilfe hätte meine Kraft nicht ausgereicht.«

Er ließ sich auf den Boden fallen. Elena setzte sich neben ihn. Es dauerte eine Weile, bis sich ihr Herzschlag beruhigt hatte.

»Der Doppelgänger-Zauber muss aufgeflogen sein«, sagte Eusebius. »Deswegen hat der Meister der Dunkelheit Zerberus auf uns gehetzt.«

»Und die Krokodile«, sagte Nele.

»Ja, auch die.« Der Hexer nickte.

»Doppelgänger?«, fragte Miranda. »Dann war Mafaldus gar nicht echt?«

»Ja«, sagte Elena. »Es war Janas Idee. Sie hat sich daran erinnert, wie du vor ein paar Wochen das Phantom gezaubert hast – den vermeintlichen Einbrecher, der es auf Frau Trellers Wohnung abgesehen hatte.«

»Wow!«, sagte Miranda. »Und der Meister der Dunkelheit ist darauf hereingefallen – genau wie ich.«

»Das hätte auch schiefgehen können!«, sagte Eusebius.

»UND WIE SCHIEF DAS HÄTTE GEHEN KÖNNEN!«, ertönte eine Stimme.

Alle fuhren erschrocken hoch.

In der Luft erschien ein Wirbel aus grünem Neonlicht.

Jana packte Elenas Arm. »Jetzt kommt der Meister! HILFE!«

Der grüne Wirbel kam zum Stillstand und wurde zu einer Gestalt. Elena traute ihren Augen nicht.

»Oma Mona!« Sie sprang überrascht auf. »Wo kommst du denn her?«

»Ja, ich bin's«, rief Mona. Sie trug einen grünen spitzen Hexenhut, dessen Farbton exakt zu ihrem grünen Gewand passte. »Ich habe beschlossen, nach dem Rechten zu sehen, damit mir keiner vorwerfen kann, dass mir Mirandas Schicksal gleichgültig ist. Gerade komme ich von ihren Eltern, die machen sich große Sorgen, weil ihre Tochter weg ist. – Aber sag mal, seid ihr alle wahnsinnig geworden?« Sie schaute ihre Enkelin streng an. »Bist du von allen guten Geistern verlassen, dass du deine Menschenfreundinnen in die Hexenwelt mitnimmst?«

»Zufällig hatte eine von meinen Menschenfreundinnen die rettende Idee«, erwiderte Elena. »Nur so ist es uns gelungen, Miranda aus der Unterwelt zu befreien!«

»Unterwelt, sagst du?«, fragte Mona. »Miranda war in der Unterwelt? Wie ist sie denn dorthin gekommen?«

Elena nickte und berichtete, was Mafaldus Horus getan hatte. Und dann erzählte sie, dass sie mit Eusebius, Jana und Nele selbst in die Unterwelt hinabgestiegen war, um Miranda zu befreien, und dass es ihnen mit dem Doppelgänger-Trick gelungen war.

»Es war total knapp, und fast hätte uns Zerberus noch erwischt«, schloss Elena ihren Bericht.

Mona trat zum Dornenbaum und prüfte die Beschaffenheit der Rinde. »Hoffentlich habt ihr den Zugang zur Unterwelt auch ordentlich versperrt. Mit so etwas ist nicht zu spaßen … Das Tor muss richtig versiegelt werden, sicherheitshalber …«

Sie sprach einen starken Zauber. Die Zerberus-Pfote verschwand. An den Zweigen des Dornenbaums erschienen lauter grüne Knospen. Mona lächelte.

»Entschuldige, Eusebius.« Sie wandte sich an den jungen Hexer. »Nicht, dass ich an deinen Fähigkeiten zweifle, aber ich wollte die Pforte zur Unterwelt nur noch etwas gründlicher verschließen.«

»Vielen Dank«, sagte Eusebius. »Ich hatte zuletzt einfach keine Kraft mehr.« Er hielt das Amulett in der Hand und reichte es Elena. »Schau mal, Elena. Das Amulett – es hat sich verändert.«

»Wie verändert?«, fragte Elena. Der rote Stein funkelte noch immer.

»Leg deine Hand darauf«, sagte Eusebius.

Elena tat es. Eusebius legte seine Hand auf ihre. »Und was fühlst du, Elena?«

»Magie.«

»Mach die Augen zu.«

Elena schloss die Augen und konzentrierte sich auf das Amulett. Sie spürte eine starke Macht – gleichmäßig und beruhigend.

»Es ist weiße Magie«, sagte sie und machte die Augen wieder auf.

Eusebius nickte. »Dadurch, dass ich Mafaldus' Doppelgänger geschaffen habe, ist der schwarzmagische Anteil des Amuletts aufgebraucht worden.«

Elena schluckte. »Wer hätte das gedacht …«

»Ich werde das Amulett Leon wiedergeben«, sagte Eusebius und steckte es zurück in seinen Halsausschnitt.

»Ja, und da kannst du ihm gleich ausrichten, dass ich stinksauer auf ihn bin«, mischte sich Mona ein. »Ich habe per *Transglobkom* Kontakt mit ihm aufgenommen und erfahren, dass Elena hier ist. Zusammen mit zwei Menschenmädchen! Aber anstatt dass sich mein feiner Schwiegersohn um dieses Problem kümmert, läuft er lieber wieder irgendwelchen dubiosen Geheimaufträgen nach.«

»Er verfolgt Mafaldus Horus«, erklärte Elena. »Den echten, meine ich.«

Mona schnaubte verächtlich. »Und deswegen bleibt es wahrscheinlich wieder an mir hängen, euch nach Hause zu bringen.« Sie blickte zu Jana und Nele. »Eure Eltern werden sich bestimmt schon Sorgen machen. Sie wissen doch hoffentlich nicht, wo ihr seid?«

Nele grinste. »Nein, die haben zum Glück keine Ahnung, dass wir mit echten Hexen befreundet sind.«

»Aber Sorgen machen sie sich inzwischen garantiert«, sagte Jana. »Wir sind ja schon eine Weile unterwegs und sie haben die ganze Zeit nichts von uns gehört.«

Mona winkte ab. »Keine Bange, die Sache werde ich mit etwas Zeitzauberei in Ordnung bringen.«

»Sei vorsichtig, Oma«, sagte Elena.

»Das bin ich doch immer.« Mona sah Elena an. »Oder etwa nicht?«

Elena lächelte nur.

»Wenn ich darf, möchte ich Sie und die Mädchen gern nach Hause begleiten«, sagte Eusebius.

»Hat das einen bestimmten Grund, junger Mann?«, wollte Mona wissen.

»Oh ja, den hat es«, sagte Eusebius. »Ich möchte mich vergewissern, dass Miranda heil ankommt. Und dass es ihr wirklich gut geht – nach der ganzen Aufregung und ihrem Aufenthalt in der Unterwelt.«

»Nun gut«, sagte Mona. »Aber ich bitte dich, dass du anschließend bei Mirandas Eltern vorbeischaust und ihnen erzählst, dass Miranda inzwischen wieder wohlbehalten bei uns gelandet ist.«

»Natürlich, das mache ich«, versprach Eusebius.

Damit erhob sich Mona. »Gib mir deine Hand, Elena. Und ihr beiden auch, Nele und Jana. Wir reisen in die Menschenwelt zurück.«

»Da-darf ich … darf ich mit Eusebius zusammen reisen?«, fragte Miranda.

Mona zögerte. »Meinetwegen.«

Elena griff nach Monas und Neles Hand. Jana schloss den Kreis, indem sie Neles und Monas Hand fasste.

»Seid ihr bereit?«, rief Mona. »Es geht gleich los!«

Die Umgebung fing an, sich zu drehen – erst langsam, dann immer schneller. Ein grüner Wirbel entstand, so grün wie der, in dem Mona zuvor erschienen war. Elena wurde es schwindelig. Trotzdem konnte sie noch sehen, wie Eusebius und Miranda aufbrachen.

Ihr Wirbel war rot … und Elena bildete sich ein, dass er eine leichte Herzform annahm. Aber vielleicht war es auch eine optische Täuschung …